Le prix de la vengeance

DON WINSLOW

Le prix de la vengeance

Six novellas

Traduit de l'anglais (États-Unis) par
ISABELLE MAILLET

Harper Collins
NOIR

Titre original :
BROKEN

Ce livre est publié avec l'aimable autorisation de HarperCollins Publishers, LLC, New York, U.S.A.

HARPERCOLLINS FRANCE
83-85, boulevard Vincent-Auriol, 75646 PARIS CEDEX 13
Tél. : 01 42 16 63 63

www.harpercollins.fr

ISBN 979-1-0339-0738-1 — ISSN 2551-0096

Au lecteur.
Merci, tout simplement.

« Si vous n'avez pas le temps de lire, vous n'avez pas le temps (ni les outils) pour écrire. C'est aussi simple que ça. »

STEPHEN KING

SOMMAIRE

Le prix de la vengeance

« Le monde brise les individus, et, chez beaucoup, il se forme un cal à l'endroit de la fracture. »

ERNEST HEMINGWAY, *L'Adieu aux armes*[1]

Ce n'est pas à Eva qu'on va apprendre que le monde est déglingué.

Opératrice d'appels d'urgence pour le 911 à La Nouvelle-Orléans, Eva McNabb entend des vies se briser huit heures par nuit, cinq nuits par semaine, parfois plus quand elle enchaîne deux services. Elle entend les accidents de voiture, les cambriolages, les fusillades, les meurtres, les mutilations, les morts. Elle entend la peur, la panique, la colère, la rage, le chaos, et elle envoie des hommes les affronter. Pied au plancher.

Enfin, surtout des hommes. Même s'il y a de plus en plus de femmes dans la police, Eva les considère tous comme ses « gars », ses « garçons ». Elle les envoie au cœur de la dislocation et prie pour qu'ils reviennent en un seul morceau.

La plupart du temps c'est le cas, mais parfois non. Alors, là où il y a de la casse, elle envoie d'autres de ses gars, de ses garçons.

Au sens propre, parce que son mari était flic et que ses deux fils le sont aussi.

1. Traduction de Maurice-Edgar Coindreau.

Autant dire qu'elle connaît cette vie-là.

Ce monde-là.

Eva sait qu'on peut s'en tirer, mais qu'on en sort toujours brisé.

Même baigné par le clair de lune, le fleuve paraît sale.

Jimmy McNabb ne le changerait pour rien au monde : il aime ce fleuve sale dans sa ville sale.

La Nouvelle-Orléans.

Il a grandi et vit toujours dans l'Irish Channel, à quelques centaines de mètres de l'endroit où il se tient à présent, posté derrière une voiture banalisée sur le parking proche du First Street Wharf.

Lui, Angelo et le reste de son groupe sont en train de s'équiper – gilets, casques, fusils à pompe, grenades à effet de choc. On pourrait les prendre pour des hommes du SWAT si ces derniers étaient de la partie. Mais Jimmy a oublié de les inviter à la fête, tout comme il a oublié d'inviter ceux de la Harbor Police – la Portuaire – ou d'autres brigades. Ne sont conviés que les membres de son équipe des Stups, une division de l'unité spéciale d'investigation.

C'est une soirée privée.

La sienne.

— La Portuaire va nous en chier une pendule, fait remarquer Angelo en enfilant son gilet.

— On les laissera participer aux opérations de nettoyage.

— Ils détestent jouer les concierges, réplique Angelo, qui fixe les bandes velcro sur sa poitrine. Bon sang, qu'est-ce que je me sens con avec ce bazar sur le dos.

— Je confirme que t'as l'air con, dit Jimmy.

Engoncé dans ce foutu gilet, Angelo ressemble au Bonhomme Michelin. De stature frêle, il a dû se gaver de bananes et de milk-shakes afin de s'étoffer un peu en prévision du test d'aptitude physique pour entrer dans la brigade, et il n'a pas pris un seul kilo depuis. Il est mince, à l'image de la fine moustache qu'il arbore, persuadé – à tort – qu'il ressemble ainsi à Billy Dee. La peau couleur caramel, les traits burinés, Angelo Carter est originaire du Ninth Ward, quartier plus noir que noir.

Jimmy se sent lui-même comprimé dans son gilet.

Grand – un bon mètre quatre-vingt-quinze –, il a hérité des épaules larges et du torse puissant de ses ancêtres irlandais venus à La Nouvelle-Orléans pour creuser les écluses à coups de pelle et de pioche. Il n'a pas souvent eu recours à la force quand il était patrouilleur, même dans le Vieux Carré ; en général, la seule vue de sa taille et de son regard suffisait à ramener à de meilleurs sentiments les plus belliqueux des pochetrons.

Mais, s'il décidait de foncer dans le tas, il ne fallait pas moins de toute une escouade de ses frères d'armes pour lui faire lâcher prise. Il a un jour laissé sur le carreau une bande de gros lourds arrivés de Baton Rouge, qui avaient fait le souk au Sweeny, son bar de quartier. Les gars étaient entrés à la verticale et en beuglant, ils étaient sortis à l'horizontale et silencieux.

Jimmy McNabb est un coriace, comme l'a été son père avant lui.

Big John McNabb était une légende.

Ses deux fils n'ont pas eu d'autre choix que de devenir flics. De toute façon, ils n'avaient jamais envisagé de devenir autre chose.

Jimmy passe en revue ses hommes. Ils paraissent tendus, mais pas trop ; ils sont fébriles juste ce qu'il faut.

Cette fébrilité, ils en ont besoin.

Jimmy la ressent en lui, suscitée par l'adrénaline qui circule dans ses veines.

C'est bon.

Sa mère Eva dit souvent qu'il a toujours aimé la montée en pression – ce coup de fouet donné par l'adrénaline, la bière, le whisky, les courses de chevaux à Jefferson Downs ou la dernière manche d'un match de la ligue de la police. « Jimmy aime la pression. »

Jimmy sait qu'elle a raison.

Elle a presque toujours raison.

Et elle le sait aussi.

Jimmy et son petit frère ont une expression pour ça, « la dernière fois qu'Eva s'est trompée ».

Par exemple, « la dernière fois qu'Eva s'est trompée », les dinosaures se trimballaient encore sur terre. Ou, « la dernière fois qu'Eva s'est trompée », Dieu a sanctifié le septième jour. Ou, l'une des préférées de Danny, « la dernière fois qu'Eva s'est trompée, Jimmy avait une petite copine attitrée ».

Il devait être en quatrième à l'époque.

« Jimmy est né pour être lanceur sur le terrain, avait-elle dit un jour, mais il préfère cavaler à droite et à gauche. »

Très drôle, Eva, songe Jimmy.

T'es une comique.

Danny et lui appellent toujours leur mère « Eva ». Du moins, entre eux, quand ils parlent d'elle à la troisième personne, mais jamais en sa présence. Tout comme ils appellent leur père « John ». Ça remonte à loin. Jimmy avait peut-être sept ans lorsque son frère et lui avaient écopé d'une peine de « confinement » après un incident impliquant une balle de base-ball et une fenêtre cassée, et il avait dit : « Bon sang, Eva était sacrément fumasse. » C'est resté.

Il jette un coup d'œil à Wilmer Suazo. Celui-ci a les yeux légèrement exorbités, ce qui n'a cependant rien d'inhabituel car il a tendance à s'échauffer pour un rien. Jimmy l'a surnommé « le Hondurien », mais Wilmer a lui aussi grandi dans l'Irish Channel, au cœur du petit sous-quartier appelé le Barrio Lempira, qui existait déjà avant la naissance de Jimmy.

Petit et trapu – un frigo –, Wilmer est un pur produit de La Nouvelle-Orléans, un *Yat*[1] au même titre que ses coéquipiers. Quoi qu'il en soit, c'est en général un plus de compter un Latino dans l'équipe, surtout depuis l'afflux de Honduriens et de Mexicains venus rebâtir la ville après le passage de Katrina, à un moment où personne ne demandait à voir les cartes vertes.

C'en est bel et bien un ce soir.

Parce que la cible est hondurienne.

Jimmy lui adresse un clin d'œil.

— *Tranquilo, 'mano.*

Tout doux, frangin.

Wilmer hoche la tête en retour.

Harold – surtout, ne pas lui donner du « Harry » – ne s'échauffe jamais.

Jimmy se demande même parfois si Harold Gustafson a un pouls tellement il est calme. Un jour, alors qu'ils étaient tous en route pour une opération où il aurait très bien pu se faire descendre, Harold s'était endormi sur la banquette arrière. C'est le « milk-shake à la vanille » de Jimmy : lisse, doux et très blanc. Cheveux blonds, yeux bleu clair, il a tout d'un diacre.

Même Wilmer soigne son langage en présence de Harold, quand ce qui sort en général de sa bouche semble provenir directement des chiottes publiques d'un pays du tiers-monde. Mais devant Harold il jure en espagnol, persuadé – à juste titre – que ce dernier ne le comprend pas.

Si Jimmy McNabb est costaud, Gustafson est un véritable colosse.

1. Terme désignant les Blancs des classes populaires et moyennes de La Nouvelle-Orléans, et leur accent particulier. (Toutes les notes sont de la traductrice.)

« Pas la peine de faire construire un mur à la frontière, a dit Jimmy un jour. Suffit de demander à Harold de s'allonger par terre. »

À l'occasion d'un pari pris dans l'équipe (pas entre Jimmy et Harold, Harold ne joue pas son argent), il a battu Jimmy au développé couché.

Dix fois.

Jimmy en a été pour cinquante billets, mais ça valait le coup.

J'ai une bonne équipe, se dit-il.

Tous des gars intelligents, courageux (mais pas téméraires, la témérité pousse à faire des conneries), dont les forces, les faiblesses et les talents se combinent et se complètent parfaitement. Jimmy veille à la cohésion du groupe depuis maintenant cinq ans, et il sait que chacun d'eux connaît les réactions des autres aussi bien que les siennes.

Ce soir, ils vont avoir besoin de cette cohésion.

Ils n'ont encore jamais donné l'assaut sur un bateau.

Dans des gratte-ciel abritant des fabriques d'héroïne, dans des *shotgun houses*[1] transformées en supermarchés du crack, dans des clubs de bikers ou à des coins de rue investis par les gangs – ça, oui, ils l'ont fait à d'innombrables reprises.

Mais sur un cargo ?

C'est une première.

En attendant, c'est le moyen de transport qu'a utilisé Oscar Diaz pour importer son énorme cargaison de meth. Par conséquent, c'est là qu'il faut agir.

Ils ont le Hondurien en ligne de mire depuis des mois.

À distance.

Ils ont fermé les yeux sur les petits trafics, en guettant le moment où Oscar jouerait plus gros.

1. Maisons longues et étroites, typiques du sud des États-Unis.

C'est fait.

— OK, on se met en place, comme d'hab, déclare Jimmy.

Il va chercher dans la voiture son vieux gant Rawlings fatigué, celui qu'il a depuis le lycée, avec une balle tout éraflée logée à l'intérieur.

Les autres sortent aussi leurs gants, avant de se poster à quelques mètres d'intervalle et de se lancer la balle comme à l'entraînement sur le terrain. Avec leurs gilets et leurs casques, l'effet est presque comique, mais c'est un rituel entre eux, et Jimmy McNabb respecte les rituels.

Ils n'ont jamais perdu personne quand ils l'ont pratiqué avant une opération, et il n'est pas question que ça change aujourd'hui.

C'est un rappel tacite : ne pas laisser tomber la balle.

Au terme de quelques passes, Jimmy ôte son gant et lâche son expression cajun favorite :

— *Laissez les bons temps rouler**[1].

Eva McNabb écoute la voix de l'enfant au téléphone.

C'est une situation de VIF – violences intrafamiliales.

Le petit garçon est terrifié.

Mariée à Big John McNabb depuis près de quarante ans, Eva – elle, un mètre soixante, lui, un mètre quatre-vingt-quinze – a une solide expérience de la violence au sein de son propre foyer. John ne la frappe plus depuis un bon moment, mais il a toujours l'alcool mauvais, et il boit beaucoup depuis qu'il a pris sa retraite. Aujourd'hui, il fracasse des verres et des bouteilles ou défonce les murs à coups de poing.

Alors, Eva en connaît un rayon sur les VIF.

En l'occurrence, c'est différent.

1. Les mots suivis d'un astérisque sont en français dans le texte.

Toutes les alertes sont terribles, mais celle-là l'est particulièrement.

Elle l'entend dans la voix du garçonnet, dans les cris en arrière-fond, les hurlements, les impacts sourds des coups, qu'elle perçoit même à l'autre bout de la ligne. La situation se présente mal, et la seule chose qu'elle puisse faire c'est essayer d'éviter un dénouement encore plus dramatique.

— Bonhomme ? dit-elle dans le micro. Tu m'écoutes ? Tu es là, mon chéri ?

— Oui, répond l'enfant d'une voix tremblante.

— Bien. Comment tu t'appelles ?

— Jason.

— Hello, Jason. Moi, c'est Eva.

Le règlement lui interdit de donner son nom. Et alors ? J'emmerde le règlement, pense-t-elle.

— Bon, les policiers sont en route, ils seront là très bientôt, mais en attendant… Est-ce qu'il y a un sèche-linge chez toi, *cher** ?

— Oui.

— Parfait. Alors, écoute-moi bien : je veux que tu te caches dans ce sèche-linge, d'accord ? Tu peux faire ça pour moi, mon cœur ?

— Oui.

— Bien. Vas-y. Je reste en ligne.

Elle entend l'enfant se déplacer. Elle entend aussi d'autres cris, d'autres jurons, d'autres insultes. Puis elle demande :

— Ça y est, Jason, tu es dedans ?

— Oui.

— Bravo. Maintenant, j'aimerais que tu fermes la porte. Tu veux bien ? N'aie pas peur, mon chéri, je suis là.

— J'ai fermé la porte.

— Bravo, répète Eva. Bon, tu vas rester tranquillement à l'intérieur et on va bavarder tous les deux en attendant l'arrivée de la police. D'accord ?

— D'accord.

— Je parie que tu aimes les jeux vidéo. Tu as des préférés ?

Elle passe les doigts dans ses courts cheveux noirs, le seul signe trahissant sa nervosité, et écoute l'enfant lui parler de Fortnite, d'Overwatch et de Black Ops III. Les yeux fixés sur l'écran devant elle, elle suit du regard la progression du point lumineux qui représente la voiture de patrouille envoyée à l'adresse du petit garçon à Algiers.

Danny est dans une voiture de service là-bas, en plein District 4, mais ce n'est pas la sienne.

Au grand soulagement d'Eva.

Si elle se montre protectrice envers ses deux fils, Danny est le plus jeune, le plus sensible (Jimmy l'est autant qu'un poing américain), le plus doux, et elle ne veut pas qu'il voie ce que l'agent sur le point d'entrer dans cette maison va probablement découvrir.

La voiture, désormais toute proche du domicile concerné – une centaine de mètres –, est talonnée par deux autres, dont ni l'une ni l'autre n'est celle de Danny. Eva a envoyé les trois sur place en les avertissant qu'il y avait des enfants impliqués.

Tous les flics du district savent que, si Eva McNabb leur demande de foncer, ils ont intérêt à se magner. Sinon, ils devront lui rendre des comptes et, ça, personne n'en a envie.

Eva entend les sirènes dans son casque.

Puis le coup de feu.

La balle frappe la cloison métallique du compartiment beaucoup trop près de la tête de Jimmy, avant de ricocher sur différentes surfaces selon une trajectoire aléatoire qui expédie Angelo à plat ventre sur le pont.

Durant une seconde, Jimmy pense que son partenaire est touché, mais il le voit rouler jusqu'à la paroi et s'y coller en levant vers lui un pouce triomphant.

Ce n'est cependant pas une bonne nouvelle que les Honduriens aient décidé de passer à l'offensive, quand son équipe et lui se retrouvent coincés dans une étroite coursive et que les projectiles rebondissent partout comme les boules d'une machine à loto, l'acier renvoyant le plomb dans un concert de sifflements stridents.

J'aurais peut-être dû inviter le SWAT, finalement, se dit-il.

Les balles jaillissent d'une écoutille ouverte environ dix mètres plus loin dans le passage. Il va falloir que quelqu'un s'y engouffre vite fait, songe Jimmy, sinon on n'aura plus qu'à redescendre de ce foutu bateau la queue entre les jambes.

Ce quelqu'un, ça va être moi, décide-t-il. Il décroche de sa ceinture une grenade assourdissante et l'expédie dans l'ouverture. Un lancer comme au base-ball, sans effet particulier, sans rotation – juste une balle rapide envoyée droit vers le centre du marbre.

Elle explose dans un flash de lumière blanche qui, avec un peu de chance, aveuglera les types de l'autre côté.

Jimmy s'élance dans la foulée, en tirant devant lui.

Quelques balles fusent en retour, mais il distingue des pas qui détalent sur le pont.

— Police de La Nouvelle-Orléans ! Lâchez vos armes ! hurle-t-il à l'adresse de l'ensemble du comité de tir.

Il entend à présent que ça cavale devant et derrière lui, et il n'a pas besoin de se retourner pour savoir qu'Angelo, Wilmer et Harold sont en train de le rejoindre. Il aperçoit soudain une silhouette un peu plus loin, qui disparaît d'un coup – en s'enfuyant par une échelle, comprend-il.

Lui-même en atteint le sommet alors que le type est encore en train de dévaler les barreaux. Il place une main sur le garde-fou, puis saute et atterrit devant lui.

À peine le Hondurien a-t-il fait mine de lever son arme que Jimmy lui expédie un crochet du gauche qui l'étale sur le pont, inconscient. Il lui écrase le visage avec son pied pour faire bonne mesure, et aussi pour lui apprendre ce qui arrive quand on braque une arme sur un flic des Stups.

Puis c'est le noir complet.

Danny McNabb est affecté à la brigade de nuit.

Il n'y voit pas d'inconvénient, puisque l'essentiel de l'action a lieu la nuit et qu'un patrouilleur ayant seulement deux ans de métier a besoin d'action s'il veut gravir les échelons. Sans compter qu'il apprécie cette affectation au District 4 – Algiers –, parce que Algiers, théoriquement une partie de La Nouvelle-Orléans, est un monde à part.

Le « Far West de l'Est », comme on l'appelle.

Un quartier où les occupations ne manquent pas pour un patrouilleur, et Danny aime bien être occupé. En attendant, assis dans cette voiture depuis des heures, il commence à avoir des crampes dans les jambes.

Si son frère Jimmy est un taureau, lui est plutôt un pur-sang.

Grand, fin, élancé.

Il se souvient encore du jour où il était devenu officiellement plus grand que Jimmy, quand leur mère avait tracé une marque au crayon au-dessus de leurs têtes sur le côté de la penderie dans leur chambre. Jimmy, vexé, cherchait la bagarre. (« Même si t'es plus grand que moi, t'es pas plus costaud. ») Eva ne les avait pas laissés en venir aux poings.

Ils étaient ensuite partis assister à un match en nocturne et, sur le trajet, Jimmy avait dit d'un air on ne peut plus sérieux :

« T'es peut-être plus grand que moi aujourd'hui, mais tu restes mon petit frère. Tu le seras toujours. Pigé ?

— Pigé, avait répondu Danny. En attendant, je suis plus beau.

— Exact, avait convenu Jimmy. Dommage que t'aies une si petite bite.

— Tu veux qu'on les mesure ?

— C'est bien ma veine, d'avoir un frangin pédé. »

Lorsque Danny avait raconté cette histoire à Roxanne, sa coéquipière, il avait utilisé le mot « gay ». Du coup, ce n'était plus aussi drôle, mais Roxanne est lesbienne et il sait qu'elle n'aimerait pas le mot « pédé ». Il sait aussi que Jimmy ne pensait pas à mal ; il n'en veut pas spécialement aux gays, il en veut à *tout le monde.*

Danny lui avait posé la question un jour, après que son aîné lui eut infligé une autre de ses diatribes interminables.

« Sérieux, tu détestes vraiment *tout le monde* ?

— Laisse-moi réfléchir. Les gays, les lesbiennes, les hétéros, les Noirs, les Latinos, les Blancs… Je pourrais pas blairer les Asiatiques non plus, s'il y en avait par ici… Ouais, je crois que je les ai tous dans le nez. T'y viendras aussi, après quelques années de service. »

Sa mère et son père lui avaient dit à peu près la même chose. Que le principal revers du métier, c'est qu'il vous amène à haïr tout le monde sauf vos collègues. Pourtant, Danny n'y croit pas. Pour lui, les policiers ont surtout une expérience sélective de l'humanité : à force de voir des horreurs, ils en oublient ce qu'il y a de bon en elle.

Eva ne voulait pas qu'il devienne flic.

« Ton mari l'est bien, lui, avait-il répliqué. Et ton autre fils aussi.

— Tu es différent.

— Dans quel sens ?

— Dans un sens positif. Je ne veux pas que tu finisses comme ton père. »

Rongé par la colère, amer, alcoolique.

Accusant le boulot de tous ses maux.

C'est lui, ça, s'était dit Danny. Ce n'est pas moi.

Ce ne sera jamais moi.

La vie est douce pour lui aujourd'hui.

Il a un bon job, un petit appartement sympa dans le Channel et une copine qu'il adore. Jolene est infirmière de nuit à l'hôpital de Touro, si bien que même leurs horaires sont compatibles. Et elle est canon, avec ses longs cheveux noirs, ses yeux bleus et son humour caustique.

La vie est belle.

Roxanne et lui sont garés dans Vernet Street, près de McDonough Park et en face de l'église Holy Name of Mary, parce que le prêtre de la paroisse s'est plaint au capitaine du district des « pervers » qui rôdaient dans le parc au petit matin.

Comme si les prêtres étaient les mieux placés pour se plaindre des pervers, songe Danny.

Eva l'a obligé à aller à la messe jusqu'à ses treize ans, même si elle n'y assistait pas elle-même. Jimmy et lui ont reçu une éducation catholique, à l'école d'abord, puis au lycée Archbishop Rummel, et son frère disait toujours qu'il y avait deux sortes d'élèves dans ce genre d'établissements, « ceux qui courent vite et ceux qui se font baiser ».

Ils couraient vite tous les deux.

Quoi qu'il en soit, Roxanne et lui stationnent au même endroit depuis le début de la semaine pour faire plaisir au prêtre, ils n'ont pas vu la queue d'un pervers, et Danny s'emmerde comme un rat mort.

À rester assis dans le noir.

Quelqu'un a éteint les lumières.

Tout ce que Jimmy voit à présent, ce sont les rayons lumineux rouges qui sillonnent l'obscurité comme dans une espèce de salle de *laser game* à la noix, sauf que c'est bien réel, et que les balles et les morts le seront aussi.

Quand un point rouge se pose sur son torse, il plonge vers le pont.

— À terre ! À terre ! Tout le monde à terre ! hurle-t-il.

Il entend ses hommes se jeter à plat ventre.

Les points rouges les cherchent.

Jimmy sort sa torche électrique, l'allume et la fait rouler sur sa gauche. Lorsqu'elle est prise pour cible, il vise la flamme de bouche et décharge son arme dans cette direction. Il est aussitôt imité par Angelo et Wilmer, puis il entend la détonation du fusil à pompe de Harold.

Un grognement s'élève, suivi par un gémissement de douleur.

— Vous êtes pas obligés de faire ça ! crie-t-il. Lâchez vos armes ! Wilmer, dis-leur !

Wilmer relaie le message en espagnol.

La réponse arrive, sous forme d'une rafale de tirs.

Merde, pense Jimmy.

Bordel de merde.

Au même moment, il entend un moteur démarrer.

Qu'est-ce que…

Des lumières jaillissent.

Des phares.

En jetant un coup d'œil sur sa gauche, Jimmy voit Harold au volant d'un chariot élévateur qui avance dans leur direction. Deux grosses caisses sont posées sur les fourches, que son coéquipier lève pour former un bouclier, tout en braillant :

— Grimpez !

Les autres membres de l'équipe bondissent sur le véhicule et, tels des soldats sur un tank, tirent de derrière les caisses tandis que Harold les conduit droit sur les Honduriens qui reculent vers une cloison, illuminés par les phares. Acculés.

Ils sont quatre. Sans compter les deux blessés qui tentent de s'éloigner de la trajectoire du chariot en rampant.

Qu'ils aillent se faire foutre, se dit Jimmy.

S'ils s'en sortent, tant mieux pour eux.

Sinon... tant pis.

Tous des cafards.

Il se penche et voit un des enfouraillés battre en retraite en brandissant un AK comme s'il ne savait pas quoi en faire.

Harold prend la décision à sa place. Il fonce droit sur lui avec le chariot jusqu'à le coincer contre la cloison. Les trois autres lâchent leurs armes et lèvent les mains.

Jimmy saute du véhicule, puis en gifle un en plein visage. Sans ménagement.

— Vous vous seriez rendus y a vingt minutes, ça nous aurait évité à tous pas mal de tracas.

Angelo, qui a localisé un interrupteur, le presse.

— Tiens tiens, lâche Jimmy.

Il a devant lui une montagne de meth.

Des tas et des tas de paquets rectangulaires, empilés du sol au plafond, enveloppés dans du plastique noir.

— Doit bien y en avoir trois tonnes, estime Angelo.

Au moins, évalue Jimmy.

Deux bons millions de dollars perdus pour Oscar Diaz. Pas étonnant que ses sbires aient voulu en découdre.

Oscar ne va pas être content.

Wilmer et Angelo sont déjà occupés à passer aux suspects des menottes en plastique. Harold a plaqué AK Boy – lequel a lâché son fusil d'assaut – contre la cloison.

Jimmy s'avance vers lui.

— Tu t'es mis dans un sacré merdier, hein ?

AK Boy se contorsionne.

— Qu'est-ce qu'on va faire de toi ? reprend Jimmy. T'as déjà vu une tique éclater ? Tu sais, quand tu l'écrases alors qu'elle est toute gonflée de sang et que ça gicle... Si je dis à Harold d'appuyer sur le champignon... Plop !

— Non, s'il vous plaît.

— « Non, s'il vous plaît » ? T'allais me descendre, mon pote.

— Tu veux que je lance un appel général ? interroge Angelo. Ces types risquent de nous claquer dans les pattes.

— Donne-moi une minute, dit Jimmy.

Harold et lui traînent AK Boy jusqu'au bastingage.

Le fleuve est toujours boueux.

Et le courant est fort.

— C'est quoi, ton petit nom ? demande Jimmy à AK Boy.

— Carlos.

— Tu sais nager, Carlos ?

— Un peu.

— J'espère pour toi, réplique Jimmy, qui le soulève par-dessus le bastingage. Dis à Oscar Diaz qu'il a le bonjour de Jimmy McNabb.

Il le laisse tomber dans l'eau.

— Maintenant, tu peux lancer l'appel, Angelo.

Une demi-heure plus tard, c'est la soupe à l'alphabet sur le cargo.

Le NOPD, le SWAT, la DEA, la HP, l'EMT... et même la police de l'État de Louisiane se sont déplacés, parce que tout le monde veut une part du gâteau, à savoir ce qui pourrait bien être la plus grosse saisie de drogue de toute l'histoire de La Nouvelle-Orléans.

La plus grosse saisie de meth, en tout cas.

Sur le quai, les médias commencent à affluer.

Jimmy allume sa cigarette, puis celle d'Angelo.

Celui-ci en tire une longue bouffée avant de demander :

— Il a dit quoi, le boss ?

— Gros titres, images au JT de 11 heures, pas de blessés… Qu'est-ce que tu veux qu'il dise, Landreau ? Félicitations.

— Mais il l'a mauvaise.

Landreau l'a mauvaise, songe Jimmy. Le SWAT l'a mauvaise, la DEA et la Portuaire aussi, mais il s'en fout, parce qu'il sait une chose :

Oscar Diaz va l'avoir *vraiment* mauvaise.

Oscar l'a mauvaise, et pas seulement parce que le petit rat trempé en face de lui est en train de dégueulasser son parquet.

Son appartement avec terrasse, situé au dernier étage d'un immeuble à Algiers Point, lui offre une vue imprenable sur le Mississippi et, de l'autre côté, sur le centre historique de La Nouvelle-Orléans, du Vieux Carré jusqu'à Bywater en passant par Marigny. Ce n'est cependant pas le panorama qui accapare l'attention d'Oscar : il est concentré sur Carlos, son sous-fifre, qui vient de lui coûter plus cher que ce qu'il a payé pour ce *penthouse*.

Beaucoup plus cher.

Bien plus que du cash.

C'était le coup qui devait lui permettre de sortir des rangs intermédiaires des dealers pour se hisser au niveau supérieur. Une chance de transporter le chargement jusqu'à Saint Louis et Chicago. De prouver que NOLA[1] pouvait devenir une plaque tournante du commerce de la drogue, en utilisant le fleuve et le port pour faire venir la marchandise, avant de la charger dans

1. Acronyme signifiant « New Orleans Louisiana ».

des camions et de l'envoyer sur les routes. S'il avait réussi, ceux de Sinaloa lui auraient confié d'autres livraisons encore plus importantes – assez de meth pour envisager un développement de ses activités à Los Angeles et à New York.

Sauf que, maintenant, les dirigeants du cartel vont le considérer comme un minable. Ils vont se dire que La Nouvelle-Orléans est trop dangereuse. Il va devoir décrocher son téléphone pour leur expliquer qu'il n'a plus leur came, et il sait que c'est le dernier appel de sa part qu'ils prendront.

Il a perdu son chargement, il a perdu son fric et il a perdu une occasion en or. Le voilà condamné à approvisionner les *rednecks*[1] du bayou pendant encore cinq ans, au moins.

Il retourne dans le salon et s'approche de son aquarium, un Red Sea Reefer 350 d'une contenance de 340 litres, qui accueille les amours de sa vie : son magnifique représentant jaune vif de l'espèce vieille voyant (6 000 dollars), son petit spécimen de *Jeboehlkia gladifer* rouge et argent (10 000 dollars), son poisson-ange doré à rayures bleu électrique (qui ne lui a rien coûté, cadeau du cartel) et son acquisition la plus récente, dont il tire une grande fierté, un poisson-ange royal à 30 000 dollars – un prix élevé, car ces merveilles vivent dans des grottes sous-marines à grande profondeur.

Oscar a consacré beaucoup de temps, d'argent et de soins à cet aquarium rempli de superbes coraux hors de prix. Il soulève le couvercle, verse quelques flocons de nourriture séchée puis ouvre une boîte en plastique remplie de petits bouts de palourdes crues, qu'il jette dans l'eau.

— Tu stresses mes poissons, dit-il à Carlos. Ils sont très sensibles au stress, et ils le sentent chez toi.

— Désolé.

1. Terme péjoratif désignant les Blancs pauvres du sud des États-Unis.

— Tâche de te détendre. Bon, c'est qui déjà, ce mec qui t'a chargé de me passer le bonjour ?

— Il a dit qu'il s'appelait Jimmy McNabb, répond Carlos.

— De la DEA ?

— Non, un flic de la ville. Des Stups.

— Et il t'a balancé dans la flotte pour que tu viennes me porter le message ?

— C'est ça.

Oscar se tourne vers Rico.

— Tu l'emmènes et tu le butes.

Carlos blêmit.

— Mais non, je déconne, s'esclaffe Oscar, qui se tourne de nouveau vers Rico : Fais-lui prendre une bonne douche chaude et file-lui des fringues propres. Ce putain de fleuve est crade. *Entiende,* Rico ?

Rico comprend : Tu l'emmènes et tu le butes.

Après leur départ, Oscar retourne sur la terrasse contempler la ville.

Jimmy McNabb.

OK, Jimmy McNabb, tu viens d'en faire une affaire personnelle.

Et tu m'as pris quelque chose.

Alors je vais moi aussi te prendre quelque chose.

Une chose à laquelle tu tiens.

Le flic qui a répondu à l'alerte VIF vient voir Eva après coup.

Elle a tout entendu par radio, mais il tient à lui faire son rapport, par respect.

— Ça s'est passé grosso modo comme vous l'aviez prévu. Le type a abattu la femme avant de retourner l'arme contre lui.

— Et le gosse ?

— On l'a trouvé dans le sèche-linge. Il va bien.

Autant qu'un enfant qui a entendu son père tuer sa mère puisse aller bien, pense Eva.

— C'est une bonne chose que cet homme se soit suicidé, dit-elle. Ça nous évite tout le cirque d'un procès.

— C'est sûr.

— Et le gosse va être pris en charge par les services sociaux.

Elle a envie de pleurer.

Mais Eva ne pleure pas.

Certainement pas devant un flic.

Après avoir écouté Oscar avec attention, Rico secoue la tête.

— On peut pas toucher à un flic.

Oscar prend le temps de réfléchir, puis rétorque :

— Qui a dit ça ?

Danny et Roxanne surveillent toujours le parc. Ils en sont à leur troisième nuit passée à attendre le pervers invisible.

— OK, conclut Danny après avoir retourné le problème dans sa tête. À choisir, je baise Rachel, j'épouse Monica et je flingue Phoebe[1].

— Pauvre Rachel, déplore Roxanne. C'est toujours celle qu'on baise, jamais celle qu'on épouse.

— Non, Ross et elle se sont mariés à Vegas, tu te rappelles ?

— Oui, mais ils étaient bourrés.

— Ça compte quand même. Et toi, tu ferais quoi ?

— Je flingue Monica, j'épouse Rachel et je baise Phoebe.

— T'as pas hésité longtemps, dis donc.

— J'y ai beaucoup réfléchi. J'ai toujours voulu me faire Phoebe. Genre, depuis la saison un.

— Non, sérieux ? T'avais, quoi, sept ans à l'époque ?

1. Personnages de la série *Friends*.

— J'étais une lesbienne précoce. Je jouais avec mes poupées Barbie.

— Toutes les petites filles jouent à la poupée Barbie.

— Non, Danny. Quand je dis *jouer*, je te parle de jeux spéciaux.

— Oh.

Le sang et la cervelle de Roxanne éclaboussent le visage de Danny.

Tout se passe en un éclair.

Une main attrape la policière par ses cheveux courts et la tire hors du véhicule.

La vitre du côté de Danny explose.

Il tente de saisir son arme, mais on lui a déjà appliqué un chiffon sur le nez et la bouche. Il a beau donner des coups de pied sur le plancher pour essayer de se dégager, c'est trop tard.

Il est inconscient quand on le traîne hors de la voiture.

Le son des sirènes s'élève dans la nuit comme les hurlements d'une meute de chiens.

D'abord une, puis deux, puis quatre, cinq, et bientôt une dizaine, tandis que les voitures de patrouille se dirigent vers McDonough Park. Elles arrivent de tous les coins d'Algiers, du poste du District 4, et même du District 8, de l'autre côté du fleuve.

Elles répondent à un code 10-13.

Policier à terre.

Le son est effroyable.

Un chœur de cris d'alarme.

Qui se répercute dans tout Algiers.

La soirée a lieu au Sweeny, bien sûr.

Il n'était pas question d'aller ailleurs, Jimmy fréquente l'établissement depuis tout gosse. Littéralement, puisqu'il devait avoir onze ou douze ans quand il a commencé à y entrer pour en faire sortir son père.

Ou, du moins, pour récupérer la paie du vieux avant qu'il la boive jusqu'à plus soif.

Aujourd'hui, c'est devenu son repaire, et son paternel se bourre la gueule chez lui.

Alors, au lendemain de leur gros coup, c'est tout naturellement qu'il a rassemblé ses troupes au Sweeny pour fêter ça.

En plus de l'équipe au complet – Angelo, Wilmer, Harold –, il y a les autres gars et filles des Stups, une demi-douzaine de représentants du SID Intelligence et quelques flics en uniforme et inspecteurs en civil venus des Districts 4 et 8, ainsi que du 6, qui couvre le secteur.

Landreau a fait une apparition, le temps de boire symboliquement un verre, de même que deux ou trois procureurs municipaux et fédéraux. Deux assistants du procureur se sont pointés avec des chapeaux de cow-boy qu'ils ont offerts aux membres de l'équipe avant de leur porter un toast : « Allez, sans rancune, comme disent les nanas quand elles voient la bite de McNabb. »

Mais la plupart des participants sont partis tôt et il ne reste plus que les coéquipiers de Jimmy, une poignée de flics des Stups et les collègues qui ont collaboré avec eux à différents moments de leur carrière. Les rares civils présents dans la salle ont bien compris qu'il valait mieux ne pas s'en mêler et s'amuser discrètement de ces récits de guerre braillés à tue-tête.

— J'étais à plat ventre, en train de chier dans mon froc en me disant « on est foutus » et, là, Harold fait rugir le moteur d'un putain de chariot élévateur…

Les autres se mettent à scander :

— Har*old* ! Har*old* ! Har*old* !

L'intéressé, qui se tient sur la petite scène, un micro à la main, s'essaie au stand-up.

— Alors je vais voir mon proctologue. Il jette un coup d'œil à mon trou de balle et dit : « Ça alors ! Jimmy McNabb ? »

— Je t'aime, Harold, lance Jimmy, légèrement éméché. D'un amour cent pour cent hétéro, viril, chrétien…

— Har*old* ! Har*old* ! Har*old* !

Celui-ci tapote son micro.

— Il est branché, ce machin ?

— … comme Jésus aimait…

— Judas ? suggère Wilmer.

— Non, l'autre.

— Pierre ?

— Pierre, Paul ou… les petits gâteaux, là, les Almond Joy, répond Jimmy. Bref, qu'est-ce que je disais, déjà ?

— Tous les flics rêvent d'un leader qui soit un modèle d'intégrité, de courage et d'honneur, déclare Harold. Mais, nous, on a Jimmy McNabb, alors on fait avec !

Angelo se redresse, les jambes flageolantes, et tape du poing sur la table.

— Angelo veut du sexe ! Qui veut du sexe avec Angelo ?

— Jimmy, répond Wilmer.

Lucy Wilmette, une vieille routière en civil du District 8, lève la main.

— Moi, je veux bien.

— Ah, on progresse, approuve Angelo. Qui d'autre ?

— Qui d'autre ? se récrie Lucy. Merde, Angelo !

Eva regarde les points lumineux sur l'écran.

On dirait une nuée d'abeilles rentrant à la ruche.

Elle écoute les échanges radio.

Policier à terre... policier étendu dans la rue... demande une ambulance... confirmez demande d'ambulance... unité 240 D répondez... unité 240 D répondez... unité 240 D répondez... Où est son coéquipier... Pourquoi il ne répond pas... Des coups de feu ont été entendus... Un témoin sur place... Bon Dieu, c'est une gosse... Merde, qu'est-ce qu'elle fout, l'ambulance... Elle se vide de son sang... Je n'ai pas de pouls... Sean, c'est fini pour elle... Où est son coéquipier ? Où est son coéquipier, bordel ? !

Unité 240 D.

La voiture de Danny.

De sa main gauche, Eva affiche le numéro de Jimmy et appelle.

Pour tomber sur sa boîte vocale.

Il est à la fête.

Au Sweeny.

Jimmy, décroche !

C'est ton frère.

— C'est un des flics auxquels on n'a pas le droit de toucher ? demande Oscar.

Danny est menotté à une chaise métallique boulonnée au sol en ciment dans un entrepôt près des docks à Algiers Point. Ses chevilles sont également attachées aux pieds du siège.

— Réveille-le, ordonne Oscar.

Rico gifle Danny jusqu'à ce qu'il reprenne connaissance.

— Alors, comme ça, t'es le petit frère de Jimmy McNabb, dit Oscar.

Danny cille, voit un Latino au visage lunaire campé devant lui.

— Vous êtes qui ?

— Le mec qui va te faire mal, répond Oscar.

Il allume le chalumeau à acétylène.

La flamme jaillit. Bleue.

Jimmy soulève un pichet.

— Un toast ! Aux identités qu'on botte et aux culs qu'on contrôle !

Il verse la bière directement dans sa bouche.

— Jim*my* ! Jim*my* ! Jim*my* !

Il repose le pichet vide, s'essuie les lèvres du dos de la main et dit :

— Non, sérieux...

— Sérieux, quoi ? lance Wilmer.

— À tous ceux qui font en sorte qu'il y ait moins de came, moins de flingues et moins de méchants dans les rues. Et à la meilleure équipe de flics du monde. Je vous aime, les gars. Tous autant que vous êtes. Vous êtes mes frangins et frangines, et je vous aime.

Il se laisse tomber sur sa chaise.

— Je rêve ou Jimmy McNabb vient de dire un truc gentil ? s'étonne Lucy.

— C'est l'alcool qui parle, rectifie Wilmer.

Quand Gibson, sergent au District 4, entre au Sweeny, il voit une fête qui bat son plein. Il balaie la salle du regard et aperçoit Jimmy McNabb sur scène, en train de massacrer « Thunder Road » au karaoké.

Il part à la recherche d'Angelo Carter, qu'il trouve debout au comptoir.

— Je peux te dire un mot, Angelo ? Dehors ?

— Oh ! putain ! s'exclame Angelo. *Danny* ?

La nouvelle le dégrise d'un coup. Il a connu Danny tout gamin, quand c'était encore le petit frère toujours dans les pattes de Jimmy, qu'il idolâtrait, et qui rêvait d'intégrer la police.

Et aujourd'hui il est mort ?

— C'est moche, déclare Gibson. On a découvert son corps près des quais à Algiers Point. Il a été torturé.

Brûlé.

Brisé. Os après os.

— On doit le dire à Jimmy, ajoute Gibson.

— Il va péter les plombs.

Jimmy McNabb n'aime personne à part ses coéquipiers et sa famille. Quand il apprendra que Danny est mort, il ne se contrôlera plus.

Il va tout casser.

S'en prendre aux autres, et à lui-même.

Il leur faut absolument trouver le moyen de gérer la situation.

— Bon, voilà ce qu'on va faire, annonce Angelo.

Angelo franchit la porte le premier.

Suivi par Wilmer, Harold, Gibson et trois des flics les plus costauds qu'il a pu débusquer au District 6, eux-mêmes accompagnés par Sondra D., qui a su exploiter sa remarquable ressemblance avec Marilyn Monroe pour se lancer dans une carrière lucrative de call-girl à mille dollars la passe. Elle s'apprêtait d'ailleurs à les gagner avec un pompier en visite à l'hôtel Roosevelt quand Angelo l'a appelée.

Tout s'arrête à l'intérieur du bar.

C'est en général ce qui se produit lorsque Sondra fait son entrée quelque part.

Robe à paillettes argentées.

Chevelure blond platine.

— Jimmy ! crie Angelo. Y a quelqu'un pour toi.

De la scène, Jimmy les regarde et se fend d'un grand sourire.

Sondra lève les yeux vers lui.

— Salut, je suis le sergent Sondra, de... des *Affaires internes*...

Tout le monde s'esclaffe.

Y compris Jimmy.

— Vous avez été un trèèès vilain policier, poursuit-elle en leur offrant sa plus belle imitation de la voix de Marilyn.

De sa main droite, elle tire de son décolleté une paire de menottes, qu'elle agite.

— Vous êtes en état d'arrestation.

Harold et Wilmer grimpent sur la scène, attrapent chacun Jimmy par un coude et l'escortent jusqu'à Sondra.

— Tournez-vous, ordonne-t-elle. Les mains derrière le dos.

— Tu vas me menotter ? demande Jimmy.

— Pour commencer.

— Fais ce que te dit la dame, le presse Angelo.

Jimmy hausse les épaules.

— Loin de moi l'idée de…

Il se retourne, place les mains derrière son dos, et Sondra referme les bracelets autour de ses poignets.

Angelo vérifie qu'ils sont bien verrouillés avant de plaquer le buste de Jimmy sur le comptoir. Puis il se penche vers lui.

— Écoute, Jimmy, j'ai quelque chose à te dire.

Plus tard, les employés du centre d'appels d'urgence diront que le hurlement d'Eva a été entendu à l'extérieur du bâtiment.

C'est peut-être vrai. Ou peut-être pas.

Ce qui est sûr, c'est qu'après cette nuit-là elle n'a plus parlé autrement que dans un chuchotement éraillé.

Jimmy part en vrille.

Se servant de sa tête comme d'une matraque, il percute Angelo, puis se jette de l'autre côté pour frapper Wilmer. Il lance ensuite des coups de pied derrière lui, telle une mule, et envoie un agent en uniforme mordre la poussière.

Puis il commence à se taper le front sur le comptoir.

Une fois, deux fois.

Trois.

De toutes ses forces.

Angelo tente de le saisir par les épaules, mais Jimmy, le crâne en sang, se redresse, fait volte-face et le repousse de tout son poids jusqu'à le renverser sur une table. Bouteilles et verres s'envolent tandis qu'Angelo s'écroule par terre.

Jimmy pivote et expédie son pied dans l'estomac d'un flic.

Et dans le genou d'un autre.

Un autre encore se précipite pour le maîtriser, mais Jimmy l'arrête d'un coup de tête dans le nez.

Harold l'agrippe par-derrière, referme les bras autour de lui et le soulève du sol. Du pied gauche, Jimmy prend appui sur la cheville de son coéquipier, puis lui enfonce son talon droit dans le bas-ventre. Si Harold ne le lâche pas, il desserre suffisamment sa prise pour que Jimmy puisse dégager son bras, lui plaquer sa paume sous le menton et pousser. La plupart des gars céderaient avant que leur nuque se brise, mais Harold tient bon, il a un cou de taureau.

— Je veux pas te faire mal, Jimmy.

Celui-ci lui flanque deux coups de genou dans les parties.

Harold le libère.

Jimmy retourne encore une table et deux chaises, avant de foncer vers un mur, qu'il attaque à coups de tête et de genou, creusant un trou dans le plâtre.

Angelo lui abat sur l'arrière du crâne la matraque qu'il a empruntée.

Une seule fois, d'un geste expert, bien placé.

Jimmy glisse le long du mur. Sonné.

Quatre collègues l'emportent dehors et le chargent à l'arrière d'une voiture de patrouille.

Parvenus au District 6, ils le mettent en cellule.

Si le capitaine Landreau n'aime pas Jimmy McNabb, il aime encore moins voir un de ses hommes assis par terre derrière des barreaux, dos au mur.

— Sortez-le de là, tonne-t-il. *Tout de suite.*

Ses hommes déverrouillent la porte. Jimmy se lève et les rejoint.

Son équipe l'attend, mais Jimmy n'a d'yeux que pour les deux flics en uniforme qui, livides, contemplent l'écran d'un téléphone portable. Ils le dissimulent à son approche.

— Quoi ? gronde-t-il. Qu'est-ce qu'ils matent, ces deux-là ?

— Tu veux pas voir ça, répond Angelo.

— Qu'est-ce que vous matez ? lance Jimmy à l'un des deux hommes – manifestement un bleu à l'air effrayé.

Ce dernier garde le silence.

— J'ai dit, qu'est-ce que vous matez, bordel ?

Le bleu se tourne vers Angelo comme pour demander : « Qu'est-ce que je dois faire ? C'est Jimmy McNabb, merde ! »

— Pourquoi tu le regardes, lui ? s'écrie Jimmy. C'est moi qui te parle. Donne-moi ce putain de téléphone.

— Crois-moi, Jimmy, tu veux pas voir ça, insiste Angelo.

— C'est à moi d'en décider, rétorque Jimmy, qui s'adresse de nouveau au bleu : File-moi ça.

Le bleu s'exécute.

L'écran montre une vidéo à l'arrêt. Jimmy appuie sur « Play ».

Et découvre...

Danny hurlant à s'en faire éclater les poumons.

Tressautant sur une chaise comme un lapin mécanique.

— Il en fait, des bonds, dit une voix.

— Rallume le chalumeau, dit une autre.

— Il risque d'y passer, intervient une troisième.

— Le laisse pas crever, reprend le deuxième homme. Pas tout de suite.

Un blanc dans les images. Une coupure au montage, puis…

Le menton de Danny tombe sur sa poitrine.

Son corps est brûlé.

Désarticulé.

Ses principaux os cassés.

— T'as tout enregistré ? questionne le deuxième homme.

— Ça va devenir viral, affirme une nouvelle voix.

— Filme ça aussi, lance le deuxième. Frappe au tee-ball.

Une batte de base-ball s'écrase sur la tempe de Danny.

Encore une coupure, puis…

Le corps carbonisé de Danny, en position fœtale, les mains crispées, levées vers son visage comme des griffes noires, gisant parmi les hautes herbes et les ordures au bord du fleuve.

Un message défile au bas de l'écran :

T'AS LE BONJOUR D'OSCAR.

Jimmy McNabb a toujours cru que l'expression « avoir le cœur brisé » était une métaphore.

Il sait maintenant à quoi s'en tenir.

Son cœur est brisé.

Lui-même est brisé.

Ils enterrent Danny parmi les tombes du Lafayette Cemetery Number 1, dans le Garden District.

Les visites au funérarium ont été particulièrement éprouvantes, le cercueil était fermé.

Il n'y aura pas de veillée irlandaise traditionnelle. Personne n'a envie de rire ni de raconter des histoires. Il n'y a aucune raison de rire et Danny n'a pas vécu assez longtemps pour qu'il y ait beaucoup d'histoires à raconter. Quant à John McNabb, il est déjà bourré, comme d'habitude – juste un peu plus furieux, imbibé, amer et taciturne.

Il n'est d'aucun réconfort pour sa femme ni pour son fils aîné.

De toute façon, il n'y a aucun réconfort à attendre.

Des policiers en tenue d'honneur et gants blancs, dont Jimmy, portent le cercueil jusqu'à la fosse.

Les fusils tirent en l'air, la cornemuse joue « Amazing Grace ».

Eva ne verse pas une larme.

Assise sur une chaise pliante, toute de noir vêtue, le regard fixe, elle paraît encore plus petite que d'habitude.

Elle accepte le drapeau plié qu'on lui remet et le pose sur ses genoux.

Jolene, elle, pleure, les épaules tremblantes, soutenue par son père et sa mère.

La cornemuse joue « Danny Boy ».

La maison est une *shotgun* typique de La Nouvelle-Orléans, près du croisement d'Annunciation Street et de la Deuxième Avenue. Le jardinet devant – quelques touffes d'herbe sur de la terre nue – est bordé par un grillage qui longe le trottoir fissuré.

Jimmy pousse la porte puis se dirige vers le salon.

Son paternel est assis dans un fauteuil.

Un verre dans la main gauche, il regarde par la fenêtre et ne tourne même pas la tête à l'arrivée de son fils.

Ils n'ont plus grand-chose à se dire depuis ce jour où Jimmy, qui devait avoir dix-huit ans et était enfin devenu plus grand que lui, l'avait collé contre le mur de la cuisine en disant :

« Cogne encore une fois maman, et je te tue. »

Big John s'était marré.

« T'inquiète pas pour ça. Si je la cogne encore, c'est elle qui aura ma peau. »

De fait, Eva s'était acheté un petit Glock 19 et avait elle-même formulé les choses sans ambiguïté : « Si tu lèves encore la main sur moi, je t'enverrai rencontrer ton Créateur. »

Big John l'avait crue.

Et, depuis, ne s'en prend plus qu'aux murs et aux portes.

Jimmy le laisse, puis traverse la chambre de ses parents pour se rendre dans celle que Danny et lui partageaient autrefois.

C'est un putain de crève-cœur, de se retrouver dans cette pièce.

Il se revoit plaquer les mains sur les oreilles de Danny quand Big John et Eva s'engueulaient.

« C'est John qui la tape encore, hein ? lui demandait son petit frère.

— Non, prétendait-il. C'est juste un jeu. »

Mais Danny n'était pas dupe.

Jimmy essayait de le protéger, comme il l'avait toujours fait. Sauf que, aujourd'hui, il a échoué.

Tu n'as pas pu le protéger au moment où il avait le plus besoin de toi, songe-t-il en balayant la chambre du regard. Ses yeux survolent les vieux gants de base-ball, le poster de Jessica Alba qui se décolle, révélant le scotch jauni, la fenêtre par laquelle Danny et lui se glissaient la nuit pour aller boire les bières que lui-même avait cachées dans le parc.

Il entre ensuite dans la cuisine, où Eva, debout devant le plan de travail, remplit un mug de son mélange corsé café chicorée.

Une marmite de gombo au poulet mijote sur la gazinière.

Jimmy serait prêt à jurer que c'est la même marmite de gombo qui mijote depuis toujours sur la gazinière et qu'Eva se contente de s'en approcher de temps à autre pour y rajouter de l'eau ou de nouveaux ingrédients.

Elle a troqué sa robe noire contre un jean et un chemisier bleu foncé. Quand elle lève vers lui la cafetière, il décline la proposition d'un signe de tête.

— Un verre, alors ? propose-t-elle.

— Non.

— Il faudrait que tu ailles voir Jolene, elle encaisse mal.

— D'accord, j'irai.

Elle l'examine de la tête aux pieds – une longue évaluation. Puis elle déclare :

— Il y a de la colère en toi, Jimmy. Il y en a toujours eu.

Il hausse les épaules.

Eva a raison.

— Tu hais par principe, ajoute-t-elle.

Là encore, elle a raison, pense-t-il.

— J'ai essayé de chasser cette haine en te donnant tout mon amour, dit-elle, mais elle te consumait. Tu la tiens peut-être de ton père, ou peut-être de moi, ou peut-être qu'elle est dans ta nature, quoi qu'il en soit je n'ai pas pu atteindre ton cœur.

Jimmy garde le silence.

Il la connaît suffisamment bien pour deviner qu'elle n'a pas terminé.

— Danny n'était pas comme ça, poursuit-elle. C'était un petit garçon plein de tendresse, qui est devenu un homme plein de tendresse. C'était le meilleur d'entre nous.

— Je sais.

De nouveau, elle le regarde – le jauge – un long moment. Soudain, elle lui saisit les poignets.

— Je veux que tu te raccroches à tout ce que j'ai essayé de chasser en toi avec mon amour. Je veux que tu prennes ta haine à bras-le-corps. Je veux que tu venges ton frère.

Elle scrute le visage entaillé et meurtri de Jimmy.

Ses yeux violacés et enflés.

— Tu veux bien faire ça pour moi ? Fais-le pour moi, Jimmy. Pense à Danny. Pense à ton petit frère.

Il hoche la tête.

— Tue-les tous, dit encore Eva. Tue tous ces hommes qui ont tué mon Danny.

— D'accord.

Elle lui libère les poignets.

— Et assure-toi qu'ils souffrent avant.

La planque se trouve dans le Vieux Carré, au premier étage d'une bâtisse ancienne de Dauphine Street.

Elle appartient à un revendeur de hasch qui purge une peine de huit ans à Avoyelles. S'il a été envoyé là plutôt qu'à Angola, c'est parce que Jimmy en a touché un mot au juge, qui lui devait une faveur.

C'est ainsi que son équipe et lui sont devenus les gardiens d'un appartement situé au cœur du quartier le plus animé de la ville, près des clubs, des bars et des flots de touristes féminines. Et ils ont bien profité de tout.

C'était le bon temps.

Aujourd'hui, Jimmy se tient au milieu du salon.

— Il y avait quatre voix sur cet enregistrement, dit-il. Dont celle d'Oscar Diaz. On n'a rien sur l'identité des trois autres.

— Le gamin que t'as passé par-dessus bord a été découvert mort, lui apprend Angelo. Tué d'une balle dans la nuque. Rien à attendre de ce côté-là, donc.

— Et pour les autres qu'on a arrêtés ? interroge Jimmy.

Wilmer intervient. C'est lui le Hondurien, après tout.

— L'un d'eux s'est fait planter à Orleans, explique-t-il, se référant à la prison centrale de la ville. Il s'était vidé de son sang avant que les gardiens se pointent. Les deux autres ont été libérés sous caution.

— Tu te fous de moi ?

— Ils ont pris le large, Jimmy. À mon avis, ils ont encore plus la trouille d'Oscar que de nous.

— Et Oscar ?

— J'ai posé des questions partout dans le Barrio Lempira, raconte Wilmer. Je suis même passé à Sainte Teresa. Personne ne sait où il se terre.

— Ou alors ils le savent mais ne veulent pas le balancer, fait remarquer Angelo.

Wilmer secoue la tête.

— Non, j'ai cuisiné des potes, des cousins, des proches. Toute la communauté est furieuse de ce qui est arrivé à Danny. Cet enfoiré d'Oscar est un nouveau. Pas de famille, rien. Personne ne le connaît.

— Il y a forcément quelqu'un qui connaît quelqu'un qui le connaît, affirme Jimmy. Retourne là-bas. Mets le paquet.

— Ce sera mission impossible de retrouver ces quatre types.

— Pour le moment, je n'ai pas besoin de retrouver les quatre, réplique Jimmy. Un seul suffit.

Jimmy et Angelo roulent vers Metairie et empruntent la Highway 61 jusqu'à Jefferson Parish.

Une banlieue verdoyante, plantée d'arbres.

— Avant, on ne laissait pas les frères acheter par ici, observe Angelo. Quand tu venais à Metairie, c'était pour récurer les chiottes des autres.

— Qu'est-ce qui a changé ? demande Jimmy.

— Katrina. Les gens avaient perdu leurs baraques, fallait bien qu'ils habitent quelque part. Le marché n'a pas pu résister.

— T'avais l'intention de t'installer dans le coin ?

— Oh que non.

— Alors qu'est-ce que ça peut te foutre ?

— Rien. Je disais ça juste pour faire la conversation.

Angelo prend la Northline jusqu'à Nassau Drive, une voie incurvée, bordée de luxueuses demeures avec piscines et vastes pelouses, qui jouxtent le country club.

La maison de Charlie Corello, surmontée d'un toit en tuiles rouges, se dresse à proximité du départ du sixième trou. Angelo se gare dans l'allée courbe, puis les deux hommes marchent vers la porte et sonnent. Une domestique vient leur ouvrir et les conduit jusqu'à la piscine située dans une cour entourée de murs.

Assis sous un parasol à une table en fer forgé, Corello, torse nu, bronzé et tartiné de crème solaire, boit du thé glacé en regardant son ordinateur portable. À leur arrivée, il se lève et pose une main sur l'épaule de Jimmy.

— Toutes mes condoléances, Jimmy.

— Merci.

— Asseyez-vous, dit-il, en indiquant deux chaises. Content de te voir, Angelo. Vous voulez boire quelque chose, les gars ?

— Non, merci.

L'épaisse chevelure de Corello, de même que les poils sur son torse, est aujourd'hui d'un blanc neigeux, et il a pris quelques kilos depuis la dernière fois que Jimmy l'a vu, peut-être cinq ans plus tôt. Le grand-père de Charlie Corello régnait autrefois sur La Nouvelle-Orléans. Sur toute la Louisiane, même. À vrai dire, il régnait sur une bonne partie des États-Unis.

Certains racontent que c'est le grand-père de Charlie qui a ordonné l'assassinat du Président.

Si la famille Corello n'est plus ce qu'elle était, Charlie exerce toujours son influence à La Nouvelle-Orléans. Drogue, prostitution, racket, protection – il a la mainmise sur les activités habituelles de la mafia.

Qui le paie pour rester assis sous un parasol près du country club.

— Eva le prend comment ? demande-t-il.

— À ton avis ?

— Transmets-lui mes respects.

— Je n'y manquerai pas.

— Alors, qu'est-ce que je peux faire pour toi, Jimmy ?

— Tu traites avec des Honduriens ?

— On est entre nous, là ? Je n'ai pas besoin de te palper pour savoir si tu portes un micro ?

— Tu me connais mieux que ça.

C'est vrai. Ils ont collaboré à l'époque où Jimmy patrouillait dans la rue, et plus tard quand il travaillait en civil aux Mœurs. Il recevait une enveloppe à Noël, et de son côté Charlie s'assurait que ses hommes ne cognaient pas les filles et ne vendaient pas de came aux gosses.

Ils ont chacun tenu leurs engagements.

Jimmy n'a plus accepté d'enveloppes depuis qu'il est entré aux Stups et, s'il lui est bien arrivé de coffrer certains des associés de Charlie, il n'a jamais poussé ses investigations jusqu'à Metairie.

— J'achète de la marchandise à des Honduriens, admet Corello, mais pas à cette raclure de Diaz.

— Et tu ne sais pas où je peux le trouver, j'imagine.

— Je vais en parler à mes gars. S'ils apprennent quelque chose, tu en seras le premier informé.

— Merci, j'apprécie, dit Jimmy. À mon tour de te filer une info : je vais mettre une sacrée pression sur les revendeurs de came, et cette fois je vais remonter la piste jusqu'au bout, même si elle doit me mener ici, à Jefferson Parish. *Capisce*, Carlo ?

— Ne me menace pas, Jimmy. Toi et moi, ça ne date pas d'hier, nos pères bossaient déjà main dans la main. Tu viens me voir en ami.

— Et c'est en ami que je te parle : il y avait quatre hommes dans cette pièce. Je prendrai n'importe lequel d'entre eux.

Charlie avale une gorgée de thé et contemple le parcours de golf, où un quatuor de lourdauds éméchés se dirige vers le green du 6. Puis il reporte son attention sur Jimmy.

— Je t'obtiendrai un nom.

Wilmer et Harold entrent dans l'un des petits clubs du Barrio Lempira en brandissant leurs plaques.

En pleine journée, l'établissement compte une dizaine de clients assis au comptoir ou à des tables – des hommes pour la plupart, tous honduriens, et qui n'ont pas l'air heureux de voir débarquer la police.

— Bonjour tout le monde ! claironne Wilmer. Ceci est une visite amicale de la police de La Nouvelle-Orléans !

Grognements, jurons.

Un des clients se précipite vers la porte de derrière, mais Harold est rapide pour un homme de sa corpulence. Il l'empoigne par le dos de sa chemise et le pousse contre un mur.

— Videz vos poches ! ordonne Wilmer. Posez tout sur le comptoir ou sur une table ! Si on trouve des trucs sur vous, ils finiront au fond de votre gorge ou de votre cul, selon mon humeur toujours versatile ! *Hazlo !*

Des mains plongent dans des poches, en extirpent billets froissés, pièces de monnaie, clés, téléphones, sachets d'herbe, comprimés, une seringue, une cuillère.

Harold palpe son prisonnier, qu'il déleste d'un couteau pliant, d'un sachet de marijuana, d'une liasse de billets et d'un peu de crystal.

— Tiens, tiens, qu'est-ce qu'on a là ?

— C'est pas à moi.

— Marrant, c'est bien la première fois que j'entends ça.

Harold le soulage ensuite de son portefeuille, logé dans sa poche arrière, et en sort un permis de conduire.

— Si je te passe au fichier, Mendez Mauricio, est-ce que je vais tomber sur un mandat en cours ? Me raconte pas de bobards.

— Non.

— J'ai dit, pas de bobards.

De derrière le bar, le gérant darde un œil noir sur Wilmer.

Celui-ci s'en aperçoit.

— Ma gueule te revient pas, *cabrón* ? T'as quelque chose à dire ?

L'homme grommelle quelque chose à propos de « faire ça à ses frères ».

Wilmer s'avance, le saisit par le devant de sa chemise et le hisse vers lui, l'aplatissant à moitié sur le comptoir.

— Bon, que ce soit bien clair : vous tous, ici, vous n'êtes pas mes frères. Mes frères ont un boulot, eux. En plein après-midi, ils sont en train de bosser, pas de se bourrer la gueule dans un rade pourri.

Il le tire plus près de lui.

— Tu veux continuer à pester contre moi, chef, ou tu préfères garder toutes tes dents dans ta bouche ?

Le gérant baisse les yeux vers le comptoir.

Wilmer se penche pour lui glisser à l'oreille :

— Tous les jours, *cabrón*. Je vais revenir tous les jours jusqu'à ce que ces *cucarachas* décident d'aller boire ailleurs. L'inspecteur de la prévention incendie et les services de l'hygiène seront là aussi, et c'est pas un billet de vingt qui les empêchera de trouver des infractions.

— Qu'est-ce que vous cherchez ? Du fric ?

— Tu veux vraiment des baffes, toi, réplique Wilmer. Non, je ne veux pas de ton fric, *cabrón*, je veux des noms. Les noms de tous ceux qui connaissent Oscar Diaz ou qui connaissent quelqu'un qui connaît quelqu'un qui le connaît.

Il relâche le gérant et se tourne vers un jeune assis sur un tabouret.

— Je vais te palper, *m'ijo*.

— Je suis pas votre fils.

— Ça, t'en sais rien. J'ai vu du pays. Allez, mains sur le bar.

Le jeune s'exécute. Wilmer le fouille et récupère un sachet d'herbe dans la poche de son jean.

— Qu'est-ce que je t'avais dit, hein ? Qu'est-ce que je t'avais dit ?

Il déchire le haut du sachet, qu'il lève vers la bouche du jeune.

— *Bon appétit**.

Le gamin pince les lèvres en secouant la tête.

— Tu préfères que je te l'enfonce dans le *culo*, plutôt ? lance Wilmer. Je le ferai, tu peux me croire. Et après je te coffrerai. Allez, bouffe.

Cette fois, le jeune fourre l'herbe dans sa bouche.

Wilmer s'adresse aux autres clients.

— Rempochez vos clés et votre fric. Le reste, c'est à moi, maintenant. Vous êtes tous au courant de ce qui est arrivé à ce policier, pas vrai ? Ça déshonore ma communauté. Alors, il vaudrait mieux que quelqu'un me file des noms, ou vous n'aurez plus nulle part où écluser en plein après-midi. Partout où vous y irez, j'y serai aussi !

— Qu'est-ce qu'on fait de celui-là ? demande Harold en indiquant Mauricio Mendez.

— On l'embarque.

Les deux hommes le traînent jusqu'à la voiture et le font monter à l'arrière. Harold entre son nom dans le fichier, pour découvrir qu'il y a deux mandats en cours contre lui, un pour violation de sa liberté conditionnelle, l'autre pour trafic de stupéfiants.

— Je t'avais pourtant bien dit de ne pas me raconter de bobards, non ?

— OK, c'est vrai, y a des mandats contre moi, admet Mauricio.

— C'est le cadet de tes soucis pour le moment, affirme Wilmer. On t'emmène voir Jimmy McNabb.

Les deux voitures sont garées dans une allée à Algiers.

Jimmy a coincé Mauricio contre l'aile avant.

Angelo, assis sur le capot, examine le téléphone du Hondurien.

— C'est quoi, ton code ? demande-t-il.

— J'ai pas à vous répondre, réplique Mauricio. Je connais mes droits.

— Ce monsieur connaît ses droits, Jimmy, souligne Angelo.

— Tu peux m'en dire plus, Mauricio ? le presse Jimmy.

— Hein ?

— À propos de tes droits. Vas-y, explique-moi.

— J'ai le droit de garder le silence…

— Et…

— J'ai le droit d'être assisté par un avocat. Si j'ai pas les moyens de m'en payer un, on en désignera un pour moi.

— T'as les moyens ? interroge Jimmy.

— Non.

— Bon, alors je me désigne moi-même, déclare Jimmy. Et, maintenant que je suis ton avocat, je t'encourage vivement à nous donner ton code avant que Harold ici présent te mette les doigts dans l'ouverture de la portière et que je la referme à coups de pied. Suis mon conseil, Mauricio.

— Vous feriez pas ça.

— Tu te branles avec quelle main, Mauricio ? intervient Angelo. Dans tous les cas, réponds l'autre, parce que, crois-moi, il le fera.

— Un, deux, trois, quatre, cinq, six, récite Mauricio.

— Sans déconner ? s'étonne Jimmy.

— C'est facile à se rappeler.

— Voilà pourquoi je peux pas saquer les accros au crack, dit Jimmy. Tous des décérébrés.

— Ça fonctionne, observe Angelo.

Il parcourt les messages sur le mobile.

— Apparemment, le brillant code qu'utilise Mauricio pour la meth, c'est « *taquitos* ». « J'ai le *dinero*. Je vais venir chercher un quart de *taquitos*. »

— Je commence à avoir la dalle, je m'offrirais bien quelques *taquitos*, ironise Jimmy. Bon, Mauricio, ça ne t'embête pas qu'on envoie un SMS à ton dealer pour arranger un rendez-vous ? Tu ne vas pas considérer ça comme une violation de tes droits ?

L'intéressé fait la moue.

— J'ai pas le choix, j'imagine.

— Ça y est, le type a répondu, annonce Angelo. « L'endroit habituel. » C'est où, ça, Mauricio ?

Pas de réponse.

— Ouvre la portière, ordonne Jimmy.

Mauricio leur donne une adresse dans Slidell Street, à Algiers.

— Et un nom, ce serait bien aussi, ajoute Jimmy.

Fidel.

Sur le trajet jusqu'à Algiers, Jimmy reçoit un coup de téléphone.

— McNabb.

— Vous ne me connaissez pas, dit son correspondant. Je travaille pour Charlie. L'homme que vous cherchez s'appelle Jose Quintero. Il était là.

— Vous savez où le trouver ?

— Non, désolé.

— Dites à Charlie que je le remercie. D'ami à ami.

Wilmer frappe à la porte de Fidel.

— *¿ Quién es ?*

— *Es Mauricio.*

Le battant s'entrebâille, mais la chaînette de sécurité reste en place.

Harold l'ouvre d'un coup de latte.

Jimmy entre au moment où Fidel, qui était parti à la renverse, tente de se redresser. Sans lui en laisser le temps, il lui balance son pied dans le menton, le réexpédiant sur le sol.

Et dans les vapes.

Quand Fidel reprend connaissance, il voit Jimmy et Wilmer sur le canapé, en train de boire sa bière. Angelo s'est posté entre lui et la pièce voisine. Quant à Harold, il bloque la porte d'entrée.

Un pistolet – calibre 25, une antiquité – est posé sur la table basse.

— Il est l'heure de se réveiller, annonce Jimmy. Alors, rien qu'avec la quantité de meth que t'as ici, t'es sûr de passer de quinze à trente ans au trou. Mais, vu que t'habites aussi à deux cents mètres d'une école primaire, Fidel, ça te vaudra perpète, sans possibilité de conditionnelle. Et je te garantis que tu purgeras ta peine à Angola. J'y veillerai personnellement.

— C'est vous qui avez apporté cette merde !

— Sûr, à ta place, c'est ce que je dirais. On verra bien ce qu'en pensera le jury. Autre possibilité : on s'en va, tout simplement, et on fait comme si cet incident désagréable n'avait jamais eu lieu.

— Qu'est-ce que vous voulez ? demande Fidel.

— Jose Quintero.

— Je préfère aller en taule.

— Je m'en doutais, figure-toi, déclare Jimmy. Je me disais que tu risquais d'avoir encore plus la trouille d'Oscar et d'éventuelles représailles contre toi, ta famille, ou je ne sais qui. Alors, regarde le flingue sur cette table, il y a déjà tes empreintes dessus. Je te logerai une balle dans la tête, et après je le placerai dans ta petite main froide.

— Vous bluffez.

— Je suis le frère de Danny McNabb.

Fidel écarquille les yeux.

— Ah, le nom te dit quelque chose. Tu crois toujours que je bluffe ?

— Je vous jure que j'ai pas touché à votre frère. Tout ce que j'ai fait, c'est tenir la caméra.

— C'est tout ? Pauvre tache ! Et moi qui pensais que t'étais même pas sur place.

— Je le jure !

— Eh bien, si c'est tout ce que t'as fait, dis-moi où je peux trouver Quintero.

Fidel lui donne l'info.

Jimmy saisit le calibre 25 sur la table et lui tire dans la tête.

— Encore un deal qui a mal tourné, conclut-il.

Ils s'en vont.

Un de moins.

Jolene habite Constance Street, dans le Channel, à quelques minutes de marche de l'hôpital où elle travaille. Elle ouvre la porte en peignoir et, de son autre main, s'essuie les cheveux avec une serviette.

Elle a la beauté typique d'une Cajun : longue chevelure noire lustrée, des yeux dont Jimmy serait prêt à jurer qu'ils sont violets.

Elle est aussi ravissante que dans son souvenir.

— Je viens de prendre une douche, dit-elle. Entre.

Jimmy franchit le seuil.

La pièce de devant est une petite cuisine.

— Eva m'a demandé de passer, déclare-t-il. Pour voir comment t'allais.

Elle lâche un petit rire.

— À ton avis ? Je suis anéantie. Une vraie loque. Tu veux un verre ?

— Il est 10 heures du matin.

— Merci, j'ai une montre, Jimmy.

Elle ouvre le placard au-dessus de l'évier. En sort une bouteille de Jim Beam.

— Je suis rentrée du boulot il y a deux heures. La nuit a été agitée aux urgences. Deux agressions à l'arme blanche, un traumatisme cérébral chez un gosse de deux ans secoué par le petit copain… Bon, je te le sers, ce verre ?

— OK.

Jolene verse deux doigts de whisky dans un gros verre sans pied et deux autres pour elle dans un vieux pot de confiture. Après lui avoir tendu le verre, elle s'assoit à table.

Jimmy prend place en face d'elle.

— Tu crois que Danny savait, pour nous ? demande-t-elle.

— C'était fini bien avant que vous sortiez ensemble.

— Juste une amourette de lycée, quoi.

— C'était ça, entre nous ?

— Non, plutôt une histoire de cul. Et ça ne s'est pas arrêté au lycée, Jimmy.

— Je ne crois pas que Danny l'ait découvert. Il n'aurait jamais…

Il ne termine pas sa phrase.

— … trempé son biscuit dans le même pot que son grand frère ?

— Bon sang, Jo !

Elle boit un peu de whisky, puis poursuit :

— Il rêvait d'être comme toi, tu sais. Je suis heureuse qu'il n'ait pas été… comme toi. Tu serais venu à notre mariage, Jimmy ?

— J'aurais été témoin.

— Tu serais resté à côté de Danny pour attendre que mon père m'accompagne à l'autel et me donne à lui ?

— C'est ça, répond-il.

Et ça n'aurait pas été la première fois. Il se rappelle encore le jour où Danny et elle s'étaient rencontrés, à la fête d'anniversaire de son petit frère, organisée au Sweeny. Entre eux, il y avait eu un vrai coup de foudre. Jimmy l'avait vu dans les yeux de son frère et dans ses yeux à elle. Il avait alors lancé à Jolene un regard éloquent, genre : « Olé, bébé, vas-y. Toi et moi, de toute façon, ça n'a jamais été sérieux. »

— Nous, on est que des Yats, dit-elle. Des petits ploucs blancs de La Nouvelle-Orléans. Danny valait mieux que ça. Mieux que nous.

— Je sais.

Elle vide son verre. Se lève.

— Baise-moi, Jimmy.

— Quoi ?

Déjà, elle s'assoit à califourchon sur lui et dénoue son peignoir, dont les pans s'écartent.

— Je veux que tu me baises. De rage.

— Arrête.

Elle lui baisse sa braguette.

— Qu'est-ce qui se passe ? Tu ne peux pas ? Tu te sens trop coupable ?

— Va te faire foutre.

— Ah, là je retrouve mon Jimmy.

Il la pénètre.

Sans douceur.

Toujours en elle, il la soulève, la plaque contre le mur et enchaîne les coups de boutoir. La table tremble. Le pot de confiture chute et se brise sur le sol.

Elle l'agrippe, lui laboure le dos de ses ongles et fond en larmes quand elle jouit.

Il la maintient contre le mur tandis qu'elle sanglote dans son cou.

Enfin, il la repose par terre en disant :

— Attention, t'es pieds nus. Te coupe pas sur les bouts de verre.

Quand Jimmy arrive au poste, Landreau le convoque dans son bureau.

— Asseyez-vous, dit-il.

— Je préfère rester debout, merci.

— Comme vous voudrez. OK, les gars des Homicides sont tombés sur le cadavre d'un dealer de meth hondurien dans Slidell Street. Ça ressemble à un suicide, mais il est bien possible qu'on l'ait assisté.

— Oh.

— Vous ne seriez pas au courant, par hasard ? Il s'agit d'un certain Fidel Mantilla.

— Les ordures se débarrassent des ordures. C'est encore mieux quand les ordures s'évacuent d'elles-mêmes. Quoi qu'il en soit, NHI.

No Humans Involved[1].

Landreau considère sa table de travail quelques secondes, avant de demander :

— Vous tenez le choc, Jimmy ?

— Oui, monsieur.

— Je veux dire, depuis la mort de votre frère.

1. Littéralement, « pas de pertes humaines ». Dans les années 1980, la police de Los Angeles utilisait cette formule pour faire référence aux meurtres de prostituées, membres de gangs et junkies (en général des Afro-Américains pauvres).

— Vous voulez parler du « meurtre » de mon frère ?

— C'est ça.

— Ça va.

Il regarde Landreau, qui soutient son regard.

Le boss sait qu'il a tué Mantilla.

Il sait aussi qu'il ne peut pas le prouver.

— Bon, si vous apprenez quelque chose, partagez l'info avec les Homicides, déclare Landreau.

— Je le ferai.

Ce soir-là, Jimmy reçoit un coup de téléphone.

C'est Angelo.

Ils ont coincé Quintero.

Jimmy leur annonce qu'il arrive.

Il retrouve ses coéquipiers dans un centre de recyclage du Barrio Lempira, au croisement entre Willow Street et Erato Street, qui appartient à l'un des associés de Charlie Corello.

Angelo ouvre le coffre de sa voiture.

Quintero est à l'intérieur, poignets et chevilles menottés, un chiffon fourré dans la bouche. C'est un jeune type maigrichon aux longs cheveux noirs.

— Sortez-le, dit Jimmy.

Harold et Wilmer soulèvent le Hondurien, le hissent hors du coffre et le mettent debout devant lui.

— Je suis le frère de Danny McNabb, reprend Jimmy. Je précise, pour que tu saches qu'on n'est pas là pour déconner.

Le regard de Quintero exprime une peur justifiée.

Les autres le traînent jusqu'au fond de la cour, vers un compacteur de déchets industriel installé le long de la clôture. Jimmy ramasse une boîte de canettes vides, puis l'expédie dans le broyeur – une machine verte énorme, hideuse.

— Regarde, Jose.

Jimmy actionne un levier.

Le compacteur écrase et aplatit les canettes dans un horrible bruit de ferraille froissée qui dure dix longues secondes.

— Balancez-le dedans, ordonne Jimmy.

Harold et Wilmer saisissent le jeune, qui se contorsionne, se débat et gémit, puis le poussent dans l'ouverture du broyeur.

— Je sais que t'étais là quand ils ont torturé Danny, dit Jimmy. Et je sais qu'il y avait un autre type en plus de Diaz. Mais je sais aussi que ce n'est pas toi qui donnais les ordres, alors je te laisse une chance : je veux un nom et une adresse.

Il ôte le bâillon de Quintero.

— J'ignore où est Diaz, se défend celui-ci. J'en ai pas la moindre idée.

Il se met à pleurer.

— Donne-moi le nom de l'autre, insiste Jimmy. C'est ta dernière chance.

— Rico, lâche le jeune. Rico Pineda.

— Et je peux le trouver où ?

— J'en sais rien.

— Adieu.

— Il a une copine black ! s'écrie Quintero. Keisha. Elle danse au Golden Door, dans le Ninth Ward.

— Tu connais ? demande Jimmy à Angelo.

— Ouais.

Jimmy secoue la tête.

— Tu veux que je te dise le fond de ma pensée ? Je suis sûr que c'est du pipeau. À mon avis, t'étais pas là-bas, et maintenant tu nous balades pour essayer de sauver ta peau. *Adiós*, Jose.

— Non ! s'écrie Quintero. J'y étais, je le jure !

— Prouve-le.

La respiration de Quintero se fait saccadée, il est en hyperventilation.

— Votre frère, il avait une chaîne autour du cou, pas vrai ? Avec une médaille de saint.

— Lequel ?

— Saint Jude.

— Je veux bien croire que tu dis la vérité, finalement, déclare Jimmy. Ouais, je veux bien croire que t'y étais.

Il baisse le levier.

Quintero hurle.

Jimmy remonte en voiture.

Deux de moins, pense-t-il.

Assis au bar, Angelo regarde Keisha se trémousser sur scène.

Elle est jolie.

Et jeune – elle vient d'avoir dix-neuf ans.

Moitié moins que Rico.

Ils ont entré son nom dans le fichier : il a trente-huit ans, et un casier. Il est arrivé après Katrina pour faire de la maçonnerie, mais a manifestement estimé plus lucratif de se reconvertir dans les braquages et le racket. Libéré d'Angola douze mois auparavant après un séjour de cinq ans, il a été recruté comme homme de main par Oscar Diaz.

Jimmy voulait partir à sa recherche sur-le-champ, mais Angelo l'en a dissuadé.

— T'es blanc, a-t-il souligné.

— Non, sérieux ?

— Ouais. Et un flic blanc dans un bar à strip-tease du Ninth ? Tu seras repéré dans la minute. Laisse-moi m'occuper des préliminaires.

Il sourit à Keisha, qui ondule dans sa direction et s'incline vers lui. Il glisse un billet de cinq dans son string et elle s'éloigne en dansant. Mais il n'a d'yeux que pour elle. Quand la chanson se termine, elle descend de la scène et s'approche de lui.

— Tu veux faire un tour dans le salon VIP, chéri ?

— Combien ça va me coûter ?

— Cinquante, plus un pourboire si je suis vraiment gentille avec toi.

— Gentille jusqu'à quel point ?

— Très. On ira dans une cabine.

— OK, on est partis, dit-il, tirant de sa poche trois billets de vingt. Un acompte.

Elle le précède dans l'escalier qui mène au salon VIP, le fait asseoir et commence à se frotter sur lui.

— Je la sens bien.

— Et t'as encore rien vu, princesse. T'avais pas parlé d'une cabine, tout à l'heure ?

— C'est cent de plus.

Il lui donne l'argent. Elle se lève, s'approche d'un box fermé par un rideau et, de son index replié, lui fait signe de la suivre. Angelo la rejoint dans la petite pièce et s'installe sur la banquette. Keisha s'agenouille devant lui.

Il se penche, lui glisse un doigt sous le menton pour l'obliger à redresser la tête et lui montre sa plaque.

— Merde, dit-elle. Je peux pas me permettre d'être embarquée encore une fois.

— S'agit pas de ça, Keisha.

— Comment vous connaissez mon nom ?

— Je sais tout sur toi, répond Angelo. T'as déjà écopé de deux condamnations, t'habites dans Egania Street et en ce moment tu planques chez toi un type qui fait profil bas. Rico Pineda.

Elle cherche à s'écarter, mais Angelo la retient par le poignet.

— On va le coincer. Sans toi, on prend pas de gants et il y reste ; avec toi, on y va mollo et il s'en sort.

— Je peux pas. Je l'aime.

— Plus que ta fille ? Tu laisses ta môme de trois ans vivre avec un criminel connu. Un dealer de came. Si je débarque là-bas avec la protection de l'enfance, on t'enlèvera DeAnne, et elle sera confiée aux services sociaux.

— Espèce de salaud.

— Garde ça en tête, ma belle : si tu m'aides, je te file deux billets de car pour toi et DeAnne jusqu'à Baton Rouge, où tu t'installeras un moment chez ta maman. Mais t'as intérêt à te décider maintenant, parce que d'une façon ou d'une autre on va mettre la main sur Rico.

Il la relâche.

Jimmy se retourne pour regarder Keisha sur la banquette arrière. Il est 3 heures du matin, ils sont garés à une centaine de mètres de la *shotgun house* qu'elle loue.

— Répète-moi encore une fois ce que tu dois faire, dit-il.

— J'entre, récapitule Keisha. Il doit roupiller dans la chambre du fond. S'il y est pas, je l'entraîne vers le lit.

— Et…

— Je ferme pas à clé derrière moi.

— Où dort DeAnne ? demande Angelo.

— Dans la pièce de devant, sur le canapé.

— On essaiera de ne pas l'effrayer, dit Angelo.

— On te donne cinq minutes, déclare Jimmy. Après, on débarque.

— Écoute-moi bien, Keisha, reprend Angelo. Si tu le préviens et qu'il tente de se tirer, notre collègue dehors le butera. Et toi, tu pourras dire adieu à ta gosse, parce que tu ne la reverras jamais.

— Je sais.

— Où est-ce qu'il planque son feu, en général ? interroge Angelo.

— Sous l'oreiller.

— S'il veut le récupérer, il est mort, affirme Jimmy.

— Je l'en empêcherai, lui assure-t-elle. Mais…

— Quoi ? questionne Jimmy.

— Vous lui ferez pas de mal, hein ?

— Non, répond Angelo. On veut juste lui parler.

Elle descend de voiture.

— T'as confiance en elle ? demande Jimmy.

— Moi ? Putain, j'ai même pas confiance en *toi*, rétorque Angelo.

— Rappelez-vous, je le veux vivant.

Une fois les cinq minutes écoulées, ils s'avancent vers la maison.

La porte est déverrouillée.

Jimmy pénètre à l'intérieur et voit la petite fille endormie sur le canapé, le bras passé autour d'un éléphant rose en peluche.

Son arme à la main, il se dirige vers la chambre du fond.

Angelo longe le mur opposé.

Wilmer bloque la porte d'entrée, Harold est derrière, dans le jardin.

La porte de la chambre est entrouverte.

Jimmy l'écarte doucement.

Rico – grand, corpulent, avec des tatouages sur le bras et la poitrine – est allongé à poil sur le lit. Il dort comme un taulard, se réveille au plus léger bruit et cherche aussitôt son arme.

Keisha s'y cramponne de toutes ses forces.

— Salope. *Puta.*

— Tourne-toi, ordonne Jimmy. Les mains derrière le dos.

Rico s'exécute, mais il a toujours les yeux rivés sur Keisha. Tandis que Jimmy le menotte, il gronde :

— Je te tuerai. Et je tuerai aussi ta morveuse.

— Ferme-la, ordonne Angelo.

Il fouille le pantalon de Rico, lui prend son téléphone puis s'empare de l'arme que tient toujours Keisha.

Jimmy et lui attrapent Rico par les avant-bras pour le hisser sur ses pieds.

— Je peux au moins me saper ? demande Rico.

— Pas la peine, décrète Jimmy.

Ils le traînent vers la pièce de devant.

DeAnne, assise sur le canapé, serre son éléphant contre elle. Des larmes roulent sur ses joues. Elle est terrifiée.

— Tout va bien, ma puce, lui dit Angelo. C'est juste un mauvais rêve. Rendors-toi.

Jimmy et Wilmer emmènent Rico jusqu'à la voiture. Angelo, resté derrière, remet à Keisha deux billets de cent dollars.

— Il y a un car qui part dans deux heures, ajoute-t-il. Arrange-toi pour être dedans avec ta gosse.

Quitte La Nouvelle-Orléans avant le lever du jour.

— Où vous m'emmenez ? interroge Rico quand ils le poussent sur la banquette arrière.

— Là où t'as emmené mon frère, répond Jimmy.

Le vieil entrepôt a été édifié au bord du fleuve dans la banlieue d'Arabi, à la limite avec Chalmette.

Il est vide depuis la tempête.

Rico est menotté, bras dans le dos, à un pilier en acier. Il s'adresse à Jimmy :

— Qu'est-ce qu'on fait, maintenant ?

— Je reconnais ta voix, je l'ai entendue sur la vidéo, déclare Jimmy. Tu parlais de mon frère. « Il en fait, des bonds. » Tu trouvais ça comique, à l'évidence.

— Ça l'était, affirme Rico. Je me suis bien fendu la gueule. Je sais que tu vas me buter. Alors, vas-y, qu'est-ce que t'attends ?

— Chaque chose en son temps, déclare Jimmy, qui enfile un poing américain à sa main droite. Si quelqu'un veut me fausser compagnie, c'est le moment. Sans rancune.

Personne ne bouge.

Harold s'assoit sur une pile de caisses.

Wilmer s'adosse à un autre pilier.

Angelo allume une clope.

Jimmy glisse un autre poing américain à sa main gauche, relâche son souffle puis se déchaîne sur Rico.

Comme s'il s'entraînait au sac de frappe, sauf que c'est un être humain qu'il cogne.

Il enchaîne les droites et les gauches féroces dans les côtes de Rico, avant de reculer et de lui expédier un direct dans le foie.

Rico beugle.

Jimmy fait rouler son épaule gauche pour la détendre, balance un crochet dans la pommette de Rico, un uppercut du droit dans son menton, ramène le bras et lui explose l'arête du nez.

Du sang lui gicle au visage.

Il ne le remarque même pas.

En nage, soufflant comme un bœuf, il bourre de coups les côtes de Rico, l'oblige à se retourner et lui martèle les reins, le retourne de nouveau et lui envoie un uppercut vicieux dans les parties.

Le menton de Rico tombe sur sa poitrine.

Du sang coule sur ses tatouages.

— Ça suffit, dit Angelo.

— Non, ça suffit pas, riposte Jimmy. On en est même encore très loin.

— Il faut qu'il soit en état de parler, souligne Angelo, qui va se placer entre Jimmy et le prisonnier. Où est-ce qu'on peut trouver Oscar ?

— Vous pouvez pas.

Wilmer descend des caisses.

— Laissez-moi essayer, suggère-t-il, avant de se pencher vers l'oreille de Rico et de dire en espagnol, à voix basse : Ce mec qui te cogne, là, c'est *El Cadejo*.

C'est une vieille légende du folklore hondurien, qui oppose un chien noir, créé par Satan, à un chien blanc, créé par Dieu.

— Le chien noir et le chien blanc sont toujours en train de se battre en lui, explique Wilmer. En ce moment, le noir est en train de gagner, ce qui n'est pas bon pour toi. Si tu veux que le blanc l'emporte, t'as intérêt à nous dire ce qu'on veut savoir.

— Ils se battent aussi en moi, révèle Rico.

— Je sais. Tu as fait quelque chose de terrible, et tu vas mourir à cause de ça. Tu vas mourir, et ensuite t'iras en enfer. Mais, peut-être que si tu laisses le chien blanc gagner, Dieu te pardonnera.

— Dieu, il existe pas.

— Vaudrait mieux pour toi qu'il existe, *'mano*, réplique Wilmer. Sinon, il reste que le chien noir.

La tête de Rico retombe. Il pousse un gémissement de douleur, puis relève les yeux.

— Allez vous faire foutre.

— Sortez tous, ordonne Jimmy.

Les autres s'en vont.

Jimmy fait quelques pas dans l'entrepôt et avise une barre de fer sur le sol. Il la ramasse, la soupèse et retourne vers Rico.

— T'as brisé tous les os de mon frère avant de le brûler vif, dit-il. Mauvaise nouvelle, Rico. Le chien noir a gagné.

Il s'acharne jusqu'à ce qu'il n'ait plus la force de manier la barre.

Trois de moins.

Il n'en reste qu'un.

— Il a parlé ? questionne Angelo.

— Non, répond Jimmy.

Quand ils démarrent, Angelo reprend :

— Tu ne te dis jamais que c'est peut-être mal, ce qu'on fait ?

— Non.

Cinq minutes plus tard, Jimmy ajoute :

— Ils ont eu ce qu'ils méritaient.

— C'est pas eux qui m'inquiètent, réplique Angelo. C'est toi.

— C'est mignon.

— Ce que tu deviens, précise Angelo, qui attend un long moment avant de demander : Tu crois vraiment que c'est ce que Danny aurait voulu ?

— Aucune idée. Je peux pas lui poser la question, pas vrai ?

Ils roulent encore sur quelques centaines de mètres avant que Jimmy rompe le silence :

— Je sais qu'un truc s'est cassé en moi. Je le sais, c'est tout. Si tu veux descendre du train, Angelo, vas-y, saute. On sera toujours potes.

— T'es pas mon pote, t'es mon coéquipier, déclare Angelo. Je vais jusqu'au terminus.

On y est peut-être déjà, songe Jimmy. Rico n'a rien lâché, on n'a plus aucun moyen de trouver Oscar Diaz.

J'ai merdé, j'ai perdu mon sang-froid, et maintenant je ne peux plus venger mon frère.

C'est fini.

Deux flics des Homicides, Garafalo et Perez, examinent le corps menotté au pilier. L'homme, du moins ce qu'il en reste, a été tabassé à mort.

Doux euphémisme.

Les os de ses bras et de ses jambes ont traversé la chair. Son visage ressemble à une truellée de mastic.

— Ça, c'est pas un règlement de comptes entre dealers, fait remarquer Garafalo. C'était personnel.

Ils ont tous les deux la même pensée.

Jimmy McNabb.

Jimmy écluse sec.

Il boit pour noyer la douleur qui refuse de demeurer au fond – tous les souvenirs de son frère qui remontent à la surface, pareils à ces débris qui flottaient encore dans les rues après l'ouragan.

Lui, marchant à côté de Danny qui chantait en même temps que la chorale quand ils passaient devant l'église Grace and Glory, dans Third Street.

Son frère et lui allongés sur leurs lits respectifs la nuit, écoutant le vieux taper dans les meubles une fois rentré de son service, et lui disant à Danny qui le regardait d'un air effrayé : « T'en fais pas, je suis là. »

Je te protégerai.

Danny et lui se disputant à propos des *po'boys*[1], pour savoir lequel était le meilleur, au rosbif ou aux huîtres, et Danny affirmant : « Les huîtres, ça ressemble à de la morve. Je suis sûr que ça a le même goût.

— T'es bien placé pour savoir quel goût ça a, la morve, avec ce que tu bouffes comme crottes de nez.

— Moi, au moins, je bouffe que *les miennes*. »

1. Sandwichs typiques de Louisiane.

Et tous les deux se tordant de rire jusqu'à ce que leurs sodas leur sortent par les narines.

Assis dans son fauteuil, chez lui, au cœur du Channel, Jimmy regarde ses mains. Enflées, écorchées, violacées au niveau des articulations.

La douleur lui fait du bien.

Il regrette qu'elle ne soit pas plus intense.

Il veut avoir mal.

On ne parle que de ça dans les vestiaires.

McNabb coche les cases.

— C'est des conneries, dit un flic.

— Ah oui ? lance un autre. Réfléchis. Il y avait quatre types sur cet enregistrement. L'un d'eux était Diaz. Peut-être que les deux autres étaient Mantilla et Pineda.

— Le 911 a reçu un appel l'autre soir, intervient un troisième. Quelqu'un a entendu des cris provenant de l'usine de recyclage dans Willow Street.

— C'est le quartier hondurien, ça.

Les échanges se poursuivent jusqu'à l'arrivée d'Angelo.

— Vous vouliez me parler de quelque chose, les gars ? demande-t-il.

Silence.

— Non ? Personne n'a rien à dire ?

Personne.

— Parfait. Continuez comme ça.

Aucun de ses collègues ne pipe mot. Il récupère son équipement et sort.

Le coup frappé à la porte réveille Jimmy.

Il est toujours dans son fauteuil.

Après avoir saisi son arme, il la dissimule dans son dos, s'approche du battant et l'ouvre.

— *Señor* McNabb.

L'inconnu est un Latino solidement charpenté d'une quarantaine d'années, vêtu avec une certaine recherche : costume en lin kaki, chemise bleue au col ouvert.

— Qu'est-ce que vous voulez ? demande Jimmy.

— Vous entretenir d'un sujet dont il vaudrait mieux discuter en privé, répond le visiteur. Je peux entrer ?

Jimmy l'introduit dans l'appartement en s'assurant qu'il voit l'arme.

— Je vous garantis que ce ne sera pas nécessaire, dit l'homme.

— Vous êtes qui ?

— Vous n'avez pas besoin de connaître mon nom.

— Vous ne savez pas de quoi j'ai besoin.

— Je sais que vous avez besoin de trouver Oscar Diaz. Je suis venu spécialement de Culiacán, Sinaloa, pour vous donner satisfaction.

— Pourquoi le cartel ferait-il ça ?

— Diaz a franchi la ligne rouge en assassinant un policier américain aux États-Unis. Qui plus est, avec un sadisme répugnant. Voyez-vous, nous aimerions développer nos activités ici, et nous aimerions le faire dans le cadre de rapports antagonistes normaux avec les forces de l'ordre. Nous ne voulons pas d'une relation inutilement exacerbée et chargée d'affect.

— Si vous teniez vraiment à mettre Diaz hors jeu, vous vous en seriez chargés vous-mêmes.

— Et nous le ferons si tel est votre souhait, mais nous avons pensé que vos auriez à cœur de vous en occuper. Nous comprenons l'importance de la *sangre*, les liens du sang, la famille. Et nous n'avons aucun doute sur vos capacités. Diaz est le dernier de la liste, n'est-ce pas ? Mantilla, Quintero, Pineda...

— Qu'est-ce que vous voulez en contrepartie ?
— Comme je vous l'ai dit, des rapports normaux.
— On traite comme d'habitude, quoi.
— C'est ça. Comme d'habitude.
— Où est-il ?

Le visiteur tend à Jimmy un bout de papier sur lequel figure l'adresse d'un immeuble à Algiers Point.

— Diaz est réfugié dans le *penthouse*, avec une armée, précise-t-il. Il est terrifié et désespéré.

— Si je vous chope avec de la came, je vous coffrerai.

— Je n'en attends pas moins de vous. Mais j'occupe des fonctions managériales, je ne touche jamais la marchandise. Bonne chasse, *señor* McNabb. J'espère que vous réussirez. Diaz est un minable.

Il s'en va et referme la porte derrière lui.

Landreau regarde Hendricks, le patron des Homicides, assis de l'autre côté de son bureau.

— On a un problème, déclare ce dernier.
— On en a toujours, non ?
— L'un de tes hommes est suspect dans trois homicides.
— McNabb.

— Personne ne souhaite plus que moi voir les meurtriers de Roxanne Pulaski et de Daniel McNabb traduits en justice, dit Hendricks, mais on ne peut pas laisser un flic des Stups exécuter les gens à droite et à gauche.

— Tu as des preuves ?

— Si j'en avais, McNabb serait sous les verrous. Le reste de son équipe aussi.

— Au cas où tu en obtiendrais, arrête-les. En attendant…

Hendricks se lève.

— On se connaît depuis longtemps, Adam. La collaboration a toujours bien fonctionné entre nous. Je voulais juste te prévenir. Le chef prendra sa retraite l'année prochaine, et le bruit circule que tu figures sur la liste des candidats retenus. Alors, ça me désolerait qu'un dérapage de ce genre…

— J'apprécie ta prévenance, Chris.

Hendricks prend congé.

Landreau appelle une autre de ses équipes, à qui il demande de surveiller McNabb et de ne pas le lâcher.

L'immeuble, qui compte dix étages, domine le fleuve à Algiers Point.

Angelo s'est procuré les plans aux services de l'urbanisme et toute l'équipe s'est réunie dans la planque pour les étudier.

Pas de concierge dans le hall d'entrée, mais des caméras de surveillance.

— Diaz a sûrement des moniteurs chez lui, dit Jimmy. Il nous verra entrer.

Sur les deux ascenseurs, seul celui de droite monte jusqu'au *penthouse*, et il fonctionne à l'aide d'une carte magnétique.

— T'as une solution ? lance Jimmy à Harold.

— La perceuse électrique.

La cabine ouvre directement sur le *penthouse*.

— C'est pratique, quand on revient du supermarché, ironise Angelo.

L'autre ascenseur s'arrête au neuvième.

— Il doit y avoir aussi des escaliers intérieurs, fait remarquer Jimmy. C'est la réglementation.

— Ils sont là, déclare Wilmer en les indiquant.

Les plans révèlent deux escaliers qui vont des caves au toit, l'un dans la partie ouest de l'immeuble, l'autre dans la partie est. Ils sont doublés par des escaliers de secours externes, si bien que se pose la question d'entrer par l'intérieur ou par l'extérieur.

— Par l'extérieur, ce serait plus facile, observe Angelo. On monte jusqu'au *penthouse*, il y a une terrasse.

Les plans en montrent une qui entoure l'appartement sur trois côtés, offrant à ses résidents une vue panoramique sur Algiers, le fleuve et la ville sur l'autre rive.

— T'avais une terrasse, toi, dans le Ninth ? demande Jimmy à Angelo.

— Nous, on appelait ça une « galerie ». Après Katrina, elle aussi avait vue sur le fleuve. De dessous.

— Diaz aura placé un guetteur sur le toit, intervient Wilmer. Il nous repérera tout de suite si on prend l'escalier de secours.

Toute cette putain de ville nous verra, pense Jimmy. Les hélicos des forces de l'ordre seront là avec des caméras avant qu'on ait pu atteindre le sixième étage, ou alors un bon citoyen sortira son téléphone portable. Et mieux vaut éviter que des vidéos de ce genre soient produites au tribunal ; si on survit à cette opération, on sera vraisemblablement mis en examen pour meurtre.

— On passe par l'intérieur, décrète-t-il.

Une décision qui, là encore, ne va pas sans poser problème. Le taux d'occupation de l'immeuble étant de 90 %, il y aura des civils dans le hall, l'ascenseur ou les couloirs. Ce ne seront pas seulement des témoins, leur vie pourrait être mise en danger, et Jimmy ne veut pas de « dommages collatéraux ».

La meilleure solution serait d'organiser une opération conjointe avec le SWAT, la DEA, les US Marshals et des flics en uniforme, d'encercler le bâtiment, de procéder à l'évacuation des habitants, d'envoyer des hélicos déposer des hommes sur le toit et rester en vol stationnaire pour les couvrir.

C'est ce qu'on devrait faire, songe Jimmy.

Landreau donnerait certainement son feu vert, et les autres services se bousculeraient pour en être. Les images rendraient bien au JT de 10 heures, à la plus grande satisfaction du chef de la police et du maire.

Le hic, c'est que Landreau insisterait pour obtenir au préalable un mandat auprès d'un juge, ce qui entraînerait toutes sortes de questions embarrassantes sur la façon dont Jimmy et son équipe ont appris où se trouvait Diaz et acquis la conviction qu'il avait commandité le meurtre de deux policiers.

En fait, Votre Honneur, je suis allé rendre visite à quelques-unes de mes relations dans la mafia, et après j'ai balancé ce type dans un compacteur...

Et, même s'ils obtenaient les papiers nécessaires, le but serait avant tout d'arrêter Diaz et de l'exhiber mains en l'air devant les caméras – une nouvelle victoire pour les forces de l'ordre. Or, Jimmy refuse d'envisager que Diaz puisse sortir de cet immeuble autrement qu'à l'état de cadavre, et il tient à l'expédier lui-même *ad patres.* Landreau accepterait sans doute de le laisser entrer le premier, mais il y aurait toujours le risque qu'un sniper du SWAT élimine la cible d'une balle dans la tête. Une fin rapide, nette et sans bavures.

Non, ce ne sera pas rapide, ce ne sera pas propre, et personne d'autre que Jimmy McNabb ne s'en chargera.

Toute la question est de savoir comment.

— Il doit y avoir un ascenseur de service, dit Angelo. Les riches ont toujours besoin de toutes sortes de trucs et ils ne veulent pas que le petit personnel salisse leurs ascenseurs. Admettons que Diaz ait besoin de se faire livrer un canapé de designer à 50 000 balles...

Ils finissent par localiser la cabine, qui s'élève côté nord jusqu'au toit, et donne sur le palier devant le *penthouse.*

— Reste le problème de la carte magnétique, fait remarquer Wilmer.

— C'est pas un problème, affirme Harold. Bon, on arrive devant l'appart. Devant la porte de la cuisine, plus précisément. Sûr qu'elle sera verrouillée.

— Une charge de plastic ? suggère Jimmy.

— Un coup de fusil dans la serrure, réplique Harold.

— On va se faire passer pour des techniciens de l'HVAC, dit Jimmy.

Ils ont gardé des uniformes utilisés lors de missions de surveillance, et il n'y a pas un seul habitant de La Nouvelle-Orléans qui fermerait sa porte à une équipe chargée d'entretenir la climatisation.

— Les combinaisons nous permettront de dissimuler nos armes et de porter nos gilets dessous.

Ils décident que Jimmy et Harold emprunteront l'ascenseur de service, que Harold défoncera la porte de la cuisine et que Jimmy entrera le premier. Wilmer montera par l'escalier intérieur au cas où Diaz tenterait de l'emprunter pour fuir, et Angelo couvrira l'escalier de secours.

— On te verra, le prévient Jimmy.

— Un bonhomme sur un immeuble ? Peut-être pas.

— Diaz aura sûrement posté des hommes dans des apparts à d'autres étages, indique Wilmer. Ce sera « Attrape-moi si tu peux ». Et quand il entendra des détonations en dessous, il se tiendra prêt.

— S'il y en a parmi vous qui veulent lâcher l'affaire, je comprendrai, dit Jimmy. On va entrer, mais sans aucune garantie de ressortir. Et, même si on s'ensort, on pourra faire une croix sur nos carrières.

Ils le savent tous.

Ils savent qu'il n'y a jamais de garantie.

Qu'ils perdront leur boulot, leur plaque et qu'ils iront peut-être en taule.

Qu'ils risquent de finir à Angola ou entre quatre planches.

— Angelo ?

— Tu connais mon point de vue, Jimmy.

— Wilmer ?

— C'est une question d'honneur.

— Harold ?

C'est le membre de l'équipe le plus droit, et par conséquent le plus susceptible de tirer sa révérence. Il se lève, écarte une dalle du plafond, y enfonce la main et extrait un véritable arsenal : un HK MP5K, un pistolet-mitrailleur Steyr, un Glock 9 mm, un fusil semi-automatique Benelli M4 Super 90, un lance-grenades GS-777 à épauler et une mine M16 antipersonnel.

Ce sont autant de prises de guerre qu'ils ont confisquées aux *narcos* au fil des ans. Au lieu de les mettre sous scellés, ils les ont entreposées dans leur planque en prévision du jour où ils auraient besoin de lancer l'offensive avec des armes intraçables. De s'assurer une puissance de feu que la police ne leur offrirait pas.

Diaz a une armée ? pense Jimmy en regardant son collègue.

Très bien. Nous, on est une armée.

Ils enfilent leurs tenues de techniciens, fourrent les armes dans des sacs de sport et sortent récupérer leurs voitures.

Landreau prend l'appel.

— Ils quittent le Carré.

— OK, tenez-moi au courant.

C'est une de ces nuits, putain.

Une de ces nuits typiques de La Nouvelle-Orléans, chaude, moite, étouffante – une atmosphère de cocotte-minute, quand le couvercle contient encore la pression, mais tout juste.

Il pourrait exploser à n'importe quel moment.

S'envoler dans un riff de trompette.

Pour un regard de travers ou un mot de trop.

Une lame qui jaillit, un flingue qu'on dégaine.

Par une nuit pareille, il vaut mieux garder les yeux baissés, les oreilles grandes ouvertes et les lèvres scellées.

Et encore, elle peut quand même se retourner contre vous.

Jimmy et son équipe prennent St Philip's vers Decatur.

De Decatur, ils roulent vers Canal.

De Canal, vers Tchoupitoulas.

Puis ils s'engagent sur le pont pour traverser le fleuve.

— Ils vont vers Algiers.

Ils se garent dans Patterson à un pâté de maisons de l'immeuble et attendent le retour de Harold.

Vingt minutes plus tard, celui-ci remonte en voiture et leur dit qu'il n'a eu aucune difficulté à descendre au sous-sol et à couper la climatisation.

— Quelqu'un t'a vu ? interroge Jimmy.

— Les caméras.

— Gustafson est entré dans l'immeuble et vient d'en ressortir.

— Il a juste fait l'aller-retour ? s'étonne Landreau.

— Il est resté à l'intérieur une quinzaine de minutes.

C'est quoi, ce bordel ? se demande Landreau.

— Ne les lâchez pas.

Ils se lancent la balle.

Tradition, superstition, appelez ça comme vous voudrez – c'est ce qu'ils font.

Ils la lancent comme des stars à l'entraînement.

— Ils jouent à la balle.

— Quoi ? lance Landreau.

— Ils se font des passes.

Landreau sait ce que ça signifie : ils vont y aller.

Jimmy laisse tomber cette foutue balle.

Tout s'arrête. Les hommes se figent.

Jimmy finit par la ramasser, la coince dans son gant puis fourre le gant sous son bras.

— On s'en branle. *Laissez les bons temps rouler.*

Ils se dirigent vers l'immeuble.

Oscar Diaz sue comme un porc.

— Qu'est-ce qui se passe avec cette *pinche* de clim ? s'écrie-t-il.

— J'ai appelé, répond Jorge.

Jorge est le remplaçant de Rico. Un gars moins coriace, mais beaucoup plus au fait des nouvelles technologies, ce qu'Oscar considère comme un atout.

— Rappelle ! ordonne-t-il.

Ce n'est pas seulement une question d'inconfort personnel : l'air dans l'appartement pourrait stresser ses poissons, ils sont sensibles aux moindres variations dans leur environnement.

— Non, ils sont là, l'informe Jorge en regardant les moniteurs. Trois zigs en bleu de travail.

— McNabb, Suazo et Gustafson sont entrés. Carter est dehors. Ils sont en tenue de techniciens de l'HVAC.

Landreau analyse l'information.

— On les alpague, patron ?

Celui-ci ne répond pas tout de suite. Jimmy McNabb va au suicide, réel ou professionnel, se dit-il, et il m'entraînera avec lui. Si je le laisse faire ce que je le crois sur le point de faire, je pourrai m'estimer heureux d'être affecté à la surveillance d'un supermarché à Ploucland, au fin fond de l'Alabama.

— N'intervenez pas.

Il appelle le chef de brigade du District 4, à Algiers.

— Je veux un cordon de sécurité autour de cet immeuble, dit-il. Rien n'entre, rien ne sort. Et pas de sirènes.

— Qu'est-ce que…

— McNabb va se faire le meurtrier de son frère.

Eva regarde les points lumineux progresser vers Algiers Point.

Apparemment, toutes les voitures de service du District 4 sont en route.

Elle écoute les échanges. *Un cordon de sécurité autour de l'immeuble. Rien n'entre ni ne sort… Le type qui a flingué Danny… Roxanne…*

Sa poitrine est comprimée, elle a l'impression de ne plus pouvoir respirer.

Jimmy McNabb…

Hendricks fait irruption dans le bureau de Landreau.

— Qu'est-ce que tu fous, bon sang ?

— Reste en dehors de ça.

— T'es en train de couvrir un homicide !

— Vas-y, arrête-moi.

— J'envoie mes hommes.

— Ceux du 4e ne les laisseront pas passer.

— Tu déraillles complètement. Je vais prévenir le boss.

Ce n'est pas nécessaire.

Le chef de la police apparaît dans l'encadrement de la porte.

— Quelqu'un peut m'expliquer ce qui se passe ici ?

Hendricks s'exécute.

Le chef écoute, puis hoche la tête.

— L'homme planqué dans cet immeuble a tué une de mes policières et torturé à mort un autre de nos collègues. Alors, voilà le topo : le cordon reste en place autour de ce bâtiment, nos radios seront mises hors service et, vous, vous rentrez chez vous, vous ouvrez une bière et vous regardez un match.

— Vous vous en lavez les mains ? s'écrie Hendricks.

— Ne m'obligez pas à laver les vôtres, riposte le chef. Parce que, si je suis obligé d'en arriver là, j'utiliserai un sacré décapant. J'espère qu'on s'est bien compris.

Il sort.

Le guetteur n'en croit pas ses yeux.

C'est comme si toutes les voitures de patrouille de la ville convergeaient vers l'immeuble. Puis le flot des véhicules se scinde tel un cours d'eau devant un rocher, et encercle le bâtiment.

On est cernés, pense-t-il.

Il prend son téléphone et appelle.

— Comment ça, on peut pas se tirer ? hurle Oscar.

Jorge en a plus que sa claque.

— C'est quoi, le mot que t'as pas pigé ? braille-t-il en retour. On est cernés, bordel ! Tous les flics de la ville seront là dans cinq putains de minutes !

Le *Jeboehlkia gladifer*, extrêmement sensible au bruit, commence à s'agiter dans l'aquarium. Le poisson-ange doré à rayures bleu électrique file se réfugier dans sa petite grotte.

— J'irai pas en taule, déclare Oscar.

Il a déjà fait de la prison, au Honduras. L'expériencene lui a pas laissé un bon souvenir.

— Préviens les autres, ordonne-t-il. On se met en position. T'as vu *Scarface* ?

Sûr, j'ai vu cette merde, songe Jorge.

— C'est qu'un foutu film, Oscar !

— Préviens-les ! DefCon 4[1] !

Jorge passe un coup de téléphone. Plusieurs, même : ils ont des hommes au quatrième et au sixième étage, et toute une escouade au neuvième.

Oscar arrache les coussins du canapé gris Henredon et s'empare du AK-47 caché dessous. Pas question de leur faciliter la tâche.

Puis le guetteur appelle.

— Quoi ? aboie Jorge.

— Ils entrent pas, dit-il.

— Comment ça ?

— Ils entrent pas, répète le guetteur. Ils sont sortis de leurs bagnoles et ils regardent de l'autre côté.

Oscar se précipite sur la terrasse.

Pour découvrir la chaîne de voitures de patrouille autour de l'immeuble.

Qu'est-ce qu'ils foutent ? se demande-t-il.

Pourquoi ils n'entrent pas ?

Jimmy s'engage dans l'ascenseur de service.

Harold prend dans sa boîte à outils une perceuse sans fil, avec laquelle il ouvre le panneau. Il examine rapidement l'intérieur, sectionne un câble, puis le met en contact avec un autre comme s'il faisait démarrer une voiture.

Jimmy appuie sur le bouton « P », et la cabine s'élève.

Jorge se rappelle les trois zigs venus réparer la climatisation. Il s'approche des moniteurs, clique pour avoir les images de l'ascenseur de service et découvre deux techniciens, ainsi que le panneau ouvert.

1. Niveau d'alerte militaire des forces armées des États-Unis. Au niveau 4, les mesures de sécurité sont renforcées.

— Oscar, regarde ça.

Oscar s'approche.

Il voit un type qui ressemble beaucoup à celui qu'ils ont fait bondir sur la chaise.

Jimmy McNabb.

Oscar comprend.

Jorge est déjà au téléphone.

Les portes de l'ascenseur s'ouvrent au quatrième étage.

Harold tient son fusil au niveau de la hanche.

La détonation projette l'aspirant tireur contre le mur d'en face.

Les portes se referment.

— On monte, dit Jimmy.

Wilmer gravit les marches.

Le Steyr braqué devant lui.

Les trois premiers étages sont silencieux mais, soudain, il entend une porte s'ouvrir au-dessus de lui, au niveau du quatrième.

Puis des pas sur le palier.

Il avance encore un peu et lance :

— *¿ Está bien Oscar ?*

Oscar est OK ?

Un type apparaît plus haut, un Glock 9 mm à la main.

Wilmer est le premier à tirer.

Et le dernier.

Angelo est dans l'escalier de secours.

Il entend la détonation du Steyr à l'intérieur et comprend que le show a commencé.

La scène à l'extérieur est pour le moins déroutante. Quand il vu le cordon de voitures de service se mettre en place, il a cru que le show allait être annulé, mais les collègues se sont contentés de rester assis dans les véhicules ou debout à côté. Quelques civils dans l'immeuble ont dû se dire qu'il y avait du grabuge dans l'air, car ils sortent, et les flics les escortent hors du périmètre de sécurité.

Mais personne n'entre.

Ils vont laisser Jimmy régler ses comptes.

Angelo continue à monter.

Il vient d'atteindre le sixième étage quand une balle le touche.

Les portes de l'ascenseur se rouvrent, cette fois au sixième.

Ne voyant personne à l'intérieur, le sbire d'Oscar passe la tête dans l'ouverture.

Jimmy la lui fait sauter.

Les portes heurtent le corps.

Jimmy le repousse d'un coup de pied et les portes se referment.

Le vacarme est irréel.

Des détonations résonnent dans la cage d'escalier du sixième étage. Wilmer, à plat ventre, se contorsionne comme un ressort Slinky.

Il n'a nulle part où aller, sinon plus haut.

Il tire, rampe, tire. Vise les murs pour que les balles ricochent dans tous les coins.

C'est une bonne idée, apparemment, parce que les coups de feu cessent.

Angelo s'est roulé en boule dans l'escalier de secours.

Le *narco* se penche par une fenêtre pour l'achever d'une balle dans le crâne.

Mais c'est Angelo qui, tirant de sous son bras, lui en colle une dans le ciboulot.

Puis il se relève et poursuit son ascension en remerciant Dieu et Jimmy de lui avoir fait enfiler ce gilet.

Les portes de l'ascenseur ne s'ouvrent pas au septième.

Jimmy et Harold sortent au huitième.

Après avoir estimé que la cabine était un cercueil vertical pour deux, en mouvement.

Par conséquent, quand les portes commencent à s'écarter au neuvième et que les hommes d'Oscar mitraillent l'intérieur avec leurs AK et leurs MAC, ils ne voient pas de corps.

Ce qu'ils voient, en revanche, c'est une mine à fragmentation M16 qui explose, les truffant de milliers de fragments métalliques.

Wilmer est acculé entre le huitième et le neuvième étage.

Il a reçu deux balles dans son gilet et une dans la main gauche, et ce n'est qu'une question de temps – très peu de temps – avant qu'il en prenne une dans la tête. Les salauds l'apostrophent, le narguent.

¡ Vamos, sube, cabrón ! ¿ Porqué no subes ? !

Vas-y, monte, connard ! Pourquoi tu montes pas ?

Puis il entend une autre voix. Celle de Jimmy.

— Wilmer ? T'es là ? Descends d'un étage ! Tout de suite !

Il roule au bas des marches, laissant une traînée de sang derrière lui. Il entend encore Jimmy crier :

— Protège-toi !

Wilmer se couvre la tête de ses bras.

Harold, posté dans l'encadrement de la porte au neuvième étage, épaule le lance-roquettes. Il dirige le canon vers le bas de la cage d'escalier et presse la détente.

La déflagration est effroyable.

Mais les cris cessent.

Seuls quelques gémissements s'élèvent.

— Wilmer, ça va ? hurle Jimmy.

Wilmer n'entend plus rien.

Juste un sifflement strident dans les oreilles.

Il se redresse et doit enjamber une pile de corps pour grimper au neuvième. Les marches sont rendues glissantes par le sang et les débris divers.

Jimmy et Harold le tirent vers le couloir.

— T'es touché, dit Jimmy.

— On prend l'escalier ou l'ascenseur ? demande Wilmer.

— À mon avis, l'ascenseur est HS, répond Jimmy. Toi, reste dans l'escalier, au cas où quelqu'un voudrait descendre.

— Je veux...

— Je sais, l'interrompt Jimmy. Reste dans l'escalier.

Harold et lui montent vers le *penthouse*.

Les radios de la police sont silencieuses, mais le standard d'Eva clignote comme un sapin de Noël défoncé au crack. Des citoyens inquiets appellent de toutes parts : des coups de feu... une explosion... des cris... qu'est-ce qui se passe... encore une explosion...

Elle regrette amèrement d'avoir confié à Jimmy cette mission, de l'avoir lancé dans cette croisade.

Tu as perdu un fils, se dit-elle, et tu ne trouves rien de mieux à faire que d'envoyer l'autre à la mort ? Sa propre mère, qui avait une passion pour le jeu, lui avait appris quand elle était petite qu'on ne rattrape pas les mauvais investissements en réinjectant de l'argent. Inutile de s'obstiner, on ne récupère jamais la mise.

Alors, au lieu de prendre les appels, elle prie.

Je vous en supplie, mon Dieu, je vous en supplie, Marie, je vous en supplie, saint Jude, patron des causes perdues, je vous en supplie, faites que mon fils revienne.

Les explosions ont ébranlé Oscar.

Littéralement.

Les murs de l'appartement ont tremblé, un tsunami miniature a déferlé dans l'aquarium et la vieille voyant est devenue dingue.

Jorge n'en est pas loin non plus.

Il regarde les images sur le moniteur – ses soldats répandus sur les murs, des morceaux d'eux tombant du plafond comme autant de pièces détachées humaines – et lance :

— Je me rends.

— Tu bouges pas, connard, réplique Oscar.

— Si, et je t'emmerde.

Jorge marche vers la porte.

Oscar lui vide la moitié d'un chargeur dans le dos. Puis il regarde les huit porte-flingues qui se sont rassemblés dans le *penthouse* pour l'affrontement ultime.

— Quelqu'un d'autre veut se rendre ?

Personne n'est tenté.

— On est neuf, ils sont quatre, dit Oscar. Il n'y a que trois accès à l'appartement. On liquide ces *pendejos* ici, on descend au sous-sol, et après on se barre. On a encore une chance. Dispersez-vous, couvrez la porte palière, la porte de derrière et la terrasse.

Lui-même va se poster au milieu du salon.

Si Jimmy McNabb me veut, il va falloir qu'il passe le barrage des autres.

Moins deux d'entre eux.

Les deux *narcos* chargés de couvrir la terrasse décident de fuir par l'escalier de secours et, quand Oscar ne pourra plus les voir, de lever les mains pour tenter leur chance avec la police.

Ils croisent Angelo au niveau du huitième étage.

Tout le monde tire en même temps.

Posté sur le côté de la porte de derrière, Harold incline le fusil à 45 degrés vers la serrure.

Jimmy se plaque contre le mur de l'autre côté, prêt à s'engouffrer à l'intérieur.

Il est toujours le premier à entrer.

Harold fait sauter la serrure et recule d'un bond.

La porte s'ouvre à la volée.

Un déluge de balles s'abat dans le couloir.

Jimmy n'est pas le premier à entrer, cette fois.

Il envoie des grenades à sa place.

Deux lancers coude plié, par-dessus le seuil.

D'abord une grenade assourdissante pour aveugler l'ennemi.

Puis une autre, à fragmentation, pour tuer.

Ensuite seulement, Jimmy entre.

Eva disait toujours, quand les garçons avaient mis la cuisine sens dessus dessous, qu'on aurait pu croire la pièce dévastée par un ouragan.

Cette cuisine-là semble en avoir pris un en pleine poire.

Crédences éclaboussées de sang.

Frigo en inox balafré.

Porte du four ouverte, pendant de travers sur une charnière, comme une mâchoire cassée.

Trois morts, ou sur le point de l'être. Deux sur le sol, le troisième à moitié couché sur le plan de travail. Un survivant est accroupi derrière un billot de boucher au milieu de la pièce. Il se redresse, fait feu sur Jimmy, le rate, mais atteint Harold.

En plein front.

Les jambes du colosse se dérobent, il s'effondre sur le billot, puis glisse lentement. Il passe de vie à trépas avant de toucher le sol.

La vengeance a toujours un prix.

Jimmy saisit le HK par le canon, défonce à coups de crosse le crâne du tireur et traverse la cuisine. Harold est mort, il ne peut plus rien faire pour lui sinon le pleurer, et ça viendra plus tard.

Ce n'est pas le moment d'avoir du chagrin ni des regrets.

Plus tard, plus tard.

Il épaule le HK et tire devant lui jusqu'à vider le chargeur.

Angelo essuie le sang qui lui coule dans les yeux.

Les blessures à la tête pissent toujours.

Une balle « rasante » creuse en général un profond sillon dans la chair, et il gardera une vilaine cicatrice, mais il est vivant, contrairement au type qui a tiré sur lui et à son copain, tous les deux désormais drapés sur la rampe d'escalier comme du linge mis à sécher au balcon.

Pris de vertige, rendu nauséeux par la commotion, Angelo grimpe.

« Reste dans l'escalier » ?

Non, pas question pour Wilmer de rester dans ce putain d'escalier.

Qué carajo.

Jimmy ou pas Jimmy.

Chien blanc, chien noir, c'est qu'un clébard.

Serrant son 9 mm dans sa main valide (la droite), il gravit les marches jusqu'au palier du dixième.

Voit la porte du *penthouse* ouverte.

Entend les coups de feu à l'intérieur et entre.

Jimmy fait volte-face.

Personne n'est censé se trouver derrière lui.

Il tire.

Manque d'un cheveu la tête de Wilmer.

Qui, soulagé, sourit.

Puis une balle l'atteint à la gorge, une autre dans la bouche, une troisième entre les yeux, et voilà, Wilmer n'est plus de ce monde.

Jimmy se retourne et presse la détente.

Le tireur titube et s'effondre.

Pas le temps pour les regrets ni pour le chagrin.

Plus tard plus tard plus tard plus tard.

Jimmy entre dans le salon.

Le doigt sur la détente au niveau de sa hanche, il balaie l'espace autour de lui de droite à gauche, mitraillant les chaises, les canapés, les tables, les fenêtres, l'aquarium. Trois cents litres d'eau jaillissent, des poissons s'échouent sur le tapis.

À court de munitions, Jimmy lâche le HK, sort son Glock 9 mm et parcourt la pièce du regard.

Où est Oscar ?

À plat ventre par terre derrière le canapé, Oscar voit son précieux poisson-ange royal ouvrir et fermer désespérément la bouche, ses magnifiques écailles bleu azur miroitant sous la lumière.

Il est hors de lui.

Il voudrait se relever d'un bond et anéantir l'homme qui a tué ses poissons et détruit sa vie. Il en crève d'envie, mais Oscar Diaz est un lâche, alors il se contente de ramper vers la terrasse.

Jimmy le voit se traîner par-dessus le rail fracassé de la baie vitrée.

Il s'approche et lui marche sur les reins.

— Où tu vas comme ça, Oscar ?

Jimmy McNabb est une baraque, son pied pèse lourd. Il le lève et l'abat sur la colonne d'Oscar, encore et encore, comme pour la briser.

— Non, non, on a un rencard, toi et moi. Un rendez-vous, enfoiré.

Il lui pilonne le dos, les jambes, les chevilles, les pieds.

— Ça, c'est pour Danny. Pour mon frère. Ça, c'est pour ma mère. Et ça, pour mon paternel.

La voix d'Eva…

« Je veux que tu te raccroches à tout ce que j'ai essayé de chasser en toi avec mon amour. Je veux que tu prennes ta haine à bras-le-corps. Je veux que tu venges ton frère. »

Oscar grogne de douleur. Ses doigts sont toujours crispés sur l'AK, mais Jimmy les lui écrase. Il en brise certains, en tord d'autres, en meurtrit quelques-uns. Puis, le pied gauche toujours sur la main du Hondurien, il lui balance le droit dans la figure.

« Tu veux bien faire ça pour moi ? Fais-le pour moi. Pense à Danny. Pense à ton petit frère. »

Jimmy lui expédie un coup de latte dans la bouche, lui fracassant les dents.

« Tue-les tous. Tue tous ces hommes qui ont tué mon Danny. »

Il lui martèle l'arrière du crâne.

« D'accord. »

Le cogne à la tempe.

« Et assure-toi qu'ils souffrent avant. »

Il s'arrête.

— J'en ai pas fini avec toi, Oscar. Tu vas rester conscient, bien éveillé. Je vais d'abord te transformer en torche, et après je te balancerai dans le vide comme le déchet que t'es. Je vais te faire brûler vif, comme t'as...

Le coup qu'il reçoit sur la nuque le propulse à distance d'Oscar. Puis un avant-bras lui comprime la gorge, un autre le bloque par-derrière et il se retrouve prisonnier d'une clé.

Le type à moitié couché sur le plan de travail.

Jimmy ne peut plus respirer.

Il sent qu'il va perdre connaissance.

Il lâche son arme, ses doigts griffent l'air derrière lui et s'enfoncent dans les yeux de son assaillant. Celui-ci desserre légèrement sa prise, juste assez pour lui permettre de respirer, de glisser une main dans l'étau qui lui comprime la gorge et de soulager la pression sur sa carotide. En même temps, il titube vers le bord de la terrasse.

Le type se penche en arrière de tout son poids pour essayer de lui briser la nuque mais, de la main gauche, Jimmy lui attrape un doigt, qu'il casse, lui arrachant un cri de douleur. Au même moment, il se retourne, le soulève et le hisse par-dessus la rambarde. L'homme bascule dans le vide, bras et jambes battant l'air, et son hurlement résonne sur dix longs étages.

Jimmy s'efforce de recouvrer son souffle.

Les yeux larmoyants, il distingue Oscar qui, désormais debout, se dirige en chancelant vers l'escalier de secours, avec pour seul obstacle sur son chemin...

Angelo, qui vient d'émerger, le visage transformé en masque sanguinolent, les jambes flageolantes.

Oscar tire.

La balle atteint Angelo en dessous du gilet, dans la cuisse, et le sang gicle de l'artère fémorale comme l'eau d'un tuyau d'arrosage. Oscar l'enjambe péniblement, puis s'engage dans l'escalier, et Jimmy est confronté à un dilemme.

Descendre Oscar ou sauver Angelo.

— Le lâche pas ! hurle ce dernier.

Jimmy s'accroupit à côté de lui.

— Le lâche pas, répète son coéquipier d'une voix plus faible.

— Non, c'est toi que je vais pas lâcher.

D'une main, il appuie fort sur la blessure pour stopper l'hémorragie. De l'autre, il prend dans sa poche son téléphone portable et appelle les secours.

Eva entend : « Policier à terre, 2203, Morgan Avenue, Algiers, *penthouse*. Demande une équipe médicale. »

Elle envoie les urgentistes, puis remercie Dieu.

— Je te lâche pas, répète Jimmy. Tiens bon, tu vas t'en sortir.

— Il se barre.

— On s'en tape.

Parce que, parfois, quand on est brisé, brisé au point de ne plus savoir qui on est, il arrive qu'on se retrouve. Et alors on est plus fort qu'on ne l'a jamais été, suffisamment fort pour, avec toute cette colère, cette haine et cette rage, stopper l'hémorragie.

Il se forme un cal à l'endroit de la fracture, qui nous rend plus fort.

Oscar parvient à descendre l'escalier de secours.

Les pieds meurtris, fracturés, il claudique vers le fleuve.

Cinquante-huit flics ouvrent le feu, illuminant la nuit de La Nouvelle-Orléans.

Jimmy McNabb est toujours sur la terrasse quand les urgentistes allongent Angelo sur une civière.

D'après eux, il va probablement s'en tirer.

Mais pas Harold. Ni Wilmer.

Ils sont morts, comme Danny, et Jimmy se demande si ça en valait la peine. Il se détourne et contemple sa ville.

Même baigné par le clair de lune, le fleuve paraît sale.

Ce n'est pas à Eva qu'on va apprendre que le monde est déglingué.

Elle connaît la vie, elle connaît ce monde.

Elle sait que, quelle que soit la manière dont on y entre, on en sort toujours brisé.

Pour M. Steve McQueen

Crime 101

Crime, principes élémentaires, niveau 101 : Toujours faire simple.

...

La Highway 101.

La Pacific Coast Highway.

Dite la PCH.

Qui épouse les courbes de la côte californienne comme un collier de pierres précieuses celle d'un cou élégant.

Davis aime cette route comme un homme aime une femme.

Il pourrait la prendre tout le temps, nuit et jour.

...

Davis conduit une Mustang noire, une Shelby GT 500 cabriolet, spoiler arrière, flap Gurney, 550 chevaux sous le capot et couple de 69 m/kg.

Crime, niveau 101 : Quand on a besoin de dégager fissa, il faut pouvoir tracer.

Il roule vers le nord le long du littoral, alors que le soleil couchant, pareil à une orange sanguine talée, disparaît derrière les nuages au-dessus de l'océan.

À sa gauche, les vagues déferlent sur Torrey Pines Beach. À sa droite, la voie ferrée traverse Los Penasquitos Creek, et Carmel Valley Road suit la crête qui borde le nord du lagon, où se trouvent un vieil atelier de mécanique jouissant d'une des plus belles vues de la côte et un boui-boui à pizzas que Davis a toujours vu là, d'aussi loin qu'il s'en souvienne.

Telle une femme d'humeur versatile, la Highway 101 change souvent de nom. Pour le moment, elle s'appelle encore North Torrey Pines Road. Bientôt, elle deviendra South Camino del Mar.

Mais, pour Davis, c'est toujours la 101.

Il suit une Mercedes 500 SL blanche qui monte vers la ville de Del Mar.

Il a vu Ben Haddad à La Jolla sortir de la boutique avec une mallette d'échantillons à la main.

Ce n'était pas la première fois qu'il le voyait sortir du magasin de Sam Kassem, loin de là, pourtant Davis a ouvert l'iPad posé sur ses genoux pour comparer l'homme aux photos de lui prises au salon annuel de la joaillerie à Las Vegas, à celui de Tucson et à la Gem Faire de Del Mar. La dernière le montre assis sur une banquette au Red Tracton, en compagnie de Sam Kassem et de leurs épouses respectives. Ils lèvent leurs cocktails en souriant à l'objectif.

Cette image-là a été postée sur le site de la Gem Faire.

Davis sait que Haddad, soixante-quatre ans, est marié et père de trois filles, dont la plus jeune est en première année à l'université de Californie, à Santa Barbara. Il sait aussi qu'il aime le base-ball, joue au golf avant tout pour entretenir ses relations sociales et n'a pas arrêté de fumer, contrairement à ce qu'il a affirmé à son médecin et à sa femme. Et il sait que Haddad est bien assuré, et ne porte jamais d'armes à feu sur lui.

Il laisse deux véhicules s'interposer entre eux, au cas où il y aurait une voiture suiveuse. Si Haddad n'y a jamais eu recours jusque-là, mieux vaut ne pas prendre de risques. De toute façon, Davis n'a pas besoin de lui coller au train, il est déjà informé de la destination du coursier.

Il a lu le mail envoyé à Sam Kassem par John Houghton, propriétaire d'une bijouterie à Del Mar :

« Ben est en route. »

La Mercedes se déporte vers la droite à la hauteur de la Houghton Fine Jewelry.

Puis Haddad fait ce qu'il fait toujours, ce qu'il pense être le plus prudent pour un transporteur : au lieu de se garer devant la boutique, il se dirige vers le petit parking derrière.

Davis connaît le truc, parce qu'il répond à une croyance largement répandue chez les coursiers et représentants en bijoux, selon laquelle les réseaux de braqueurs surveillent toujours les « *devant*-ures ».

Alors, Haddad s'arrête derrière et appelle Houghton pour le prévenir de son arrivée.

Le bijoutier lui déverrouillera la porte de devant.

Cette anomalie est née du conflit d'intérêts entre les coursiers et les commerçants : le coursier cherche à protéger sa marchandise, le commerçant sa boutique, dont le stock le plus précieux se trouve dans la salle du fond, elle-même verrouillée. Le coffre y est également entreposé.

Au cas où un coursier (ou un représentant effectuant la tournée de ses clients) aurait été filé, le bijoutier ne le fait pas entrer par-derrière, car les voleurs pourraient s'engouffrer à sa suite, mettre la main sur les pièces de joaillerie les plus précieuses ou le forcer à ouvrir le coffre.

Voilà pourquoi le transporteur se gare à l'arrière, mais passe par devant.

C'est le défaut dans la couture.

La faille.

La brèche dont Davis est toujours à l'affût.

S'il ne la repère pas, il ne tentera rien.

Principes élémentaires du crime, niveau 101.

Il y a ça, plus la cigarette.

Davis entend ce que Haddad dit à Houghton au téléphone : « Juste le temps d'en griller une, et j'arrive. »

Comme Haddad a pris la voiture familiale, il ne veut pas que sa femme Diana puisse sentir l'odeur du tabac froid à l'intérieur et lui fasse une scène. Et, à moins qu'elle ne soit partie à l'une de ses réunions de club ou à une activité du même genre, il n'aura plus l'occasion d'en allumer une de toute la journée, parce que c'est son dernier arrêt.

Alors, comme toujours, il appelle Houghton pour le prévenir qu'il s'accorde une cigarette.

Sauf qu'il tirera juste quelques taffes, il ne la fumera pas entièrement, aussi Davis ne disposera-t-il que d'une minute au maximum avant que le bijoutier commence à se demander ce qui retient le coursier et vienne voir ce qui se passe. Houghton est lui aussi bien assuré, mais il a une arme, un EAA Witness 10 mm.

Quoi qu'il en soit, une minute, c'est plus que suffisant.

Crime, 101 : Si on ne peut pas agir vite, on s'abstient.

Haddad descend de la Mercedes, allume sa cigarette, en savoure quelques bouffées puis l'écrase sous sa chaussure.

Davis accélère.

De la main droite il prend le SIG Sauer P239 posé sur la console centrale, tandis que de la gauche il braque le volant.

Un chronomètre s'est déclenché dans sa tête quand il débouche sur le parking et jaillit de la Mustang. Il est vêtu de noir de la tête aux pieds : fin pull noir, jean noir, chaussures noires, gants noirs, casquette noire exempte de logo.

Le SIG plaqué sous la taille, il s'approche de Haddad par-derrière au moment où ce dernier écrase le mégot sur le béton. Il lui colle le canon derrière l'oreille.

— Regarde devant toi, dit-il.

Sans se retourner, Haddad lui tend la mallette.

— Prenez-la et partez.

Je suis bien assuré.

Ça ne vaut pas le coup de risquer ma vie.

Prenez la mallette et à Dieu vat.

Mais Davis précise :

— Non, pas la pacotille dans la mallette, Ben. Les « pièces de choix » dans tes sacoches de cheville. Les pochettes en papier.

Haddad hésite. C'est le moment où tout pourrait basculer – où la peine encourue pourrait passer de « huit à trente ans » à « perpétuité sans possibilité de ».

Davis ne laissera pas les choses en arriver là.

— Je veux que tu rentres retrouver Diana, ajoute-t-il. Je veux que tu accompagnes Leah à l'autel dans… c'est prévu pour quand, déjà ? Dans trois semaines ?

Haddad tient lui aussi à accompagner sa fille à l'autel. Il se penche, arrache les bandes velcro fixées à ses chevilles et tend les sacoches par-dessus son épaule.

— Ton téléphone aussi, ordonne Davis.

Ça ne lui fera gagner que quelques secondes, mais elles pourraient être cruciales.

Haddad le lui remet. Davis ôte la batterie, la jette dans les buissons derrière le parking et lui rend le portable. Inutile de se comporter comme un salaud et de le priver de tous ses contacts et de ses photos de famille.

— Si tu te retournes, le prévient-il, ce sera pour voir la balle qui te grillera le cerveau. Personnellement, je ne serais pas prêt à mourir pour une compagnie d'assurances.

Haddad ne se retourne pas.

Davis remonte dans sa voiture et démarre.

Durée de l'opération : quarante-sept secondes.

Il ne fait que trois cents mètres vers le nord avant de s'engager dans le parking souterrain d'une résidence de vacances. Il a loué pour le mois l'appartement numéro 182, qui dispose de deux places de stationnement.

Une Camaro ZL1 gris métallisé occupe l'une d'elles.

Moteur V8 de 6,2 litres à injection directe.

Compresseur Eaton à rotors à quatre lobes.

Magnetic Ride Control.

Le parking n'est qu'à moitié plein.

Comme d'habitude, Davis voit des véhicules, mais aucun être humain.

Il descend, ôte en un tournemain les plaques volées qu'il a vissées sur la Mustang et remet les originales. Extrait des sacoches les papiers contenant les pierres, les glisse dans la poche de sa veste puis flanque les sacoches à la poubelle. Récupère le SIG dans la Mustang, s'installe au volant de la Camaro, ressort et reprend la 101.

Si un signalement a été lancé sur la voiture du fuyard, ce sera sur une Mustang noire, et elle est enterrée, au sens propre.

Sans rien à l'intérieur qui puisse permettre de remonter jusqu'à lui.

Même si les flics la découvraient, elle ne leur livrerait pas le moindre indice.

Il l'a payée en cash et enregistrée au service des cartes grises sous un faux nom, lequel ne les mènerait qu'à une boîte postale à San Luis Obispo, où il ne remettra jamais les pieds.

OK, il serait obligé de faire une croix sur son bolide, mais ce serait pour la bonne cause.

De toute façon, en prison, il ne pourrait pas la conduire.

Il se dirige vers le nord sur la 101.

Traverse Del Mar, longe le champ de courses.

Passe devant le grand néon rose près de Fletcher Cove, qui proclame « SOLANA BEACH », devant le Tidewater Bar, le Pizza Port, le Mitch's Surf Shop et le Moreland Choppers. Descend la colline jusqu'à la vaste étendue de plage à Cardiff puis, en remontant, voit défiler Swami's Beach, Encinitas, Moonlight Beach, le vieux cinéma La Paloma et le panneau indiquant « ENCINITAS », qui domine la 101.

De là, il suit la voie ferrée et les rangées d'eucalyptus de la petite ville balnéaire bohème de Leucadia jusqu'à celle de Carlsbad, au charme désuet, et laisse derrière lui l'ancienne centrale électrique, dont la cheminée évoque à la fois Springsteen et Blake.

Davis reste sur la 101 le plus longtemps possible mais, à un moment donné, il est bien obligé de prendre Oceanside Boulevard vers l'est et d'emprunter la 5 North pour traverser Camp Pendleton, la base du corps des marines, qui bouche l'artère. Il quitte la 5 dès qu'il en a l'occasion, au niveau de Los Cristianitos à San Clemente, roule dans la vieille ville prisée des surfeurs, redescend vers Capistrano Beach avant de remonter vers Dana Point, Laguna Niguel, South Laguna et, enfin, Laguna Beach.

Il ne se lasse jamais de ce trajet, de l'océan immuable mais toujours changeant, des repères familiers – de ses modestes lieux cultes.

Il s'arrête devant l'entrée du parking d'une autre résidence à l'est de la 101, qui donne sur la plage principale et le Laguna Art Museum.

Davis presse un bouton sur la télécommande accrochée au pare-soleil, la porte métallique coulisse, et il s'engage dans la structure souterraine en béton pour aller se garer sur l'une de ses deux places réservées, indiquées sur le mur par l'inscription « Appt 4 ».

Juste à côté d'une Dodge Challenger SRT-8 noire de 2011.

Moteur V8 HEMI.

Spoiler avant.

Calage variable des soupapes.

Davis aime les américaines, rapides et puissantes.

Il sort de la Camaro, marche vers le petit ascenseur, le prend jusqu'au troisième et pénètre dans l'Appt 4.

Son agencement est typique : une grande pièce de vie ouverte, avec sur le côté une petite cuisine et un comptoir où déjeuner, et un salon bordé de baies vitrées qui ouvrent sur un balcon étroit où sont disposés une table, des chaises et un barbecue à gaz. Dans la partie sud, un couloir dessert la chambre d'amis, les deux salles de bains et la chambre principale, avec vue sur le Pacifique.

À l'achat, il irait chercher dans les un million de dollars au bas mot.

Mais Davis n'achète pas. Il n'est pas propriétaire.

Il loue.

Des locations clés en main, meublées, dans des résidences de vacances. Elles ont l'avantage d'être tout équipées : télé, chaîne hi-fi, casseroles et poêles, vaisselle, verres, tasses, cafetières, grille-pain, couverts, serviettes, gants de toilette et même savon.

Il les loue sous différentes identités et paie toujours en liquide.

D'avance.

Crime, 101 : Les gens qui ont reçu leur dû posent rarement des questions.

En pratique :

Il y a des résidences de ce genre tout le long de la 101.

La plupart de ceux qui acquièrent les appartements ne les occupent pas à l'année : certains y séjournent l'été en famille, d'autres, qui habitent des États plus froids, y passent l'hiver. Le reste du temps, les logements sont vides, alors les propriétaires les louent pour rembourser leur emprunt.

Et, parce que c'est une sacrée corvée de s'en charger soi-même, bon nombre d'entre eux s'adressent à une régie qui prend un pourcentage.

On peut ainsi louer au mois, à la semaine ou même à la journée si l'immeuble se situe sur le front de mer. Il suffit d'apporter des garanties à l'une de ces sociétés pour pouvoir ensuite changer de location aussi souvent qu'on le souhaite.

La grande majorité des résidents est à la fois en transit et anonyme. Certains ont fui les hivers rigoureux du Minnesota ou du Wisconsin, d'autres attendent le déblocage du dépôt de garantie versé pour la maison qu'ils viennent d'acheter ou de vendre. Quelques-uns, divorcés depuis peu, sont « en transition ». Il y a aussi ceux qui aiment vivre les pieds dans l'eau, tout simplement. Ils vont et viennent. On pourrait passer des années dans ces résidences sans avoir la moindre relation avec les voisins, sinon pour se dire bonjour dans le parking ou au bord de la piscine.

Pour Davis, c'est l'idéal. Il traite avec cinq régies différentes sous cinq noms différents. Il ne reste jamais plus de deux ou trois mois au même endroit et revient rarement dans un appartement.

S'il a bien appris une chose, c'est :

Habiter partout, c'est habiter nulle part.

Adresse courante : la 101.

Il va chercher une bouteille de San Pellegrino dans le frigo. Puis il s'assoit sur le canapé, sort les papiers de sa poche et les ouvre.

Cinq petits paquets de fin papier blanc soigneusement plié. À l'intérieur, un autre papier tout aussi fin, bleu celui-là.

Et dans chaque papier bleu :

Un diamant taille émeraude.

Valeur totale :

Un million et demi de dollars.

Davis se lève et sort sur le balcon, d'où il contemple l'océan et la 101.

...

Sur le parking à l'arrière de la Houghton's Fine Jewelry, le lieutenant Ronald – « Lou » – Lubesnick regarde Ben Haddad.

— Bon, voilà où je voulais en venir, récapitule-t-il. Vous effectuez des dizaines d'allers-retours chaque mois entre la bijouterie de Sammy à La Jolla et ici, la plupart du temps avec pour quelques milliers de dollars de marchandise. Et, la seule fois où vous transportez pour un million et demi de pierres, vous vous faites braquer ?

Il hausse les épaules.

Son coéquipier, McGuire, sourit. Les haussements d'épaules de Lou sont célèbres : on raconte aux Cambriolages que Lou en dit plus avec ses épaules qu'avec sa bouche – ce qui n'est pas rien, parce que Lou parle beaucoup.

De fait, il poursuit :

— Franchement, est-ce qu'il y a un seul truc dans cette histoire qui ne pointe pas vers une « complicité interne » ? Sinon, quoi ? Il aurait juste eu un coup de bol ?

— Ce n'est pas par moi qu'il a obtenu des informations, réplique Haddad, buté.

Ils reprennent tout depuis le début.

Houghton avait un client intéressé par des pierres que lui-même ne possédait pas, contrairement à Sammy Kassem. Alors, ce dernier a choisi cinq diamants dans sa boutique de La Jolla pour les montrer au client de Houghton. Haddad en a assuré le transport et s'est fait dévaliser sur le parking. Apparemment, le voleur savait que la mallette était un leurre et que les pierres se trouvaient dans les sacoches de cheville.

Haddad est incapable de leur donner un détail physique ou un numéro d'immatriculation – même pas la couleur ou la marque de la voiture.

— Il a surgi de nulle part, déclare-t-il. Et il m'a dit de ne pas me retourner.

— Vous avez eu le bon réflexe, affirme Lou.

Il préfère de loin travailler sur des vols de grande ampleur que sur des meurtres. Il a passé cinq ans aux Homicides à San Diego avant d'être transféré. Le pire, c'était d'avoir à informer les familles.

— Une impression, au moins ? Il faisait à peu près votre taille ? demande-t-il.

— Plus grand, peut-être.

— Un accent ?

— Non, pas d'accent.

— Tout le monde en a un. Vous voulez dire qu'il n'était ni noir ni espagnol ?

— C'est ça.

McGuire sait ce que Lou a en tête. Presque tous les braquages de transporteurs de bijoux dans le pays sont commis par des gangs colombiens en liaison avec les cartels de la drogue. Environ un an plus tôt, ils ont écumé la côte est comme des gosses de dix ans jouant à « Tape la taupe » dans un restau Chuck E. Cheese. S'ils se sont déplacés à l'ouest, ce n'est pas une bonne nouvelle.

Lou Lubesnick et Bill McGuire forment un tandem insolite. Lou : un mètre soixante-dix-huit, quelques pincées de sel dans le poivre de ses cheveux, et une bedaine qui gagne du terrain au-dessus de sa ceinture. McGuire : un rouquin d'un mètre quatre-vingt-quinze, sec comme un coup de trique, constellé de taches de son.

Ensemble, ils ressemblent plus à un duo comique qu'à une équipe d'enquêteurs, mais il y a pas mal de types en taule que leur numéro ne fait pas rigoler, surtout maintenant que Lou est à la tête de la division des cambriolages, avec cinq autres inspecteurs chevronnés sous ses ordres.

En ce moment même, certains de ses hommes sillonnent le quartier pour essayer de savoir si quelqu'un a vu quelque chose. Les autres passent le parking au peigne fin à la recherche de traces de pneus ou d'empreintes de chaussures.

Lou se concentre maintenant sur Houghton.

— Vous n'avez pas remarqué quelqu'un qui traînait dans le coin, semblait s'intéresser à la boutique ?

— Je pense que je l'aurais déjà mentionné, rétorque le bijoutier.

Lou est insensible – totalement sourd – au sarcasme.

— Pas de clients qui seraient entrés pour regarder et ressortis sans rien acheter ?

— Tous les jours, répond Houghton. Vu l'état de l'économie, les gens se contentent de regarder.

Il a prononcé le mot d'un ton dédaigneux.

— Mais pas un en particulier.

Houghton secoue la tête – ce qui est plus ou moins une prouesse, vu qu'il a une tête énorme, avec des grosses bajoues. Et aussi une peau d'un blanc laiteux – là encore, plus ou moins une prouesse quand on a un commerce situé à quelques centaines de mètres seulement de la plage.

— Je voudrais voir les images des caméras, déclare Lou.

Ils entrent pour visionner les bandes, qui ne sont plus des bandes mais, comme tout aujourd'hui, des enregistrements numériques sur un ordinateur. Houghton a fait installer des caméras qui couvrent la porte d'entrée, l'intérieur du magasin et la porte du fond, mais pas le parking derrière.

— Pourquoi ? lui demande Lou.

— Parce qu'il ne s'y passe jamais rien, répond Houghton.

Lou hausse les épaules.

Il s'y est bel et bien passé quelque chose.

En ressortant, il baisse les yeux et remarque le mégot.

— Le vôtre ? lance-t-il à Haddad.

— Ça doit figurer dans votre rapport ?

Lou fait non de la tête.

Lui aussi, il est marié.

McGuire se glisse sur le siège passager de la voiture de Lou.

— Vingt billets que, dans moins de six semaines, Sammy fourguera les cailloux au Brésil.

— Est-ce qu'on penserait ça s'il n'était pas originaire du Moyen-Orient ?

Lou n'est peut-être pas le seul flic du SDPD à faire des dons à l'ACLU[1], mais c'est le seul à l'avouer.

— Ne me dis pas qu'on n'a pas un a priori négatif, ajoute-t-il.

— Qui était au courant, pour la livraison ? réplique son coéquipier. Sammy, Haddad, Houghton. Ça pourrait être Houghton, pour autant qu'on le sache. Il l'a dit lui-même, ses affaires ne marchent pas fort. Il a peut-être mis les braqueurs sur le coup et négocié une part du gâteau.

1. Union américaine pour les libertés civiles, association ayant pour but de défendre les droits et libertés individuels que garantissent la Constitution et les lois des États-Unis.

— *Les* braqueurs ? Pluriel ?

Ce n'est pas la méthode habituelle des réseaux de braqueurs, songe Lou. Eux, ce sont des casseurs, au sens propre : ils fracassent la vitre de la voiture du coursier et s'emparent de la marchandise à l'intérieur. Dans la moitié des cas, ils tabassent l'intermédiaire, le poignardent ou l'abattent.

Ils sont violents.

Ce gars-là a rendu son téléphone à Haddad.

— Non, dit McGuire.

— Non quoi ? demande Lou, qui connaît déjà la réponse.

— Ne me fais pas le coup du cow-boy solitaire.

Lou est le seul à penser qu'il n'y a qu'un cambrioleur derrière toute une série de braquages de haute volée.

Onze, rien que ces quatre dernières années.

Il est cohérent – il ne cible que des coursiers ou des représentants qui transportent des pierres et des pièces de valeur.

Efficace – il frappe si vite que, même s'il y a des témoins, ils ne sont pas foutus de savoir ce qu'ils ont vu.

Patient – la marchandise ne refait pas surface sur le marché parallèle avant des mois, quand elle refait surface. Ce gars-là n'est pas pressé de toucher du cash.

Discret – aucun des receleurs habituels n'a le moindre tuyau sur lui.

Non violent – il y a eu moins de sang versé durant tous ces casses réunis que pendant n'importe quel match de foot entre gosses.

Au début, personne n'imaginait que ces hold-up étaient liés. Personne n'avait fait le rapprochement, parce qu'ils étaient éparpillés dans différentes juridictions – San Diego, Los Angeles, le comté d'Orange, Mendocino – et qu'aucun service de police ne partageait ses données.

De l'avis général, il s'agissait d'un réseau de braqueurs. (Les avocats adorent les réseaux de braqueurs : ça fait les gros titres, et les photos rendent bien en une.)

C'était Lou qui, en vérifiant les statistiques des assurances, les avait associés. Lou qui avait émis l'hypothèse d'un seul voleur.

« Un loup solitaire, donc, avait dit son boss la première fois qu'il lui en avait parlé.

— Si vous voulez.

— Foutaises », avait affirmé le boss.

S'il s'agissait d'un réseau, avait argué Lou, ils auraient déjà eu des remontées d'infos : quelqu'un se serait vanté dans un club, aurait foutu en rogne sa régulière ou se serait fait coffrer pour un autre motif et aurait essayé de négocier.

Mais un seul gars, prudent et avisé, qui ne se salit pas les mains…

Celui-là, il ne faut pas compter sur lui pour nous aider à le coincer.

Crime, niveau 101.

Sa « théorie favorite » du bandit solitaire vaut à Lou pas mal de railleries. De la part de ses supérieurs, des compagnies d'assurances, et même de ses hommes, qui le charrient à propos de son « béguin de mec », de sa « bromance » avec Robie dit « Le Chat », faisant allusion à ce vieux film sur un voleur de bijoux.

C'était quoi, le titre, déjà ? se demande Lou.

To Catch a Thief[1].

Oui, c'est ça, se dit-il. *To Catch a Thief.*

« *A thief* ». Un voleur. Pas *des* voleurs.

Un voleur.

Singulier.

1. Littéralement : « Attraper un voleur ». Titre français de ce film d'Alfred Hitchcock, sorti en 1955 : *La Main au collet.*

— Même s'il y a vraiment eu vol, reprend McGuire, et attention, je ne dis pas que c'est le cas, c'est probablement un coup des Colombiens. Et, si je dis ça, c'est parce que c'est presque toujours eux.

— Et comment on le sait ?

McGuire déteste cette manie qu'a Lou de se mettre en mode rabbin.

— Comment on sait quoi ?

— Comment on sait que c'est presque toujours les Colombiens ? clarifie Lou.

Puis, comme son coéquipier s'y attendait, il répond lui-même à sa question :

— Parce qu'ils se font choper.

— Et ?

Et pas ce gars, pense Lou.

...

Davis entre au Cliffs vêtu d'une chemise blanche habillée (sur mesure, mais pas monogrammée) avec boutons de manchette, et d'un costume Hugo Boss noir à trois boutons, en gabardine de laine.

Une tenue complétée par des Church noires.

Il possède peu de vêtements, mais tous de qualité.

Classiques.

Polyvalents.

Un rien rétro.

Comme lui.

Ses cheveux bruns sont coupés court, version années 1960 pré-Beatles, comme s'il sortait des Peace Corps ou d'une réunion de campagne des Kennedy.

Ou d'un film avec Steve McQueen.

Davis a vu tous ses films, la plupart plusieurs fois. Il aurait bien été Steve McQueen, sauf que Steve McQueen a déjà été Steve McQueen et qu'il n'y en aura jamais d'autre.

À ses yeux, McQueen était l'incarnation même de la coolitude version californienne.

Si la 101 était un acteur, ce serait Steve McQueen.

La brune aux cheveux mi-longs est la créature la plus sexy de tout le restaurant.

Ce qui n'est pas peu dire.

La dizaine de femmes qui sirotent un vin blanc ou un dirty martini au bar de cet établissement branché sont toutes superbes, avec un corps de rêve modelé à grand renfort de vélo en salle, de cours de yoga et de cross-training. Forcément, c'est leur ticket d'entrée.

Davis s'installe à côté de la brune.

— Ce n'est pas trop dur d'être toujours la plus belle femme d'une pièce bondée ?

Elle tourne la tête vers lui.

— Où étais-tu ?

— J'ai réservé ici, élude-t-il. Ça te convient ou tu préfères aller ailleurs ?

— Comment sais-tu que je n'attends pas quelqu'un ? demande Traci.

— Je n'en sais rien. Je l'espère, c'est tout.

— Et, si je suis prise, tu inviteras un de ces sacs d'os, j'imagine, dit-elle, sans une trace de rancœur.

— C'est juste que je déteste dîner seul.

Quelques secondes plus tard, Derry, le gérant, s'approche.

— Votre table est prête, monsieur Delaney. Bonsoir, Traci.

Davis échange avec lui une poignée de main assortie d'un billet de cinquante, et ils vont s'asseoir à leur table.

En guise de dîner, Traci ne consomme que des hors-d'œuvre en petite quantité : légumes, poissons, poulet – rien qui soit susceptible d'ajouter une once de graisse à sa silhouette.

— Alors, où étais-tu ? insiste-t-elle, une brochette de poulet satay appuyée sur les lèvres. Ça fait quoi... deux mois, quelque chose comme ça ?

— Quelque chose comme ça, approuve Davis. J'étais en déplacement, pour une mission de *consulting*.

— Et ? Comment ça s'est passé ?

— Bien.

Elle en déduit que Michael n'aime pas parler de son boulot. Il aime parler de musique, de films, de sport, des nouvelles du monde, de voitures, d'art, de surf, de yoga, de triathlon, de cuisine, de vélos, mais pas de son travail. Alors elle change de sujet et lui décrit les épreuves du sprint Ironman pour lequel elle s'entraîne.

Quand la note arrive, Davis dépose plusieurs billets de vingt dans le porte-cartes.

— Pourquoi tu paies toujours en liquide ? interroge-t-elle.

— Je déteste être débité en fin de mois.

— Autant que tu détestes manger seul ?

— Presque.

— Et dormir seul ? susurre-t-elle, avec dans le regard une lueur que certains hommes seraient prêts à payer une fortune pour voir au moins une fois dans leur vie.

Lou est content que le Daily Grin soit ouvert.

Le proprio a des horaires fantaisistes.

À l'origine, le *food truck*, stationné sur un terrain vague au croisement de Lomas Santa Fe et de la 101, s'appelait le Daily Grind[1], mais un farceur a enlevé le *d*, et le nouveau nom est resté.

Lou gare sa Honda Civic sur le petit parking.

Cette bagnole aussi lui vaut son lot de vannes.

« Pourquoi tu n'en rachètes pas une ? lui a encore demandé McGuire récemment.

— Pourquoi ? a répliqué Lou.

— Parce qu'elle a douze ans.

— Ta gosse aussi. Tu comptes la changer pour autant ?

— Lindsey n'a pas trois cent vingt mille kilomètres au compteur.

— Trois cent quatre-vingt-un mille quatre cent quatorze, a rectifié Lou. Et je suis sûr que je peux la pousser jusqu'à quatre cent mille. Du moment que tu leur donnes de l'huile, ces bêtes-là sont increvables. »

Mais, d'après McGuire, c'est indigne d'un lieutenant de police de rouler dans une voiture qui, compte tenu de son état extérieur, serait mieux employée pour faire la pub de Domino's Pizza. Et l'intérieur ne vaut guère mieux : sièges usés et décolorés par le soleil, miettes des nombreux en-cas que Lou prend sur la route (In-N-Out Burger, Rubio's, Jack in the Box) incrustées dans les coutures, tableau de bord néandertalien – pas de Bluetooth, pas de radio Sirius, pas de GPS.

« J'ai toujours habité San Diego, a dit Lou une fois. Je sais par où passer quand j'ai besoin d'aller quelque part.

— Et si tu décidais de quitter la ville ? a lancé McGuire. De partir en virée quelque part ?

— Dans cette caisse-là ? »

1. « Daily Grind » pourrait se traduire par « Labeur quotidien » et « Daily Grin » par « Sourire du jour ».

Angie refuse tout net de monter dans la Civic. Les rares fois où ils font une sortie ensemble, ils prennent sa Prius.

Lou s'approche du *food truck* et lit la question de culture générale inscrite sur le tableau.

— L'Alaska, déclare-t-il.

— Hein ?

— La réponse à votre question. L'État où il y a le plus d'eaux de surface. J'ai gagné quoi ?

— Moutarde gratuite sur votre hot-dog.

— C'est mon jour de chance. Bon, un chili-dog, triple pontage en supplément.

— On me l'avait jamais faite, celle-là.

— Et un Coca, ajoute Lou. Non, un Coca light. Non, un Coca.

Parce que, après tout, pourquoi se priver ? Oui, il essaie de ne pas prendre de ventre, et il s'apprêtait à rentrer dîner à la maison quand Angie l'a appelé pour le prévenir qu'elle sortait avec des copines.

Son hot-dog à la main, Lou se dirige vers l'extrémité du camion, où sont disposés les condiments. Il étouffe la saucisse sous les oignons parce que, là encore, pourquoi se priver ? Il se délecte toujours de cette pensée quand son téléphone sonne. C'est McGuire.

— Une bière, ça te tente ? lui propose son coéquipier.

— Pas ce soir.

— Lou !

— Ouais ?

— Fais pas ça.

— Pas quoi ? demande Lou.

— Tu le sais très bien.

Oui, Lou le sait.

Tout comme il sait qu'il va le faire.

Ne fais pas ça, se répète Lou alors qu'il descend vers Del Mar. McGuire a raison, pour une fois. Il ne devrait pas le faire.

Mais c'est plus fort que lui. Il quitte la 101 pour s'engager dans Tenth Street puis se gare le long du trottoir, à un endroit d'où il peut surveiller la porte d'entrée. Foutus avocats, qui peuvent s'offrir des baraques à Del Mar, quand des flics qui ont plus de vingt ans d'ancienneté sont obligés de vivre à Mission Hills.

Del Mar, se dit-il, est l'une de ces stations balnéaires californiennes qui ont essayé de se donner une touche de classe en érigeant partout des constructions de style Tudor, sans lésiner sur les toitures avec charpente à blochets (parfois même recouvertes de faux chaume), les colombages et les pignons.

Il s'est toujours plus ou moins attendu à voir apparaître des plaques affirmant que Shakespeare avait jadis dormi là. Et ça l'a toujours amusé, même si la fois où il a voulu faire de l'humour sur les plats d'inspiration britannique proposés dans un des restaus de la ville et commandé une « dinde bien troussée », ça n'a amusé ni le serveur ni Angie.

« Et si je prenais du caca-boudin aux pommes, plutôt ?

— Et si t'arrêtais de te conduire comme un gosse ? » a rétorqué Angie.

Une réaction hypocrite de sa part, vu qu'elle lui reproche sans cesse, entre autres, son comportement de vieux – de son âge, justement.

Lou a une belle maison dans un beau quartier, mais ce n'est à l'évidence pas suffisant pour Angie, dont la voiture – cette putain de Prius qu'il lui fallait absolument – est garée devant celle de l'avocat. Elle ne prend même plus la peine d'être discrète.

Il se voit aller frapper à cette porte, brandir sa plaque sous le nez du baveux et lancer : « Pourquoi ma femme est fourrée chez vous ? » (jeu de mots volontaire), mais la dernière chose dont il a besoin en ce moment, c'est une mise à pied et une lettre d'avocat dans la poche de sa veste.

Alors il reste assis derrière son volant.

Des planques, il en a fait des centaines.

Mais celle-là, il n'avait jamais imaginé la faire.

Angie sort de la maison de l'avocat à 22 h 10.

Lou grave ce détail dans sa tête comme si c'était important, comme s'il devait témoigner au tribunal en langage flic : « Le suspect a quitté les lieux à 22 h 10. »

Il la suit en laissant une certaine distance entre leurs véhicules tandis qu'elle repart vers l'est, d'abord sur la 56, ensuite sur la 163 et enfin dans Friar's Road jusque chez eux. Il fait le tour du pâté de maisons pendant quelques minutes pour lui donner le temps de rentrer.

Puis il se gare et rentre à son tour.

Angie, assise dans le salon, s'est servi un verre de vin rouge et feuillette un magazine quand il arrive. Il ne peut pas reprocher à l'avocat de vouloir la sauter : à quarante ans passés, c'est toujours une bombe – jambes fuselées, décolleté généreux, cheveux auburn.

Elle s'entretient.

— Alors, cette soirée ? demande-t-il en s'asseyant dans le fauteuil en face d'elle.

— Sympa.

— Tu étais avec qui, déjà ?

— Je te l'ai dit : Claire.

— Ah oui.

Il doit se forcer pour ne pas bouger de son fauteuil.

— Et depuis quand Claire a emménagé au 805, Tenth Street à Del Mar ?

Elle secoue la tête.

— Ah, les flics.

Pour le coup, ça le propulse hors de son siège. Il se sent soulevé comme par une vague et, un instant plus tard, se penche vers elle pour lui hurler au visage :

— À quoi tu joues, bordel ?

Elle ne cille même pas.

C'était l'une des particularités qui l'avaient attiré chez elle un millier d'années plus tôt, à la fac de San Diego.

En l'occurrence, elle se contente de le regarder droit dans les yeux, sans dire un mot. Elle aurait dû devenir tueuse à gages, pense-t-il, parce qu'elle serait restée de marbre en salle d'interrogatoire. Même devant une vidéo la montrant en train de buter un type, elle aurait été capable de lancer à son interlocuteur de l'autre côté de la table : « Et ? »

— Je t'ai vue sortir de chez lui, déclare-t-il.

— Ça ne m'étonne pas de toi.

Comme si c'était sa faute à lui. Comme s'il n'était qu'un pauvre couillon se ridiculisant dans sa bagnole pendant que sa femme le cocufie. Ce qu'il a bel et bien l'impression d'être.

— Tu l'aimes ?

Il ne peut pas prononcer le nom de ce type. Ça rendrait la situation trop réelle.

— Toi, je ne t'aime pas, répond-elle.

— Je veux qu'on divorce.

— Non, Lou. *Je* veux qu'on divorce.

Parce qu'il faut toujours que ce soit elle qui l'emporte, pas vrai ? Elle ne peut même pas lui laisser *ça*.

Traci se lève de bonne heure.

Coach sportif de métier, elle a plusieurs clients qui prennent un cours avant d'aller au bureau, si bien que sa journée de travail commence à 5 heures du matin. Davis lui dit au revoir d'un baiser puis se rendort.

Il se lève lui-même vers 8 heures, enfile un jean et un sweat-shirt à capuche Killer Dana, moud du café pour la cafetière à piston, puis sort sur le petit balcon contempler l'océan.

Ouvre son iPad, envoie toutes les photos de Haddad dans l'éther du cyberespace. Pareil pour les mails entre Sam Kassem et John Houghton.

Il a piraté la messagerie de Kassem des mois plus tôt et suivi de près tous les échanges, à la manière d'un trader scrutant l'évolution du marché, pour se familiariser avec son affaire comme s'il envisageait de la racheter. Il a ainsi appris que le bijoutier déplaçait de la marchandise de boutique en boutique en utilisant son beau-frère, Ben Haddad, comme transporteur.

En général, la valeur des livraisons ne dépassait pas les quelques milliers de dollars – trente à quarante mille grand maximum, soit bien en deçà du ratio risque/rendement qu'il a lui-même établi.

Il a ainsi exclu des dizaines de possibilités – l'adresse se situait dans une rue fréquentée, ou trop près d'un poste de police, ou encore trop loin d'un parking souterrain où laisser la voiture de travail. Les transporteurs étaient armés ou avaient recours à des voitures suiveuses. Bref, le gain potentiel n'était pas à la hauteur du risque encouru.

Davis a des critères.

Des principes.

Des règles.

Il n'y déroge jamais.

Crime, 101 : Les lois sont faites pour être enfreintes, selon des règles faites pour être respectées.

Crime, 101 : Arriver avant l'autre.

Davis roule vers le nord, longe Point Reef, El Moro Canyon, Corona Del Mar, Newport Beach et poursuit jusqu'à Huntington Beach.

Il trouve une place près de la jetée et attend au volant.

Il s'arrange toujours pour être le premier à ses rendez-vous. Jamais sur le lieu même, mais pas trop loin non plus. À une distance qui lui permet d'observer le type qu'il doit rencontrer ou de repérer un éventuel comité d'accueil. Et il se gare toujours à un endroit qui offre au moins deux issues.

C'est un joli coin : une longue étendue de plage, et la jetée qui s'avance dans l'océan. Tout est calme aujourd'hui – les vagues ne sont pas déchaînées et il n'y a qu'une poignée de pêcheurs et de touristes sur les planches.

Il voit Money s'y engager, s'arrêter à mi-parcours puis s'accouder au garde-fou nord. Davis balaie du regard l'espace derrière et devant le nouveau venu, ne remarque rien d'alarmant : personne ne le suit, personne ne lève les yeux, aucun des touristes ni des vieux flâneurs ne semble être autre chose que ce qu'il est. Personne ne parle dans sa main, dans son col, dans un livre ou un magazine.

Alors il descend de voiture, s'engage à son tour sur la jetée et va s'accouder à côté de Money.

Celui-ci est grand. Cheveux châtains, petit bouc incongru mais taillé avec soin. Veste sport grise sur un jean. Chemise bleue, pas de cravate. Surnommé Money parce que c'est sa spécialité : il prend la marchandise brute et la convertit en monnaie sonnante et trébuchante.

— Encore un jour au paradis, dit-il.

— C'est bien pour ça qu'on vit ici, réplique Davis, qui glisse les papiers contenant les pierres dans la poche de son voisin. Un million et demi.

Ce n'est pas seulement une question de confiance entre eux, même si Davis traite avec lui depuis des années. C'est le principe même des affaires : Money ne l'arnaquerait jamais, parce qu'il lui fait gagner… de l'argent.

Money n'a qu'une poignée de clients, qui comptent tous parmi les meilleurs cambrioleurs du monde. Il est irréprochable quant au choix des receleurs, rigoureux dans sa comptabilité.

Moins la commission qu'il prendra, l'opération rapportera à Davis un million tout rond.

Money est multiservice : il négocie les pierres, blanchit les bénéfices, ouvre des comptes offshore sous diverses identités d'emprunt. Il ne connaît pas le vrai nom de Davis, ne sait pas où il habite ni quelle voiture il conduit.

— Je te ferai signe dans quelques semaines, déclare ce dernier.

— Une idée du montant ? demande Money.

— Plus élevé que ce coup-là.

— Ça te rapprochera du but, dit Money en souriant.

À savoir, de la retraite.

C'est le marché entre eux.

Davis a un chiffre en tête. La somme dont il a besoin pour vivre bien, mais sans excès.

Après, il arrête.

Se retirer jeune des affaires.

Crime, 101 : Se ranger un casse trop tôt vous mène sur la plage. Se ranger un casse trop tard vous mène dans une cellule.

— Le prochain, ce ne serait pas vers le sud ? questionne Money.

— Pourquoi ?

— Pour rien. Des conneries que j'ai entendues.

Davis attend la suite.

— Y a un flic de San Diego qui bande pour toi, apparemment. Il défend la théorie du « Bandit de la 101 ».

Davis a l'impression de recevoir une décharge électrique.

— Il a quelque chose ? Une identité ?

— Non, rien de concret. Juste une hypothèse.

Peut-être, mais il a vu juste, songe Davis.

— Il a un nom, ce flic ?

— Lubesnick, répond Money. Lieutenant Ronald Lubesnick. Un bon.

— Comment tu sais tout ça ?

— C'est mon boulot, de savoir. Bref, tu ferais bien de rester loin de Dago[1] pendant un moment.

Money admire la vue encore quelques secondes, puis se détourne et s'éloigne. Il s'en va toujours le premier, et Davis traîne toujours un peu dans les parages avant de retourner vers sa voiture.

...

Crime, 101 : « Faire confiance » est une expression généralement utilisée par les détenus et généralement au passé – comme dans « Je lui faisais confiance ».

...

Money s'installe au volant de sa Jag, roule jusqu'au Hyatt Regency et se gare sur le parking.

Quinze minutes plus tard, Ormon ouvre la portière côté passager et se glisse sur le siège.

Ormon a les cheveux jaunes.

Pas blonds. Jaunes.

Il est petit – peut-être un mètre soixante-quinze – et maigre.

1. Surnom de la ville de San Diego.

Dans les trente, trente-cinq ans.

Blouson de motard en cuir noir, jean noir, Doc Martens noires.

— C'était lui, à côté de toi sur la jetée ? demande-t-il.

— C'était lui, confirme Money.

— Et ? Il a parlé d'un autre casse ?

— C'est pour bientôt. Dans quelques semaines.

— Il a dit ce que c'était ?

Money se borne à le dévisager.

— Mais tu me préviendras, insiste Ormon.

Money hoche la tête.

Parce que Ormon n'est pas Davis, loin s'en faut, mais qu'il n'est pas non plus à un coup de la retraite.

Money regarde beaucoup le football. Il connaît le jeu. Il sait qu'on doit vendre un joueur star quand on peut encore en tirer quelque chose.

...

La toute première boutique de Sam Kassem se trouve à El Cajon, ou « *Al* Cajon », comme les habitants de la ville appellent ce quartier est de San Diego depuis l'afflux d'immigrants irakiens.

Lou n'oubliera jamais cette fois où, alors qu'il était entré dans une épicerie d'El Cajon Boulevard pour s'acheter un Coca, il avait découvert une chèvre suspendue la tête en bas à l'intérieur du frigo à boissons.

« Il y a une chèvre dans votre frigo à boissons », avait-il dit au gérant chaldéen au moment de passer à la caisse.

De plus en plus d'épiceries, de magasins de spiritueux et de petits commerces dans les quartiers satellites de San Diego sont tenus par des Chaldéens ou des Irakiens chrétiens arrivés pendant la guerre.

« C'est pour le mariage de ma fille, avait répondu l'homme en lui rendant sa monnaie. Je vous souhaite une excellente journée. »

Lou se gare sur le parking de la bijouterie de Sam Kassem. Sam a ouvert des boutiques de luxe dans tous les coins les plus huppés – La Jolla, Fashion Valley, Newport Beach, Beverly Hills – mais il a conservé son siège ici, dans le vieux quartier délabré qui l'a accueilli quand il a fui l'Irak.

Ça force le respect, pense Lou.

— Comment se fait-il que vous m'ayez laissé me faire cambrioler ? lui lance le bijoutier dès qu'il entre.

Lou s'assoit de l'autre côté de la table dans le bureau au fond de la boutique. Il sait que Sam surveille son magasin à travers le miroir sans tain qui est derrière lui.

— Comment se fait-il que vous vous soyez laissé cambrioler ? riposte-t-il, reprenant la tactique d'Angie. Pourquoi ne pas recourir à une société de livraison professionnelle ?

— C'est mon beau-frère.

Lou laisse la question implicite planer entre eux.

— Les agents de l'assurance me l'ont déjà demandé.

— Je m'en doute.

Lou n'est pas sans éprouver une certaine affection pour Sam Kassem, un bel homme, toujours vêtu avec recherche, dont l'épaisse chevelure argentée ajoute à la distinction. À peine arrivé de Bagdad, il a ouvert sa première bijouterie. Vingt et quelques années plus tard, il en possède sept dans le sud de la Californie.

C'est le genre de *success story* de l'immigrant américain dont Lou raffole. Ses propres arrière-grands-parents ont quitté un trou paumé en Pologne pour venir travailler sur les thoniers à

San Diego. Son grand-père a ouvert une sandwicherie et son père était professeur de lettres à UCSD.

— Croyez-moi, Ben était terrifié, reprend Sam. Hier soir, Diana a dû lui donner un… comment ça s'appelle, déjà ? Un Ambien.

— Ça vous ensuque complètement, cette cochonnerie, observe Lou.

Sam hausse les épaules.

— Bref, comment… ? commence Lou.

— … comment le voleur savait-il ce que transportait Ben ? complète Sam. À vous de me le dire, c'est vous l'enquêteur.

— Qui était au courant, pour la livraison ?

— Ben, Houghton et moi.

— Vous faites confiance à Houghton ?

— Je traite avec lui depuis vingt ans.

Je suis bien marié depuis presque aussi longtemps, songe Lou.

— Bon, racontez-moi tout encore une fois.

Sam soupire, mais s'exécute.

— Houghton m'a contacté…

— Comment ?

— Par téléphone, répond Sam. Il m'a expliqué qu'un de ses clients réguliers cherchait un certain type de pierres, taille émeraude, de six carats ou plus, et m'a demandé si j'en avais en réserve.

— Et c'était le cas ?

— Bien sûr. J'en avais cinq qui étaient susceptibles de correspondre.

— Et ?

— Et c'est ce que je lui ai dit. Il m'a réclamé des photos, que je lui ai envoyées.

— Comment ?

— Par mail. Après, il m'a demandé si Ben pouvait les lui apporter.

— Vous avez accepté ? Comme ça, sur sa bonne foi ?

— Vingt ans, souligne Sam.

Et alors ? pense Lou.

— Et ensuite…

— Ensuite, Ben a fait étape ici sur le trajet de sa tournée, explique Sam. J'avais déjà emballé les pierres dans leurs papiers. Ben les a prises et j'ai prévenu Houghton qu'il était en route.

— Par téléphone ou par mail ?

— Par mail. Là-dessus, j'ai reçu un coup de fil de Ben. Sa voix tremblait, j'ai eu peur qu'il fasse une crise cardiaque.

Donc, le voleur a piraté les mails de Sam, en déduit Lou. Il se lève.

— Engagez des pros, conseille-t-il au bijoutier. Avec une voiture blindée.

— Vous savez combien ça coûte ?

— Moins d'un million et demi de dollars, je dirais.

L'agent de l'assurance veut parler à Lou.

Et pour cause : un casse à sept chiffres.

Ils se retrouvent devant un restau de tacos à El Cajon. Lou s'est d'abord assuré que c'était Mercer qui payait. À peine sont-ils assis à une table de pique-nique dehors que ce dernier déclare :

— Il y a forcément eu des complicités internes.

Un truc vieux comme le monde, se dit Lou. Le propriétaire de la boutique organise le braquage, se fait indemniser par la compagnie d'assurances, rachète la marchandise au rabais et la revend sur le marché noir.

Tout le monde y gagne, sauf les assureurs. Et ceux-là, quoi qu'il en soit, tout le monde les déteste.

— Avant de s'engager sur le terrain de la conspiration, répond Lou, je voudrais qu'on envisage la possibilité qu'il n'y ait pas eu de complicités internes. Qu'on ait affaire à un vrai pro, compétent et bien préparé.

Mercer déballe son deuxième taco, puis regarde Lou.

— Vous allez me ressortir votre théorie de Superman ?

— Même mode opératoire, lui rappelle Lou.

— Admettons que vous ayez raison. Ça n'empêche pas que votre solitaire a pu obtenir des renseignements par des sources en interne. Je pense que vous devriez creuser du côté de Sam et de sa famille élargie.

— Et moi, vous voulez savoir ce que je pense ? Je pense que vous voulez vous servir de moi pour appuyer votre refus d'indemniser, et je pense que vous pouvez aller vous faire foutre. Pas question de placer mon équipe entre vous et vos assurés.

— Ce n'était qu'une suggestion.

— Ne suggérez pas. Si vous avez des informations dont je peux me servir, donnez-lez-moi, je m'en servirai. Si vous voulez vraiment être utile, demandez au conseil d'administration de votre boîte d'offrir une récompense, histoire de mettre la pression sur notre gars. Mais ne venez pas me dire comment je dois faire mon boulot, Bill.

Mercer froisse le papier d'emballage et l'expédie dans la poubelle.

— J'en conclus que c'est non, pour la récompense ? reprend Lou.

— Je vais faire passer Kassem et Haddad au détecteur de mensonge.

Lou n'est pas surpris. La compagnie d'assurances a le droit d'exiger une procédure appelée « Examen sous serment » et d'interroger ses assurés, qui encourent une sanction en cas de parjure.

C'est la bonne stratégie.

Si Kassem et Haddad se plantent au détecteur de mensonge, ça donnera à la compagnie une raison de rejeter la demande d'indemnisation. Mercer ne peut pas exiger que Houghton s'y soumette aussi, puisqu'il n'a rien perdu dans l'histoire et ne réclame rien.

Mais Lou est prêt à parier que les deux hommes réussiront le test. Il sait que Sam Kassem est dur en affaires, mais qu'il est honnête et travailleur. Et il est convaincu que les compagnies d'assurances ont des préjugés contre les Moyens-Orientaux parce que les marchands de tapis iraniens les ont vraiment fait cracher dans les années 1990. Et, si l'aiguille ne désigne pas les Chaldéens, elle fera porter les soupçons sur Houghton.

En admettant que des infos aient bel et bien fuité de l'intérieur, songe Lou.

Ce qui est le cas, à vrai dire, puisque le cambrioleur a lu leurs mails.

...

Davis s'arrête au marché aux poissons à Dana Point Harbor, demande ce qu'il y a de plus frais et achète deux filets de sériole. Puis il entre chez Trader Joe, où il choisit une bouteille d'huile d'olive d'importation, infusée au citron.

Les asperges, il les prend chez Von, tout comme le chocolat noir (85 % de cacao), la crème et les framboises fraîches pour la mousse.

Ce soir, il a invité Traci à dîner.

...

Lou rassemble son équipe dans la salle de briefing et se poste devant le tableau blanc, où il a dressé la liste de tous les braquages de livreurs de bijoux en Californie depuis quatre ans. Il vient juste d'ajouter le plus récent.

— Je veux ce type, déclare-t-il.

Une annonce qui lui vaut un gémissement collectif, quoique étouffé, de la part de ses enquêteurs, parmi lesquels aucun ne croit à l'hypothèse d'« un » type. Ils savent aussi où Lou veut en venir, et ça les emmerde d'avance parce que, sur les onze braquages inscrits au tableau, seuls trois dépendent de leur juridiction.

Lou pointe l'index vers le tableau :

— Et, pour le coincer, on ne peut pas se limiter à ce casse. Il va falloir qu'on les examine tous à la recherche de schémas.

Nouveau grognement.

Lou et ses schémas.

...

Crime, 101 : Toute répétition d'actes crée un schéma.

...

Lou sait qu'il existe deux façons de résoudre une affaire.

1. Un mouchard.

Quelqu'un parle.

On peut bien essayer d'en mettre plein la vue à tout le monde avec les experts de la Scientifique – tout ce rituel vaudou sert à impressionner les jurés –, la plupart des affaires criminelles sont élucidées parce que quelqu'un a cafté.

2. Les schémas.

Avec un récidiviste, et à moins de pouvoir compter sur un mouchard, c'est la méthode à appliquer. Il est possible qu'un criminel intelligent ne sème derrière lui qu'un minimum d'indices, mais il laisse forcément les traces d'un schéma, comme on laisse des empreintes de pas sur la plage.

Et les schémas sont toujours révélateurs.

C'est la bonne nouvelle.

La mauvaise, c'est que les enquêteurs aussi obéissent à des schémas – dans leurs façons de travailler, de raisonner, d'agir –, qui les empêchent parfois de distinguer ceux des autres, de porter un regard neuf sur un ensemble de faits, de discerner de nouveaux modèles de comportement, différents de ceux qu'on attend.

C'est ce qui se passe quand on regarde un tableau accroché dans son salon depuis vingt ans : on voit ce qu'on a toujours vu, pas ce qu'on n'a jamais vu.

Comme dans un mariage, songe Lou.

Alors il incite son équipe à reconsidérer les faits.

— Aujourd'hui, je vous demande seulement de réfléchir, dit-il. Sanchez, tu recenses toutes les affaires non résolues en Californie sur les cinq dernières années et tu élimines celles qui ne collent pas avec la théorie du braqueur solitaire. Rhodes, tu m'effaces ce petit sourire fat et tu cherches ce que les victimes ont en commun. Ng, tu te concentres sur le MO – ce que le gars fait, ce qu'il ne fait pas. Geary, tu t'intéresses à la géographie, je veux une carte. McGuire, tu te penches sur la chronologie : il y a un schéma dans les intervalles entre les braquages.

— Et toi, tu t'occupes de quoi ? s'enquiert McGuire.

— Moi, je vais regarder l'ensemble, répond Lou.

Prendre du recul par rapport au tableau.

Lou est du genre intello.

C'est en tout cas comme ça que le décrit Angie, et peut-être que c'est un de leurs problèmes. Dans ses rares moments de loisir, il préfère s'installer dans son fauteuil avec un bouquin, quand elle voudrait sortir. En général, il cède et sort, mais elle sent qu'il lui en veut, alors elle lui en veut à son tour.

« Tu deviens comme ton père », lui a-t-elle reproché un soir où ils avaient quitté une réception de bonne heure parce qu'il boudait.

Comme nous tous, s'est-il dit.

Mais peut-être pas les avocats de Del Mar.

En attendant, c'est bien ce qu'il a l'intention de faire quand il prendra sa retraite : s'installer confortablement dans un fauteuil pour lire des livres.

Surtout d'histoire.

Lou ne se contente pas d'aimer l'histoire, il y croit – il est persuadé que la plupart des réponses aux questions du présent se trouvent dans le passé. Fort de cette conviction, il rassemble des piles de vieux dossiers et s'y plonge.

22 avril 2008 :

Le propriétaire d'une bijouterie à Newport Beach se prépare à envoyer par FedEx une montre exclusive – valeur 435 000 dollars – à un client. Il se fait braquer sur son parking au moment où il monte dans sa voiture pour se rendre au dépôt de FedEx.

15 septembre 2008 :

Un représentant de New York prend l'avion pour San Francisco avec une mallette pleine de pierres de couleur, de bagues et de diamants, afin de rendre visite à un certain nombre de clients réguliers à Bay Area. Il se fait braquer sous la menace d'une arme dans le parking de son hôtel. Valeur du butin : 762 000 dollars.

11 janvier 2009 :

Un négociant en diamants de Belgique vend un lot d'une valeur de 960 000 dollars à une boutique de Malibu et se fait payer en liquide. Sur le trajet du retour à LAX, il s'arrête dans un hôtel le long de la PCH pour rejoindre une call-girl et se fait dévaliser en ressortant.

(Au moins, se dit Lou, le braqueur l'a laissé s'envoyer en l'air.)

20 mars 2009 :

Un bijoutier à Mendocino prend sa voiture pour aller récupérer chez FedEx un paquet de pierres de couleur envoyé par une boutique de Tucson. Il se fait braquer au moment où il revient dans son magasin. Montant du préjudice : 525 000 dollars.

17 octobre 2010 :

Le préféré de Lou. Un négociant local se rend à l'aéroport Lindbergh, à San Diego, avec un sac en bandoulière rempli de montres exclusives, de bagues, de pierres de couleur et de diamants. Il est obligé de déposer le sac sur le tapis roulant du scanner à rayons X, puis il se fait interpeller et fouiller alors qu'il patiente dans la file d'attente. Lorsqu'il veut récupérer son sac sur le tapis, celui-ci a disparu. Montant du butin : 828 888 dollars.

Mais Lou ne sait pas s'il doit l'ajouter à la liste, parce qu'il ne correspond pas au schéma.

14 janvier 2015 :

San Luis Obispo. Un négociant en diamants sud-africain entre dans une boutique et insiste pour être payé en Krugerrands – des pièces d'or. Il reçoit son dû et se fait braquer sur le parking de son hôtel à 4 heures du matin, alors qu'il s'apprête à partir à l'aéroport pour prendre une correspondance. Montant : 943 000 dollars.

Mai 2016 :

La propriétaire d'une bijouterie emporte une sélection de diamants chez un de ses clients réguliers à Rancho Santa Fe.

Un de ses pneus crève sur la route, et elle se fait braquer alors qu'elle est en train de changer la roue. Montant : 645 000 dollars.

Et encore.

27 septembre 2016 :

Un négociant en diamants brésilien vient à Los Angeles avec de la marchandise qu'il déclare à la douane américaine pour un montant de 375 000 dollars. Il loue une voiture à Alamo et emprunte la Pacific Coast Highway en direction d'une bijouterie à Marina del Rey, la première étape d'une série de rendez-vous. Il rencontre le bijoutier dans le port, sur son bateau de pêche de quinze mètres, parce que… pourquoi pas ? Sauf que le voleur monte aussi sur le bateau, s'empare de la mallette et se volatilise. Et le Brésilien l'a dans l'os, parce qu'il ne peut pas réclamer une indemnisation à l'assurance pour de la marchandise qu'il n'a pas déclarée, et dont la valeur dépasse les 2 millions d'après la rumeur.

3 février 2017 :

Un bijoutier de Newport Beach reçoit un appel d'un de ses clients réguliers à Pelican Bay, qui lui demande de venir chez lui avec un assortiment de rivières de diamants en prévision de son vingt-cinquième anniversaire de mariage. Le bijoutier s'arrête dans l'allée devant la maison et se fait dévaliser alors qu'il sonne à la porte. Il s'avère que le client et sa femme fêtaient leur anniversaire de mariage à Paris et que l'appel était un leurre. Valeur du butin : 500 000 dollars, à quelque chose près.

18 mai 2017 :

San Rafael. Un bijoutier de San Francisco déplace un stock de marchandise invendue dans sa boutique du Marin County. Le livreur se fait dévaliser à son arrivée. Montant : 347 000 dollars.

Et le dernier en date, le 17 octobre 2018 :

Del Mar. Les diamants de Sam Kassem. Un million et demi.

S'il s'agit bien d'un seul braqueur, il a accumulé quelque chose comme 8 600 000 dollars au cours des dix dernières années, calcule Lou. Même si on soustrait les frais et la commission au receleur, eh bien…

D'accord, il est possible que les affaires ne soient pas liées.

C'est l'hypothèse qui prévaut.

Mais Lou n'y croit pas, parce qu'elles répondent de trop près à un schéma.

Le voleur prépare ses coups, il doit obtenir ses informations d'une source en interne parce qu'il ne rate jamais sa cible. Chaque hold-up lui rapporte un butin à six chiffres, au moins, et aujourd'hui il a franchi la barre des sept. Il sait qui transporte quoi, où, et pour combien.

Ce gars a trouvé une niche, se dit Lou. Une place bien spécifique dans l'écosystème criminel. Il frappe les bijoutiers en leur point le plus vulnérable : quand ils déplacent de la marchandise.

Il est sélectif : deux ou trois casses par an, toujours pour un gros pactole, et c'est tout.

Il connaît son affaire : tout ce qu'on a sur lui, c'est un plan de dos filmé par une caméra vidéo. Un homme coiffé d'une capuche noire. Autant dire, que dalle. Il surgit de nulle part et se volatilise.

Il brouille les pistes, ne s'en prend jamais deux fois au même bijoutier ni au même assureur. Il ne reste jamais au même endroit, mais sillonne les différentes juridictions de la police tout le long de la côte californienne.

Et il agit toujours près d'une autoroute, jamais en pleine ville.

Ce qu'on a là, pense Lou, c'est un bandit de la route.

Le bandit d'une route bien spécifique.

La Highway 101.

Lou est partagé : un thé glacé ou un Arnold Palmer ?

D'un côté, l'Arnold Palmer serait meilleur mais, de l'autre, la limonade dedans contient du sucre, qui se transforme en graisse. Or, vu sa silhouette, ce putain de baveux à Del Mar doit avoir un pourcentage de graisse négatif à force de pédaler le long de la 101 sur son vélo italien à sept mille dollars.

Lou opte pour le thé glacé.

Et pour un hamburger à la dinde.

— Frites ou salade verte ? questionne la serveuse.

— À votre avis, pourquoi j'ai pris un burger à la dinde, et pas un vrai ?

— Salade verte, donc. Quelle sau…

Lou la dévisage.

— Pas de sauce, c'est ça ?

Il hoche la tête, et la serveuse s'éloigne.

Un écran de télé au-dessus du bar diffuse en sourdine un match de hockey, et Lou se demande qui regarde le hockey en octobre.

Le type va monter vers le nord, décide-t-il.

Pour son prochain coup.

C'est son schéma.

Puis Angie entre, s'assoit en face de lui et déclare :

— Tu as déjà commandé, je suppose.

Lou hausse les épaules.

— T'es en retard.

— Au moins, tu n'as pas choisi pour moi, dit-elle en parcourant la carte.

Il ne l'a pas fait, mais il aurait pu, parce qu'il sait déjà ce qu'elle va prendre : une salade César avec des crevettes, sans sauce. Si la tentation de le lui faire remarquer est grande, il ne veut pas la mettre en rogne, alors il la boucle.

Mais elle voit bien son expression quand elle commande une salade César aux crevettes, sans sauce.

— On est mariés depuis trop longtemps, affirme-t-elle.

— Ça, c'est toi qui le dis.

— Bon, qui déménage, Lou ? Toi ou moi ?

— Moi.

— En principe, ce devrait être moi. C'est moi l'infidèle, la femme adultère.

— Hester Prynne.

— Quoi ?

— Rien. Non, je vais m'en aller. Le changement me fera du bien. Je crois que je me retrouve coincé dans une espèce d'ornière.

— Et tu t'en rends compte seulement maintenant ? C'est ce qu'il aura fallu, Lou ? Que j'aie une liaison ? Dommage que je ne l'aie pas su plus tôt.

— C'est la première fois ?

— Tu me croirais si je te répondais oui ?

— Bien sûr. Qu'est-ce que t'as à perdre ?

— Flic un jour, flic toujours, hein ?

Lou hausse de nouveau les épaules. Pour l'agacer, cette fois, parce qu'elle a pris l'habitude de dire depuis quelque temps que ses haussements d'épaules font à la fois très « flic » et très « juif ». Il se demande si l'avocat hausse les épaules.

— Sérieux, tu veux que je m'allonge, c'est ça ? ironise Angie. Tous tes copains flics m'ont toujours dit que tu avais l'art de faire s'allonger les suspects. Ils ne parlaient pas de tes performances au lit, je suppose.

— Je vais déménager, répète-t-il.

— Où ?

— Ne me dis pas que ça t'intéresse.

— Ça m'intéresse, Lou.

— Je pensais m'installer près de la plage.

Elle éclate de rire. Devant son regard surpris, elle explique :

— Je ne te vois pas du tout à la plage, Lou. Tu es sans doute la dernière personne que j'imagine en train de se dorer la pilule sur le sable.

C'est peut-être justement pour ça que je devrais y aller, conclut-il en son for intérieur.

...

Davis frotte sur le poisson du poivre noir fraîchement concassé, puis sort sur le balcon vérifier la température du barbecue.

L'estimant parfaite, il étale les filets sur le gril et rentre. Verse dans ue poêle un fond d'huile d'olive infusée au citron, coupe les asperges en deux, lave les moitiés supérieures et les dépose dans l'huile chaude.

Traci n'en perd pas une miette.

— Un jour, tu seras une épouse modèle, dit-elle.

Davis fait rôtir les asperges, les retire du feu, les place dans une passoire et ajoute quelques glaçons pour arrêter la cuisson. Il ressort sur le balcon, retourne les filets.

Jette un coup d'œil vers la 101 et aperçoit un type dans le parc près des terrains de basket de Main Beach.

Petit, les cheveux d'un jaune insolite.

Ça ne lui plaît pas, parce qu'il l'a vu un peu plus tôt dans l'après-midi à Huntington Beach. Quand il voit un(e) inconnu(e) plus d'une fois dans la même journée, et en deux endroits différents, il tient à comprendre pourquoi.

Crime, 101 : Il existe un mot pour désigner un homme qui croit aux coïncidences – le prévenu.

Puis il remarque que le type regarde vers son balcon.

C'est Money ? Il m'aurait trahi ?

Ou est-ce que j'ai commis une erreur quelque part ?

Est-ce un flic ? Davis retrace mentalement ses déplacements depuis le braquage à Del Mar en essayant de déterminer s'il aurait pu être suivi.

Il ne le pense pas, mais qui est ce type ?

Tu ne peux pas prendre de risques, se dit-il.

Il faut que tu bouges.

En rentrant dans l'appartement, il annonce :

— Le dîner est presque prêt.

— Je meurs de faim.

Il retire du seau à glace une bouteille de chablis Drouhin, la débouche et leur sert à chacun un verre.

Davis sort du frigo les ramequins de mousse au chocolat, dépose sur chacun une petite cuillérée de crème fouettée, ajoute les framboises.

— C'est toi qui as fait ça ? s'étonne Traci quand il les apporte sur la table. En deux temps trois mouvements ?

— C'est facile, répond Davis.

Sa cuillère immobilisée au-dessus de sa mousse, elle tergiverse.

— Je ne devrais pas.

— Le chocolat noir, c'est excellent pour toi – riche en antioxydants.

— Ah, vu comme ça…

Elle goûte.

— OMG, Michael. Un orgasme sur une petite cuillère.

Plus tard, au lit, Davis déclare :

— Je vais devoir bientôt repartir.

Il la sent se raidir entre ses bras.

— C'est quand, bientôt ?

— Demain.

— Tu viens d'arriver. Je pensais que tu resterais plus longtemps.

— Moi aussi.

Avant de remarquer qu'on me filait, songe-t-il.

— Et nous, on va où comme ça ? poursuit-elle.

— Tous les voyages n'ont pas forcément une destination. On roule pour rouler.

— N'empêche, c'est quand même bien d'avoir une direction, souligne Traci.

Elle ne réclame ni une bague ni une date, elle se demande juste s'ils vont quelque part. Ils entretiennent une relation en pointillé depuis près de deux ans, alors elle voudrait savoir à quoi s'en tenir.

Davis est un joueur dans l'âme, mais il joue à la loyale. Il s'est fixé pour règle, entre autres, de ne jamais mentir à une femme.

— Tu cherches de l'or sur une plage, Traci.

— Tu me traites de chercheuse d'or ? s'indigne-t-elle, une lueur farouche dans le regard.

— L'image était mal choisie, admet Davis, qui regrette de l'avoir heurtée. Je voulais seulement dire que tu cherches quelque chose là où ça n'existe pas.

— En clair ?

— J'ai de l'affection à revendre. De l'amour, non.

— Pigé. Au passage, bravo pour ton interprétation du « Ce n'est pas toi, c'est moi ».

— Je t'apprécie beaucoup.

— Mieux vaut arrêter avant de trop perdre, hein ? lance-t-elle.

Et d'ajouter, un instant plus tard :

— Je me disais, la prochaine fois que tu reviendras, ce serait peut-être une bonne idée que tu n'essaies pas de me revoir, OK ?

OK.

Dommage, mais OK.

C'est la loi de la 101.

Pas de la 102.

...

La résidence s'appelle le Seaside Chateau mais, quand la grille du parking souterrain coulisse, Lou a l'impression d'arriver au centre pénitentiaire de Solana Beach.

C'est sinistre, là-dedans.

Sombre. Murs gris.

En même temps, c'est un parking souterrain, se dit-il en s'y engageant. À quoi pourrait-il ressembler ? À Shangri-La ?

Il se dirige vers sa place, la #18. Le contrat de location en prévoit deux, mais il n'en aura besoin que d'une, car il doute qu'Angie vienne de temps à autre le rejoindre pour la nuit.

Comment ils disent, en taule ?

Les visites conjugales ?

Il se gare à côté d'une Dodge Challenger SRT8 noire de 2011 qui semble en parfait état. Il fait attention à ne pas la rayer en ouvrant trop grand sa portière. Après avoir récupéré sa valise et son sac de voyage, il marche vers l'entrée de la résidence, fermée par une autre grille métallique.

C'est déprimant, et il se demande dans quoi il s'est fourré. Il a loué sans visiter, en se fiant seulement aux photos publiées sur le site de la régie. L'appartement lui-même avait l'air assez chouette sur ces images, mais c'est toujours le cas, non ?

McGuire s'est marré quand il lui a annoncé qu'il allait habiter près de la plage.

« Les quinquas divorcés pensent toujours qu'il leur suffit de s'installer sur le front de mer pour lever une jolie petite surfeuse.

— Je ne suis pas divorcé et ce n'est pas du tout ce que je pense.

— Une part de toi le pense.

— Mon cerveau n'est pas si bête. »

Lou en a vu, des types comme ça. Ils se mettent au sport, se font blanchir les dents, s'offrent de nouvelles fringues, parfois aussi une bagnole de sport, et les filles les voient tels qu'ils sont.

Pitoyables.

Il n'entretient pas ce genre de fantasmes. Il s'est juste dit que ce serait un changement bienvenu – un petit plaisir à s'accorder – de vivre les pieds dans l'eau un moment, le temps de faire le point.

Ou pas.

Lou a toujours habité à San Diego mais jamais au bord de la mer, et si c'est sa façon de vivre la crise de la cinquantaine, ainsi soit-il.

Et, OK, si d'aventure il rencontrait une femme – pas une petite bombe de vingt ans et quelques mais une séduisante quadra qui le trouverait à son goût –, eh bien, il ne serait pas contre.

« On ne peut pas faire un pas à Solana Beach sans tomber sur un studio de yoga, a-t-il dit. Alors, si ça se trouve, tout n'est pas perdu.

— Si, a répliqué McGuire. Pourquoi crois-tu que toutes ces quadras et quinquas sexy se torturent, hein ? Ces pantalons de yoga ne quittent leurs petits culs fermes que pour des mecs de vingt-trois ans avec des tablettes de chocolat.

— Laisse-moi mes illusions. »

Les femmes ici ne peuvent pas être toutes des épouses-trophées trompant leur mari avec de jeunes étalons. Il doit quand même bien y avoir dans le lot deux ou trois divorcées qui se sentent seules et cherchent un mec sympa, pour aller faire un bon dîner au restaurant, pourquoi pas ? Ou des galipettes dans le foin…

« Des galipettes dans le foin ? » songe Lou en poussant la porte d'un coup de hanche. Oh ! bon sang, si je continue comme ça, c'est une octogénaire sexy que je vais finir par me taper.

Une volée de marches mène à la partie commune derrière une autre grille – l'association standard piscine-jacuzzi, avec un barbecue à disposition de tous et quelques tables abritées pour les rares fois où il pleut.

Il longe la piscine et localise l'appartement 18 – ou, plus précisément, le « Chateau 18 », au premier étage. Un pinailleur comme lui n'aurait jamais parié sur l'association linguistique de termes comme « Seaside[1] » et « Chateau », surtout dans le sud de la Californie. Il n'a jamais rien vu qui fasse moins français.

Il tâtonne pour insérer la clé dans la serrure. Pousse la porte.

Et comprend.

Pourquoi les gens viennent ici. Pourquoi ils dépensent une fortune – Lou a fait une folie avec le loyer – pour avoir une « vue sur les flots écumeux », parce que les baies vitrées en façade dominent l'océan et la plage. C'est comme une immense toile de fond bleue : le ciel, l'eau, et au premier plan les flots écumeux susmentionnés venant se briser sur le sable.

La vue seule vaut tous les sacrifices.

La cuisine est exiguë mais semble avoir été récemment rénovée, il y a un petit salon avec un grand écran plat et un canapé. Lou entre dans la chambre, petite elle aussi, mais dotée d'un lit *king-size* optimiste et d'une salle de bains adjacente avec une douche et… un jacuzzi ?

Il laisse tomber ses bagages et se sent…

Complètement déprimé.

Une valise, un sac de voyage et un carton de livres sur la banquette arrière de sa voiture.

C'est ça, ma vie aujourd'hui, se dit-il.

C'est moi ce quinqua en passe de divorcer qui loue un appartement en bord de mer.

1. Front de mer.

...

Ormon retrouve Money sur la jetée de Newport Beach.

— Je peux comprendre que tu l'aies perdu, dit Money, le regard rivé sur les eaux bleues. Ce que je ne m'explique pas, c'est pourquoi tu penses que c'est mon problème.

Ormon a une réponse toute prête.

— Parce que tu veux gagner de l'argent, et que ce type ne t'en rapportera plus. Pas sur le long terme. Pour ça, t'as besoin de moi. Et moi de lui.

— Je ne sais pas où il est, affirme Money, sincère.

— Tu traites avec lui depuis quinze ans, tu dois bien avoir une petite idée sur la question.

Money active sa matière grise.

Il n'aime pas Ormon, qui est un petit salopard violent, impulsif et cupide. Il préfère les types plus âgés, plus fiables, qui ne prennent pas plaisir à verser le sang. Mais on n'en fait plus des comme ça. Et le petit salopard violent, impulsif et cupide a raison : Davis a atteint sa date de péremption.

Alors, Money lui donne un nom.

...

Sharon Coombs est l'incarnation même de la Californie.

Cheveux blonds, courts, méchés.

Silhouette svelte de pré-quadra, ciselée par le yoga, les cours de barre au sol et le vélo en salle. Décolleté ferme, embelli par le bistouri, fesses musclées, nez littéralement sculpté. Lèvres fines dont elle envisage de faire augmenter le volume la prochaine fois qu'elle sera en fonds.

Une serviette autour du cou, elle descend l'escalier à la sortie de son cours de yoga, entre au Solana Beach Coffee

Company, commande un café *latte* au lait de soja, puis va s'asseoir dehors.

D'un rapide coup d'œil, elle jauge Lou assis seul à une table – pas un amant ni un client potentiel – et passe son chemin. Sharon est efficace – dans son travail, dans sa pratique du sport, dans le choix de ses partenaires sexuels. Pas question pour elle de perdre une seconde avec des choses ou des personnes dépourvues de potentiel.

Et puis, elle est ici pour affaires.

Alors elle se dirige vers une chaise à une table occupée par un autre client et demande :

— Cette chaise est libre ? Vous permettez ?

— Bien sûr, répond Davis.

Sérieux, quel homme refuserait ?

Elle s'assoit, contemple la PCH et déclare :

— Je viens de rédiger une nouvelle police. Pour cinq millions et demi.

Sharon est courtière d'assurances pour des compagnies qui proposent des polices premium sur des biens haut de gamme.

Si vous possédez une maison avec cinq chambres située sur un promontoire dominant La Jolla Cove, ainsi qu'un garage où les Lamborghini voisinent avec les Maserati, et aussi quelques diamants qui valent plus que les propriétés bordant une impasse chic, vous n'appelez pas un gecko[1], vous n'appelez pas la Flo de la pub[2], vous n'appelez pas un type qui connaît tout parce qu'il a tout couvert. Aucun d'eux n'acceptera de garantir un tel niveau de risque.

1. Allusion à la compagnie d'assurances Geico, dont la mascotte est un lézard, le gecko.

2. Personnage fictif de vendeuse incarné par la comédienne Stephanie Courtney, qui figure dans les publicités de la Progressive Corporation, une compagnie d'assurances.

Non, vous appelez Sharon Coombs, qui se mettra en relation avec les compagnies d'assurances spécialisées dans les garanties personnalisées pour une clientèle de prestige et qui, elles, rédigeront des contrats couvrant des préjudices colossaux et vous feront cracher en conséquence une cotisation monstrueuse. Mais bon, si vous pouvez vous offrir le palais au bord de la mer, les Lamborghini et les cailloux, vous avez aussi de quoi la régler.

Il arrive que ces compagnies, comme les bookmakers mafieux, décident de répartir le risque entre différents acteurs du marché, et c'est là que Sharon intervient. Elle est parfois amenée à traiter avec trois ou quatre assureurs pour couvrir le risque.

Dans un premier temps, elle est obligée de vérifier la valeur des biens concernés, ainsi que leur localisation et leur provenance. Elle doit veiller à ce qu'on ne lui fasse pas assurer pour trois millions une pierre qui en vaut deux, parce que, merde, son propriétaire n'aurait qu'à la faucher lui-même et la jeter dans l'océan pour empocher un million.

De même, elle est tenue de vérifier que vous prenez des mesures raisonnables pour protéger lesdits biens. Si vous n'avez pas équipé votre demeure d'un système de sécurité (ou si vous avez l'habitude de faire des barbecues dans le salon), si vous garez la Maserati dans la rue (ou si vous trouvez amusant de l'inscrire à des derbys de démolition), si vous conservez les diamants dans une coupe de bonbons sur le plan de travail à la cuisine (ou si vous les portez quand vous frisez le coma éthylique dans des clubs *after-hours*), même Sharon aura du mal à vous obtenir une assurance.

Et elle est pointilleuse. Après tout, c'est son gagne-pain. Donc, Sharon sait ce que vous possédez, pour combien et où ça se trouve.

Et quelles mesures de protection vous avez prises.

Sharon touche des revenus confortables grâce à ses commissions.

Mais, le long de la 101, des revenus confortables ne suffisent pas toujours.

Il faut de l'argent pour pouvoir vivre dans ce coin, et plus encore pour y vivre bien – et Sharon aime vivre bien. Elle sait aussi que, pour la Californie du Sud, elle approche de sa date de péremption.

Elle a beau faire encore du trente-huit à trente-huit ans, ce n'est pas pareil que faire du trente-huit, voire du trente-six, à vingt-huit ans. D'autant que pas mal de jeunettes dans la catégorie des vingt-quatre ans sont enclines à chasser dans la réserve des mâles de quarante à cinquante-cinq ans.

Quant aux mâles de la réserve, justement ? Pour peu qu'ils aient les moyens et n'aient pas trop négligé leur physique, ils peuvent chasser partout. Les hommes aussi vont au sport, font du yoga, surveillent leur alimentation et se mettent au Botox. Aujourd'hui, entre courtiers de cinquante-sept ans, on compare les mérites des exfoliants.

Sharon a besoin d'une rentrée de fonds.

Davis et elle se sont rencontrés à l'inauguration d'une galerie d'art cinq ans auparavant, devant des petits fours et des gobelets de piquette. Il était charmant, elle a accepté son invitation à dîner, il lui a ouvert la portière de sa Mustang Shelby pour l'emmener au Top of the Cove, et après le dessert elle l'a fait monter chez elle avec la ferme intention de le mettre dans son lit, sauf qu'il a dit non.

« Ce n'est pas que je ne veuille pas, a-t-il précisé. C'est juste que j'ai pour règle de ne pas mélanger le plaisir et les affaires. »

Crime, 101 : Ne pas fourrer sa queue là où elle n'a pas sa place.

« Pardon ? a répliqué Sharon.

— Tu es spécialisée dans l'assurance des biens de prestige, c'est ça ? Alors, je crois qu'on devrait envisager une collaboration. Le sexe, tu peux l'avoir avec n'importe qui, mais moi, je peux te rapporter de l'argent. »

Il lui a expliqué comment.

Durant ces cinq années, elle lui a donné trois tuyaux. Pas plus, pour éviter qu'on puisse reconstituer un schéma et la situer en plein milieu.

Le premier lui a payé ses nouveaux seins. Le deuxième, plus lucratif, lui a permis de verser l'avance pour son appartement, et le troisième, de s'offrir sa Lexus.

Aujourd'hui, elle veut un quatrième bonus.

Le plus gros.

Et le dernier.

Elle le signifie sans ambiguïté à Davis :

— Je te mets sur le coup et je me retire.

Il ne lui révèle pas qu'il compte faire la même chose. Crime, 101 : Ne jamais dire à quelqu'un ce qu'il ou elle n'a pas besoin de savoir.

— C'est quoi ? s'enquiert-il.

— Arman Shahbazi, un milliardaire iranien, débarque de Téhéran pour le mariage de sa nièce. Il va acheter des cadeaux pour la mariée, le marié, toute la famille. Des montres, des colliers en diamants, une bague en diamant pour la mariée.

— Valeur de la marchandise assurée ?

— Cinq millions et demi.

Ça me rapporterait encore plus que prévu, songe Davis. Déduction faite de la part de Sharon, de Money et du rabais accordé à l'acheteur… il me resterait tout de même deux millions.

Mon ticket de sortie.

— Le transporteur arrivera de New York par avion, reprend Sharon, et l'opération de transfert est prévue à L'Auberge, où aura lieu le mariage.

L'hôtel de luxe à Del Mar, pense Davis.

Mauvaise pioche.

Ça voudrait dire frapper deux fois de suite à San Diego, dans la même juridiction, et donc violer une de ses règles d'or.

Crime, 101 : La seconde visite au buffet se termine au réfectoire de la prison.

Surtout quand un flic de San Diego – c'est quoi, son nom, déjà ? Lubesnick – vous a en ligne de mire.

Mais cinq millions...

— Le client a insisté pour qu'un garde armé escorte le transporteur jusqu'au lieu de l'échange, explique Sharon. Ce sera un agent de sécurité local, qui ira le chercher à l'aéroport, le conduira à L'Auberge et restera jusqu'à la fin de la transaction.

— Et après ?

— Destination : un coffre dans la suite de Shahbazi. Il y aura un service de sécurité au mariage et à la réception. Des Israéliens.

Par conséquent, Davis voit deux moments pour agir. Sur le trajet de l'aéroport à l'hôtel ou dans la chambre de Shahbazi à L'Auberge, à l'occasion du transfert.

Reste le problème du garde armé. La possibilité d'un affrontement violent ne plaît pas à Davis. Il a fait toute sa carrière sans être blessé ni blesser personne. C'est un motif de fierté personnelle autant qu'un précepte professionnel.

Crime, 101 : Quand on ne peut pas le faire sans presser la détente, mieux vaut ne pas le faire du tout.

Alors Davis va passer son tour, cette fois.

— Encore une chose, reprend Sharon. Shahbazi paie en liquide.

Un petit sourire suffisant flotte sur ses lèvres. Elle sait ce que Davis sait aussi : le vendeur ne veut pas que le fisc ait vent de la transaction.

— Donc, il aura son propre service de sécurité, observe Davis.

Sharon hausse les épaules.

— On n'assure pas le cash.

De cinq millions et demi, on vient de passer à onze, calcule Davis.

Dont la moitié en liquide – pas besoin de receleur, pas de commissions, juste trois ou quatre pour cent à Money pour blanchir la somme.

De quoi s'offrir une très belle maison sur le front de mer.

Près de la 101.

...

Somme toute, la vie les pieds dans l'eau est bien agréable.

C'est la conclusion à laquelle arrive Lou en savourant son *breakfast burrito*. Il en est le premier surpris : d'abord, en tant qu'aficionado du bagel/fromage frais (« Est-ce qu'il y a un seul cliché dans lequel tu ne tomberas pas ? » lui a demandé Angie un matin), il n'aurait jamais associé les mots « *breakfast* » et « *burrito* », et il n'aurait jamais imaginé non plus apprécier le résultat.

Mais il a commencé une nouvelle vie, non ? Alors, il y a deux semaines, quand il est entré au Solana Beach Coffee Company, à une centaine de mètres seulement de son appartement, dans un petit centre commercial le long de la 101, il a jeté un coup d'œil à la carte, pensé « Et alors, c'est ma nouvelle vie, non ? » et décidé de prendre un gros risque en commandant le *breakfast burrito*.

Aujourd'hui, il est accro.

Bacon croustillant, œufs brouillés, laitue, tomates et sauce salsa – un régal.

Qui l'eût cru ?

Et, comme décor, il n'y a pas mieux.

Il est maintenant habitué à aller prendre son café et ses repas dehors, ainsi qu'à se promener dans le petit jardin bordé sur trois côtés par des bâtiments accueillant, entre autres, une salle avec un mur d'escalade, un studio de danse, un autre de yoga et un dermatologue dont les clientes n'ont, en apparence (pour ainsi dire), pas besoin du moindre traitement.

Assis à l'une des tables en fer forgé, Lou laisse le soleil lui chauffer le visage tout en profitant de la vue à 360° – il n'y a pas un seul siège mal placé dans l'établissement –, tandis que la gent féminine va et vient entre cours et rendez-vous, et que bon nombre de ses représentantes s'arrêtent au SBCC boire un café ou un smoothie. Les clients qui ne sont pas des femmes superbes sont pour la plupart des hommes superbes – surfeurs, varappeurs ou accros de la musculation –, même s'il y a un groupe de cyclistes plus âgés qui semble se donner rendez-vous là tous les matins – sans doute des retraités qui s'offrent un café et un porridge bon pour le cœur avant de partir pédaler.

Oui, Lou se la coule douce sur la côte.

Au début, la rumeur constante des vagues le dérangeait, mais c'est maintenant devenu une berceuse qui l'aide à s'endormir. Il en est arrivé à aimer se lever le matin et boire sa première tasse de café en contemplant l'océan sur son balcon.

Ensuite il s'habille et va au SBCC avant de partir au boulot. Il y a un présentoir à journaux dans le petit centre commercial, et Lou y insère des *quarters* pour s'acheter un vrai journal papier, son bien-aimé *Union-Tribune*, qu'il parcourt en prenant son petit déjeuner et en observant la clientèle locale.

Parfois, il rentre du travail à temps pour admirer le coucher du soleil depuis son balcon, et c'est, comme diraient les gosses, « grave beau ». Si on ne croit pas en Dieu le Père, se dit Lou –

et, en tant que juif non pratiquant il ne sait pas vraiment à quoi s'en tenir sur le sujet –, on ne peut que croire en Dieu l'Artiste quand on regarde le soleil sombrer dans l'océan.

Les week-ends, qu'il imaginait comme des marathons de solitude angoissée pour un divorcé, ne sont pas si mal. Il commence en général par une séance plus tardive et prolongée au café, puis fait une petite marche le long de la PCH ou une expédition de l'autre côté au Cedros District, où se trouvent des magasins intéressants, d'autres cafés et une librairie assez bien approvisionnée.

Ou alors, il se promène sur la plage.

Une nouveauté aussi surprenante pour lui que le *breakfast burrito.*

Lou n'a jamais particulièrement apprécié la plage. Il n'aime pas trop nager, ne fait pas de surf, et la seule perspective de s'allonger sur le sable pour bronzer s'apparente pour lui à une mort cérébrale.

« Les Juifs sont plutôt habitués au désert, a-t-il expliqué à McGuire, qui lui aussi évite la plage, parce que sa peau d'Irlandais brûle au soleil comme… oui, le bacon servi croustillant dans un *breakfast burrito.*

— Ils sont tous les deux faits de sable, a souligné McGuire. La plage et le désert. »

Lou n'a pas été convaincu pour autant.

Mais, aujourd'hui, le sable n'est qu'à quelques marches de son appartement. Alors, un jour, il y est descendu, pour s'apercevoir qu'il aimait marcher sur la grève, respirer l'air iodé, sentir la brise marine sur son visage. Et il a croisé sur la plage beaucoup de ces mêmes personnes qu'il trouvait superbes au café, les fringues en moins.

Ce n'est pas seulement la vue des corps fermes qui lui plaît.

Lou commence à aimer le décor dans son entier : les eaux bleues, l'infini du ciel, les familles venues se détendre, les surfeurs, les frisbees – toute l'animation de la plage.

« Encore un peu, et tu vas acheter une planche de surf », a dit McGuire.

Non, a pensé Lou, mais pourquoi pas une planche de bodyboard ?

Ça a l'air amusant.

Donc, les week-ends se passent plutôt bien. Il y prend goût. Cette portion de la 101, de Via del Valle au sud jusqu'à Cardiff Beach, est devenue son territoire. Il aime l'emprunter le soir pour rentrer chez lui, le samedi et le dimanche il se rend au Pizza Port ou au bar sportif le Chief, près de la gare, pour regarder un match à la télé. Et puis, il y a toujours le camion à hot-dogs.

Angie lui manque mais, il doit bien l'admettre, moins qu'il ne l'aurait cru. OK, d'accord, il se sent un peu seul, et le Seaside Chateau n'est pas un endroit très convivial. De fait, il lui semble fascinant que, depuis son installation, il ait vu tant de véhicules dans le parking souterrain et si peu de gens dans la résidence elle-même.

Ils doivent pourtant bien être là, se dit-il, parce que les voitures y sont, et qu'elles vont et viennent. Alors, comment se fait-il qu'il ne les rencontre jamais ? Pour autant qu'il puisse en juger, les résidents se divisent en plusieurs groupes : les retraités installés à demeure, les propriétaires qui apparemment ne séjournent au Chateau que l'été, et les occupants temporaires – des touristes ou des quidams qui se retrouvent entre deux résidences principales et/ou mariages, et qui ont loué comme lui par l'intermédiaire d'une régie.

Quoi qu'il en soit, les rares personnes qu'il croise en cette saison creuse ne sont pas du genre à entamer la conversation.

Elles se contentent d'un salut de la tête quand on les aperçoit près de la piscine ou dans le parking. Rien de plus.

Lou trouve ça curieux, mais ça ne le dérange pas vraiment. Au fond, il apprécie l'anonymat dans lequel il explore sa nouvelle vie. Si on cherche à disparaître, à se fondre dans le décor, se dit-il, c'est l'endroit idéal.

Le seul motif de réelle insatisfaction dans la vie de Lou, c'est l'affaire Haddad.

Pour laquelle il n'a toujours aucun indice.

La piste est aussi froide que le cœur d'une ex-femme.

Ben Haddad et Sam Kassem ont tous les deux réussi le test du détecteur de mensonge, aussi l'hypothèse d'une complicité interne a-t-elle été exclue. Lou s'en est réjoui, il n'avait pas envie de découvrir qu'ils étaient impliqués. John Houghton, le bijoutier de Del Mar, s'est porté volontaire pour passer le test lui aussi – il en avait par-dessus la tête d'être harcelé par les assureurs –, et a également été mis hors de cause.

Ce qui a placé la compagnie d'assurances dans l'obligation de payer, et laissé Lou le bec dans l'eau.

Il est plus que jamais convaincu qu'il s'agit de l'œuvre d'un seul braqueur, le « Bandit de la 101 », aussi doué que prudent. Il a dévalisé Haddad en moins d'une minute avant de se volatiliser. Comme si la terre l'avait englouti, comme s'il existait sous la surface une sorte de…

Parking ?

L'image du centre pénitentiaire fédéral de Solana Beach lui traverse l'esprit.

Quand on veut vraiment disparaître…

Est-ce sa méthode ? Se rendre dans un parking souterrain après chacun de ses coups et changer de véhicule ?

Lou se promet d'aller jeter un œil aux parkings proches de la bijouterie de Houghton. Quelqu'un a peut-être aperçu quelque chose.

Peut-être que ce quelque chose y est encore.

C'est la pensée qui l'occupe quand il voit la femme se lever de table. Il sait bien qu'ils ne jouent pas dans la même cour – elle le lui a clairement fait comprendre en lui accordant à peine un regard –, mais il sait aussi qu'il l'a déjà rencontrée.

En vieux routier, Lou a un Rolodex dans la tête, qu'il consulte mentalement. Ce n'est pas une amie d'Angie (sinon, elle serait déjà venue lui parler, par curiosité ou pour pérorer), ni quelqu'un qu'il a déjà arrêté ni...

Interrogé ?

Si, se rappelle Lou.

Tu l'as interrogée dans le cadre d'une enquête sur un vol de diamants il y a deux ans. L'histoire de la coursière qui apportait des diamants dans cette maison à Rancho Santa Fe, qui a crevé en cours de route et s'est fait voler pour 645 000 dollars de pierres. Cette femme en face de toi aujourd'hui n'était pas la propriétaire, pas la victime non plus...

Non, c'était l'agent de l'assurance, et tu l'as interrogée au sujet de la valeur de la marchandise et des mesures de sécurité mais... elle n'était pas employée par la compagnie d'assurances, elle était...

Courtière.

Sharon.

Carter ?

Non, Cole.

Non, Coombs.

Sharon Coombs.

Qui est le type avec elle ? se demande Lou.

Tout laisse penser qu'ils viennent de se rencontrer : leur conversation n'a pas duré cinq minutes quand, après avoir saisi son *latte* sain tellement tendance, elle s'éloigne. De ce qu'il a vu, il n'y a pas eu d'échange de numéros de téléphone. C'est juste un autre flirt avorté le long de la PCH, se dit-il. Ils se sont jaugés, ça n'a rien donné, bye-bye.

Pourtant, il sent dans ses tripes – et le *breakfast burrito* n'y est pour rien – qu'il a assisté à quelque chose d'autre.

Parce que Lou ne croit pas aux coïncidences.

Crime, 101 : Il existe un mot pour désigner un homme qui croit aux coïncidences – le prévenu.

Assis au volant de sa voiture, Ormon voit Coombs s'éloigner et monter dans sa Lexus.

Davis roule.

C'est une habitude chez lui.

Quand il a besoin de réfléchir.

Crime, 101 : Si un coup te paraît foireux, c'est qu'il est foireux.

Il le sait, il le sait au plus profond, mais…

Il n'y a pas de mais, se répète-t-il. Il n'y a que les principes élémentaires du crime, niveau 101, *mais…*

Ce casse sera sa porte de sortie. Si tu dois faire une exception à la règle, c'est… eh bien, ce coup-là est… exceptionnel. Oui, c'est risqué, songe-t-il, mais est-ce plus risqué que d'y renoncer et de devoir aligner encore trois ou quatre braquages pour obtenir le même montant ?

Il sait qu'il va le faire.

En passant devant la haute cheminée industrielle à Carlsbad, il comprend qu'il va enfreindre ses règles et faire ce casse. Le dernier.

Mais comment ? C'est toute la question.

Le meilleur moment pour agir, estime-t-il, ce sera dans la chambre d'hôtel, quand le transporteur remettra la marchandise. Il y aura trois personnes présentes : Shahbazi, le transporteur et l'agent de sécurité.

Donc, tu vas devoir entrer dans cette chambre (ça ne devrait pas poser trop de problèmes) et tenir en respect trois hommes. Ensuite, il faudra prendre les pierres et le cash, or tu n'as pas assez de mains, puisque tu pointeras ton arme sur eux.

Réfléchis.

Le transporteur entrera, procédera à l'échange et ressortira avec le cash. Tu peux le maîtriser dans le couloir, le désarmer et ensuite entrer dans la chambre pour récupérer les pierres. Que ce soit dans le couloir ou dans la chambre, la partie se jouera à un contre deux, selon que l'agent de sécurité décidera de protéger le liquide ou la marchandise.

Mieux, mais encore loin d'être parfait.

Creuse-toi les méninges.

Quelle est la faille critique ? Le point auquel tu n'as pas pensé ? Davis est arrivé au bout d'Oceanside quand il est frappé par une révélation.

Tu n'auras pas à maîtriser l'agent de sécurité, parce que ce sera toi, l'agent de sécurité.

La 101 a toujours la solution.

Lorsque Sharon sort de la douche ce soir-là, enveloppée dans une grande serviette, elle découvre un homme assis sur son lit. Il tient dans la main gauche, elle-même posée sur sa cuisse, le petit SIG Sauer 380 qu'elle range dans sa table de chevet.

— Crie pas, dit-il.

Elle sent sa poitrine se comprimer. Il lui semble qu'elle ne peut plus respirer. Ses doigts effleurent sa gorge, et elle parvient à articuler :

— J'ai de l'herpès.

— T'emballe pas, rétorque-t-il. Je m'intéresse pas à ce que t'as entre les cuisses, mais à ce que t'as entre les oreilles.

Elle est terrifiée, tremblante, et elle voit bien dans le regard de l'inconnu qu'il y prend plaisir.

Il se tapote la tempe avec le canon du pistolet, qu'il frotte ensuite dans ses drôles de cheveux jaunes.

— Tu caches quelque chose là-dedans, dit-il. Quelque chose de valeur. Quelque chose que t'as partagé avec Davis.

— Je ne vois pas de quoi vous voulez parler.

— Je te balancerai aux flics, ma belle. T'en prendras au minimum pour dix ans et, au trou, les gouines – des Mexicaines, pour la plupart – ne feront qu'une bouchée d'une *güera* dans ton genre, crois-moi.

Je ne peux pas, pense Sharon.

Je ne peux pas aller en prison.

Je n'irai pas.

Ormon sourit.

— Je sais ce que tu te dis, Sharon. Tu te dis qu'il te suffira de battre des cils devant le juge pour qu'il accorde la mise à l'épreuve à une Blanche du comté d'Orange comme toi.

C'est à peu de chose près ce qu'elle était en train de se dire.

— Et si ça se produit, Sharon ? Si ça se produit, je reviendrai et là je te ferai vraiment mal. Après, je te garantis que plus aucun mec te regardera. Ils tourneront tous la tête.

— Je vous en prie…

— Inutile de supplier, l'interrompt-il. Il te suffit de prendre la bonne décision. Tu toucheras la même part qu'avec Davis.

T'y perdras rien et tu garderas intact ton joli minois. Alors, tu choisis quoi ?

Lou a décidé d'essayer le yoga.

Ce qui a bien fait rigoler McGuire.

« Sérieux ? Le yoga ? T'es aussi souple qu'un parpaing.

— C'est pour ça que je veux essayer.

— Et t'as pris du bide.

— C'est pour ça que je veux essayer.

— Quel genre de yoga ?

— Parce qu'il y en a plusieurs ?

— Bien sûr, a répondu McGuire. Y a le yoga dans une pièce chauffée, où on monte le thermostat jusqu'à ce que tu sues autant qu'une pute à l'église, y a celui où t'enchaînes les postures super vite...

— Les quoi ?

— ... celui où tu les enchaînes super lentement, et aussi le yoga méditation, le yoga de rue et même le yoga chèvre.

— C'est quoi, ça ?

— J'en sais rien et j'ai aucune envie de le savoir. De toute façon, tu t'en fous du yoga, tu veux juste baiser.

— C'est compatible ?

— Les hétéros prennent des cours de yoga pour rencontrer des gonzesses et baiser. Les homos prennent des cours de yoga pour rencontrer des mecs et baiser. En fait, le mot "yoga" en hindi veut dire "baiser".

— N'importe quoi.

— Ça pourrait, a insisté McGuire.

— Et les femmes ? a demandé Lou. Elles y vont aussi pour baiser ?

— L'espoir fait vivre. »

À vrai dire, les espoirs de Lou sont un peu moins ambitieux.

S'il perd quelques kilos dans l'histoire, ce sera bien.

S'il rencontre Sharon Coombs, ce sera encore mieux.

C'est ainsi qu'il se retrouve les fesses en l'air pour adopter la posture que la prof appelle « le Chien tête en bas » – et, s'il doutait encore que le yoga soit une affaire de cul, « le Chien tête en bas », « le Chien tête en haut » ou n'importe quel chien suffirait à l'en convaincre.

D'autant que le postérieur dressé juste devant lui appartient à Sharon Coombs.

En haut, en bas, « Guerrier I », « Guerrier II », « Salutation au soleil » – Lou manque de se disloquer les globes oculaires en s'efforçant de les détacher du fessier de Coombs.

Et se dit qu'il faudrait un permis pour porter du Lululemon.

Il termine le cours en nage, crevé et chaud comme un lapin. Et Coombs ne lui a même pas jeté un coup d'œil. Mais, au moment où il sort des vestiaires en accrochant son badge à sa ceinture, elle le gratifie d'un premier regard.

Puis d'un second.

Et lui adresse la parole.

— C'est votre première fois ?

— C'est si évident que ça ?

— Non, vous vous êtes bien débrouillé.

— C'est gentil à vous de mentir, déclare Lou.

Elle plonge les yeux dans les siens, puis demande :

— Un smoothie, ça vous tente ?

— Ce qui me tente vraiment, c'est un sandwich au pastrami, répond Lou. Mais je veux bien prendre un café avec vous pendant que vous buvez un smoothie.

— Vous n'aimez pas les smoothies ?

— Rien que le mot m'écorche la bouche.

Elle éclate de rire.

Alors qu'ils descendent l'escalier ensemble, Lou sait déjà que, même si elle le regardait, ce n'était pas lui qu'elle voyait.

C'était le badge.

Quelques minutes plus tard, ils sont assis sur la terrasse du Solana Beach Coffee Company, et Sharon sirote un jus vert qui, aux yeux de Lou, ressemble à du vomi régurgité par le bac d'une tondeuse à gazon.

— Alors, que faites-vous dans la vie, Lou ? interroge-t-elle.

— Je suis flic. Je parie que vous ne vous souvenez pas de moi.

Elle lui oppose un regard vide.

— Ça remonte à quelques années, précise-t-il. Je vous ai interrogée à propos d'un vol de diamants.

— Désolée. C'était moi la coupable ?

— Vous savez quoi ? Je n'ai jamais découvert qui avait volé ces pierres.

— C'est vrai ? Ça m'étonne.

— Pourquoi ?

— Vous me faites l'effet d'être un homme très doué dans son domaine.

McGuire avait raison.

Le yoga, ça tourne bel et bien autour du cul.

— T'es doué, confirme-t-elle plus tard, allongée sur le lit de Lou, d'où elle regarde l'océan derrière la fenêtre.

— C'est ce que tu m'as dit pour le yoga.

— J'ai menti. Là, c'est vrai. Comment ta femme a-t-elle pu te laisser partir ?

— Elle m'a préféré un avocat.

— Beurk.

— C'est bien mon avis.

Ils restent silencieux un moment, perdus dans la contemplation de la vue magnifique, puis Lou reprend la parole :

— Hé, tu ne voudrais pas dîner avec moi, un de ces jours ?

— Je ne sais pas, Lou. OK, je veux bien baiser avec toi mais… dîner, c'est plutôt intime.

Il est incapable de déterminer si elle plaisante ou pas.

La baise, c'est une rencontre des parties génitales, un dîner, c'est une rencontre des esprits, et Lou a l'impression que la première est nettement plus courante le long de la 101.

Sharon se laisse glisser sur lui et entreprend une réanimation orale.

— C'est un peu optimiste, la prévient Lou.

— Je suis optimiste de nature.

— Sharon ? Pourquoi ne pas me dire ce que tu veux réellement ?

Elle lève les yeux vers lui.

— Pourquoi tu me dis ça ? demande Lou.

Sharon vient de lui avouer qu'elle était coupable d'un délit et complice d'un autre. Peine encourue : de douze à vingt ans de réclusion.

— J'ai la trouille.

De fait, elle paraît effrayée – une impression peut-être renforcée par sa nudité, qui lui donne l'air vulnérable.

— Tu me protégeras ?

— Je te protégerai.

T'étais pas obligée de coucher avec moi pour obtenir une protection, songe-t-il.

Mais c'est ce qu'elle a cru, de toute évidence. Elle a dû penser qu'il le fallait pour conclure un marché, parce qu'il l'entend ajouter :

— Je t'ai filé des infos. Est-ce que ça m'évitera la prison ?

— On peut certainement trouver un arrangement, répond-il. Qu'est-ce que tu as dit à ce type ? Celui qui t'a menacé ?

— Tout ce que je viens de te dire.

Donc, « Davis », comme l'appelle Sharon, va braquer Shahbazi dans sa chambre d'hôtel, et ensuite le type aux cheveux jaunes braquera Davis au moment où il sortira.

Sauf que, rectifie Lou, Davis ne sortira pas de cette chambre.

L'agent de sécurité s'appelle Nelson.

Robert David Nelson. Bob.

Davis, qui l'a su par Sharon, fait des recherches sur lui – un flic de Milwaukee à la retraite venu à San Diego chercher le soleil et la belle vie, marié, deux grands enfants.

États de service impeccables.

La droiture même.

Il l'a observé pendant trois jours, l'a vu accompagner Ben Haddad pour une livraison (Sammy a enfin compris la leçon), faire des courses chez Albertson avec sa femme Linda, aller au club de sport transpirer sur un vélo d'appartement.

S'arrêter dans un bar après et s'offrir une bière.

Avant de rentrer chez lui.

Aucun problème avec l'alcool.

Pas de maîtresse.

Au lit à 21 h 30.

Pas le genre à feinter ni à tenter quelque chose de stupide sur un coup de tête.

Ça, c'est un point positif, Davis le sait.

Crime, 101 : Mieux vaut avoir affaire à un type intelligent qu'à un crétin.

Davis a disparu.

Ormon s'en fiche.

Il ne sait peut-être pas où est Davis, mais il sait où il sera bientôt.

Et quand.

Au fond, c'est encore mieux.

McGuire décroche.

— Lou…

— Quoi ?

— C'est Sam Kassem. Il dit qu'il y a un type louche qui traîne devant sa boutique.

Une minute plus tard, ils sont en route.

Juste la brigade de Lou, dans des véhicules banalisés.

Si c'est leur gars, il ne veut pas qu'il prenne peur en voyant des voitures de patrouille.

Mais ce n'est sûrement pas lui, se dit-il, l'estomac noué, tandis que le trajet jusqu'à El Cajon lui semble durer une éternité. Mon gars ne dévalise pas deux fois le même vendeur. Et mon gars a un gros coup sur le feu – il ne va pas risquer de tout foutre en l'air pour un petit casse à la con.

Le précédent braquage a rendu Sam parano, c'est tout.

Lou appelle ses hommes.

— Restez au large, mais cernez le pâté de maisons. J'y vais avec McGuire.

Celui-ci s'arrête à l'entrée de la zone commerciale et voit un des derniers modèles de Camaro garé devant la bijouterie de Sam.

— Il est entré, annonce-t-il. S'il doit se passer quelque chose, c'est maintenant.

Merde, pense Lou. Il aurait pété un câble ?

Lou descend de voiture, dégaine son Glock 9 mm et le cache derrière son dos. Il n'a pas sorti son arme sur le terrain depuis… jamais, en fait.

Au même instant, un type jaillit du magasin.

Une poignée de montres dans une main, un pistolet dans l'autre.

Lou se met en position de tir, vise le torse et hurle :

— Police ! Arrêtez-vous ! Lâchez votre arme.

Il entend McGuire crier :

— À terre ! À terre !

Le type se fige.

Hésite.

Prend une décision.

— Non ! s'écrie Lou. Faites pas ça.

S'il te plaît, fais pas ça.

Mais le type le fait.

Braque son pistolet sur eux.

Lou presse la détente, encore et encore.

McGuire aussi.

Le type s'écroule sur le trottoir.

— C'est ton gars, dit McGuire, qui s'est approché du corps.

— Non, ce n'est pas lui, déclare Lou, soudain vidé – le contrecoup de la décharge d'adrénaline.

— Comment tu le sais ?

— Je le sais, c'est tout.

Quelques montres contre dix millions de dollars ?

Ça ne relève même pas des principes élémentaires du crime.

C'est des maths, niveau élémentaire.

Par la baie vitrée, Lou regarde le Pacifique marteler les rochers en contrebas. Il se sent nauséeux, écœuré.

Il n'avait jamais tué personne.

Il en est malade.

Pas seulement parce qu'il y aura une enquête interne – il sait déjà qu'elle le blanchira – et qu'il sera suspendu jusqu'à cette conclusion, mais parce qu'il a pris une vie. Ce n'est pas pour ça qu'il est devenu flic. Il est devenu flic pour aider les autres, et aujourd'hui un homme est mort à cause de quelques montres merdiques.

Ça lui donne envie de raccrocher.

Il sait ce qu'il devrait faire.

En principe.

Il a toujours respecté la loi.

Pourtant, il y songe sérieusement.

À passer de l'autre côté.

Parce que son cambrioleur a laissé un accroc dans le tissu, et qu'il l'a repéré.

Dix millions en cash et en cailloux ?

Ça fait un paquet de zéros.

Du genre à vous changer la vie.

Du genre à vous permettre de lâcher le boulot et de vivre les pieds dans l'eau jusqu'à la fin de vos jours.

Il comprend maintenant pourquoi les gens choisissent d'habiter des endroits pareils. Panoramas sublimes, humains sublimes.

Couchers de soleil sublimes.

Des explosions délirantes de rouge, d'orange et de violet, en même temps que la mer vire du bleu au gris puis au noir. Si on doit partir sur sa monture au couchant, pense-t-il, il n'y a pas mieux comme toile de fond.

Il a cette pensée en tête quand on sonne à la porte.

C'est Angie.

— Salut, dit-elle.

Elle est à son avantage.

Nouvelle coupe de cheveux, un peu plus courte, avec quelques mèches. Elle semble aussi avoir perdu deux ou trois kilos.

— Pour répondre à la question que je lis dans tes yeux de flic, je me suis collée à quelqu'un qui ouvrait le portail, explique-t-elle.

— Je n'allais pas te le demander.

— Je peux entrer ?

Il s'efface pour la laisser passer.

Elle regarde par la baie vitrée.

— Waouh... Je n'en reviens pas, Lou. Toi, habiter un appart les pieds dans l'eau... C'est ça qu'on appelle une « vue sur les flots écumeux » ?

— Je crois, oui.

— Tu peux te le permettre ? Le loyer doit...

Ce ne sont pas tes oignons, se retient-il de répondre.

— C'est temporaire.

— Et après ?

Il hausse les épaules.

— Après, je verrai.

— Sans blague, tu deviens un vrai lézard de plage. Dis-moi que tu ne t'es pas mis au surf.

— Je ne me suis pas mis au surf, mais j'y songe. Tu veux un smoothie ?

— Non, je ne veux pas de smoothie.

— Alors, qu'est-ce que tu veux, Angie ? Pourquoi es-tu venue ?

Elle le regarde un long moment. Les larmes lui montent aux yeux.

— Je suis venue voir si tu n'avais pas envie qu'on se remette ensemble.

Ah.

Pour le coup, c'est inattendu, se dit-il. C'est bien ce qu'il voulait, mais pas du tout ce à quoi il s'attendait. *Évidemment* que j'en ai envie, pense-t-il. Pourtant, il s'entend répondre :

— Tu sais quoi, Angie ? En fait, non.

Ou comment passer de l'autre côté.

Crime, 101 : Ne jamais être prévisible.

…

Davis n'est jamais nerveux le jour d'un casse – juste dopé à l'adrénaline, un moteur indispensable. Or, ce matin, il est bel et bien nerveux. À cran. Parce que c'est son dernier coup ? se demande-t-il. Ou parce que c'est celui – il le sent dans ses tripes – qu'il ne devrait pas faire ?

Il n'est pas trop tard, se dit-il en regardant l'océan par la baie vitrée.

Tu peux encore tailler la route.

Remonter vers le nord sur la 101 et disparaître.

Lâche l'affaire.

Lou, sorti sur son balcon pour boire son premier café du matin, se tient à peu près le même raisonnement.

Lâche l'affaire.

Il se le répète encore quand il enfile un costume et glisse son arme, un Glock 9 mm, dans son étui.

Il descend dans le parking. S'installe au volant de sa Honda Civic.

Une voiture est garée à côté de la sienne.

Une Mustang vert foncé, d'aspect rétro.

Comme dans ce film, songe-t-il. C'était quoi, le titre, déjà ?

Ah oui. *Bullitt.*

Steve McQueen.

Davis, au volant de la Mustang, roule vers l'aéroport.

La Mustang de *Bullitt* version 2019.

Vert foncé. (Forcément.)
Moteur V8 Ti-VCT 5 l.
Pont arrière à glissement limité Torsen 3,73.
Transmission manuelle, six rapports.
Échappement double à quadruple sortie.

Lou voit le livreur s'engager sur l'escalator.

Il s'avance vers lui.

— Monsieur Perez ?

Celui-ci hoche la tête.

Il tient dans sa main droite un attaché-case Halliburton.

— La voiture est juste devant, déclare Lou, qui l'accompagne à l'extérieur.

Le transporteur a un mouvement de recul en découvrant la vieille Honda Civic. Ce n'est pas normal, ça ne colle pas. Il se tourne vers Lou, qui lui montre son badge.

— Faites-moi confiance, dit ce dernier. Vous avez tout intérêt à monter dans cette voiture.

Perez prend place du côté passager, Lou se glisse au volant.

— À partir de là, monsieur Perez, deux options s'offrent à nous. Ou je vous arrête pour transport inter-États de marchandises non déclarées…

— Je ne suis qu'un livreur, l'interrompt Perez. Je ne connais pas la provenance de ces…

— Et je suis sûr qu'un jeune procureur ambitieux ne demandera qu'à vous croire. Ou alors, on procède à ma façon.

Perez choisit la Porte Numéro Deux.

Le défaut dans la couture.

À l'aéroport, Davis attend sur le parking dépose-minute.

Il voit Nelson se garer.

L'agent de sécurité arrive tôt – ces gars-là sont toujours en avance –, bien avant l'heure prévue de l'atterrissage. Il ne veut pas que le client patiente sur le trottoir devant le terminal, chargé d'une mallette contenant pour cinq millions de dollars de marchandise.

Davis a lui aussi toutes les infos sur le vol.

Transmises par Sharon.

Les infos sur le vol et le nom du livreur (Perez).

Il a adopté la tenue de circonstance : costume noir, chemise blanche, cravate rouge, chaussures en cuir noir. Les agents de sécurité ont toujours l'air guindé, afin de donner au client une impression de professionnalisme.

Quand on s'en remet à un inconnu pour protéger sa vie et son argent, on n'a pas envie qu'il ressemble à un clochard ou à un clown. Non, il faut qu'il ressemble au chauffeur privé lambda.

Davis l'a bien compris – laisser-aller dans la tenue, laisser-aller dans le boulot.

McQueen avait toujours l'air guindé, tiré à quatre épingles.

Il savait ce que Davis sait.

Crime, 101 : L'habit fait le moine.

Le transporteur n'aura pas de bagages à récupérer. À sa descente de l'appareil, il ira directement dehors.

Soit, six minutes de marche à un rythme moyen.

Davis consulte sur son téléphone l'appli tracker de vols et constate que l'avion a atterri. Il descend de voiture, se dirige vers la Lincoln Town Car de Nelson et, en souriant, toque à la vitre côté conducteur.

L'agent la baisse.

Davis se place de façon que seul Nelson puisse voir le SIG pointé sur son visage.

— Les mains sur le volant, Bob.

Celui-ci s'exécute.

De la main gauche, Davis lui montre sur son portable des images en *live* de sa femme Linda, chez eux, occupée à tailler la haie le long de l'allée.

— Bon, je t'explique, Bob. D'abord, tu vas me donner ton téléphone, tout doucement. Ensuite, tu resteras ici deux heures, sans rien dire à personne. Après, tu pourras rentrer retrouver Linda parce que, si tu passes deux heures ici, elle sera toujours à la maison pour t'accueillir. Tu perdras ton boulot, mais tu garderas ta femme et ta retraite de flic. On s'est bien compris ?

— Oui.

Davis le pense aussi. Un type peut être prêt à risquer sa vie, mais il ne risquera pas celle de son épouse.

— OK. Ton téléphone.

Nelson le récupère dans la console centrale et le lui tend.

— Ne faites pas de mal à ma femme.

— Ça ne dépend que de toi.

Davis retourne vers sa voiture. Au moment où il se réinstalle au volant, un SMS s'affiche sur le téléphone de Nelson : « J'AI ATTERRI. JE SORS. »

Il répond : « JE VOUS ATTENDS, MONSIEUR. »

Ormon n'est pas à l'aéroport.

Il a décidé de sauter l'entrée en matière.

Il est devant L'Auberge, où il attend le cœur de l'action. Il a caché sous son blouson rouge en similicuir un MAC-10 qui ne demande qu'à servir.

Ormon se fout du nombre de types qu'il faudra buter.

Pour onze millions, vous rigolez ?

Il consulte son téléphone.

L'avion a atterri.

Davis devrait entrer en piste.

Pour son… comment on appelle ça, déjà ? Son grand finale.

Davis est là quand le transporteur sort du terminal.

Il descend de voiture, lui fait signe et lui ouvre la portière côté passager. Le transporteur tique en voyant la Mustang.

— Si j'ai besoin de mettre la gomme, dit Davis, il m'en faut sous le capot.

L'homme monte à l'arrière.

Davis referme la portière, contourne la voiture, se réinstalle au volant, jette un coup d'œil dans le rétroviseur et démarre.

— Il y a des embouteillages sur la 5, annonce-t-il. Du coup, je pensais prendre la 101, si vous n'y voyez pas d'inconvénient.

— Je viens de New York, déclare le transporteur. Je ne pourrais pas faire la différence entre la 5 et la 101. Vous n'en avez que pour les numéros, par ici. Prenez l'itinéraire le plus rapide.

— Je dirais que c'est celui-ci.

Foutaises, pense Lou. Ce gars est bizarre. C'est peut-être l'un des criminels les plus doués et les plus intelligents qu'il ait jamais rencontrés, en attendant il a le béguin pour la PCH, c'est évident. Ou alors, il s'agit d'une virée d'adieu, d'un dernier voyage sentimental sur la 101.

Peut-être que pour moi aussi, songe-t-il, si ça ne tourne pas comme je l'ai prévu.

— C'est la voiture de *Bullitt*, non ?

Je le connais, se dit Davis.

Je l'ai déjà vu.

Quand Davis voit un(e) inconnu(e) plus d'une fois, et en deux endroits différents, il tient à comprendre pourquoi.

Crime, 101 : Il existe un mot pour désigner un homme qui croit aux coïncidences – le prévenu.

Sauf qu'il ne parvient pas à le remettre.

Peu importe, conclut-il. Les principes élémentaires du crime exigent qu'il se gare, sorte de la voiture et s'en aille.

Mais il ne le fait pas.

— *Bullitt* ou *Guet-apens* ? interroge Lou.

— Je vous demande pardon, monsieur ?

— Vous êtes fan de McQueen, à l'évidence. Alors, quel est son meilleur film ? *Bullitt, La Grande Évasion* ou *Guet-apens* ?

Fais-le parler, se dit Lou, qui le sent devenir méfiant. Le type a déjà regardé deux fois dans le rétroviseur, pour lui jeter un coup d'œil furtif, et Lou a un peu peur qu'il ne se souvienne de lui au café. S'il me resitue au même endroit que Sharon Coombs, il laissera tomber.

Crime, 101.

— Je dirais *Bullitt*, répond Davis. Même s'ils sont tous fantastiques.

Il en profite pour dévisager son passager dans le rétroviseur en cherchant toujours à savoir où il a pu le rencontrer.

— La poursuite en voiture, c'est ça ? réplique le transporteur.

— C'est ça.

— Moi, je dirais *Guet-apens*. Pour le personnage de McQueen.

— Doc McCoy.

— Tout juste. Doc McCoy.

Davis s'engage dans Grand Avenue et traverse Pacific Beach en direction de l'ouest, avant d'emprunter Mission Boulevard – le nom que porte la PCH dans cette zone – vers le nord. De Mission Boulevard, il négocie le virage serré sur la gauche pour prendre La Jolla Boulevard, monter vers Bird Rock et entrer dans le chicissime « Village » lui-même.

Et c'est là que ça lui revient.

Le café.

Le type qui était assis à une table en face de Sharon et lui.

Il m'a reconnu, songe Lou. Il le devine à la lueur dans ses yeux reflétés par le rétroviseur et à la légère crispation de ses mains sur le volant.

Il décide d'en avoir le cœur net.

— Vous savez quel est mon film préféré de McQueen ?

— Non, lequel ?

— *L'Affaire Thomas Crown*, déclare Lou.

Avec un sourire.

— C'est celui où McQueen était un as de la cambriole, pas vrai ? lance Davis.

— Exact, confirme le transporteur. Et Faye Dunaway était courtière d'assurances.

Tire-toi, se dit Davis.

Arrête la voiture et tire-toi.

Ou alors, tu te retournes et tu lui colles une balle dans le crâne.

Lou voit la main de Davis glisser vers la console centrale.

OK, c'est là qu'est le flingue, en déduit-il.

Il glisse sa propre main sous sa veste, vers le Glock.

C'est le moment où tout pourrait déraper.

Peut-être parce qu'il pense aux onze millions, à ce coup qui lui permettra de raccrocher, ou peut-être parce qu'il n'aime pas qu'on se joue de lui, Davis continue de rouler.

— Je crois qu'elle était enquêtrice, pas courtière, corrige-t-il.

— Vous avez raison, approuve le transporteur.

Ils s'engagent dans La Jolla Boulevard, passent devant La Jolla Cove, tournent dans Prospect, continuent dans Torrey Pines, traversent UCSD, longent le golf de Torrey Pines, puis entament la longue descente qui débouche sur Torrey Pines State Beach, avant d'attaquer la côte raide jusqu'à la ville de Del Mar.

Chacun sait qu'il ira jusqu'au bout.

De cette partie de « qui se dégonflera le premier » sur la 101.

— Nous y sommes presque, monsieur, déclare Davis.

Oh oui, se dit Lou.

On touche au but.

Lou sonne à la porte de la suite 243.

Davis se tient derrière lui, dos à dos, pour surveiller le couloir.

Shahbazi vient ouvrir, en costume de lin gris et chemise blanche au col déboutonné.

— Monsieur Perez ?

— Oui.

— Je vous en prie, entrez.

Davis passe le premier, inspecte la chambre et fait signe à Lou de les rejoindre.

Celui-ci ferme la porte derrière lui.

Davis a déjà dégainé son SIG Sauer.

— Personne ne veut finir à l'hosto, dit-il. L'arme, sous votre veste, posez-la sur le lit.

Shahbazi regarde Lou.

— Faites quelque chose.

Lou s'exécute : il sort son Glock et le place sur le lit.

— Ouvrez la mallette, que je puisse voir, ordonne Davis.

Lou la pose sur le lit, tourne les molettes jusqu'à afficher la combinaison puis soulève le couvercle. Saisit le pistolet à l'intérieur et le pointe sur Davis.

Crime, 101 : Ne jamais se laisser prendre au dépourvu.

— Lâchez votre arme, dit-il. Je suis officier de police. Ça fait un bon moment que je vous cherche.

— Je n'irai pas en prison, annonce Davis. Je tirerai avant.

— Vous n'avez jamais tué personne, souligne Lou.

— Il y a un début à tout, réplique Davis, qui le dévisage longuement. Mais vous, si, observe-t-il.

— Et j'ai détesté ça, déclare Lou.

Davis sait qu'il a merdé. Il a enfreint les principes élémentaires du crime, et sa seule chance de s'en sortir consiste désormais à y revenir.

Crime, 101 : Tout le monde a un prix.

— Voilà ce que je vous propose, dit-il. Je prends les pierres et je vous laisse le cash. Faites-en ce que vous voulez.

Du menton, Lou indique Shahbazi.

— Et lui ?

Tout le monde a un prix, pense Davis. Crime, 101.

— Qu'est-ce qu'il va faire ? Porter plainte pour le vol d'une valise de pierres illégales ? Avec cinq millions, vous pourrez disparaître n'importe où.

L'arme commence à peser lourd dans les mains de Lou. Il les sent trembler.

— Vous vous rappelez la fin de *Guet-apens* ? lance-t-il.

Davis est perplexe.

— Oui. Doc prend la tangente.

— Ça, c'est dans le film, précise Lou. Dans le bouquin, il y a un épilogue. Doc se volatilise, mais ça ne se termine pas bien.

— Donc, c'est non ? demande Davis.

Son doigt se crispe sur la détente.

La porte s'ouvre à la volée.

Ormon, le MAC-10 à la main, voit Lou en premier et braque son arme sur lui.

Je suis mort, songe Lou.

Sauf que c'est la tête d'Ormon qui explose.

Lou se tourne vers Davis, qui a tiré.

Celui-ci le vise.

Mais ne presse pas la détente.

— Bon, qu'est-ce qu'on fait maintenant ? questionne Lou.

— Arrêtez-le ! braille Shahbazi.

— Vous, fermez-la, ordonne Lou, avant de lancer à Davis : Vous avez mis de côté assez pour vivre ?

— Pas dans le luxe, répond Davis.

— Mais assez pour vivre, j'imagine. Alors montez dans votre bagnole et foutez le camp. Ne revenez jamais à San Diego.

— *Quoi ?!* s'égosille Shahbazi.

— Je ne vous avais pas dit de la fermer ? riposte Lou. Puis, à l'adresse de Davis : OK, je vais le formuler autrement, il ferait quoi, McQueen ?

Davis sourit.

— Il taillerait la route.

— Alors taillez la route, déclare Lou. Principes élémentaires du crime, niveau 101.

Très juste, songe Davis.

Crime, 101 : Toujours se mettre à la place de Steve McQueen.

Lou pointe son arme sur Davis qui franchit la porte.

— Vous laissez ce voleur s'échapper ? beugle Shahbazi.

— Le voleur est là, par terre, répond Lou. Vous avez devant vous le tristement célèbre « Bandit de la 101 ».

Il baisse les yeux vers le petit jeune aux cheveux jaune vif, qui n'aura pas l'occasion de vieillir.

— J'aurai votre badge, menace Shahbazi.

— Vous aurez que dalle, réplique Lou.

Comme il entend déjà les sirènes approcher, il doit agir vite.

— Tout ce que vous aurez à faire quand les flics arriveront, c'est écouter ce que je leur raconte, hocher la tête et dire : « Je confirme. » Ensuite, vous irez au mariage de votre nièce, vous offrirez vos cadeaux et vous jouerez au grand seigneur. On est d'accord ?

Ils sont d'accord.

Davis roule.

Vers le nord, sur la 101.

Traverse Del Mar, longe le champ de courses.

Passe devant le grand néon rose près de Fletcher Cove, qui proclame « SOLANA BEACH », devant le Tidewater Bar, le Pizza Port, le Mitch's Surf Shop et le Moreland Choppers. Descend la colline jusqu'à la vaste étendue de plage à Cardiff puis, en remontant, voit défiler Swami's Beach, Encinitas, Moonlight Beach, le vieux cinéma La Paloma et le panneau indiquant « ENCINITAS », qui domine la 101.

De là, il suit la voie ferrée et les rangées d'eucalyptus de la petite ville balnéaire bohème de Leucadia jusqu'à celle de Carlsbad, au charme désuet, et laisse derrière lui l'ancienne centrale électrique dont la cheminée évoque à la fois Springsteen et Blake. Une image qu'il ne verra plus jamais.

Il roule toute la journée et toute la nuit, ne s'arrêtant que pour prendre de l'essence. Traverse San Clemente, Laguna Beach, Newport Beach, Huntington Beach, Seal Beach, Long Beach, Redondo et Manhattan. Contourne Marina del Rey, traverse Santa Monica, Malibu, Oxnard et Ventura.

Bifurque vers l'ouest et Santa Barbara, ensuite vers le nord, Pismo et Morro Bay. L'aube le surprend à Big Sur, et après, direction Monterey et Santa Cruz.

À San Francisco, il franchit le pont.

Continue vers Stinson Beach, Nick's Cove, Bodega Bay.

Jenner, Stewarts Point, Gualala.

Point Arena, Elk, Albion.

Little River, Mendocino.

Arrive enfin à Fort Bragg.

Devant une petite maison de style Craftsman, à l'est de l'autoroute et au nord de la ville. Il l'a achetée des années plus tôt et, pour des raisons de sécurité, n'y a jamais remis les pieds.

Jusqu'à aujourd'hui.

À partir de maintenant, il y sera chez lui.

Crime, 101 : Si tu peux te tirer, tire-toi.

Lou avale sa dernière bouchée de hot-dog puis, du dos de la main, essuie la moutarde sur sa lèvre.

Derrière lui, le rose du néon de Solana Beach rappelle celui du couchant.

Ses supérieurs ont gobé sa version. Pourquoi en aurait-il été autrement ? « Un flic légendaire déjoue un hold-up et tue le "Bandit de la 101". » Ils n'ont pas apprécié du tout sa stratégie du « loup/cow-boy solitaire » et son petit numéro d'esbroufe, mais que pouvaient-ils dire ? Il a élucidé une dizaine d'affaires en cours concernant des braquages de bijoux et éliminé deux dangereux criminels.

Bob Nelson n'a été que trop heureux de coopérer, d'appuyer l'histoire selon laquelle le lieutenant Lubesnick l'avait remplacé ce jour-là afin de pouvoir mettre le piège en place. Si sa hiérarchie dans sa société de sécurité n'a pas été enthousiasmée non plus par ce témoignage, elle se voyait mal virer un employé qui avait contribué à faire échouer un vol de plusieurs millions de dollars.

La dernière fois que Lou a eu des nouvelles de Sharon Coombs, elle avait trouvé une place d'experte en sinistres automobiles dans une compagnie d'assurances à Pittsburgh.

Et Angie ?

Ils sont allés jusqu'au bout de la procédure de divorce, et depuis il a entendu dire qu'elle sortait avec un conseiller financier.

Lou est resté à Solana Beach, pas dans l'appartement donnant sur l'océan – il ne pouvait pas se le permettre trop longtemps –, mais dans un autre du Seaside Chateau, sans vue mais tout aussi proche de la plage. Il aime cette vie-là, il aime prendre ses *breakfast burritos* au Solana Beach Coffee Company. Il continue même le yoga, à raison d'une fois par semaine.

Au volant de sa Honda Civic, il s'engage sur la PCH en direction du nord, passe devant le Tidewater Bar, le Pizza Port, le Mitch's Surf Shop et le Moreland Choppers.

Lou en est venu à aimer cette route comme un homme aime une femme.

Il pourrait la prendre tout le temps, nuit et jour.

Sa nouvelle plaque d'immatriculation est un modèle californien à l'ancienne, sur fond noir.

S'y détache l'inscription :

CRIME 101.

Pour M. Elmore Leonard

Le zoo de San Diego

Personne ne sait comment le singe a eu le flingue.

Tout ce qu'on sait, c'est que c'est un problème.

Pour autant, Chris Shea ne s'imaginait pas que c'était *son* problème quand il avait reçu l'appel radio signalant qu'un chimpanzé s'était échappé du célébrissime zoo de San Diego.

« Prévenez les services vétérinaires », avait-il répliqué, estimant que traquer les singes en cavale ne relevait pas des attributions de la police.

Sauf que l'opérateur avait ajouté :

« Hum, il semblerait que… le singe soit armé.

— Comment ça, armé ? Avec quoi, un bout de bois ? »

Chris avait vu ça sur Animal Planet, des chimpanzés qui se servent de bouts de bois comme outils ou comme armes – un comportement significatif pour une raison qui lui avait échappé, parce qu'il était parti se préparer un sandwich.

Ou peut-être que c'étaient des babouins.

Ou peut-être que c'était sur National Geographic.

« Des témoins ont affirmé que le singe avait un flingue », avait repris l'opérateur.

Pour le coup, ils n'en avaient pas parlé sur Animal Planet.

« Quel genre de flingue ?

— Un revolver. »

C'est déjà ça, s'était dit Chris. Ça aurait pu être pire : un Glock ou un SIG Sauer.

« Et il est où, maintenant, ce singe ?

— La dernière fois qu'on l'a vu, le suspect se dirigeait à l'est vers Le Prado », avait répondu l'opérateur, habitué à s'exprimer en langage flic.

Là, en revanche, c'était la poisse. Comme Chris était affecté par la Central Division à une zone de patrouille qui couvrait, entre autres, l'allée centrale de Balboa Park, il était obligé d'intervenir. Or, par une chaude soirée de juillet, le parc serait envahi de promeneurs, dont une foule de touristes, et s'il y avait bien une chose que ni le chef de la police ni le maire ne voulaient, c'était voir un bandeau sur CNN annonçant qu'un visiteur venu admirer la « plus belle ville d'Amérique » s'était fait dessouder par un chimpanzé.

« J'arrive », avait dit Chris, avant de se rendre au parc.

En compagnie de cinq de ses collègues, il regarde à présent le singe escalader le mur du musée de l'Homme. J'avais bien besoin de ça ce soir, songe-t-il. Un chimpanzé avec un flingue et le sens de l'ironie.

Pour ne rien arranger, Grosskopf à côté de lui braille dans un mégaphone :

— Lâchez votre arme et descendez !

Chris aime bien Grosskopf, qui a toujours à cœur de faire du bon boulot. En attendant, il n'a pas inventé l'eau tiède.

— Fred ?

— Quoi ?

Grosskopf baisse le mégaphone d'un air contrarié.

— Je ne crois pas qu'il comprenne l'anglais, explique Chris.

— Et tu crois que… quoi ? Une langue africaine, alors ? Y a pas un Somalien qui bosse à la Crim ?

— À mon avis, il ne comprend aucune langue, à part celle de… des chimpanzés, précise Chris.

Et il est presque sûr qu'il n'y a aucun chimpanzé dans la police de San Diego. Quelques gorilles, peut-être, mais pas de chimpanzés.

S'ensuit une brève discussion pour savoir s'il ne faudrait pas alerter les services de la Chasse et de la Pêche. Sauf qu'un chimpanzé n'est ni un poisson ni un gibier.

Harrison suggère de prévenir les pompiers.

— Ils vont bien chercher les chats dans les arbres, non ?

Il appelle les pompiers, explique la situation, écoute quelques secondes puis raccroche.

— Qu'est-ce qu'ils t'ont dit ? interroge Chris.

— D'aller me faire foutre.

— Sérieux ?

— Pas en autant de mots, répond Harrison. En gros, ils m'ont répondu que, oui, récupérer un animal dans un arbre ou un bâtiment est en général de leur ressort, mais que, comme celui-là est en possession d'une arme à feu, c'est notre affaire. Pour le reste, je sais pas, j'avais du mal à entendre tellement ils se marraient.

Des groupes de curieux se sont déjà massés autour d'eux.

Chris regarde Harrison.

— Il vaudrait mieux les éloigner. Mettre des barrières de sécurité.

— Pourquoi ? demande Harrison.

— T'imagines, si le singe pressait la détente ?

— Pourquoi il ferait ça ?

— Pourquoi pas ? C'est un chimpanzé. Allez, contrôle de la foule. Tout de suite.

Laquelle foule scande désormais :

— Tirez pas sur le singe, tirez pas sur le singe !

— On va pas tirer sur le singe ! beugle Chris en retour.

Il n'en est pas si sûr. Si cette bestiole s'avise d'appuyer sur la détente... ils l'abattront.

Une femme en saharienne se fraie un passage parmi les badauds et s'approche de Chris.

— Carolyn Voight, se présente-t-elle. Je travaille au zoo, secteur des primates.

— Comment ce singe a-t-il pu avoir un flingue ? interroge Chris.

— La faute à la NRA[1], répond-elle.

Elle est jolie. Grande, les yeux bleus, des cheveux blonds rassemblés en queue-de-cheval sous sa casquette au logo du zoo.

— Non, sans blague..., reprend Chris.

— Aucune idée, affirme-t-elle. Je n'en ai aucune non plus sur la façon dont Champion a réussi à s'échapper.

— Champ le chimp' ? fait Chris.

Elle hausse les épaules, comme si elle n'y était pour rien.

Grosskopf, qui a entendu la conversation, tente d'établir un contact. Avec le chimpanzé.

— Champion ? Lâche cette arme et descends ! Personne ne sera blessé.

Là encore, Chris n'en est pas si sûr. Champion se balance dans le vide, accroché d'une main (patte ?) à une caméra de sécurité, agitant le revolver de l'autre. Le coup pourrait facilement partir.

— Vous avez apporté un fusil hypodermique ? demande Chris à Carolyn Voight.

— Non.

— Ce n'est pas la procédure habituelle ? insiste-t-il. Je veux dire, les endormir avec une fléchette ?

1. National Rifle Association : association américaine qui défend le droit de posséder et de porter une arme.

— Même si c'était possible, il pourrait se faire mal en tombant, déclare-t-elle.

— On prévient les gars des prises d'otages ? intervient Grosskopf.

— Pour négocier ? questionne Chris.

— Ben oui.

— Avec un singe, donc.

Quoique, à la réflexion, songe Chris, ils ont déjà négocié avec des types ayant un QI nettement moins élevé que celui de Champion. Lui au moins est assez intelligent pour avoir trouvé le moyen de sortir de sa cage.

— Qu'est-ce qu'on aurait à lui offrir ?

— Des bananes ? suggère Grosskopf.

— Non, en fait, c'est un mythe, réplique Carolyn Voight. Les chimpanzés et les bananes. Une sorte de stéréotype, si vous préférez.

Chris voit d'ici les gros titres : « LE SDPD ACCUSÉ DE PROFILAGE RACIAL ENVERS LES PRIMATES. LE CHEF DE LA POLICE PROMET UNE ENQUÊTE APPROFONDIE. »

D'un ton on ne peut plus sérieux, Grosskopf demande à la jeune femme :

— Vous avez une idée de ce qui a pu pousser Champion à s'enfuir ?

— C'est peut-être sexuel, répond-elle.

— Sexuel..., répète Grosskopf.

— Alicia a récemment rejeté ses tentatives d'accouplement, explique-t-elle. Il l'a très mal pris. On a dû les séparer.

De mieux en mieux, pense Chris. Un chimpanzé au cœur brisé, en rut, avec un flingue et un problème de gestion de la colère. Il s'adresse à Carolyn Voight :

— Est-ce qu'Alicia a obtenu une ordonnance d'éloignement ?

— Quoi ?

Puis, comprenant qu'il blague, elle ajoute :

— Je ne crois pas que les violences conjugales prêtent à rire.

— Moi non plus, s'excuse-t-il en priant pour que le sergent Villa, au poste, ramène ses fesses au plus vite et prenne la situation en main.

— Et si on amenait Alicia ici ? propose Grosskopf. Ça inciterait peut-être Champion à descendre.

— Alors, c'est ça, ton plan ? ironise Chris. Tu veux faire venir *un autre singe* dans l'espoir que le premier, qui est armé, sautera de son perchoir pour s'envoyer en l'air avec une femelle récalcitrante devant des dizaines de citoyens et de touristes ?

— Je ne peux pas l'autoriser, déclare Carolyn Voight. De toute façon, Alicia n'est pas en œstrus.

— C'est-à-dire ? s'enquiert Grosskopf.

— Elle n'est pas d'humeur, résume Chris.

Oh ! j'hésite, peut-être plutôt un dîner aux chandelles et un bon film. À moins qu'il n'existe du « porno pour singes » ? Il n'ose pas poser la question car, si c'est le cas, ce n'est pas une information qu'il a envie de garder dans un coin de sa tête.

Grosskopf suit déjà une autre idée.

— Est-ce que Champion a accès à la télé ?

— Je ne crois pas, répond Carolyn Voight. Pourquoi ?

— Je me demandais s'il aurait pu apprendre à manier une arme en regardant un truc.

Chris s'apprête à lancer une remarque sarcastique quand la jeune femme le devance :

— En fait, la cabine du gardien dans le poste de nuit est équipée d'un téléviseur. Champ aurait pu voir quelque chose, c'est vrai.

— Et il reçoit les chaînes du câble ? poursuit Grosskopf. Parce que HBO et Cinemax, des fois, c'est super violent. Si Champion est tombé sur, je sais pas, *Game of Thrones*…

— Il a un revolver, l'interrompt Chris, pas une épée valyrienne.

— Je me disais juste, toutes ces scènes de carnage…

Le sergent Villa vient d'arriver. Il sort de sa voiture, évalue la situation et se tourne vers Chris :

— Descendez le singe.

— En fait, sergent, intervient Harrison, c'est plus précisément un chimpanzé, qui appartient à la catégorie des grands…

Le regard noir de Villa le réduit au silence.

— Sergent Villa, je vous présente Carolyn Voight, du zoo de San Diego, déclare Chris.

— Je vous en prie, sergent, ne le tuez pas, dit-elle.

— Il est en possession d'une arme mortelle, madame, rétorque Villa. Je ne peux pas le laisser mettre des civils en danger.

— Si on allait chercher un fusil hypodermique et un filet ? suggère Chris. Champion s'endort, tombe dans le filet et on rentre tous chez nous.

— Impossible de l'atteindre d'ici, objecte Carolyn Voight.

Chris jauge l'édifice.

— Je dois pouvoir grimper.

Le sergent le saisit par le coude et l'entraîne à l'écart.

— Vous vous foutez de moi, Shea ? Vous voulez vraiment vous emmerder la vie pour un putain de singe ?

— En fait, oui.

Villa jette un coup d'œil à la jeune femme.

— Pourquoi ai-je l'impression que ce n'est pas le singe qui vous intéresse ?

— Vous êtes cynique, là, sergent.

Celui-ci retourne vers Carolyn Voight.

— Je vous donne dix minutes pour aller chercher le fusil et installer le filet. Mais si Cheetah ici présente s'avise ne serait-ce que d'effleurer la détente…

— Cheetah ? s'étonne-t-elle.

— Tarzan… ? Non ?

La jeune femme secoue la tête.

— Dix minutes, répète Villa.

Elle s'éloigne en courant.

La fourgonnette d'une chaîne de télé vient de se garer.

— Putain, ce coup-ci, je l'ai vraiment dans le cul, gémit Villa. Et d'ordonner à Chris : Allez leur parler.

— Pourquoi moi ?

— Parce que je ne peux pas les saquer.

Un journaliste sort de la fourgonnette et s'approche, suivi par un cameraman qui épaule sa caméra comme si c'était un lance-roquettes. Chris reconnaît le reporter pour l'avoir vu au JT du soir.

— Bob Chambers, annonce le nouveau venu. Il paraît qu'un chimpanzé fait des siennes ?

Chris lui indique de la main le musée de l'Homme, où Champion, toujours suspendu par une patte, gesticule de l'autre en émettant des sons que Chris interprète comme l'équivalent simiesque de : « Allez tous vous faire foutre ! »

— Merde, lâche Chambers. C'est un flingue qu'il tient ?

— J'en ai bien peur.

— Et vous êtes… ?

— Shea. Agent Christopher Shea.

Le cameraman déclare :

— Ça tourne.

— Je suis avec l'agent Christopher Shea devant le musée de l'Homme à Balboa Park, où un chimpanzé armé d'un revolver a escaladé le bâtiment, énonce le journaliste. Agent Shea, que se passe-t-il au juste ici ?

— Vous venez de le dire, répond Chris.

La caméra fait un panoramique sur la foule tandis que Chambers poursuit :

— Des manifestants se sont rassemblés. Ils crient : « Ne tirez pas sur le sin… »

— En fait, ce ne sont pas exactement des manifestants, le coupe Chris.

— Ah non ? Qui sont toutes ces personnes, alors ?

Des gens qui n'ont rien de mieux à faire le soir que de traîner à Balboa Park, pense Chris. Mais il se borne à répondre :

— De simples badauds. Ils ne sont pas là pour défendre quelque chose.

— Ils vous demandent tout de même de ne pas tuer le singe, souligne le journaliste.

— Nous n'en avons pas l'intention. À moins que…

— Que… ?

— Qu'il tire le premier.

— C'est la procédure officielle du SDPD ? s'enquiert Chambers.

— Je ne crois pas que nous ayons de procédure officielle concernant les primates armés, dit Chris. Ce n'est pas le genre d'intervention…

— Donc, vous n'avez aucune procédure ?

Chris est coincé, et il le sait.

Au même instant, il entend une voix s'élever derrière lui :

— En fait, la procédure King Kong – qui requiert un soutien aérien – ne s'applique qu'aux singes *géants*. Comme vous pouvez le constater, celui-ci est un spécimen de taille *standard*, alors…

Le cameraman se tourne vers l'homme qui vient de prendre la parole et Chris reconnaît Lou Lubesnick. Le lieutenant Lubesnick, légendaire enquêteur de la division des cambriolages, et aussi un des plus grands héros de Chris, est apparemment l'une de ces personnes qui n'ont rien de mieux à faire le soir que de traîner à Balboa Park, et il porte une chemise hawaïenne criarde sur un pantalon large en toile et des… ? Non…

Si. Le lieutenant Lubesnick porte des Crocs.

Orange.

Avec des chaussettes blanches.

— Allez, Bob, arrêtez d'embêter ce gamin, dit-il.

— Je peux vous demander une déclaration, Lou ? lance le journaliste.

— Bien sûr, répond Lubesnick, qui regarde droit vers la caméra. Écoutez, Bob, la police a toujours eu pour politique de gérer chaque situation en évitant au maximum le recours à la force, de manière à assurer la sécurité des habitants de San Diego et des nombreux visiteurs venus admirer la plus belle ville d'Amérique.

— Vous avez une idée de la façon dont le singe s'est procuré l'arme ?

— Ce point fait actuellement l'objet d'une investigation, alors je ne suis pas autorisé à le commenter. La seule chose que je peux vous dire, c'est que nous mettons tout en œuvre pour trouver des réponses. Par conséquent, je suis bien certain que nous les obtiendrons dans un délai raisonnable.

— Merci, lieutenant.

— Pas de quoi.

Chambers et son cameraman s'éloignent pour avoir un meilleur angle de vue sur Champion qui, toujours suspendu dans le vide, continue de vociférer.

Lubesnick s'approche de Chris.

— Le truc, quand on s'adresse aux médias, c'est de leur servir des conneries, encore des conneries, et de conclure en saupoudrant quelques conneries sur les conneries, explique-t-il. Vous vous appelez comment ?

— Shea, monsieur.

— Eh bien, Shea, à l'avenir, laissez votre sergent gérer les relations avec les médias.

Une clameur monte de la foule quand Champion saute du mur pour atterrir dans un palmier.

Sans lâcher l'arme.

Chris est impressionné.

— Si vous voulez bien m'excuser…

Il va se poster au pied de l'arbre et lève les yeux, cherchant déjà des prises. Il va tous les samedis matin s'entraîner sur une fausse paroi rocheuse dans une salle d'escalade, alors il estime avoir de bonnes chances de réussir.

Plus que sur un bâtiment, en tout cas. Les choses ne se présentent pas si mal.

Puis elles se gâtent brusquement.

Le SWAT vient d'arriver.

Les hommes débarquent du véhicule blindé, et le chef de groupe – tout de noir vêtu, avec un gilet en kevlar et un casque de combat – entreprend de les déployer vers les édifices proches pour qu'ils aillent se mettre en position de sniper.

Ce qui avait commencé comme une farce a désormais tout le potentiel d'une tragicomédie.

Le commandant du SWAT, l'air concentré, est maintenant en grande conversation avec le sergent Villa qui, lui, n'a pas l'air concentré du tout.

Juste dégoûté.

D'autres agents en uniforme, venus en renfort, repoussent les curieux derrière les barrières. Super, songe Chris, comme ça, la foule choquée et horrifiée verra avec un peu plus de recul Champion se faire mettre en pièces par des armes automatiques et des munitions de gros calibre.

Sans parler du JT de 23 heures.

« Nous tenons à avertir nos téléspectateurs que les images qui vont suivre peuvent heurter la sensibilité des plus jeunes. Si vous faites partie de ces parents craignos qui n'ont toujours pas couché leurs marmots, nous vous conseillons de les éloigner du poste le temps que les hommes du SWAT dégomment Georges le petit singe curieux. »

Chris s'approche de Villa.

— Je peux escalader cet arbre, affirme-t-il.

— Il est un peu tard pour ça, réplique le commandant du SWAT.

Sans relever, Chris s'adresse de nouveau à Villa :

— Vous voulez vraiment qu'ils descendent cet animal devant tout le monde, sergent ? Y compris les médias ?

— Ne tombez pas, répond Villa.

Carolyn Voight n'aurait pu mieux choisir son moment pour revenir avec le fusil hypodermique – un « VetGun Delivery System » qui ressemble beaucoup à un pistolet-mitrailleur MAC-10. Chris est soulagé de voir qu'il peut l'actionner d'une main.

Des collègues de Voight sont déjà en train d'installer le filet au pied du palmier.

— Votre gars risque de gêner l'angle de tir, déclare le commandant du SWAT.

C'est le but, se dit Chris, qui est cependant trop futé et soucieux de sa carrière pour le faire remarquer. Il voudrait quitter les patrouilles en uniforme pour entrer aux Cambriolages, où il pourra peut-être décrocher le grade d'inspecteur.

Il aime être flic, même dans une voiture de patrouille, parce qu'il aime vraiment aider les gens. C'est physique, c'est dynamique, et il se passe quelque chose de différent tous les soirs.

Pas différent à ce point, en général, mais quand même.

— S'il empêche un tir et que l'animal le tue, je m'en lave les mains, reprend le commandant du SWAT.

— C'est moi qui devrais y aller, intervient Carolyn Voight. Il est sous ma responsabilité.

— Je m'en charge, décrète Chris.

Il passe le VetGun Delivery System en bandoulière, le place en travers de son dos, puis retourne vers le palmier et commence à se contorsionner pour monter.

La foule l'applaudit.

Les jambes nouées autour du tronc, il se hisse à la force des bras. L'arbre, quasi vertical, ne lui offre qu'une prise au mieux ténue. Mais il est trop tard pour redescendre. La foule scande « Allez, le flic, allez, le flic », les caméras de télévision tournent, et Chris sait que l'issue sera sans appel : héros ou zéro.

Il lève les yeux vers Champion, qui le couve d'un regard intense, en arborant une expression que Chris choisit d'interpréter comme de l'inquiétude.

Estimant être parvenu à portée de tir, il récupère le fusil, prend une profonde inspiration, vise l'épaule gauche de Champion – et il devient alors évident que ce dernier a eu accès à la télé, parce qu'il fait comme un bon millier de criminels dans un bon millier de films policiers…

Il lâche son arme.

Qui atterrit trois mètres plus bas.

Pile sur la figure de Chris.

Qui, déséquilibré, dégringole.

Droit dans le filet.

Sous les huées de la foule.

Qui se muent de nouveau en acclamations quand Champion saute à son tour dans le filet avec – comme les témoins autres que Chris, qui est à moitié sonné, le certifieront – les mains en l'air.

Le sergent Villa considère Chris.

Sourcils froncés.

— C'est quoi, le mot que vous n'avez pas compris dans « Ne tombez pas » ?

L'infirmière des urgences semble à la fois sceptique et amusée.

— Donc, un chimpanzé a expédié un revolver sur votre figure.

— Oui.

— Alors que vous étiez en train de grimper à un arbre.

— C'est ça.

— Vous allez cartonner sur YouTube.

J'espère que non, songe Chris.

Un espoir vain : deux dizaines de versions de l'incident sont déjà devenues virales, dont certaines mises en musique sur des morceaux tels que « Welcome to the Jungle ».

— J'ai le nez cassé ? demande Chris.

— Oh oui.

— J'ai une commotion cérébrale ?

— Je ne sais pas.

— J'ai le nez cassé ?

— Et une commotion cérébrale, en effet, confirme-t-elle. Quelqu'un peut vous reconduire chez vous ?

— Comment je suis arrivé ?

— En ambulance.

— Ils ne peuvent pas me ramener ?

— Si, bien sûr, répond l'infirmière. On va vous trouver une ambulance Uber. Qui est la fille en saharienne, là-bas, qui semble inquiète ?

— Je ne me souviens pas de son nom.

— Vous ne vous souvenez même pas *du vôtre*, réplique l'infirmière.

Elle s'adresse ensuite à Carolyn :

— Vous pouvez le raccompagner chez lui ?

— C'est le moins que je puisse faire.

— Ne pensez surtout pas à en faire plus, souligne l'infirmière. Il a besoin de repos.

— Vous ne devriez pas vérifier s'il a, je ne sais pas, le cerveau endommagé ? s'enquiert Carolyn.

— C'est un flic, observe l'infirmière. Il a déjà le cerveau… endommagé. Au cas où il perdrait connaissance, commencerait à vomir ou se prendrait pour Jay-Z, ce genre de trucs, appelez le 911. Sinon, donnez-lui du Tylenol, une poche de glace et laissez-le dormir. Après, si vous êtes plus futée que vous n'en avez l'air, vous filerez vite fait.

— C'est bas, ça, dit Carolyn.

— Ah oui ? Vous êtes gardienne de zoo, je crois ?

— Je travaille avec les primates, oui.

— Vous avez l'expérience pour sortir avec un flic, alors, déclare l'infirmière. La plupart sont à peine un demi-cran plus haut sur l'échelle de l'évolution. Je le sais, j'en ai fréquenté plusieurs, dont mon ex-mari. En attendant, croyez-moi, ce n'est pas une bonne idée.

— J'ai le nez cassé ? répète Chris.

Chris habite un deux-pièces dans un ensemble de bungalows situé à proximité de Kansas Street, après University Avenue, à North Park. Il s'estime chanceux de l'avoir trouvé, vu que les loyers à San Diego grimpent comme s'ils étaient dopés au Viagra et que l'endroit, autrefois une espèce de semi-ghetto délabré, s'embourgeoise et devient branché.

Bon nombre de ses collègues n'ont pas les moyens de se loger à San Diego même et sont obligés de faire une heure et demie de trajet le matin pour venir d'Escondido, de Temecula ou même de Riverside. Et rebelote le soir.

En règle générale, les flics n'aiment pas vivre près de la zone où ils patrouillent, mais Chris adore North Park. Avec ses cafés, ses restaurants animés où il va souvent bruncher avec des copains, ses bars sympas où boire une bière, ça reste encore un vrai quartier plus qu'une destination touristique, même si de plus en plus de gens y louent quelque chose par Airbnb.

Pour la plupart, les habitants de son immeuble et des environs immédiats savent qu'il est flic, et la plupart aussi s'en réjouissent, même s'ils ne l'admettraient pour rien au monde. Chris se dit qu'ils apprécient le sentiment de sécurité que procure la présence d'un policier dans le voisinage et, de fait, certains l'ont appelé chez lui pour signaler une querelle domestique ou un cambriolage.

Ils voient Chris comme un type bien.

Il l'est.

Ce que Carolyn commence à découvrir alors qu'elle l'aide à entrer chez lui et l'installe sur le canapé dans le minuscule salon.

Elle l'a déjà à la bonne, bien sûr, parce qu'il a sauvé Champ d'une exécution mais, quand elle pénètre dans la cuisine – une cambuse étroite, plutôt – pour aller chercher de la glace, son impression se confirme.

D'abord, il y a les photos encadrées sur les murs.

Chris avec papa et maman.

Chris avec une femme qui doit être sa sœur et deux petites filles qui le regardent avec adoration – ses nièces, selon toute vraisemblance.

Chris, un sourire jusqu'aux oreilles, penché vers une vieille dame en fauteuil roulant – sa grand-mère, suppose Carolyn.

Donc, Chris Shea a l'esprit de famille.

Vient ensuite le certificat de remerciement pour la participation de Chris au Special Olympics, une photo de lui en fauteuil roulant dans un tournoi Over-the-Line, Chris attablé en terrasse quelque part avec un groupe de copains (qui ont tous l'air de personnes normales, heureuses, saines à faire peur, comme si elles sortaient d'une séance de crossfit), et la femme assise à côté de lui est une vraie bombe, constate Carolyn avec une pointe de jalousie.

Ne t'emballe pas, s'ordonne-t-elle.

C'est trop beau pour être vrai.

Il y a forcément un truc qui cloche chez lui.

À tous les coups, c'est un tombeur (après tout, il est assez beau gosse pour ça), ou un divorcé avec deux ou trois mômes, un gay qui n'a pas encore fait son *coming out*, ou alors il est désespérément amoureux d'une effeuilleuse accro à la coke.

La cuisine est impeccable.

Pas de vaisselle sale dans l'évier ni sur l'égouttoir, pas de casseroles ni de poêles encroûtées qui traînent sur la gazinière.

Même si elle n'a pas besoin d'ouvrir le frigo pour prendre de la glace, Carolyn le fait quand même, mais l'intérieur ne lui livre aucun indice. Une brique de lait, un pack de six Modelo, une boîte en plastique remplie de ce qui ressemble à des restes de (elle l'ouvre), oui, de spaghettis bolognaise.

Il cuisine, en plus ?

Le freezer ne contient rien non plus qui puisse l'éclairer sur la personnalité cachée, sombre et tourmentée de Chris Shea. (À quoi tu t'attendais ? se demande-t-elle. Des morceaux de corps humains ?) Deux plats congelés Stouffer's, un gros pot de crème glacée Ben & Jerry's parfum Cherry Garcia, d'autres boîtes en plastique de – incroyable, elles sont étiquetées – « Gratin de pâtes au thon », de « Sauce marinara », de « Chili ».

Donc, soit la mère de Chris lui prépare des repas et les lui apporte – ça, c'est rédhibitoire –, soit il se les prépare lui-même, les congèle et *les étiquette*. L'écriture sur le scotch paraît masculine.

Un peu honteuse, Carolyn songe à son propre freezer, qui contient…

De la glace.

Se remémorant sa mission, elle se met en quête d'un torchon, le place sous le distributeur de glaçons pour le remplir et en noue les coins. Elle retourne dans le salon, s'assoit à côté de Chris et lui applique délicatement sur le visage la poche improvisée.

— C'est douloureux ? s'inquiète-t-elle.

— Oui.

— Vous avez du Tylenol ?

— Je ne crois pas. J'ai rarement mal à la tête.

Évidemment, pense-t-elle, un brin irritée par la perfection de ce spécimen masculin.

— Vous permettez que j'aille voir à la salle de bains ?

— Je vous en prie.

La salle de bains non plus ne lui révèle rien d'incriminant.

Le plus frappant, c'est qu'elle est propre (celles de ses ex étaient plutôt… bref, elles ne l'étaient pas), et que le seul élément de décoration n'est pas le poster d'une bombe de chez Victoria's Secret, mais d'une Mustang classique. Et il y a même une brosse W-C dans un pot près du tabouret.

Carolyn est désormais presque sûre qu'il est gay.

Le contenu de l'armoire à pharmacie, derrière le miroir au-dessus du lavabo, est inoffensif. Pas de Vicodin ni d'Oxycontin, pas d'antibiotiques laissant supposer une MST récente (ou une infection des sinus, pourquoi pas, hé, du calme, ma grande !), pas de réserve de capotes.

Pas de Tylenol non plus.

Même pas d'aspirine.

Un tube de dentifrice (Optic White), du déodorant et quelques flacons de vitamines, qu'elle débouche pour vérifier qu'il s'agit bien de vitamines.

C'en est.

Elle regagne le salon.

— Non, pas de Tylenol, dit-elle. Oh ! mais attendez, j'en ai peut-être dans mon sac.

De fait, elle y découvre un comprimé enfoui dans un pli au fond, sous des mouchoirs en papier et des miettes de crackers. Elle l'essuie sur sa manche et le lui tend.

— Tenez. Je ne pense pas qu'il y ait un risque d'accoutumance.

— Vous êtes docteur ?

— En fait, oui, répond-elle. Mais pas en médecine, j'ai un doctorat en zoologie.

Il avale le comprimé et ferme les yeux.

— Vous voulez que j'allume la télé ? demande-t-elle.

— Je ne la regarde pas beaucoup.

J'aurais dû deviner, se dit-elle en cherchant la télécommande.

Carolyn regarde beaucoup la télé.

Surtout les émissions de téléréalité merdiques.

Entre autres, *The Bachelor*, *The Bachelorette*, *Bachelors in Paradise* (tout ce qui contient « *bachelor*[1] » dans le titre), *Mariés au premier regard*, *90 Day Fiancé* et plusieurs déclinaisons géographiques de *Real Housewives*. Elle a bien conscience de remplir ainsi un vide, parce qu'elle n'a pas de vie en dehors de son travail et que jouer les voyeurs en se plongeant dans les déboires sentimentaux des autres est moins douloureux que ressasser les siens.

Elle n'a rencontré personne depuis sa rupture avec Jon.

Qui l'a trompée.

Qui n'était pas avec elle, comme on dit, pour les bonnes raisons.

Un sale con prétentieux, adepte du vélo et du *latte* au lait de soja, qui ne mangeait que sur des assiettes à dessert et épelait son prénom sans le « h ». Professeur de littérature comparée

1. « Célibataire » en français.

à UCSD, en voie de titularisation. L'homme idéal pour elle, non ? Instruit, intello, capable de s'y retrouver dans une carte des vins, mais qui, s'il envisageait un avenir commun pour eux, employait son présent à comparer autre chose que la littérature avec une étudiante de troisième cycle – un comportement qu'il avait défendu pompeusement en affirmant qu'au moins elle n'était pas en premier cycle.

Ça aurait été, voyez-vous, contraire à l'éthique.

Quoi qu'il en soit, il lui a brisé le cœur, ce dont elle a honte dans la mesure où il n'en valait (vaut) pas la peine.

Donc, peut-être qu'un crétin universitaire prétentieux doublé d'un aspirant hipster n'est pas l'homme idéal pour moi, pense-t-elle en faisant défiler le programme télé à l'écran. Et si – malgré l'avis de l'infirmière des urgences – c'était un flic maniaque de la propreté, qui boit du lait entier, fait de l'escalade et adore sa grand-mère ?

Et puis, quelle histoire de rencontre trop mignonne à raconter à nos petits-enfants.

Hé, tout doux, ne t'emballe pas.

Tu le connais à peine.

Elle arrête son choix sur un épisode de *Cops*.

Chris se réveille dans son lit.

Son visage le fait souffrir quand il se lève. Il se traîne jusqu'à la salle de bains, où il se regarde dans le miroir. Il a les deux yeux au beurre noir et l'arête de son nez lui semble un peu aplatie.

Dans la cabine de douche, il laisse l'eau chaude marteler son corps un long moment. Il se sèche, enfile un sweat-shirt et un jean, puis passe à la cuisine. Un mot est appuyé contre sa cafetière à piston :

Je vous ai mis au lit. J'espère que vous vous sentez mieux.
Merci d'avoir sauvé Champion.
Bien à vous,

Carolyn Voight

P-S : est-ce que je peux vous inviter à déjeuner pour vous remercier ? 619-555-1212.

Ah.

Il se prépare du café avant d'allumer son ordinateur portable.

Erreur.

Il a fait les gros titres du *San Diego Union-Tribune* : UN AGENT DE POLICE SE BLESSE EN VOULANT APPRÉHENDER UN SINGE ARMÉ.

Une photo de lui le montre en train de dégringoler du palmier.

Super, songe-t-il.

Il va sur Twitter, pour découvrir que les twittos n'en ont que pour lui. Avec Champion, ils font exploser Internet.

Son café à la main, il va s'installer au salon, allume la télé et met les informations locales. Une jolie journaliste, qui se tient devant le musée de l'Homme, décrit les événements de la veille. L'image cède la place à une vidéo où on voit Champion brandir le revolver en direction de la foule, le SWAT arriver, lui-même se contorsionner sur le tronc…

Et se casser la gueule.

Il éteint la télé au moment où il entend la journaliste dire « … phénomène sur YouTube ».

Quand il se présente au poste, c'est pour apprendre qu'il est en arrêt maladie obligatoire de soixante-douze heures. Ce qui lui laisse le temps d'accepter l'offre de Carolyn Voight.

Est-ce qu'elle veut juste me remercier (ce qui n'est pas nécessaire, vu que je n'ai rien fait à part tomber de cet arbre pendant que Champion se rendait), ou est-ce qu'elle cherche plus ?

Et, dans un cas comme dans l'autre, est-ce que j'en ai envie ?

OK, elle est super sympa et super canon. Et de toute évidence brillante (est-ce qu'elle n'a pas parlé d'un doctorat ?). Mais peut-être trop, justement, pour s'intéresser à un simple flic titulaire d'une licence en justice criminelle.

Sérieux, qu'est-ce qu'une gardienne de zoo et un flic ont en commun ?

Beaucoup de choses, à vrai dire, quand on y pense.

Chris décide de la rappeler quand il ressemblera un peu moins à un raton laveur qui vient de se faire refaire le nez.

En attendant, une question le taraude :

Où diable Champion a-t-il eu ce flingue ?

Les possibilités, qui ne sont pas si nombreuses, sont toutes détaillées et débattues sur le Net.

Certains commentateurs y vont de leur théorie du complot, selon laquelle des militants de la cause animale auraient expédié l'arme dans l'enclos des singes. Ah oui, et lesquels ? se demande Chris, sceptique. Le Front de libération des primates ?

D'autres penchent pour un cinglé, un abruti bas de plafond ou un petit farceur, qui voulait voir ce qui arriverait si on donnait une arme à feu à un chimpanzé. Les discussions prennent une tournure politique, bien sûr. Aujourd'hui, comment pourrait-il en être autrement ? Les barjos de droite relient l'incident à Hillary Clinton, affirmant qu'elle aurait cherché à faire passer un message sur le contrôle des armes et ainsi à détourner l'attention de ses trente-trois mille e-mails disparus. Les barjos de gauche rejettent la responsabilité sur la NRA, affirmant qu'elle aurait cherché à faire passer un message sur le contrôle des armes et ainsi à détourner l'attention de Trump et de ses dernières trumperies...

Bref, c'est tout et n'importe quoi.

Chris n'y accorde aucun crédit.

Il est persuadé que l'explication est plus prosaïque. Reste à la trouver.

Franchement, quel genre de débile profond se débarrasserait d'un flingue dans un zoo ?

Hollis Bamburger ne se tient plus de joie.

En consultant Twitter sur son téléphone, il a constaté qu'il était devenu viral. Twitter, YouTube, Facebook, les autres réseaux – le chimpanzé avec le revolver est partout.

Pas *le* revolver, se corrige Hollis.

Mon revolver.

Depuis vingt-trois ans qu'il est venu au monde, Hollis Bamburger a toujours rêvé de se distinguer. Rien ne le distinguait dans sa famille, où il n'était qu'un gosse parmi six – nés de trois pères différents qui brillaient par leur absence, et d'une mère accro à la meth. Rien ne l'a distingué non plus à l'école primaire, au collège et au lycée, qu'il a laissé tomber après sa troisième tentative infructueuse pour aller jusqu'au bout de la seconde. Et rien ne l'a distingué au centre de détention pour mineurs d'East Mesa, surnommé « Birdland » – en rapport avec sa localisation géographique, pas avec ses résidents[1] –, où il avait atterri pour absentéisme en classe et un vol avec effraction. Ni plus tard à Chino, où il a fait un séjour à dix-huit ans après avoir braqué un magasin de spiritueux.

1. Birdland, littéralement « pays des oiseaux », est une banlieue de San Diego. Jeu implicite sur le mot « jailbird », qui signifie « taulard, récidiviste ».

Aujourd'hui, quelqu'un qui interrogerait le personnel de ces établissements au sujet de Hollis Bamburger ne récolterait en retour qu'un regard vide. Et la consultation de leurs archives ne livrerait que la description d'un jeune gringalet blanc, dont la seule évolution notable au fil des ans a été le nombre de tatouages grossiers sur ses bras et jusque dans son cou.

Si cette même personne interrogeait la famille de Hollis à son sujet, elle récolterait sans doute le même regard vide.

Sa plus jeune sœur, Lavonne, a un jour résumé la situation à un agent de probation.

« Y a rien de spécial chez Hollis », a-t-elle affirmé. Et d'ajouter, après une seconde de réflexion : « Sinon qu'il est complètement débile. »

Triste mais vrai.

La seule chose qui ait jamais permis à Hollis de se distinguer, c'est son extraordinaire capacité à accumuler les coups foireux. Au point que, au collège Clark, tout acte d'idiotie phénoménale était qualifié de « bamburgerie ».

Quelqu'un avait bouché les chiottes avec du PQ pour provoquer une inondation ?

Une bamburgerie.

Quelqu'un avait rendu un devoir comportant encore l'en-tête de Wikipédia ?

Une bamburgerie.

Quelqu'un forçait la voiture d'un prof et s'endormait à l'intérieur ?

Une bamburgerie.

Hélas, même cette distinction avait perdu de son lustre au lycée, le laissant sans…

Rien.

Mais maintenant…

Maintenant, il est spécial pour quelque chose. C'est grâce à lui que les vidéos de « Champ le porte-flingue » existent.

Des vidéos diffusées dans le monde entier.

Partout, en Afrique, en Chine, en Europe et en France, des gens voient son œuvre, se marrent devant le chimpanzé, prennent leur pied quand le flic dégringole dans le filet. C'est le meilleur passage, ce singe qui ridiculise le flic.

Hollis déteste les flics.

Et plus encore les matons. Les matons, ce sont juste des types trop cons et violents pour entrer dans la police, c'est dire. Mais, en cet instant, Hollis est si heureux qu'il n'y a pas de place en lui pour la haine. L'éclat resplendissant de sa toute nouvelle célébrité sur Internet a chassé ses idées noires.

Il montre le téléphone à Lee.

— Tiens, mec, mate ça !

Lee Caswell – vingt ans, quinze centimètres, treize kilos et deux condamnations de plus que son acolyte – regarde les images et lui rend le portable.

— Je suis célèbre, dit Hollis.

— C'est pas toi qui es célèbre. C'est le singe.

— Peut-être, mais c'est moi qui lui ai balancé le flingue.

— Sauf que tu peux le dire à personne.

Ça, c'est pire qu'un coup de pied dans les couilles.

Hollis n'y avait pas pensé.

Et ce constat le plonge dans un gouffre de désespoir. Enfin, après vingt-trois années d'existence, il a réussi à faire quelque chose de spécial, et il ne peut pas le révéler. Le monde entier visionne son œuvre, mais personne ne sait que Hollis Bamburger est derrière tout ça.

Il est dévasté, sa joie éphémère lui a laissé un goût de cendres dans la bouche.

— Et en plus, t'as paumé le revolver, déclare Lee.

— Tu m'avais dit de m'en débarrasser, se défend – pleurniche, plutôt – Hollis.

— Pas comme ça ! le houspille Lee.

Il houspille souvent Hollis, depuis que celui-ci est devenu son compagnon de cellule à Chino.

— Tu trouves ça marrant ? poursuit-il. Primo, on se retrouve sans arme ! Deuzio, tu t'es foutu de la gueule d'un flic ! Tu crois qu'ils vont laisser passer ça ?

Lee le sait d'expérience : on peut mentir à un flic, pour lui c'est la routine, on peut le cogner, il oubliera. Mais, si on se fout de sa gueule, on s'en fait un ennemi à vie.

— Ils ont le flingue, maintenant, affirme Lee. Ils vont le retracer.

— Ils peuvent pas remonter jusqu'à nous.

— Jusqu'à toi, tu veux dire.

Exact, songe Hollis, C'est lui qui a acheté cette arme à un Mexicain sur un terrain vague dans la 32e Rue, pas loin de ce motel merdique où ils sont à présent.

Montalbo lui a assuré qu'elle était clean.

— Et si les flics remontent jusqu'au Mexicain, hein ? reprend Lee. Et s'il te balance ?

— J'ai utilisé un faux nom.

— Ah oui ? Et aussi une fausse apparence ?

Hollis n'y avait pas pensé non plus.

— Le tatouage dans ton cou..., insiste Lee.

Qui proclame « HOLLIS » en toutes lettres. Celui-ci aurait bien fait écrire « BAMBURGER », mais il n'avait pas le cou assez long.

— À ton avis, y a combien de Hollis fichés ? lance Lee.

— Pas beaucoup, j'imagine, admet l'intéressé.

Hélas.

— Alors, la prochaine fois que t'iras chercher un feu, couvre ton putain de cou.

— Pourquoi c'est toujours moi qui dois y aller ? pleurniche encore une fois Hollis, avant de rentrer la tête comme une tortue quand il voit le visage de Lee devenir tout rouge et menaçant.

— Parce que c'est toi qui as balancé l'autre. Et qu'on aura du mal à faire un braquage rien qu'avec notre bite, pas vrai ? Surtout la tienne.

Un commentaire que Hollis juge superflu.

Il est malheureux comme les pierres.

C'était censé être un moment de triomphe, quelque chose de vraiment spécial. À présent, c'est devenu une…

Bamburgerie.

La réaction de ses collègues quand Chris retourne au poste est grosse modo telle qu'il l'imaginait.

Impitoyable.

Il est accueilli par des « Bon retour parmi nous, l'Homme-Singe ! », « Salut, Donkey Kong ! » et des cris de singe émis par des types qui se grattent les aisselles. Il ne compte même plus le nombre de fois où on lui recommande de ne pas « faire de singeries » pendant le boulot.

Herrera lui montre sur son téléphone une vidéo de lui dégringolant de l'arbre, avec le bandeau : « AUCUN SINGE N'A ÉTÉ BLESSÉ PENDANT LE TOURNAGE DE CE FILM. »

Son casier dans le vestiaire est décoré de régimes de bananes.

Quand il l'ouvre, c'est pour découvrir un exemplaire de poche de *My Friends, the Wild Chimpanzees*, de Jane Goodall, des DVD de *La Planète des singes*, un poster de King Kong, une photo de Michael Jackson avec Bubbles, plusieurs masques de singe, un déguisement de gorille accroché à un cintre et une canette de jus d'orange avec le *e* barré et « -outang » rajouté au feutre.

Sur un morceau de scotch collé à la porte du casier, quelqu'un a écrit « Noix de coco » entre Chris et Shea.

— Pourquoi « noix de coco » ? interroge-t-il.

— Parce qu'elles tombent des palmiers, explique Harrison. Le lieutenant Brown veut le voir.

— Vous êtes célèbre, aujourd'hui, Shea. Une vraie vedette.

— Je veux juste faire mon boulot, monsieur.

— Nous avons été contactés par le *Tonight Show*, lui apprend Brown. Ils voudraient vous avoir ensemble sur le plateau, Champion et vous. Les Relations publiques sont pour.

— Je ne veux pas, monsieur.

— J'ai dit non. Vous êtes déjà un bouffon. Un flic qui dégringole d'un arbre en poursuivant un singe ? Les réseaux sociaux s'en donnent à cœur joie.

Chris en a l'estomac noué.

— Et vous vous êtes fait des ennemis dans la maison, ajoute Brown.

— Lesquels ? demande Chris, nauséeux. Qui ? Comment ?

— Les gars du SWAT estiment que vous avez donné une mauvaise image d'eux.

Ils n'ont pas besoin de moi pour ça, songe Chris, qui garde cette remarque pour lui. Tout ce qu'il veut, c'est sortir de ce bureau sans en entendre davantage sur la façon dont il a grillé sa carrière.

— Vous vous sentez suffisamment remis pour patrouiller ? poursuit Brown.

— Oui, bien sûr.

— OK, allez-y. Mais faites-moi plaisir, d'accord ? Si Shamu[1] s'échappe de SeaWorld, vous ne mettez pas un pied dans l'eau. Compris ?

Compris, pense Chris.

1. Nom donné à la première orque du parc aquatique de San Diego, et qui désigne depuis toutes les autres.

Quand il quitte la pièce, il se sent plus mal que jamais. Il peut oublier son transfert aux Cambriolages.

Lou Lubesnick ne recrutera pas un bouffon.

Chris s'équipe.

Ce n'est pas rien.

Il y a d'abord la protection corporelle souple, autrement dit le gilet pare-balles (qui n'est pas « à l'épreuve » des balles, il le sait bien ; « résistant » serait plus précis), avec ses plaques devant et sur les côtés. Chris a renoncé à celles de derrière pour alléger le dispositif et gagner en flexibilité. Ensuite, il doit ajouter une lampe torche, une bombe de gaz au poivre (lacrymogène), une matraque PR-24 à poignée latérale, des menottes et sa radio.

Ainsi qu'un étui à la ceinture pour son Glock 9 mm et des munitions.

Sans compter l'insigne sur sa poche de poitrine gauche et, sur la droite, un badge d'identification avec son nom en lettres noires sur fond doré.

La Central Division couvre les quartiers de Balboa Park, de Barrio Logan, Core-Columbia, Cortez, East Village, Gaslamp, Golden Hill, Grant Hill, Harborview, Horton Plaza, Little Italy, Logan Heights, Marina, Park West, Petco, Sherman Heights, South Park et Stockton.

Par conséquent, chaque fois qu'un truc violent, tordu, lié aux gangs ou juste bizarre se produit à San Diego, il y a toutes les chances pour que ce soit dans son secteur.

C'est pour ça que Chris aime autant y patrouiller.

Ce soir-là, il roule dans la Cinquième Avenue, à l'ouest du parc, quand il voit :

Un petit Blanc, un mètre soixante maximum, en larmes, vêtu en tout et pour tout d'un suspensoir en lamé doré et d'un collier de chien, promené en laisse sur le trottoir par un Noir de près de deux mètres, aussi baraqué qu'un *linebacker* de la NFL, affublé d'un costume de Superman, cape comprise.

Ce qui ne lui poserait aucun problème si Superman n'était pas en train de flageller le petit Blanc avec un martinet argenté. Chris s'arrête, descend de voiture et lève la main pour leur intimer l'ordre de s'arrêter.

— Vous me faites quoi, là ? Comic-Con[1] version gay ? demande-t-il au fouetteur.

— Il est… il est venu chez moi, bredouille l'autre, et il m'a obligé à… enfiler ça… à mettre le collier… et depuis il me promène dans la rue en me fouettant.

— Pourquoi ne pas avoir appelé les secours ?

— Parce que…

Le petit Blanc s'interrompt le temps de lâcher quelques sanglots et un reniflement sonore.

— Ça… ça me plaît.

— C'est mon esclave, renchérit le Noir.

— Et vous, vous êtes Superman ? ironise Chris.

— Et alors ? Pourquoi un Black pourrait pas être Superman ? Qui a dit que Superman était blanc, d'abord ?

Chris regrette sa réponse à l'instant où elle sort de sa bouche :

— Il l'était. Dans la BD, Superman était blanc.

— Dans les films aussi, admet le Noir.

Il commence à compter sur ses doigts.

— Christopher Reeve, Dean Cain, Henry Cavill, ce foutu Tyler Hoechlin, qui est devenu célèbre avec *Sept à la maison*… Onze Superman, tous blancs. C'est une conspiration.

— OK…

1. Festival de bande dessinée à l'origine, devenu un événement de la pop culture.

— Pourquoi pas Jim Brown, hein ? reprend le Noir. C'est quoi le problème avec Idris Elba ou avec Denzel ?

— C'est vrai, je les verrais bien dans le rôle.

— Et c'est pareil pour Batman : Adam West, George Clooney, Ben Affleck, Michael Keaton. Pourquoi pas Jim Brown, Idris Elba ou...

— Denzel ? complète Chris.

— C'est ça.

Superman se tourne vers son esclave.

— La prochaine fois, je ferai Batman et toi Robin.

— Pourquoi je ferais pas Batman et toi Robin ?

— Parce que ce serait ridicule.

Ces deux-là planent tellement haut qu'ils tutoient les sommets, se dit Chris. Il ne sait pas ce qu'ils ont pris, mais ça doit être une tuerie.

— Quoi qu'il en soit, vous ne pouvez pas continuer à vous promener comme ça.

— Pourquoi ? demande Superman.

— Non, sérieux, soupire Chris.

— On a le droit à la libre expression de notre sexualité, affirme l'esclave.

— Pas sur la voie publique, objecte Chris. Écoutez, Spartacus, je vous offre une porte de sortie, là. Rentrez chez vous. Rhabillez-vous. Si je vous croise encore une fois ce soir dans cette tenue, je vous coffre tous les deux.

— Pour ? questionne Superman.

— Trouble de l'ordre public, répond Chris. Atteinte à la décence...

— Vous nous accusez d'indécence ? s'indigne l'esclave.

— Vous nous harcelez parce que je suis noir et gay, proteste Superman. Vous êtes un raciste homophobe.

Chris sent que ça va mal finir. Les passants de l'autre côté de la rue s'arrêtent déjà pour regarder et, dans quelques minutes tout au plus, une autre voiture de patrouille va arriver. Ce sera peut-être Harrison, ou pire Grosskopf, ou pire encore Villa – qui, lui, déteste vraiment les gays et les Noirs, sans parler des gays noirs, et sans doute aussi des superhéros, parce que Villa déteste… tout le monde, en fait –, et ensuite il faudra boucler Superman et Spartacus, et lui-même se retrouvera avec une tonne de paperasse sur les bras.

Sauf que, si je dois passer les bracelets à ce gars, j'aurai besoin de renforts, parce que Superman, là, grand et baraqué comme il l'est, va me démolir.

En désespoir de cause, il lance :

— Ne m'obligez pas à sortir la kryptonite.

Superman paraît soucieux, soudain.

— Vous en avez ?

Chris hoche la tête.

— Dans la voiture.

Superman prend l'air sceptique.

— Rouge ou verte ?

— Les deux, répond Chris. Évidemment.

— La rouge me rend dingue, explique Superman.

Ah, c'est ça, songe Chris.

— Mais la verte pourrait vous tuer, pas vrai ?

— Montrez-la-moi, ordonne Superman, à qui on ne la fait pas.

Chris secoue la tête.

— Si je vous la montre, je serai obligé de vous la donner. C'est le règlement, au poste.

— Parce que tous les flics ont de la kryptonite ?

— Seulement les bons, prétend Chris.

Après tout, ça ne coûte rien de le dire.

— Alors, qu'est-ce que vous choisissez ? Vous rentrez chez vous ou je vous la joue Brainiac[1] ?

Spartacus, qui ne connaît apparemment pas la chanson de Jim Croce, tire sur la cape de Superman[2].

— On rentre.

Chris le regarde entraîner Superman dans la rue.

La scène a quelque chose de triste.

C'est une de ces nuits, une de ces patrouilles.

Elles sont toujours pires en été, quand la clim peine à fonctionner, ou qu'il n'y a pas de clim du tout, et que tout le monde est dans la rue ou dans les parcs au lieu d'être au lit chez soi.

Les esprits sont en surchauffe, le court-circuit menace.

Les querelles en viennent vite aux poings, qui cèdent la place aux couteaux, et les couteaux aux flingues – et voilà, c'est fait, fin de l'histoire. Il suffit d'une seconde malavisée pour modifier à jamais le cours d'une existence. Des êtres humains sont marqués pour toujours, mutilés ou tués, d'autres passent ce qui aurait pu être les meilleures années de leur vie dans le purgatoire qu'est le système carcéral.

Si on ajoute l'alcool et la drogue à la chaleur estivale, on obtient un cocktail hautement inflammable, toujours à une étincelle de s'embraser.

Ce soir-là, après l'incident bénin Superman/Spartacus, Chris est appelé à Golden Hill pour une querelle domestique, au cours de laquelle un quinqua ivre mort a tabassé sa femme ivre morte

1. Ennemi de Superman.

2. 2. « *You don't tug on Superman's cape* », littéralement « On ne tire pas sur la cape de Superman », est extrait de la chanson de Jim Croce « You Don't Mess Around with Jim ».

elle aussi et qui, en réaction, lui a planté dans la figure le goulot déchiqueté d'une bouteille de bière (Heineken) qu'elle venait de fracasser sur le plan de travail à la cuisine. Lorsque Chris arrive en renfort, Grosskopf et Harrison ont déjà menotté les deux parties. Le mari hurle de douleur (on peut le comprendre) et la femme, dont les yeux se réduisent à deux fentes sous ses paupières enflées, crie à Grosskopf :

— Laissez-le tranquille ! Il a rien fait !

— Ne le redites pas, lui conseille Chris. Vous allez foutre en l'air l'argument de la légitime défense.

Elle ignore l'intervention.

— Lui faites pas de mal ! Je l'aime !

Ce n'est pas réciproque, à l'évidence.

— Cette salope m'a crevé l'œil ! s'écrie le mari.

— Vous l'avez toujours, souligne Chris.

Pour combien de temps, ça, c'est une autre question.

— On vous embarque tous les deux, décrète Harrison.

— Pourquoi ? s'écrie la femme.

— C'est une blague ? réplique Harrison.

Quand les urgentistes se présentent, Grosskopf menotte le mari à la civière et supervise son transfert dans l'ambulance. Il est en rogne, parce qu'il va devoir aller aux urgences.

Harrison et Chris escortent la femme jusqu'à la voiture et la font monter à l'arrière.

— C'est la troisième fois qu'on intervient chez vous pour le même motif, lui rappelle Chris.

— Ça sert à rien ! riposte-t-elle.

— Je ne vous le fais pas dire. Quand vous parlerez aux enquêteurs, n'oubliez pas de préciser que vous aviez peur pour votre vie.

— Je l'aime.

— OK.

Chris claque la portière.

— Pourquoi t'essaies de l'aider ? lui reproche Harrison.

— T'as vu son visage ?

— Elle est plus en sécurité en taule, affirme Harrison.

Possible, songe Chris.

L'intervention suivante concerne le braquage d'un magasin de vins et spiritueux au croisement de la 28e Rue et de B Street, à Golden Hill.

Chris répond à l'appel et arrive sur place juste après Grosskopf.

L'employé connaît la chanson, parce que les hold-up à cette adresse sont monnaie courante.

— Un mètre soixante-quinze, chemise en jean, pantalon de toile et bottes de chantier, énonce-t-il d'un trait. À la voix, je dirais qu'il était blanc.

— Comment ça, « à la voix » ? demande Grosskopf.

— J'ai pas vu son visage. Il portait une cagoule.

Le voleur lui a collé un pistolet sous le nez en lui ordonnant d'ouvrir la caisse. L'employé a eu la bonne réaction et lui a remis l'argent. Le voleur est parti avec cent vingt dollars en espèces, une provision de mignonnettes de vodka comme dans les avions et une bouteille de 5-hour ENERGY.

L'employé l'a vu tourner à gauche, vers le nord, quand il a pris la fuite.

Sans attendre la fin de l'interrogatoire, Chris saute dans sa voiture pour prendre la 28e Rue en direction du nord. Il est prêt à parier que le braqueur se dirige vers le parc. Il signale sa position, conscient que d'autres patrouilles vont arriver, mais il espère le coincer avant.

Après l'incident avec Champ, une arrestation pour vol à main armée ne serait pas du luxe.

De fait, il ne tarde pas à le repérer : un Blanc d'environ un mètre soixante-dix, portant la tenue décrite par l'employé, qui marche vite sur le trottoir le long de la bordure est du parc. Chris ralentit et le suit à distance. Il le voit avancer soudain au « pas de l'oie », cette démarche raide que les suspects adoptent quand ils sentent la présence d'un flic derrière eux.

Chris actionne son micro.

— Police, arrêtez-vous !

L'autre décampe aussitôt.

Chris se gare, puis se lance à sa poursuite.

Il sait qu'il aurait dû rester dans la voiture et demander du renfort mais, dans l'intervalle, le type filera par le parc, et ils passeront sans doute le reste de la nuit à le chercher en vain.

Et puis, c'est marrant, il faut bien le reconnaître.

Le type devant lui plonge la main dans sa poche et jette quelque chose dans les fourrés – l'arme et la cagoule, sans doute, mais Chris les ignore. Il réduit la distance entre lui et le voleur, qui ne peut pas courir vite avec ses bottes, le rattrape et lui donne une bonne poussée dans le dos.

Le type s'étale à plat ventre. Chris s'assoit à califourchon sur lui.

— Tes mains ! ordonne-t-il.

Il n'a pas affaire à un débutant : l'homme les lui tend docilement. Chris le menotte puis le hisse sur ses pieds.

— Pourquoi tu t'es pas arrêté quand je te l'ai dit ? Pourquoi tu t'es tiré ?

— J'avais la trouille.

— De quoi ? De te faire coffrer pour cambriolage ?

Chris aperçoit des gyrophares près de l'endroit où il a laissé sa voiture et se doute que c'est Grosskopf.

— Tu viens de braquer un magasin de spiritueux, poursuit-il.

— Non, c'est pas vrai !

— Ben tiens. Qu'est-ce que t'as jeté, tout à l'heure ?

— Rien !

— T'as balancé un truc dans les buissons. Tu vas vraiment m'obliger à aller le chercher ?

Chris le plaque contre un arbre.

— Rien de pointu dans tes poches ?

— Non.

Grosskopf les rejoint.

— On dirait notre gars.

Chris fait les poches du suspect et en extrait une liasse de billets.

— Si t'as rien braqué, où t'as eu ça ?

— C'est à moi.

— Ça aussi ? demande Chris, qui vient de trouver les mignonnettes. T'as des papiers d'identité ?

— J'ai laissé mon portefeuille chez moi.

Chris l'examine à la lumière de sa lampe torche. L'homme, qui doit avoir la quarantaine, a l'air d'en avoir bavé. C'est sûrement un habitué de la taule, aux bras couverts de tatouages grossiers.

— Ton nom, dit-il.

— Richard.

— T'as un nom de famille, Richard ?

— Holder.

— Tu me prends pour un con, là.

— Non, c'est pas vrai.

— Tes parents avaient quelque chose contre toi[1], c'est ça ?

Chris le passe au fichier. À sa grande absence de surprise, Richard James Holder a un casier plus long qu'une chanson de

1. Le diminutif de Richard est « Dick », qui veut dire « bite ». « Dick Holder » signifie « qui se branle ».

Queen. Cambriolages, braquages, trafic de came. Il a séjourné à Victorville et à Donovan.

Chris n'est dans la police que depuis trois ans, mais il a déjà acquis assez d'expérience pour pouvoir percer le secret que Richard a enfoui si profondément que même lui n'y a pas accès.

À savoir : ce que Richard souhaite le plus au monde, c'est retourner au trou.

C'est son univers, le seul endroit où il se sent bien.

Chris n'a qu'à lui fournir un prétexte, il ne sera que trop heureux de le saisir.

Grosskopf s'approche de la voiture.

— Tu l'emmènes au poste ou tu préfères que je le fasse ?

— J'ai une meilleure idée, annonce Chris.

S'ils le coffrent tout de suite, l'affaire se réduira à une bataille d'indices entre avocats. Ils pourront sans doute le coincer pour recel de biens volés, mais ils risquent de le perdre pour le braquage et le flingue.

— OK, Richard, on retourne au magasin, déclare-t-il.

— J'y ai jamais mis les pieds, prétend l'intéressé.

Chris l'emmène et le présente à l'employé.

— C'est lui qui vous a braqué ?

— Oui.

— Il peut pas m'identifier ! proteste Richard. Je portais une cagoule !

Comment ne pas les aimer ? songe Chris. Ces mecs-là sont impayables. Pas étonnant que tant de chaises restent vides lors des réunions Mensa[1] en prison.

— N'importe quoi, réplique-t-il. Je ne te crois pas.

— Si, c'est vrai ! hurle Richard.

1. Association internationale regroupant des personnes à haut potentiel intellectuel.

Chris regarde l'employé.

— Il portait une cagoule ?

— Non, m'sieur l'agent.

— Il ment ! se récrie Richard, saisi d'une vertueuse indignation. Même que c'est vrai que je portais une cagoule.

— Prouve-le, le défie Chris.

— D'accord.

Ils remontent en voiture, repartent vers le parc et marchent jusqu'à l'endroit où Richard a vidé ses poches. Celui-ci s'avance vers les taillis et, du menton, indique :

— Là.

Chris se penche et ramasse la cagoule.

— C'est pas à toi.

— Si !

— Je suis sûr qu'elle ne te va même pas.

— Mettez-la-moi, vous verrez bien.

Chris lui enfile la cagoule. Ils reprennent la voiture pour retourner au magasin, où Chris le fait entrer.

— Alors, c'est lui qui vous a braqué ?

— Oui, c'est lui, affirme l'employé.

Richard laisse tomber son menton sur sa poitrine.

— C'est bon, vous m'avez eu.

Chris se rend encore une fois au parc, où il refait le chemin qu'il a emprunté en poursuivant Richard. Quand il dirige sa lampe sur les fourrés près de l'endroit où il a retrouvé la cagoule, il voit quelque chose briller. Le temps d'enfiler des gants, et il récupère un Long AMT Backup calibre 22, semi-automatique, qu'il glisse dans un sachet de mise sous scellés.

De retour dans la voiture, il montre le pistolet à Richard.

— C'est ce que t'as utilisé pour braquer le magasin ?

Richard réfléchit à la question, puis demande :

— Je peux avoir une vodka ?

— Bah… OK.

Chris attrape une des mignonnettes, Richard ouvre la bouche, et Chris lui verse l'alcool dans la gorge comme s'il nourrissait un oisillon.

— Ouais, c'est ce flingue-là, déclare Richard.

Après l'avoir conduit au poste, Chris le boucle. Il vient juste de terminer lorsqu'il apprend que le lieutenant Brown veut le voir. Il se rend dans le bureau de son supérieur, pensant recevoir une tape dans le dos assortie d'un « Bravo, bon boulot ». Bravo pour avoir débarrassé les rues d'un voleur récidiviste, d'une arme…

Non.

Au lieu de le féliciter, Brown fronce les sourcils :

— Vous avez l'intention de vous foutre *tout le monde* à dos ?

— Qu'est-ce que j'ai fait ?

— Qu'est-ce que vous n'avez pas fait, plutôt. Vous n'avez pas livré le suspect aux gars des Cambriolages. C'était leur enquête.

— Mais j'ai des aveux, j'ai le pistolet…

— Et moi, j'ai reçu des coups de fil des Cambriolages me demandant pourquoi un de mes patrouilleurs les a ridiculisés. Ils reprennent l'affaire.

— Ah. D'accord.

— Oh ! vous êtes d'accord ? Tant mieux, vous m'en voyez ravi. Faites votre boulot, Shea, pas celui des autres. Et si j'entends mentionner votre nom encore une fois ce soir, ça bardera pour votre matricule. Maintenant, du balai.

Chris n'est pas sorti depuis trente minutes qu'il reçoit un autre appel, concernant cette fois une rixe de bar dans le Gaslamp, qui a débordé sur le trottoir.

Le Gaslamp, dit « le Lamp », situé en bordure du port de San Diego, est le berceau du péché – un quartier qui, depuis la naissance de la ville, a toujours regroupé bars, clubs de strip-tease et bordels. On raconte que les pères fondateurs avaient voulu faire le ménage en 1915 et qu'ils en avaient chassé toutes les prostituées, mais qu'ils avaient été obligés de les réinviter quand la Marine avait décrété qu'elle n'enverrait plus de vaisseaux, ce qui aurait été fatal à l'économie locale.

S'il s'agit d'une zone réhabilitée aujourd'hui, et même d'une destination touristique, il n'en reste pas moins que c'est toujours l'endroit où les gens vont se bourrer la gueule.

Quand Chris arrive, c'est la fête des lumières dans la rue, entre les gyros des flics et les téléphones brandis par les passants pour garder une vidéo-souvenir de leur folle nuit dans le Lamp.

Un dîner, un verre, un spectacle sur scène…

Ou, en l'occurrence, sur le trottoir.

Le SDPD a déjà repris le contrôle de la situation : les bagarreurs sont alignés contre le mur, les menottes se referment sur leurs poignets. Villa a aussi chargé ses équipes de faire reculer les curieux, sauf que le spectacle n'est pas terminé : deux types sont toujours en train de rouler ensemble sur le ciment.

Une sorte de démonstration de jujitsu lourdingue, se dit Chris en se frayant un passage à travers la foule.

L'un des combattants est de toute évidence le videur du bar, à voir son T-shirt noir moulant sa poitrine et ses bras musclés – l'uniforme semi-officiel du gars de la sécurité. L'autre est un authentique blaireau, crâne rasé et T-shirt Tapout suggérant une passion pour les arts martiaux mixtes, qui s'imagine apparemment que, s'il regarde les AMM à la télé et va au club de gym deux fois par semaine, il maîtrise la technique et peut cogner quelque chose qui cogne en retour – ce dont le videur ne se prive pas, à grands coups de coudes dans la figure de son adversaire, façon ground-and-pound pur et dur.

— Contrôle de la foule, ordonne Villa à Chris, qui tourne le dos à la rixe pour faire face à la rue.

Bien lui en prend car, au même instant, un pochetron maousse costaud s'avance sur le trottoir en donnant des coups de poing dans le vide, manifestement impatient de se jeter dans la mêlée.

Chris tend le bras, paume en avant.

— Stop ! Pas plus loin.

— Bordel ! braille le soiffard. C'est mon copain, là-bas !

Un mètre quatre-vingt-quinze, plus de cent kilos, c'est une montagne de muscles. Lui pratique peut-être vraiment les AMM, mais Chris n'a aucune envie de vérifier.

— Restez à l'écart.

— C'est mon pote, je vous dis ! Je prendrais une balle pour lui.

— Ça pourrait bien arriver, souligne Chris. Reculez, monsieur.

— Je vous emmerde.

Le soiffard charge et percute l'épaule gauche de Chris.

Qui pivote sous le choc, tend la jambe et se jette de tout son poids sur le dos du malabar.

Ils s'effondrent tous les deux sur le trottoir. Chris, qui a atterri sur lui, tente de saisir sa main droite pour lui tordre le bras dans le dos.

En vain, l'autre est trop fort.

C'est un rodéo à présent, et Chris n'a plus qu'à s'accrocher en attendant de recevoir de l'aide. Perez apparaît soudain à côté de lui et tire sur le bras gauche du soiffard comme s'il était sur un rameur. Sauf que le type résiste – il est comme anesthésié –, parvient à se mettre à genoux puis à se redresser.

Chris tient toujours bon. Les jambes nouées autour de la taille de son adversaire, il tente de lui faire une clé – une initiative qui semble susciter l'indignation de la foule mais reste sans effet sur le balèze. Ce dernier se met à tourner sur lui-même tandis que Perez sort son Taser et attend d'avoir un angle de tir dégagé.

Chris entend crier :

— Hé, c'est le type du singe ! C'est le type du singe !
Perez tire.
Chris sent le balèze trembler.
Tressauter, plutôt.
Mais il ne s'écroule pas.
Villa presse la détente de son Taser.
Herrera aussi.
Le soiffard est transformé en pelote à épingles, hérissé de fils comme un poste de radio bricolé par un amateur, et il roule des yeux fous en piaillant.
Puis il tombe.
En arrière.
Comme un arbre abattu.
Alors que Chris est toujours sur lui.
L'atterrissage est rude.
Chris éprouve la force de l'impact dans sa poitrine, sa colonne et jusque dans son crâne. Le choc réveille la douleur de son nez cassé et de sa commotion cérébrale.
Il perd la vue une seconde mais reste conscient.
En se dégageant du soiffard toujours frémissant, il constate que le clou du spectacle s'est achevé. Le videur est debout, et son adversaire, dûment menotté. Herrera et Perez se précipitent vers Chris, passent les bracelets au balèze toujours à terre et le hissent sur ses pieds.
Personne n'est pressé de lui retirer les électrodes du Taser.
— Ça va, Chris ? interroge Perez.
— Oui, c'est bon.
Herrera lit ses droits au soiffard. S'il n'y avait pas foule autour d'eux, Perez et lui sortiraient leurs matraques pour lui donner une leçon, parce qu'ils ne rigolent pas, et Villa partirait faire le tour du pâté de maisons.
Mais le sergent se borne à darder un œil noir sur Chris.

— Vous n'êtes pas plus doué pour vous battre que pour grimper aux arbres.

Ne sachant pas quoi dire, Chris garde le silence.

Le visage du soiffard est écorché et ensanglanté.

— Perez se chargera de la paperasse, déclare Villa. Vous, vous emmenez votre gars aux urgences. Inutile de me tenir au courant de ce qui se passe pendant le trajet.

Chris, Herrera et Perez escortent le soiffard jusqu'à la voiture de Chris et le font monter à l'arrière. Herrera paraît un peu étonné quand Chris lui met la ceinture de sécurité, vu que l'autre option aurait consisté à ne pas la boucler, et à accélérer puis à piler net, histoire qu'il s'écrase la gueule contre la vitre de séparation.

C'est vrai que c'est tentant, songe Chris.

Très tentant.

Il prend le volant, roule jusqu'à l'hôpital et accompagne le soiffard aux urgences.

Où il est reçu par la même infirmière de garde qui s'est occupée de lui quatre soirs plus tôt.

— C'est un prétexte à la noix pour me revoir ? lance-t-elle. Je vous préviens, je ne sors pas avec des flics.

— Moi non plus, réplique Chris.

Elle examine le visage du blessé, constate qu'il n'y a rien de grave et s'adresse de nouveau à Chris :

— Et vous ? Comment vous vous sentez ?

— Ça va.

— Vous en êtes où, avec la fille du zoo ? Vous allez la revoir ?

— Non, je ne crois pas.

— Décidément, vous êtes encore plus bête que vous en avez l'air.

Pas sûr, se dit Chris. À mon avis, j'ai l'air d'un parfait crétin. D'abord, je me fais ridiculiser par un singe, après je me mets à dos les gars des Cambriolages, et là-dessus un pochetron joue à la toupie avec moi. Mon sergent me prend pour un loser chronique, et il est bien possible qu'il n'ait pas tort.

— En même temps, c'est peut-être mieux pour elle, conclut l'infirmière.

Sûrement, pense Chris.

Juste avant de recevoir un appel lui demandant de retourner au poste.

Le lieutenant Brown lui montre sur son téléphone une vidéo de lui accroché au soiffard, qui fait son petit numéro de derviche tourneur.

— Je vous avais dit quoi, pour ce soir ?

— Que vous ne vouliez plus entendre mon nom.

— Vous êtes en train de devenir un phénomène sur YouTube. C'était votre intention, d'augmenter le nombre de vos *followers* ?

— Non, monsieur.

— Je n'aime pas voir mes hommes dans les médias. Ni sur les réseaux sociaux.

— Je comprends, monsieur.

— Ah oui ? Je me pose la question, figurez-vous. Vous croyez que vous pouvez venir travailler demain sans vous donner en spectacle ni empiéter sur les plates-bandes de quelqu'un ?

— Oui, monsieur.

— On verra.

Chris prend le volant avec l'intention de rentrer chez lui se coucher. Il aspire à l'inconscience, ne serait-ce qu'un moment, parce que l'état de conscience lui est assez pénible.

J'ai foutu en rogne mon lieutenant, j'ai foutu en rogne les Cambriolages – les dernières personnes au monde que je voulais foutre en rogne – et mes exploits sont devenus viraux. Je vais passer le reste de ma carrière dans une voiture de patrouille, sauf si on me vire avant.

L'infirmière avait raison.

Je suis trop con.

Il saisit son téléphone.

— Je sais que vous aviez proposé un déjeuner, mais vous seriez partante pour un petit déjeuner ?

Elle est partante.

Ils se retrouvent au bien nommé Breakfast Republic, dans University Avenue.

C'est un café lumineux, animé, avec de grandes fenêtres qui donnent sur la rue, des chaises jaunes en bois et des sculptures d'œufs cassés très tendance.

Quand Carolyn arrive, Chris est déjà là, en train de l'attendre poliment près de la porte d'entrée. Le contraire m'aurait étonnée, pense-t-elle.

— Eh bien, c'est une bonne surprise, dit-elle.

Laquelle lui a laissé peu de temps pour choisir une tenue. Il n'était pas question pour elle de se présenter en saharienne version « fille du zoo », mais elle ne voulait pas non plus en faire trop et laisser supposer qu'elle voyait autre chose dans cette rencontre – une invitation à aller plus loin, par exemple – qu'un moyen de lui exprimer sa gratitude.

Carolyn ne va pas abattre cette carte-là la première.

Elle a finalement opté pour un beau chemisier noir en soie sur un jean un peu plus moulant que nécessaire et une paire de sandales. Et elle a renoncé à sa queue-de-cheval professionnelle, préférant laisser ses longs cheveux retomber librement sur ses épaules.

Le zoo exige de son personnel féminin qu'il privilégie une apparence naturelle, sage.

Elle n'en a pas eu envie ce matin. Mais elle ne veut pas non plus donner l'image d'une dévergondée, genre qui vient prendre un petit déjeuner après un plan cul, alors elle a eu la main légère sur le mascara.

— Content que vous ayez pu venir, déclare Chris en lui tenant la porte.

Une nouveauté pour Carolyn. Mister Prof-de-mes-deux ne lui aurait jamais ouvert la porte, considérant qu'il s'agissait d'une attitude condescendante, passive-agressive, destinée à perpétuer la structure de pouvoir masculine. Dans son esprit, il lui aurait manifesté du respect en la laissant l'ouvrir elle-même.

Chris se dirige vers l'hôtesse d'accueil, qui les conduit à une table pour deux près de la fenêtre.

Il lui tire une chaise, constate Carolyn.

Mister Prof-de-mes-deux ne lui aurait jamais tiré une chaise, estimant que c'était un geste condescendant, paternaliste…

— Vous êtes très courtois, observe-t-elle.

Il la regarde d'un air intrigué.

À l'évidence, se dit-elle, il ne comprend même pas pourquoi je m'étonne.

Il va s'asseoir en face d'elle. S'ensuit un moment de silence embarrassé, qu'il est le premier à rompre :

— Je vous aime bien comme ça. Vous êtes jolie.

Bon, c'est peut-être un vrai rendez-vous, finalement, songe Carolyn.

Ou il est juste… poli.

— Et vous, vous ressemblez moins à un raton laveur, réplique-t-elle.

En se faisant l'effet d'une parfaite idiote. « Vous ressemblez moins à un raton laveur », sérieusement ?

— C'est une bonne chose, j'imagine, répond Chris.

— Alors, comment vous sentez-vous ?

— Ça va.

Carolyn le connaît déjà assez pour deviner qu'il faut comprendre : « Je n'ai pas envie d'en parler. » Elle est surprise de trouver ça rafraîchissant. Mister Prof-de-mes-deux voulait toujours parler de tout : sa carrière, ses idées, ses choix vestimentaires, ses peurs, ses angoisses, ses infections des sinus, ses… sentiments.

En fait, je sortais avec une nana.

Ce garçon-là a dégringolé d'un arbre, il vient de finir un service de nuit – et, à en juger par son apparence, ça a dû être houleux –, et tout ce qu'il a à dire, c'est : « Ça va. » Il est stoïque, ce qui est peut-être bon signe. Ou pas. Ça risque de ne pas toujours être facile d'avoir une vraie conversation avec lui quand il rentrera à la maison…

Quand il rentrera *à la maison* ?

Ne t'emballe pas, ma grande.

Par chance, la serveuse choisit ce moment pour leur apporter les cartes.

Chris commande un gratin poulet-mangue-saucisse avec cheddar et oignons, Carolyn choisit des pancakes à l'ananas nappés de crème d'ananas.

— Alors, comment va le boulot ?

Pourquoi faut-il que je commence toutes mes phrases par « Alors » ? Et, s'il te plaît, ne me réponds pas « Ça va ».

Elle est soulagée de l'entendre dire :

— Oh ! il m'est arrivé un truc marrant hier soir.

Et de lui raconter une histoire – oui, c'est vrai, marrante – impliquant Superman et Spartacus.

— Sérieux, vous leur avez dit que vous aviez de la kryptonite ?

Chris hausse les épaules.

— Je ne savais pas quoi faire d'autre.

Leurs plats arrivent.

Carolyn remarque que Chris attend, fourchette en l'air, qu'elle commence à manger, avant d'attaquer lui-même son plat.

Il faut absolument que je rencontre sa mère, songe-t-elle.

Ne… t'emballe… pas.

— C'est bon ? lui demande Chris.

— Délicieux. Mais mon taux de glycémie va en prendre un coup.

— Possible.

Il avale une bouchée de saucisse, puis une gorgée de café.

— Parlez-moi de vous.

Par réflexe, elle réplique :

— Qu'est-ce que vous voulez savoir ?

— Où vous êtes née, où vous êtes allée à l'école, comment vous en êtes arrivée à choisir ce métier, ce que vous aimez faire quand vous ne bossez pas…

Elle se surprend à entamer un monologue, disant qu'elle est originaire de Madison, Wisconsin, qu'elle a obtenu sa licence là-bas puis décidé qu'elle en avait soupé du froid et de la neige jusqu'à, eh bien, la fin de ses jours, qu'elle est allée passer une maîtrise à Stanford puis un doctorat à UCSD et qu'elle a décroché le boulot de ses rêves au zoo. Que ses parents sont tous les deux profs à l'université Wisconsin-Madison, son père de chimie, sa mère de littérature française, qu'elle a une grande sœur, de deux ans son aînée – mariée, des enfants –, et un frère cadet, et que, quand elle ne travaille pas, elle aime bien courir, aller au cinéma ou à la plage, rien d'extraordinaire, en somme – et, à ce stade, elle se rend compte qu'elle parle non-stop depuis au moins dix minutes, qu'il l'écoute avec attention et qu'il en a probablement appris plus sur elle durant ces dix minutes que Mister Prof-de-mes-deux en trois ans.

Elle se sent rougir.

— Désolée. On ne m'arrête plus.

— C'est moi qui vous ai posé la question.

Exact, pense-t-elle.

— Alors… à vous.

— Il n'y a pas grand-chose à dire.

Il hausse de nouveau les épaules.

— Je suis né et j'ai grandi ici, à Tierrasanta. Mon père est ingénieur en informatique, ma mère institutrice en CE2. Des gens bien. J'ai deux sœurs aînées – je suis le bébé de la famille. J'ai fait mes études à SDSU. Je suis flic, j'ai toujours voulu l'être. Voilà, c'est à peu près tout.

— Qu'est-ce qui vous plaît dans ce métier ?

— Tout. Je suis sur le terrain, je bouge, toutes les patrouilles sont différentes, et puis, je crois que j'aime aider les gens.

Carolyn n'en doute pas une seconde.

— Et vous, qu'est-ce qui vous plaît dans votre métier ? demande-t-il.

— J'aime les animaux. Comme ils n'ont pas leur mot à dire, j'estime qu'ils ont besoin de moi. Et ils sont toujours eux-mêmes, ils ne font pas semblant. Vous savez, il m'arrive de penser que je préfère les singes aux humains.

Pourquoi ? se demande-t-elle avec une certaine inquiétude. Parce que les singes ne vous rejettent pas, ne vous trompent pas, et vous offrent un « amour inconditionnel » ? Parce qu'elle a besoin qu'on ait besoin d'elle ? Va-t-elle devenir l'une de ces célibataires mûres qui ne se sentent proches que des animaux ?

— Même s'il leur arrive de me jeter leur caca à la figure, ajoute-t-elle.

— Des humains m'ont fait ça.

— Sérieux ? Merde, alors !

Ils éclatent de rire en même temps.

Ils ont fini leurs assiettes. Bon, se dit Carolyn, s'il s'agissait juste pour lui d'accepter une marque de reconnaissance, ils ne vont pas tarder à se lever et à partir chacun de leur côté.

Carolyn fait signe à la serveuse de lui apporter l'addition mais, quand elle arrive, c'est Chris qui s'en empare.

— C'était censé être une invitation pour vous remercier, souligne-t-elle.

— C'était censé aussi être un déjeuner. Et c'est moi qui ai proposé.

La première pensée de Carolyn est : encore une affirmation passive-agressive de la structure de pouvoir masculine. Puis elle se rappelle que Mister Prof-de-mes-deux n'est pas là pour le faire remarquer et qu'elle ne voit aucune objection à ce qu'il paie l'addition.

— Je peux au moins laisser le pourboire ?

— OK.

— Cinq ?

— Plutôt dix, non ?

Elle pose un billet de dix dollars sur la table, puis repousse sa chaise.

— Eh bien, c'était..., commence-t-elle.

— Oui, c'était sympa.

Sympa, songe-t-elle. Le baiser de la mort. Ce qui est « sympa », c'est d'emmener sa grand-mère à l'Olive Garden ou...

— Ça vous tenterait d'aller à la plage ? ajoute-t-il.

— Pardon ?

— Vous avez dit que vous aimiez aller à la plage. Alors je vous demande si vous avez envie d'y aller.

— Maintenant ?

— C'est une belle journée.

C'est vrai, pense Carolyn.

Une bien belle journée.

Hollis Bamburger est vraiment bête. Bête au point de retourner voir le même fourgue, dans le même parc, pour lui acheter un nouveau flingue.

Du moins, un flingue *d'occasion*.

En espérant qu'il n'a pas été utilisé pour commettre un crime. Hollis est déjà assez angoissé comme ça par ses propres méfaits sans avoir à y rajouter ceux des autres. Il compte sur Montalbo pour lui fournir une arme propre.

Il le rejoint sur le même terrain vague.

— J'ai besoin d'un feu, annonce-t-il.

— Pourquoi t'as mis un col roulé ? lui demande Montalbo. Il fait quarante à l'ombre.

Hollis se creuse la cervelle à toute vitesse.

— Je suis en retard dans mes lessives.

— Tu planques un mouchard là-dessous ?

De nouveau, Hollis se creuse la cervelle.

— Non. Écoute, j'ai besoin d'un feu.

— Je t'en ai déjà vendu un.

— Il m'en faut un autre.

— Comment ça se fait ?

La question a son importance pour Montalbo car, si le premier a servi à faire un coup et qu'il permet aux flics de remonter jusqu'au vendeur, lui-même pourrait bien se retrouver dans la merde à cause d'une connerie de ce *güero*.

Une grosse connerie, c'est certain.

— Je m'en suis débarrassé, avoue Hollis.

— Pourquoi ?

— À ton avis ?

Montalbo est de plus en plus nerveux, parce qu'il est aussi possible que ce *güero* ait été coffré pour une raison quelconque et qu'il ait accepté de balancer un fourgue mexicain dans la négociation. Or, s'il a bien tiré un enseignement de son expérience, c'est que les flics de San Diego n'aiment rien tant qu'alpaguer les fourgues mexicains. À sa connaissance, ils figurent dans le trio de tête sur la liste de leurs préférences :

Les donuts Krispy Kreme
Les dealers de came mexicains
Les fourgues mexicains

— Je peux pas t'aider, conclut-il. Dis aux flics que j'ai rien à vendre.

— Allez, vieux.

— Tire-toi avant que je te casse la gueule.

Hollis jette un coup d'œil autour de lui et s'aperçoit que les potes du Mexicain commencent à leur tourner autour comme des loups, un comportement qui lui est devenu familier dans la cour à Chino. Ça lui fait peur, mais pas autant que de rentrer au motel sans arme.

Lee ne gère pas bien la frustration.

Hollis, qui se creuse encore la cervelle à toute vitesse, a soudain une idée de génie.

— Je te filerai une part du gâteau.

— Grosse comment ? demande Montalbo.

Parce qu'il a des besoins conflictuels – il a besoin de rester en liberté, mais il a aussi besoin de cash. Il ne peut pas s'empêcher de tenter la chance, ou plutôt la malchance, au jeu, et il doit du fric à Victor Lopez, un usurier vorace à la patience limitée. Sa dette se monte à deux mille dollars, mais quelques centaines dans un premier temps devraient lui permettre de s'acheter plus de patience.

— Dix pour cent, annonce Hollis.

— Je peux t'avoir un S&W 39 automatique.

— C'est plus vieux que le monde, ce truc-là.

— Tu le veux ou pas ?

— Combien ?

— Cinq cents.

Ça ne vaut pas plus de deux cent cinquante.

— Je t'en donne trois cents, déclare Hollis.

S'il paye le flingue cinq cents, ils auront fait leur dernier coup à perte, et ça ne plaira pas à Lee, qui va déjà lui en vouloir pour la part accordée à Montalbo.

Lee a une tolérance limitée à la contrariété.

Mais Hollis trouve la solution : il réglera Montalbo sur sa part.

— Quatre cents, décrète ce dernier. Plus dix pour cent. C'est mon dernier mot.

— Il est propre ?

— Autant que *la chocha* d'une bonne sœur, répond Montalbo.

À vrai dire, il n'en a aucune idée. Pour autant qu'il le sache, le pétard aurait pu servir à assassiner Lincoln.

— File-moi ton numéro, ajoute-t-il. Je t'enverrai un SMS quand j'aurai la marchandise.

— Et pour les munitions ?

— T'as acheté un flingue. Personne a parlé de munitions.

— Qu'est-ce que tu veux que je fasse d'un flingue sans munitions ?

— Pas grand-chose, je dirais.

Hollis soupire.

— Combien ?

— Dix dollars, pièce.

— C'est du vol.

— Ben vas-y, fais un braquage sans balles. Tu verras bien ce que ça donne.

Hollis réfléchit. À vrai dire, il a déjà fait des braquages sans balles, parce que, en général, la seule vue d'un feu suffit à convaincre l'employé d'ouvrir la caisse.

Lee ne partage pas cette philosophie.

« Y a que dans *L'Inspecteur Harry* qu'on peut s'en tirer avec un flingue à vide. »

Hollis donne son numéro à Montalbo.

Chris prend une profonde inspiration puis s'oblige à entrer au siège de la police dans Broadway.

Il n'est toujours pas sûr que ce soit une bonne idée.

Carolyn, si.

C'était d'ailleurs son idée.

À sa grande surprise, ils ont passé tout l'après-midi à se promener sur Pacific Beach, et il lui a confié ses problèmes de boulot.

« Pourquoi les gars des Cambriolages ne seraient-ils pas contents que vous ayez résolu une affaire de… cambriolage ? a-t-elle demandé.

— Parce que c'est leur job. Et que j'ai donné une mauvaise image d'eux, j'imagine. C'est un peu comme si vous… je ne sais pas, si vous débarquiez chez vos collègues dans le secteur des reptiles et que trouviez la solution d'un problème avec un boa constrictor.

— C'est vrai, ça ne leur plairait pas.

— Vous voyez ? Le plus emmerdant, c'est que c'est la brigade que j'aimerais vraiment intégrer, sauf que maintenant ils m'en veulent à mort.

— Allez leur parler.

— Ça ne marche pas comme ça. On se parle quand on nous en donne l'ordre.

— Et ça, ça marche ? »

Moyen, il devait bien l'avouer. Tout comme il devait bien s'avouer qu'il commençait à en pincer pour Carolyn Voight. Vive, jolie et… sympa. Mais peut-être qu'elle se montre sympa seulement parce que j'ai essayé de sauver son chimpanzé, vu qu'elle a un doctorat et qu'elle est sans doute beaucoup trop intelligente pour sortir avec un flic. Elle m'a accompagné à la plage juste pour se faire pardonner mon nez cassé.

En fin d'après-midi, il mourait d'envie de proposer de poursuivre la soirée ensemble, mais il a eu peur qu'elle n'accepte par pitié.

Alors il n'a rien dit.

En attendant, il a tout de même décidé de suivre son conseil et d'aller parler à Lubesnick. Elle a raison : qu'est-ce qu'il a à perdre ?

Il montre son badge à l'accueil, se dirige vers la brigade des Cambriolages et demande à la secrétaire :

— Lou Lubesnick est là ?

Elle lui sourit.

— C'est de la part de… ?

— Agent Shea. Christopher Shea.

— D'accord, agent Christopher Shea. Je vais voir s'il est disponible.

Au même moment, la porte s'ouvre, livrant passage à Lubesnick.

— Vous, je vous connais, dit-il en voyant Chris.

— Oui, monsieur.

— Mais d'où ?

— On s'est rencontrés, hum, à Balboa Park.

Le lieutenant le dévisage un instant, puis se fend d'un grand sourire de guingois.

— L'Homme-Singe ! s'exclame-t-il. Hé, tout le monde, on a une célébrité parmi nous !

Quelques enquêteurs délaissent leur tâche pour adresser au visiteur un sourire moqueur ou froncer les sourcils. Chris se sent rougir. Ce sont ces mêmes gars avec lesquels il espère travailler un jour.

— En fait, ce n'est pas de ça que je voulais vous parler, monsieur, s'entend-il dire.

— OK, suivez-moi, déclare Lubesnick, qui se penche vers la secrétaire et lui glisse, *sotto voce* : Dans deux minutes, vous me téléphonez en prétextant que je dois prendre un appel.

— Pas de problème, Lou.

Lubesnick emmène Chris dans son bureau, où il l'invite d'un geste à s'asseoir.

— Alors ?

— C'est à propos du braqueur que j'ai arrêté l'autre jour, dit Chris. Je voudrais m'excuser. Je suis allé trop loin.

— Vous regardez le foot, agent Shea ?

— Je regardais, avant que les Chargers s'en aillent.

— Donc, vous savez ce qui se passe quand un arrière défensif sort de sa zone pour pénétrer dans celle d'un autre arrière défensif. L'équipe adverse marque un *touchdown*. Si vous faites notre boulot, qu'est-ce qu'on va devenir ? On se retrouvera au chômage.

— Je comprends, monsieur.

Lubesnick le considère un long moment.

— Entre nous, vous avez plutôt bien géré le suspect. Vous avez du métier. D'après Brown, vous comptez demander les Cambriolages pour votre prochain transfert ?

— Oui, j'aimerais beaucoup rejoindre votre équipe, monsieur.

— Et vous pensez que nous ridiculiser est le meilleur moyen d'y parvenir ?

— Je n'essayais pas de ridiculiser qui que ce soit, monsieur.

— Comme vous n'avez pas essayé de dégringoler de cet arbre ? Ni de nous faire une démonstration de catch dans le Lamp ? Hé oui, je vous ai à l'œil, Shea.

Ce qui pourrait être une bonne ou une mauvaise nouvelle, pense Chris. Une bonne s'il voit en moi un éventuel talent à recruter, une mauvaise s'il me surveille pour s'assurer qu'il ne me recrutera jamais.

L'Interphone bourdonne.

— Lou ? Vous avez un...

Lubesnick adresse un clin d'œil à Chris.

— Ellen, dites à mon prétendu correspondant que je prétendrai le rappeler plus tard.

— Ça roule, chef, réplique Ellen. Je vais prendre son prétendu numéro.

Le lieutenant relâche la touche avant de s'adresser de nouveau à Chris :

— Bon, je transmettrai vos excuses sincères à la brigade et je veillerai à ce que mes hommes sachent que vous ne cherchiez pas à leur nuire. En tout cas, j'apprécie votre démarche, ça m'a prouvé quelque chose. Maintenant, partez.

Chris se lève.

— Merci, monsieur.

— Vous savez qu'il reste une question sans réponse ? D'où venait ce revolver ?

Chris sort de la brigade, conscient des regards amusés dans son dos.

Mais il pense surtout à Lubesnick. Qu'a-t-il essayé de lui dire ? De remonter la piste du flingue ou de ne *pas* la remonter ? C'est ambigu, parce qu'il a clairement entendu le lieutenant lui recommander de rester dans sa file.

D'accord, songe Chris, sauf qu'elle ne mène pas là où je voudrais aller. Et peut-être que Lou Lubesnick m'a suggéré de prendre celle qui y conduit.

Carolyn est de mauvais poil.

Et s'en veut d'être de mauvais poil.

Parce que Christopher Shea l'a déposée chez elle, l'a remerciée pour l'agréable après-midi et n'a pas demandé à la revoir.

Elle a ensuite passé toute la soirée – encore un samedi soir en tête à tête avec Netflix et son assiette – à ruminer, puis elle s'est douchée et couchée (à 11 heures, bonté divine !) et s'est réveillée le lendemain matin de mauvais poil.

Elle l'est restée toute la longue journée du dimanche.

Y compris pendant qu'elle regardait *90 Day Fiancé* (peut-être qu'elle devrait se chercher un beau prince nigérian).

Le lundi matin, quand elle est partie au boulot, elle avait opéré la transition subtile, mais importante, consistant à s'en vouloir plutôt qu'à en vouloir à Chris Shea.

De toute façon, quelle importance ? se demande-t-elle.

Si je ne l'intéresse pas, il ne m'intéresse pas non plus.

Pour qui se prend-il ?

D'abord, il n'est pas doué pour grimper aux arbres. Et puis, si ça se trouve, il embrasse mal. En se rendant compte qu'elle recommence à s'emporter contre Chris Shea, elle se force à ramener ses pensées négatives sur leur objet légitime.

Qu'est-ce que j'ai fait ? Ou qu'est-ce que je n'ai pas fait ?

J'ai parlé de moi, je l'ai laissé parler de lui (il m'a vidé son sac professionnel, nom d'un chien !), j'étais charmante comme tout sur cette plage, et je croyais avoir été claire sur les raisons de ma présence.

Qu'est-ce qu'il veut que je n'ai pas ?

— Qu'est-ce qui cloche chez moi ? dit-elle à voix haute.

Champ n'a pas la réponse.

Mais il lui tend quand même la main.

Le revolver, apprend Chris, appartient à un bon citoyen qui a un permis de port d'arme, et il a été volé lors d'un cambriolage que ledit bon citoyen a dûment signalé à la police.

Une impasse.

Chris fait un saut au labo, où il se heurte à une certaine réticence chez la technicienne de service, étonnée qu'un patrouilleur en uniforme vienne lui poser toutes ces questions. Par chance, elle reconnaît l'Homme-Singe, le prend en pitié et lui montre les résultats des tests.

— Vous êtes le premier à vous en préoccuper, révèle-t-elle.

Il s'agit d'un Colt Cobra Special calibre 38, double action, avec une crosse Hogue Overmold.

Laquelle ne comporte que les empreintes de Champion.

Alors Chris opte pour une approche différente : que s'est-il passé dans les environs du zoo ce soir-là ?

Il se rend au service informatique et demande un tirage papier des appels reçus par la Central Division avant l'alerte Champion.

— Vous êtes envoyé par un inspecteur ? interroge Schneider, l'agent responsable des bases de données.

— Non.

— Alors ce n'est pas possible, à moins que vous ne soyez l'officier responsable d'une enquête en cours. Mais vous êtes patrouilleur, hein ?

— Et si c'était Lubesnick qui m'avait envoyé ?

— C'est lui ?

— Vous voulez l'appeler pour vérifier ?

C'est un coup de bluff qui pourrait lui coûter cher, Chris en a bien conscience. Si Schneider appelle les Cambriolages et que Lubesnick répond « C'est quoi ce bordel ? », la carrière de l'agent Shea sera torpillée.

Il est néanmoins prêt à parier que Schneider n'appellera pas, parce qu'il aura trop peur de se faire passer un savon par le lieutenant au cas où ce serait vrai.

— Central Division, c'est ça ? marmonne Schneider.

— C'est ça.

Quelques minutes plus tard, Chris examine le relevé de tous les appels radio reçus par la Central Division avant que Champ se croie dans *Scarface.* Deux situations de violences conjugales, un exhibitionniste à Balboa Park, l'inévitable rixe dans le Lamp, mais rien à propos d'un braquage à main armée ou d'un flingue.

C'était peut-être bien un militant de la cause animale, finalement, se dit Chris.

Puis il réfléchit. Balboa Park constitue la frontière la plus à l'est de la Central Division.

Il jouxte la Mid City Division.

S'il s'était passé quelque chose, mettons, à North Park, le suspect aurait pu foncer à Balboa.

— Et pour Mid City ? demande-t-il à Schneider.

La question lui vaut d'abord le profond soupir de ceux dont on abuse, ensuite un tirage des appels reçus à Mid City.

Et là, bingo.

Du moins, ça pourrait être ça, pense Chris. Un magasin de vins et spiritueux au croisement de la 30e et d'Utah Street braqué sous la menace d'une arme une heure et demie avant que lui-même intervienne pour Champ. À environ huit cents mètres de la bordure orientale du parc.

D'après le relevé, deux agents ont répondu – Herrera et Forsythe – mais, le temps qu'ils arrivent, le suspect avait filé.

Le dossier est toujours en cours.

Les Cambriolages ont dû le reprendre. Quoi qu'il en soit, il n'y a pas eu d'arrestation jusque-là.

Le relevé des appels radio n'indiquera pas comment l'enquête a progressé depuis – ces informations-là ne seront disponibles qu'aux Cambriolages, et Chris n'a pas le cran d'y retourner. Il trouve néanmoins curieux que personne ne se soit penché sur la piste du flingue.

Ou ne se soit renseigné sur les empreintes.

Il pense avoir l'explication : l'histoire de Champ est tellement embarrassante pour la police que tout le monde préfère laisser les choses se tasser.

Pourtant, Lubesnick m'a bel et bien donné un coup de coude, se dit-il.

Pourquoi à moi et pas à ses hommes ?

Il n'est pas de service le lendemain, alors il attend l'heure de la patrouille de nuit et se rend à Mid City.

Chris trouve Forsythe près de son casier dans le vestiaire, en train de s'équiper.

— Agent Forsythe ? Chris Shea, Central Division.

— Je sais qui vous êtes. Le type du singe. Qu'est-ce que je peux faire pour vous ?

— Vous êtes intervenu sur un braquage dans la 30e l'autre soir.

— Et ?

— Je peux vous demander ce qui s'est passé ?

— Pas grand-chose. J'ai répondu à l'appel. Herrera s'est pointé une seconde plus tard. Le braqueur a menacé l'employé avec un couteau, l'employé lui a remis le cash. On a fouillé le quartier sans retrouver le type. On a transmis le dossier aux Cambriolages.

— Un couteau ? s'étonne Chris. L'appel radio a signalé une arme de poing.

— Non, réplique Forsythe. L'employé a pensé qu'on arriverait plus vite s'il parlait d'un flingue. Vous connaissez le truc.

C'est vrai. Les gens ont tendance à en rajouter quand ils appellent, persuadés que les flics se présenteront plus rapidement.

— Pourquoi vous êtes venu m'interroger, au fait ? reprend Forsythe. Vous avez quelque chose sur le braqueur ? Il est impliqué dans une autre affaire ?

— Non.

— Je veux dire, vous êtes patrouilleur, non ? Alors ? Vous avez un intérêt personnel dans cette enquête ?

Il semble bien décidé à enfoncer une porte ouverte, songe Chris.

— Non, simple curiosité. J'habite le quartier.

C'est de la foutaise, et Forsythe le sait.

— Vous voulez bien rendre service à tout le monde, Shea, y compris à vous ? Ne soyez pas curieux.

— Non ?

— Non. Retournez à Central, cavalez après les singes ou faites ce que vous avez à faire là-bas, mais ne venez pas fourrer votre nez à Mid City, où il n'a pas sa place. Ne le prenez pas mal, hein ?

— Pas du tout.

Mais Chris décide d'aller au magasin de spiritueux s'entretenir avec l'employé.

— Ben évidemment que c'était une arme à feu, affirme l'employé, un type châtain d'une cinquantaine d'années. Vous croyez que je sais pas faire la différence entre un couteau et un flingue ?

— Non, je...

— Je vais même vous dire un truc : c'était un Colt Cobra Special calibre 38.

L'arme que Champ brandissait, donc.

— Un automatique, c'est ça ? demande Chris.

L'employé lui jette un coup d'œil méprisant.

— Quel genre de flic vous êtes ? Le Colt Cobra Special calibre 38 est un revolver. Double action. Canon de cinq centimètres, crosse Hogue Overmold. Je possède des armes.

— Je m'en doutais.

— J'en ai une juste là, sous l'étagère. Un Glock 9 mm. Alors, vous imaginez que je me laisserais braquer avec un couteau ? Si je l'ai pas sorti, c'est juste parce que ce type m'est tombé dessus par surprise.

— Vous pourriez me décrire le suspect ?

— Comment ça, le « suspect » ? C'est pas un « suspect ». Il a fait le coup.

— Vous pourriez quand même me le décrire ?

— J'ai déjà tout dit à vos collègues. Vous vous parlez pas, entre vous ?

Faut croire que non, répond Chris dans sa tête.

— Blanc. Environ un mètre soixante-dix. Cheveux bruns, en brosse. Chemise hawaïenne, jean et Keds. Ça vous intéresse, les signes distinctifs ?

— Bien sûr.

— Un tatouage dans le cou. « HOL ».

— Hol ? répète Chris.

— C'est tout ce qui dépassait de son col.

— Et ça aussi, vous l'avez dit à mes collègues ?

— Oui.

— Vous leur avez donné des précisions sur l'arme ?

Il connaît déjà la réponse : ce gars n'était que trop heureux de partager ses connaissances.

— Sûr.

— Et les deux agents ont pris votre déposition…

— Quand ils sont revenus.

— Hein ?

— Après avoir poursuivi le voleur. Je veux dire, il sortait quand ils sont arrivés. Il a détalé, et vos collègues lui ont couru après. Pour être franc, je pensais vraiment qu'ils le rattraperaient.

Eux aussi, sans doute, songe Chris.

Quoi qu'il en soit, l'arme qui s'est retrouvée dans la main (patte ?) de Champ provenait bien de ce hold-up.

La première question, c'est comment elle a atterri dans son enclos.

L'autre, c'est pourquoi Forsythe a prétendu que c'était un couteau.

Au début de sa patrouille suivante, Chris se dirige vers sa voiture de service quand le sergent Villa s'approche de lui.

— Qu'est-ce que vous foutiez à Mid City ?

— Forsythe vous a prévenu ?

— Non, c'est Herrera. On était à l'Eastern Division ensemble. C'est un brave type. Forsythe aussi.

— Sergent…

— Quoi que vous ayez à dire, ne le dites pas. Ne le dites à personne.

Le sergent vient de lui ordonner de la boucler, alors Chris la boucle.

— Vous êtes un type bien, Shea. Un bon flic. Ne jouez pas au con.

Super, pense Chris en montant dans sa voiture. Mon sergent me dit un truc, un lieutenant un autre. Villa a le pouvoir de me pourrir la vie dans mon boulot actuel. Lubesnick a celui de s'assurer que je n'en décrocherai jamais un nouveau.

En attendant, il n'a toujours pas réussi à retracer le parcours de cette arme, et il est probable qu'il n'y parviendra pas. Les Cambriolages ne partageront pas leurs informations et ne paraissent même pas se préoccuper de l'affaire. Herrera et

Forsythe ne se dénonceront pas, le suspect a joué les filles de l'air et ce n'est pas Champ qui témoignera.

Et il semblerait que ma hiérarchie préfère laisser tomber.

Alors, laisse tomber, songe Chris.

Sauf que c'est plus fort que lui.

Lubesnick décroche après que Chris lui a laissé huit messages téléphoniques.

— Qu'est-ce que vous avez à m'emmerder comme ça, l'Homme-Singe ?

— J'ai besoin de voir le dossier des Cambriolages sur un hold-up.

— Pourquoi ?

— Vous vous interrogiez sur une arme, non ?

Il donne l'adresse du magasin à Lubesnick.

Un silence, puis celui-ci reprend la parole :

— Je vous rappellerai.

Ce qu'il fait environ cinq minutes plus tard, au léger étonnement de Chris.

— C'est l'affaire de l'inspecteur Geary, annonce Lubesnick. Un excellent enquêteur.

— Je n'en doute pas, monsieur, mais…

— Tout ce que vous direz après ce « mais » signifiera que tout ce que vous avez raconté avant est de la connerie. En attendant… si vous voulez passer et jeter un coup d'œil…

— Je crois préférable de voir le dossier sans que l'inspecteur Geary et les autres le sachent.

— Vous me demandez de la faire à l'envers à mes gars, c'est ça ?

— Je veux juste répondre à votre question à propos de l'arme.

Un autre silence, puis :

— Vous vous souvenez de ma secrétaire, Ellen ? Retrouvez-la au Starbucks, au croisement de Broadway et de Kettner, dans une heure. Ne la faites pas attendre.

— Merci, monsieur.

— Ne me remerciez pas. Si vous me foutez dedans, je coulerai votre carrière façon James Cameron.

Chris fonce au Starbucks. Il est déjà à l'intérieur quand Ellen entre, le voit et lui tend une chemise cartonnée.

— Asseyez-vous et lisez, dit-elle.

— Et après ?

— Vous me le rendrez. Vous avez dix minutes.

Elle se dirige vers le comptoir et commande un café *latte*. Sans proposer à Chris de lui rapporter quelque chose.

Il ne lui faut pas dix minutes pour parcourir le dossier. Il n'est pas épais et ne lui apprend rien qu'il ne sache déjà. Y figurent des passages du rapport de Forsythe concernant son arrivée sur les lieux et le témoignage de l'employé disant qu'il a été dévalisé sous la menace d'un couteau. Le document précise que le suspect s'était déjà enfui au moment de l'intervention, et que Forsythe et Herrera ont procédé à une fouille du quartier – sans succès.

L'inspecteur Geary n'a pas d'autres pistes.

Donc, songe Chris en rendant le dossier à Ellen, Geary a conspiré avec les deux flics de Mid City pour couvrir la vérité sur ce qui s'est réellement passé. Et Lubesnick veut que je réponde à des questions qu'il ne peut pas poser à ses hommes.

— Vous êtes bien conscient que cette rencontre n'a jamais eu lieu, déclare Ellen.

— Oui. Je peux vous demander un truc ?

— Allez-y toujours.

— Où était Geary avant d'intégrer les Cambriolages ?

— À Eastern, je crois.

Conclusion, les anciens de l'Eastern Division se sont serré les coudes pour dissimuler ce que Herrera a fait – ou pas – ce soir-là, se dit Chris. Et ma seule chance de découvrir de quoi il retourne consiste à mettre la main sur un type qui a les lettres « HOL » tatouées dans le cou.

Comment je vais me démerder ?

Richard Holder, heureux sans le savoir de se retrouver derrière les barreaux, est heureux tout court d'avoir un visiteur.

Jusqu'à ce qu'il apprenne qu'il s'agit d'un flic.

— Qu'est-ce que vous voulez ? lance-t-il à Chris.

— T'aider.

— C'est ce que les flics disent toujours. M'aider comment ?

— Qui t'a vendu l'arme ? demande Chris. Le petit AMT calibre 22.

— Un bon flingue, observe Richard.

— Oui, si on veut braquer un moineau. Bon, tu l'as eu où ?

Richard secoue la tête.

— Les balances récoltent des balafres.

Celle-là, Chris l'a déjà entendue une bonne centaine de fois, si bien qu'il a une réponse toute prête. En temps normal il répliquerait : « Les balances récoltent aussi des remises de peine », mais avec un récidiviste comme Richard il se contente de :

— Il arrive que les balances puissent choisir où elles séjournent.

Une remarque qui éveille l'intérêt de Richard.

— Vous pourriez faire ça ? M'obtenir Donovan ?

Bon, Richard doit avoir des copains là-bas, peut-être même un petit copain. Pour lui, ce sera comme rentrer à la maison.

— Voilà ce que je pourrais faire, dit Chris. Je pourrais envoyer un mémo au juge recommandant que tu purges ta peine à Donovan. Ou… je pourrais écrire une lettre différente, pour demander qu'un récidiviste dans ton genre soit envoyé à Q.

San Quentin.

Chris voit une lueur d'inquiétude briller dans le regard de Richard.

— Vous m'obtenez Donovan, et je vous donnerai le fourgue.

— Non, je le veux maintenant.

— Comment je peux être sûr que vous allez pas m'entuber ?

— Je t'ai filé de la vodka, tu te rappelles ? Chris, qui le sent prêt à céder, accentue la pression : .

— Écoute, on sait tous les deux que tu vas plaider coupable pour éviter un procès, vu que t'as déjà avoué et qu'on a l'arme avec tes empreintes dessus. T'iras en taule, de toute façon, alors autant te faire plaisir.

— Je connais pas son nom.

— T'as une adresse ? Une description ?

Un terrain vague près de la 32e, lui dit Richard. Un grand Mexicain baraqué d'une trentaine d'années, avec un bouc, des tatouages de gang sur les bras et une casquette des Raiders.

— Les Raiders, pfff ! ricane Richard.

— Ben, les Chargers sont partis.

— Ça m'a fendu le cœur.

— À moi aussi, reconnaît Chris. Bon, encore une chose. Durant tes différents déplacements dans le système carcéral, est-ce que t'aurais croisé un Blanc, environ un mètre soixante-dix, avec les lettres « HOL » tatouées dans le cou ?

— Vous voulez parler de Hollis ?

Chris hausse les épaules.

— Possible.

— C'est lui, affirme Richard. Hollis Bamburger. Bien sûr, je l'ai connu à Chino.

— C'est « b*e*rger » ou « b*u*rger » ?

— Un « u », je crois.

— Et ce Bamburger, il pourrait connaître le Mexicain de la 32e ?

— Tout le monde connaît le Mexicain de la 32e.

Ah, OK, songe Chris.

— T'aurais autre chose à me dire sur ce Hollis Bamburger ? demande-t-il.

Richard s'esclaffe.

— C'est un crétin de première.

Une affirmation qui, venant de Richard-je-portais-une-cagoule Holder, ne manque pas de piquant.

On ne peut qu'aimer ces types-là.

Chris prend sa voiture personnelle pour se rendre aux abords du terrain vague près de la 32e Rue. À son arrivée, il repère les membres d'un gang latino.

Eux le repèrent aussi.

Peu importe qu'il soit en civil dans son propre véhicule, ils savent tout de suite que c'est un flic.

Rien ne vaut l'expérience.

Ils le défient tous du regard, surtout un – un grand balèze avec un bouc, une casquette des Raiders et des tatouages sur les bras.

Chris sort, écarte les mains, genre « Je ne suis pas là en ennemi », et s'approche de lui.

— Je viens parler, c'est tout.

— De quoi ? réplique l'autre. De la météo ? Elle craint. Des Padres ? Ils craignent. De ta frangine ? Elle craint pas ma bite en tout cas.

— Pourquoi pas d'un gars qui a les lettres « HOL » tatouées dans le cou ?

La question fait mouche.

Le balèze est fort en gueule, mais ses yeux le trahissent.

Et il le sait.

— Qu'est-ce que tu lui veux ?

— Est-ce que tu lui as vendu une arme ? Un Colt Special ?

— Tu crois vraiment que je vais te le dire ?

— Écoute, j'ai déjà un tuyau sur lui. Si je le trouve sans ton aide, je l'amène à te balancer et tu l'auras bien profond dans le cul. Mais si je le coince avec ton aide, il est possible que tu me sortes de la tête.

— Je suis pas un *dedo.*

Une balance.

Chris se rend compte qu'il est sincère. Sa menace va rester sans effet.

— C'est quoi, ton nom ? demande-t-il.

Comme l'autre refuse de répondre, il ajoute :

— Allez, tu ne veux pas nous faciliter la vie à tous les deux ? Va falloir que j'invente un prétexte bidon pour te coffrer et te forcer à me le dire ?

— Putains de flics.

— Alors ?

— Montalbo. Ric.

— Moi, c'est Chris Shea. Agent Chris Shea.

— T'es pas inspecteur ?

— Pas encore. Bon, Ric, on peut parler affaires ?

Montalbo le regarde encore quelques secondes, puis déclare :

— Le matin, quand je me lève, je me pose toujours la même question. Tu veux savoir ce que c'est ?

— J'ai hâte.

— « Qu'est-ce que les autres peuvent faire pour moi ? » Alors, qu'est-ce que tu peux faire pour moi, Christopher ?

— Je suis open.

De fait, Montalbo a une idée.

Qui le frappe avec la force d'une révélation.

La solution à tous ses problèmes.

— Y a ce mec, Lopez… Si tu le serres dans sa bagnole, t'es sûr qu'y aura une sacrée quantité d'*hierba* dans le coffre.

— Tu lui dois du fric ou il a sauté ta copine ?

— Du fric. Ma copine est la meuf la plus heureuse d'Amérique.

— T'as une adresse pour Hollis Bamburger ?

— J'ai même mieux que ça.

Chris note les informations qu'il lui donne sur Lopez.

Puis Montalbo lui coule un drôle de regard.

— Hé, mais je te connais.

— Je ne crois pas.

Large sourire.

— T'es le flic du chimpanzé.

— Non, pas du tout.

— Oh si. T'es le type du singe.

Chris est peut-être le type du singe, mais il n'est pas idiot. Il ne va pas commettre deux fois la même erreur en s'occupant d'une affaire qui n'est pas de son ressort.

Il appelle un copain qu'il a connu au lycée – il était en terminale quand lui-même était en seconde, ils jouaient ensemble au base-ball – et qui a intégré les Stups.

— Un flag, ça t'intéresse ? demande-t-il.

— Toujours, répond son ami. J'ai le boss sur le dos.

Chris lui transmet les infos dont il dispose sur Victor Lopez, la marque de sa voiture, le numéro d'immatriculation, les lieux qu'il fréquente – la totale. Comme ce sera la cinquième arrestation de Lopez, la caution sera trop élevée pour qu'il puisse la payer. Il est évident que Montalbo compte là-dessus.

— Merci, Chris, dit son ami. Comment je peux te renvoyer l'ascenseur ?

— Appelle-moi quand tu l'auras coffré.

— C'est comme si c'était fait.

Pas encore, pense Chris.
Mais on n'en est peut-être pas loin.

Hollis reçoit un SMS :

J'AI TON COLIS. RV À 10 HEURES CE SOIR.

Il répond : SUPER. MÊME ENDROIT ?

Réponse : NON. PARKING DU ZOO.

OK.

Montalbo se tourne vers Chris.
— Satisfait ?
— Pas encore, dit Chris.

Chris est partagé.

Il sait qu'il devrait se pointer aux Cambriolages pour leur refiler ce flag potentiel.

Une opération de ce genre, impliquant une vente d'arme entre criminels de carrière, requiert en principe des effectifs importants : infiltrés, renforts, peut-être même le SWAT. Ça va à l'encontre de toutes les procédures d'agir en solo, sans plan tactique ni autorisation d'un supérieur.

Mais avertir maintenant les hommes de Lubesnick pose un certain nombre de problèmes.

D'abord, Chris doit bien admettre qu'il est en train de faire exactement ce qu'on lui a ordonné de ne pas faire : marcher sur les plates-bandes des Cambriolages. Il a regardé des dossiers qu'il n'était pas censé voir, interrogé des témoins à qui il n'était pas censé parler, proposé à un détenu un marché qu'il n'avait pas le droit de lui proposer (à vrai dire, il n'avait même pas le droit de lui rendre visite), puis négocié avec un criminel pour organiser l'arrestation d'un autre, en échange de son aide pour en piéger un troisième au cours d'une opération qu'il ne devrait pas mener.

C'est le premier point.

Le deuxième, c'est qu'il serait contraint de mettre au courant l'inspecteur Geary, qui tente de couvrir un truc que lui-même tente de découvrir.

Non, il ne peut rien en sortir de bon.

Reste toujours la possibilité de prévenir Lubesnick, qui pourrait court-circuiter Geary et rassembler les effectifs nécessaires à l'arrestation de Hollis, mais Chris n'est pas sûr que le lieutenant veuille s'impliquer, à moins qu'on ne lui serve l'affaire sur un plateau.

L'autre solution serait de tout gérer en interne, à la Central Division.

Mais, dans ce cas, il serait obligé d'en référer à Villa.

Qui ne serait pas heureux.

Ou alors, il pourrait passer par-dessus Villa et aller trouver le lieutenant Brown, qui lui a déjà conseillé de disparaître des écrans radar et ne serait sûrement pas heureux non plus de voir le fiasco Champ le chimpanzé refaire surface.

De toute façon, Lubesnick ne veut pas que je prévienne mes supérieurs, se dit Chris.

Et je n'en ai pas envie non plus.

C'est moi qui ai déclenché ça, j'irai jusqu'au bout.

D'autant qu'il s'agit de débarrasser les rues d'un braqueur armé. Ce qui, après tout, est le boulot pour lequel on me paie.

Alors, à 21 h 45 ce soir-là, il se gare dans un coin sur le parking du zoo.

Lee roule vers le zoo.

— Vas-y, dis-moi tout.

— Je t'ai déjà tout dit, déclare Hollis.

— Recommence.

Hollis soupire.

— Je file le fric au Mexicain. Il me file le flingue. Je le braque sur lui pour récupérer le fric.

C'est juste génial, pense Lee, de se servir du flingue que le fourgue vient de nous vendre pour lui faucher le fric qu'on vient de lui donner pour l'acheter. Il ne connaît pas le sens du mot « symétrie » (ni celui du mot « ironie »), mais son inconscient apprécie le concept.

Hollis n'est pas aussi emballé.

— Tu sais quand même qu'on pourra plus lui en racheter d'autres après.

— C'était déjà une connerie de *retourner* le voir.

Et, de toute façon, on l'emmerde, songe Lee. Nous faire cracher quatre cents dollars plus un pourcentage pour une pétoire comme un S&W 39... Il nous a bien entubés, il mérite d'être entubé à son tour. C'est une question de justice.

Lee croit en la justice.

Et en la règle d'or.

Ils ne font que faire au Mexicain ce que le Mexicain leur a fait.

Mais il voit bien que Hollis a la frousse. D'abord, parce que son pied tressaute comme un lapin défoncé à la meth, ensuite, parce que Hollis a toujours la frousse.

— T'inquiète, dit-il, je couvre tes arrières.

— Je sais.

La réponse de Hollis manque cependant de conviction.

— J'ai toujours couvert tes arrières, pas vrai ? lance Lee, une nouvelle fois sans la moindre conscience de l'ironie du propos.

Exact, pense Hollis.

Dans la cour à Chino, si un mec autre que Lee voulait me dérouiller, Lee le dérouillait.

Si un mec autre que Lee voulait faire de moi sa copine, Lee le dérouillait.

Lee a toujours couvert mes arrières.

Celui-ci en est tout ému. Il devient sentimental au point d'en avoir les larmes aux yeux.

— T'es mon frangin, Hollis. Je t'aime. Quoi qu'il arrive, je serai toujours là pour toi. Si ce fils de pute essaie de s'en prendre à toi, je m'occuperai de lui.

Comment ? s'interroge Hollis. Lee n'a pas d'arme.

Il le fait remarquer.

Lee réfléchit une seconde. Fronce les sourcils. Puis son visage s'éclaire.

— Je serai dans la bagnole, pas vrai ? S'il tente un truc, tu t'écartes et je l'écrabouille. Voilà, te tracasse pas. Tout ira bien.

Mais Hollis continue de se tracasser.

Merde, il n'est pas débile.

Chris se tasse derrière le volant quand Montalbo s'engage sur le parking dans un pick-up Toyota blanc.

Le Mexicain descend, puis s'adosse à sa portière.

Une minute plus tard, une Nissan Sentra, dont la jante avant gauche est voilée, va se garer sur le parking à environ cinq mètres de Montalbo.

Chris voit celui qu'il pense être Hollis Bamburger sortir côté passager et contourner la voiture. Il voit aussi une chose à laquelle il n'avait pas songé – un autre type est au volant –, et se sent complètement idiot, parce qu'il va être obligé d'appréhender deux gars au lieu d'un, et qu'il n'a pas de renforts.

Il se demande qui, de Hollis ou de lui, est le plus crétin des deux.

En même temps, il n'est pas trop tard pour ne rien faire.

Pas trop tard pour s'en aller, tout simplement, et refiler le bébé aux Cambriolages ou juste l'oublier.

Sauf que, si Hollis et son complice achètent un flingue, c'est bien pour une raison, laquelle est probablement un braquage. Et cette fois, il pourrait y avoir des blessés.

Tu n'as pas le droit de laisser tomber, songe Chris.

Tu t'es fourré là-dedans tout seul, maintenant tu vas jusqu'au bout.

Son père ne lui a jamais infligé qu'un prêche : « Finis ce que tu commences. »

Alors il loge son arme dans sa main droite et pose la gauche sur la poignée de la portière, prêt à sortir, quand il voit Hollis rejoindre Montalbo.

Et lui tendre de l'argent.

Le Mexicain fouille dans son pick-up, puis en retire un pistolet qu'il remet à Hollis.

Celui-ci le braque sur le visage de Montalbo et dit quelque chose.

Le Mexicain lui répond par un crochet du gauche dans la mâchoire.

Hollis s'écroule.

Chris jaillit de sa voiture, brandit sa plaque et hurle :

— Police ! Arrêtez !

Mais Montalbo est trop indigné par cette tentative de trahison pour l'écouter. Il saisit Hollis par le devant de son T-shirt et le baffe à tour de bras.

— Lee ! Lee ! Au secours ! braille Hollis.

Son complice démarre sur les chapeaux de roues.

Et sort du parking.

Chris avance.

— Police ! Ne bougez plus !

Montalbo lâche Hollis, remonte dans son pick-up et disparaît.

Hollis est à quatre pattes.

Il lève les yeux, voit Chris approcher, se redresse en titubant…

Et fait une bamburgerie.

Il pointe son arme sur Chris.

Qui pile et le vise à son tour.

— Il n'est pas chargé, Hollis ! crie-t-il.

Celui-ci semble sidéré. Il doit se demander comment ce type peut connaître son nom. Et se dire que, s'il connaît son nom, il sait sans doute d'autres trucs, entre autres que cet enfoiré de Mexicain lui a vendu un flingue sans munitions.

Il le lâche.

Et, miracle de l'adrénaline…

Se met à courir.

Plus ou moins.

Il zigzague, plutôt, les genoux en dedans, parce que Montalbo n'y est pas allé de main morte. Résultat, il ne va pas bien loin avant que Chris se jette sur lui et le plaque sur le bitume.

— Donne-moi tes mains, ordonne-t-il.

Hollis les lui tend, en poussant le cri du cœur typique du loser de carrière :

— J'ai rien fait !

— T'es un criminel qui vient juste d'acheter illégalement une arme, riposte Chris. T'es en état d'arrestation. T'as le droit de garder le silence, t'as le droit de…

— Je connais mes droits, l'interrompt Hollis alors que Chris achève de le menotter et le hisse sur ses pieds. J'ai été piégé.

— Je t'arrête aussi pour vol à main armée.

— C'est pas moi non plus.

Chris le conduit vers sa voiture.

— Et pour infraction à l'article 2876 du Code pénal.

— C'est quoi, ça ?

— Interdiction d'abandonner un flingue à portée d'un chimpanzé.

Hollis ouvre de grands yeux.

— Hé, c'est vous ! L'Homme-Singe !

— Bravo, raille Chris, qui le pousse à l'arrière de la voiture. Pourquoi t'as fait ça ? demande-t-il.

Hollis se ferme comme une huître.

— Allez, crache, insiste Chris. T'es cuit, de toute façon. L'employé du magasin vous identifiera, le pistolet et toi. Et je viens de t'alpaguer en train d'acheter ce tromblon. Alors, pourquoi tu me raconterais pas ce qui s'est passé ce soir-là ?

— Pourquoi je devrais ?

La réplique donne à Chris matière à réflexion, parce que, c'est vrai, Hollis n'a aucune raison de lui raconter quoi que ce soit.

— Écoute, dit-il au bout de quelques instants. T'as roulé ta bosse, tu connais le système. Alors, laisse-moi te demander un truc : t'es dans une bagnole de police, là ? Est-ce que j'ai lancé un appel radio ? Je pourrais très bien t'emmener dans le canyon et t'apprendre un peu la vie sur la banquette arrière...

Sur une intuition, il ajoute :

— Je pourrais aussi te conduire à Mid City, et proposer à Herrera et à Forsythe de nous rejoindre, des fois qu'ils auraient envie de te parler. Parce que, pour l'instant, ton arrestation n'a rien d'officiel, c'est juste entre toi et moi.

Hollis a l'air effaré.

— Vous feriez ça ?

Non.

Chris ne ferait jamais une chose pareille. Mais Hollis ne peut pas le savoir.

— Ou alors, tu me dis ce qui s'est passé l'autre soir, et après je t'emmène au poste, à la Central Division, où personne ne t'en veut à mort.

Hollis déballe tout.

— OK, oui, j'ai fait le coup. Les flics sont arrivés si vite que j'ai pas eu le temps de retourner à la voiture. J'ai déguerpi. L'un des deux, l'Espagnol, est descendu de la caisse et m'a couru après. J'ai sauté par-dessus la clôture du zoo, pensant qu'il me suivrait pas, mais si. Et là, comme j'avais plus de souffle, j'ai braqué mon feu sur lui.

— Et ?

— Il s'est arrêté net, déclare Hollis.

Petit sourire suffisant.

— Et après, il a détalé comme un lapin. Moi, j'ai attendu encore un peu avant de me remettre à courir. Comme je voulais pas qu'on puisse trouver le flingue sur moi, je l'ai balancé dans... comment on appelle ça... dans l'enclos.

Voilà, ça explique tout, pense Chris.

Herrera a paniqué et ses vieux potes d'Eastern l'ont couvert.

— C'est la vérité, Hollis ? demande Chris, qui connaît déjà la réponse.

— Je le jure.

— Bon, encore un truc : ton copain dans la bagnole. Qui c'est et où je peux le trouver ?

— Ah non, ça, je vous le dirai pas.

— Pourquoi ? Par loyauté envers un type qui a pris la fuite en te laissant dans la merde ?

— Lee, lâche Hollis. Lee Caswell.

Il lui donne aussi le nom d'un motel.

Le dénommé Lee est sans doute trop malin pour y être retourné, mais Chris a le numéro d'immatriculation. Il a aussi une histoire plausible à raconter à Lubesnick – et, du même coup, son ticket d'entrée aux Cambriolages, même s'il faudra peut-être du temps pour le valider.

— Tout ce que tu viens de me raconter, Hollis… ne le répète à personne, OK ? Jamais. Tu t'es servi d'une lame pour dévaliser ce magasin, c'est bien compris ?

— D'accord, répond Hollis, toujours prêt à rendre service.

Sans compter qu'un couteau lui vaudra une peine beaucoup plus courte qu'une arme à feu.

Chris le conduit à la Central Division.

— Qu'est-ce que tu nous amènes, Shea ? lance le sergent de permanence. Je croyais que tu bossais pas, ce soir.

— Je ne suis pas de service. Tu peux garder un œil sur ce type ? Il faut que je parle à Villa cinq minutes.

Il part à la recherche du sergent.

Lorsqu'elle voit le nom sur l'écran de son téléphone, Carolyn envisage de ne pas décrocher.

Chris Shea a laissé passer plus que les trois jours de rigueur sans la rappeler, et elle a réussi à se convaincre que, s'il n'est pas intéressé, elle ne l'est pas non plus.

Mais s'il n'est pas intéressé, pourquoi il appelle ?

Elle décroche et annonce, professionnelle :

— Carolyn Voight.

— Agent Shea.

— Oh ! salut, Chris.

Sur un ton genre « Et vous me téléphonez à quel propos ? Non que je tienne à le savoir, remarquez bien. Au bout de cinq jours, je suis juste un peu étonnée ». Ça fait beaucoup de choses à exprimer en quatre syllabes, pourtant elle y parvient.

Tous les bons flics s'y connaissent en matière de nuances vocales, et Chris est impressionné. Elle l'entend dans son intonation quand il demande :

— Vous aimez le base-ball ?

— Je suppose.

La réponse parfaite. Neutre, détachée, sans pour autant fermer la porte.

— Mon lieutenant a deux bonnes places pour le match des Padres demain après-midi. Contre les Diamondbacks. Je me disais que ça vous ferait peut-être plaisir d'y aller.

Carolyn ne peut pas résister :

— Avec votre lieutenant ?

— Non, avec moi, s'empresse-t-il de répondre. Il me les a données.

— Si je comprends bien, c'est une invitation en bonne et due forme ?

Elle va l'obliger à faire ça dans les règles. La porte est peut-être déverrouillée, mais il n'a pas encore appuyé sur la sonnette.

— C'est ça, dit-il. Je vous invite. Voudriez-vous m'accompagner à un match de base-ball ?

— Je ne travaille pas demain après-midi.

— Super ! s'exclame Chris. Alors, aimeriez-vous m'accompagner ?

Elle aimerait. Elle est même étonnée de se rendre compte à quel point elle aimerait.

— Je vous retrouve là-bas ? demande-t-elle.

— Non. C'est une vraie invitation. Je passerai vous chercher, si ça vous convient.

Ça lui convient.

Il va la chercher le lendemain après-midi. Il est charmant dans sa tenue un peu trop soignée pour un match : une belle chemise, rentrée dans le pantalon, et une casquette des Padres. Elle aussi est un peu trop chic avec son chemisier blousant qui dénude ses épaules et son jean True Religion dont elle sait qu'il lui fait un beau petit cul.

Il a prépayé le parking à l'hôtel Omni, à quelques minutes de marche de Petco Park, mais il tient à s'arrêter d'abord à la parapharmacie CVS.

— Vous allez avoir besoin de crème solaire pour vos épaules, dit-il.

— J'aurais dû choisir une autre tenue ?

— Non, vous êtes superbe. Mais je ne veux pas que vous preniez un coup de soleil.

Il achète un tube de SPF 50, puis ils se dirigent vers le stade.

— Vous êtes déjà venue ? la questionne Chris.

— Non.

Mister Prof-de-mes-deux parlait toujours du base-ball comme d'une métaphore, possédait un faux maillot vintage des Brooklyn Dodgers et voulait soi-disant visiter tous les stades du pays, mais ils n'avaient jamais assisté à un vrai match.

Le stade est magnifique, constate-t-elle.

Le vert du terrain entretenu avec amour évoque l'émeraude. Une vieille usine en brique rouge, la Western Metal Supply, constitue en partie ce que même elle sait être le mur du champ extérieur gauche. Derrière le stade s'élèvent des tours de bureaux et d'habitation au-delà desquelles on aperçoit le port de San Diego.

— Waouh ! s'exclame-t-elle.

Chris est charmé par l'étincelle de plaisir qui illumine son regard.

— Il faut qu'on vous achète une casquette, déclare-t-il.

— Vous croyez ?

— J'en suis sûr.

Il l'emmène vers le stand d'un vendeur, où il choisit une casquette bleue marquée « SD ». Carolyn la coiffe après avoir rassemblé ses cheveux en queue-de-cheval et, même s'il n'y a pas de miroir pour se regarder, elle sait qu'elle est canon.

Elle le voit dans les yeux de Chris.

Il a l'air à la fois heureux et fier.

— Nos sièges donnent sur la ligne de première base, annonce-t-il, avec un enthousiasme juvénile qu'elle trouve touchant. On ne sera qu'à quelques rangées du terrain.

— Génial.

Ils se dirigent vers leurs sièges : Section 109, Rangée 12.

— C'est top ! s'exclame-t-elle. On est super bien placés.

— Oui, d'habitude, je suis dans les gradins, dit Chris.

— Vous venez souvent ?

— Comme je patrouille de nuit, je loupe la plupart des matchs. Mais je viens quand je peux, oui, répond-il, avant de s'interrompre une seconde. C'est peut-être bien l'endroit que je préfère au monde, ajoute-t-il.

Carolyn a le sentiment qu'il vient de lui confier quelque chose d'important, d'intime.

— Ça vous dirait, un hot-dog et une bière ? demande-t-il.

— Un hot-dog et une bière ? J'adorerais.

Elle éclate de rire.

— Ce n'est pas très féminin, hein ?

— Non, c'est super. Je reviens tout de suite. Moutarde ? Ketchup ? Condiments ? Oignons ?

— Pas de ketchup.

Une fois assise, Carolyn regarde le terrain et le stade qui se remplit peu à peu, sensible à l'atmosphère de… de quoi, exactement ?… de liesse générale. Puis Chris la rejoint, tenant deux hot-dogs et deux gobelets en plastique remplis de bière mousseuse.

— Merci.

— Je vous en prie.

Elle a fait ses devoirs hier soir et appris que les Padres étaient fermement ancrés à la dernière place du classement. Leurs chances de sortir de la « cave » sont limitées, mais de toute évidence cela n'entame en rien la joie de Chris.

— On devrait vous passer de la crème, déclare-t-il quand ils ont fini de manger, avant de rectifier, saisi d'un brusque accès de timidité : Je veux dire, vous devriez...

— Non, l'interrompt-elle en se tournant pour lui présenter son dos. Vous voulez bien ?

Il est si prévenant... si respectueux... et en même temps si... méticuleux. Elle adore la sensation du produit qui se réchauffe sur sa peau, celle des mains de Chris...

— Tournez-vous, lui ordonne-t-il avec douceur. Je vais vous en mettre sur le nez.

Elle s'exécute et redresse la tête. Il presse le tube, recueille un peu de crème sur son index et la lui applique délicatement sur l'arête du nez.

Avant de l'étaler d'un doigt léger.

— Voilà, c'est bon.

Oh oui, c'est bon, pense-t-elle.

Elle ne s'est peut-être jamais sentie aussi sexy.

— Oho..., lâche-t-il soudain.

— Quoi ?

Il indique d'un signe discret trois hommes qui, une bière à la main, se fraient un passage vers leurs sièges deux rangées plus bas.

— Qui est-ce ? demande Carolyn.

— Le premier, c'est le lieutenant Lubesnick. J'espère qu'il ne me verra pas.

— Pourquoi ?

— Je viens de faire quelque chose qui l'a déçu.

— Oh.

— Vous connaissez l'autre.

— Ah bon ?

Elle regarde le costaud d'une cinquantaine d'années au teint rubicond et aux cheveux bruns bouclés.

— Oui, il est tout le temps à la télé. On le verra sûrement un peu plus tard dans la journée. C'est Duke Kasmajian, le roi des prêteurs de caution. Surnommé le Duke.

— Ah oui…

— Et je ne connais pas le troisième.

Lequel se retourne au même moment.

— Moi si, déclare Carolyn. C'est le professeur Carey. J'ai eu des cours avec lui. Littérature anglaise du XVIIIe.

— Et ? Vous vous en êtes sortie comment ?

— Avec les honneurs, bien sûr.

Carey la repère, la reconnaît et agite la main dans sa direction.

Kasmajian et Lubesnick lèvent les yeux pour voir qui il salue.

Le lieutenant aperçoit Chris, fronce les sourcils et lui tourne le dos.

Carolyn regarde Chris.

Il est dévasté.

Ce qui rend la situation d'autant plus gênante quand il va aux toilettes pour évacuer la bière et découvre le lieutenant à l'intérieur, occupé à faire la même chose.

Il ne sait pas comment réagir.

Dire quelque chose ?

Ne rien dire ?

Le saluer de la tête ?

Ne pas le saluer ?

Il lui semble qu'il devrait se manifester, d'une manière ou d'une autre.

Ou pas ?

C'est Lubesnick qui brise la glace, si l'on peut dire.

— Bon, l'Homme-Singe, j'ai parlé de vous à votre lieutenant.

Merde, songe Chris. Il donnerait cher pour s'esquiver, mais il ne peut pas refermer le robinet tout de suite (façon de parler).

— Oh.

— Il est d'accord pour me laisser vous emprunter pendant soixante jours, à compter de la semaine prochaine, déclare le lieutenant, qui fait tomber la dernière goutte, remonte sa braguette et va se laver les mains. Considérez que c'est une période d'essai, poursuit-il. Si vous vous en sortez bien, comme je le pense, on transformera ça en embauche définitive. Ça vous va ?

Chris est abasourdi.

— Oui. Je veux dire, oui, monsieur.

— Tâchez de faire attention quand vous serez chez nous. Lubesnick tire sur l'essuie-mains et en arrache une feuille.

— Vous avez pris la bonne décision, gamin. Vous auriez pu écraser un collègue pour monter en grade, mais vous vous êtes abstenu. Ça m'a démontré quelque chose. Vous commencez la semaine prochaine. Achetez-vous une veste sport et une cravate.

Il jette le papier à la poubelle et sort.

C'était un test, se dit Chris.

Lubesnick voulait me mettre à l'épreuve.

Et j'ai réussi.

Dans la septième manche, les Padres mènent par 4 à 2, Craig Stammen est au lancer.

— Il va peut-être bien se passer un truc de toute beauté, annonce Chris.

— Comment ça ? demande Carolyn.

— Stammen va tenter une balle rapide pour obliger le batteur à frapper au niveau du sol. S'il réussit, vous allez assister à un truc magnifique.

Comme l'avait prévu Chris, au deuxième lancer Stammen expédie sa balle rapide, et Descalso la réceptionne d'une frappe nette en direction de l'arrêt-court, Fernando Tatís Jr, qui fonce, la récupère et l'envoie vers la première base pour éliminer Descalso.

— C'est le joueur le plus admirable que j'aie jamais vu, déclare Chris.

Il a raison, pense-t-elle.

Le geste était gracieux, voire élégant.

Très beau, sans conteste.

Elle s'entend dire :

— Je crois qu'il va se passer un autre truc de toute beauté.

Elle se penche vers lui et l'embrasse.

La vie est belle pour Chris Shea.

Il passe sa dernière semaine à la Central Division sur un petit nuage. Le lieutenant Brown lui fout la paix, les vannes sur le singe se font plus rares et, quand il termine son service, c'est pour rejoindre sa ravissante petite amie.

Même les Padres semblent avoir repris un peu de poil de la bête.

Il lui reste une demi-heure avant la fin de sa dernière patrouille – il est *à ça* de la quille – quand il reçoit un appel radio.

Un 10-35.

Signalement d'un individu dangereux, armé.

En l'occurrence, un homme avec un couteau sur le pont Cabrillo, qui relie les deux parties de Balboa Park par-dessus la Route 163.

Chris arrive le premier sur place, cette fois, pour découvrir un homme en train de fendre l'air avec, non pas un couteau, mais une machette. Il envoie par radio un 10-97 – présent sur la scène – et descend de voiture. Il n'y a personne d'autre sur le pont. S'il y avait des passants à cette heure de la nuit, Machete Man les a fait fuir.

C'est un type d'une quarantaine d'années, échevelé, qui porte une chemise froissée sur un pantalon baggy retenu par une corde en guise de ceinture. Il fait décrire à sa lame de larges huit tout en invectivant un adversaire invisible – du moins pour Chris.

À l'évidence, l'homme voit très clairement son ennemi.

Chris envoie par radio un 11-99 – demande de renforts – puis, de la main droite, dégaine son pistolet, qu'il laisse pendre le long de sa hanche. La main gauche tendue devant lui, paume vers le haut, il s'approche lentement de Machete Man.

— Posez cette arme !

L'homme tourne la tête et le regarde en roulant des yeux fous. Cette expression hallucinée, Chris l'a déjà vue cent fois. Une bonne partie des personnes qu'il rencontre dans son travail sont psychotiques, et elles ont cette même lueur dans les yeux lorsqu'elles ne prennent plus leurs médicaments.

Et maintenant, songe Chris, son ennemi, c'est moi.

De fait, Machete Man avance lentement vers lui en agitant toujours la lame.

— Je te connais, démon !

Chris lève son pistolet et vise le plexus.

En trois ans de patrouille, c'est la première fois qu'il braque son Glock sur quelqu'un. Ça lui fait horreur – la possibilité à la fois terrible et bien réelle d'avoir à appuyer sur la détente pour se protéger.

Les civils s'interrogent toujours sur les situations de ce genre, se demandent pourquoi le flic ne tire pas dans la main ou dans la jambe du type qui le menace. Sauf qu'ils ne savent rien des situations de ce genre, justement – la montée nauséeuse de l'adrénaline, le cœur qui s'emballe... Ils ne comprennent pas à quel point il est difficile même pour un policier bien entraîné de toucher quelqu'un à la main, ou même à la jambe, en situation de combat. On vise le torse pour minimiser le risque de rater son coup et de se faire tuer.

Chris pile net, mais Machete Man continue d'avancer.

— Stop ! hurle Chris. Non ! Arrêtez-vous tout de suite !

Son doigt se crispe sur la détente.

Machete Man s'immobilise.

Dieu merci, songe Chris, qui garde néanmoins le Glock pointé sur sa poitrine.

— Lâchez la machette !

Mais Machete Man n'obéit pas. Au lieu de quoi, il s'écrie :

— Fous-moi la paix !

Puis il se détourne, se met à courir vers le garde-fou nord et recommence à agiter la lame en apostrophant le démon.

Je voudrais bien te foutre la paix, pense Chris, mais ce n'est pas mon boulot. Il se dirige d'un pas mesuré vers Machete Man, qui lui jette un bref coup d'œil avant de passer une jambe par-dessus le parapet.

— Je t'ai dit de me foutre la paix ! répète-t-il.

— Je sais, mais je ne peux pas. Je vais vous aider, d'accord ?

L'homme le regarde d'un air triste.

— C'est trop tard.

— Il n'est jamais trop tard. S'il vous plaît, laissez-moi vous aider.

Machete Man passe l'autre jambe par-dessus le garde-fou. Il est maintenant en équilibre précaire. Il risque de sauter.

Ou de tomber.

Dans un cas comme dans l'autre, il s'écrasera trente mètres plus bas, sur une autoroute où les véhicules circulent dans les deux sens.

Chris est peut-être à trois mètres désormais – suffisamment près pour se jeter sur lui le cas échéant. Mais il aura besoin de ses deux mains pour le retenir, alors il rengaine son arme. De toute façon, compte tenu de sa position, l'homme ne peut pas manier sa machette.

Il considère de nouveau Chris et tend une main vers lui comme pour signifier : « Stop, pas plus près. »

— Le diable est en moi, dit-il. Il faut que je le tue.

— Non, réplique Chris en progressant centimètre par centimètre. Je connais un prêtre… heu, un… exorciste. On va aller le voir. Il saura vous aider.

Machete Man réfléchit à la proposition. Il baisse les yeux vers l'autoroute en contrebas, avant de reporter son attention sur Chris.

— C'est pas des bobards ?

— Non, c'est la vérité, affirme Chris.

L'homme hoche la tête.

Puis des phares les éblouissent quand la voiture de Grosskopf arrive à pleine vitesse de la direction opposée, en réponse à l'appel radio de Chris. Les gyros projettent sur Machete Man des lueurs rouges diaboliques.

Il regarde Chris comme si celui-ci l'avait trahi.

Et repousse le parapet.

Chris s'élance.

De la main droite, il parvient à saisir la corde qui ceinture le pantalon, mais Machete Man est déjà dans le vide, et son poids entraîne Chris par-dessus le garde-fou.

Qu'il parvient à agripper de la main gauche.

Il s'y raccroche comme si sa vie en dépendait – ce qui est le cas.

Parce que, cette fois, il ne fera pas une chute de quatre mètres dans un filet, mais de trente, droit sur le bitume devant des véhicules lancés à fond.

Il devrait lâcher Machete Man, pourtant il ne le fait pas. Il sent sa prise sur le parapet se desserrer, les muscles de ses bras le brûler, ses doigts s'engourdir – et il sait qu'il va tomber avec Machete Man, et que…

Une main se referme sur son poignet gauche.

Chris lève les yeux et voit…

Batman.

Un Batman chétif d'un mètre soixante, mais un Batman quand même. Puis c'est Robin, un mètre quatre-vingt-quinze et rien que du muscle, qui lui attrape fermement l'avant-bras avant de les hisser, Machete Man et lui, jusque sur le pont.

— Bordel de merde, Batman ! s'exclame-t-il.

— On devrait les inviter à dîner, déclare Carolyn.

— Au moins, approuve Chris.

Il a passé sa première semaine aux Cambriolages et, en ce dimanche après-midi, il se promène au zoo avec sa petite amie canon, vive, chaleureuse et charmante au lieu d'être réduit à l'état de tache sur le bitume de la 163, alors, oui, ils devraient pour le moins convier les deux gars qui lui ont sauvé la vie à une méga soirée tacos.

— Je ferai un bœuf Stroganoff, dit-elle.

— C'est mieux que ce à quoi je pensais.

Ils s'arrêtent près de l'enclos des primates.

Champ les regarde, reconnaît Carolyn et la salue d'un petit cri. Il ne semble pas reconnaître Chris.

Bah, pense-t-il, c'est un boulot ingrat.

Personne n'a jamais su comment le singe avait eu le flingue.

Pour M. Raymond Chandler

Sunset

Assis sur sa terrasse, Duke Kasmajian mâchouille un cigare qu'il n'a pas allumé tout en contemplant la plage où il ne met jamais les pieds.

« Trop de sable », répond-il quand on lui demande pourquoi.

C'est dur de marcher dans le sable, surtout quand on pèse cent trente kilos pour un mètre soixante-dix-sept, qu'on a les genoux flingués, une nouvelle valve cardiaque susceptible de lâcher à tout moment et soixante-cinq ans bien tassés au compteur. Si on ajoute que Duke a un faible pour les chaussures de prix et qu'il n'aime pas les voir pleines de sable, on s'explique mieux pourquoi il se contente la plupart du temps de regarder l'océan depuis la terrasse de sa maison à Bird Rock.

Même si son cardiologue lui recommande la marche.

Duke a un tapis de course et un stepper dont il ne se sert jamais, ce qui en fait les portemanteaux les plus chers du monde.

Mais il a arrêté de fumer.

Également sur ordre du toubib.

D'où le cigare non allumé.

Un verre de whisky, large, sans pied, est posé sur un tabouret à portée de sa main gauche. Ça, en revanche, il n'y renoncerait pour rien au monde – ni pour son toubib, ni pour ses enfants, tous adultes aujourd'hui, ni pour la dizaine de personnes qu'il emploie dans ce qui est sans doute la plus grosse agence de prêt de caution de San Diego, voire de toute la Californie.

Le Duke est une légende à San Diego.

Son visage est partout sur les panneaux publicitaires et les chaînes de télé, son nom passe en boucle sur les stations de radio locales.

« Non à la détention ? Le Duke paie la caution. »

Il sponsorise les équipes de la Little League (« Vous avez fauché un truc ? Appelez le Duke »), les matchs pour handicapés du tournoi Over-the-Line (« Vous avez franchi la ligne ?[1] Appelez le Duke ») et un foyer pour femmes battues que les plus coriaces de ses mercenaires surveillent à ses frais (pas de publicité, pour le coup : son existence et son adresse ne sont révélées qu'aux personnes directement concernées).

Il garde aussi le silence sur les frais universitaires qu'il a pris en charge pour certains étudiants, les billets de vingt qu'il glisse aux gosses qui tiennent des stands de limonade, les colis de Noël offerts aux familles des policiers et pompiers tués dans l'exercice de leurs fonctions, les factures médicales de ses employés, qu'il a détournées du service comptabilité de l'hôpital.

Personne n'est au courant.

Ce n'est pas nécessaire.

La seule chose que les gens ont besoin de savoir, c'est que, s'ils veulent être libérés sous caution, ils n'ont qu'à appeler le bureau de Duke Kasmajian, qui les fera sortir. Le Duke favorise l'égalité des chances dans l'univers des cautions judiciaires : peu importe la couleur de peau, le genre, l'orientation sexuelle, les degrés relatifs d'innocence ou de culpabilité, les

1. Jeu sur l'expression *over the line*, qui signifie littéralement « franchir la ligne » et est aussi le nom d'un événement sportif et festif organisé tous les ans à San Diego. On y pratique sur la plage une variante du base-ball et du softball.

antécédents – il ne pratique pas la discrimination. À vrai dire, il préfère les récidivistes, qui lui fournissent une source de revenus constante, et accorde même des rabais aux plus fidèles des « grands voyageurs ».

« Mais pas question de jouer les filles de l'air », les prévient-il.

Il ne faudrait pas se laisser abuser par ce visage rond et jovial, ni par ces boucles poivre et sel, ni par ce sourire bougon qui se dessine autour du cigare. Si vous faussez compagnie à Duke Kasmajian, il vous traquera sans relâche. Parce que c'est son argent qui finance votre cavale. Si vous filez alors que le Duke a avancé votre caution, il se lancera sur votre piste jusqu'à vous retrouver ou jusqu'à la mort – la vôtre ou la sienne.

Il ne renoncera jamais.

Tout comme il ne renoncera jamais à son cher scotch.

Ni à ses vinyles.

Qui, d'après ce que lui disent les jeunes, reviennent à la mode.

Foutaises, pense Duke en écoutant le Jack Montrose Sextet jouer « That Old Feeling » (Pacific Jazz Records, 1955), les vinyles n'ont jamais disparu. Sa collection du style appelé communément le « jazz West Coast » occupe une bonne partie du premier étage de sa maison, au point que son neveu par alliance – le mari de la fille de sa sœur, un gars bien intentionné mais pas trop futé – craint que le plancher ne cède sous le poids de tous ces albums.

Foutaises aussi, pense Duke.

Sa maison a été construite en 1926, à une époque où on faisait du solide.

Quand la plupart des types de son âge contemplent l'océan, c'est une bande-son composée des Beach Boys, de Jan & Dean, de Dick Dale et peut-être aussi des Eagles qu'ils entendent dans leur tête.

Pas lui.

Lui, il entend du cool jazz.

Pacific Jazz Records.

Art Pepper, Stan Getz, Gerry Mulligan, Hampton Hawes, Shelly Manne, Chet Baker, Shorty Rogers, Howard Rumsey's Lighthouse All Stars, Lennie Niehaus, Lee Konitz, Bud Shank, Clifford Brown, Cal Tjader, Dexter Gordon, Wardell Gray, Harold Land, Dave Brubeck, Paul Desmond, Jimmy Giuffre, Red Mitchell, Stan Kenton, Benny Carter...

Charlie Parker a joué ici.

Les autres aussi.

Bird s'est produit dans l'ancienne San Diego Boxing Arena en 1953 – autant dire, en des temps trop reculés pour que Duke ait pu le voir, mais ça compte à ses yeux. Tout comme le fait que Harold Land ait été un enfant de San Diego.

Cet album ?

Jack Montrose au sax ténor, Conte Candoli à la trompette, Bob Gordon au saxophone baryton, Paul Moer au piano, Ralph Pena à la contrebasse, et bien sûr Shelly Manne à la batterie. Duke le sait sans avoir besoin de regarder la pochette, il connaît presque tous les détails par cœur, parce que c'est la moindre des choses, bon sang, de savoir quels musiciens ont participé aux enregistrements. C'est comme dans le boulot, les détails sont essentiels, ils font toute la différence : si on ne maîtrise pas les éléments dits mineurs, on risque de planter les plus importants. Alors Duke est capable de citer de mémoire les instrumentistes sur presque tous ses albums et, s'il a un trou, il lui suffit de jeter un coup d'œil aux indications sur la pochette, ce qu'on ne peut pas faire sur l'iPad, le machinPod ou le Pod-merde – bref, le truc dont il ne se rappelle jamais le nom, mais que son neveu par alliance essaie toujours de le convaincre d'acheter.

« Mais, Duke, lui répète souvent le gamin, tu pourrais emporter ta musique partout. »

Sauf que je n'ai pas envie d'emporter ma musique partout, pense Duke. Je veux l'écouter chez moi, en buvant mon scotch, et sur un vinyle, parce qu'elle a été conçue pour être entendue comme ça.

De ce côté-là, je suis de la vieille école.

Un vrai dinosaure.

Et encore plus aujourd'hui, songe-t-il en mâchouillant son cigare de plus belle, le regard toujours fixé sur le Pacifique, car l'État de Californie vient de passer une loi interdisant le paiement des cautions en liquide, ce qui va mettre son agence en faillite et tous ses employés au chômage.

Il ne s'inquiète pas pour lui-même – il sait que son compte en banque s'épuisera moins vite que sa valve cardiaque.

Mais l'entreprise qu'il a fondée – la vie qu'il a construite – est sur le point d'être liquidée.

Et, une fois disparue, il n'y aura pas moyen d'aller la rechercher.

La vie n'est pas un vinyle.

Ce n'est pas trente-trois petits tours et puis s'en revient.

Duke ne le sait que trop bien.

Combien de fois Marie et lui se sont-ils installés sur cette même terrasse au coucher du soleil ? C'était leur rituel quasi quotidien : elle venait le rejoindre avec deux verres – scotch pour lui, vin rouge pour elle –, il mettait un disque de jazz, et ils restaient là, debout, à regarder les rouges et les orangés flamboyants, à s'imprégner de la sérénité du crépuscule sur l'océan.

Le monde semblait s'arrêter pendant ces dix à quinze minutes d'émerveillement.

D'autres couples du voisinage sortaient aussi de chez eux pour profiter du spectacle en silence. Même les surfeurs n'essayaient plus de prendre les vagues : ils tournaient leur planche vers le couchant et se contentaient de demeurer assis, saisis d'une admiration muette confinant au recueillement.

Plus tard, lorsque Marie était tombée si malade qu'ils avaient compris tous les deux que les couchers de soleil partagés leur étaient comptés, il l'enveloppait d'un manteau et d'une couverture, coiffait d'un bonnet sa tête nue, lui apportait une tasse de thé bien chaud parce qu'elle avait toujours froid et, de leurs fauteuils, ils regardaient le déclin de l'astre en sachant que c'était aussi le leur.

Aujourd'hui, il le regarde seul, mais il prépare encore un verre de vin rouge pour elle, qu'il vide dans les buissons en dessous de la terrasse quand il est temps de rentrer.

C'est toujours beau et triste, le soleil qui sombre.

De retour dans la maison, Duke s'empare sans enthousiasme du dossier Maddux.

Terry Maddux est un enfoiré.

Pas très grand, le visage poupin, séduisant en diable avec sa tignasse blonde ébouriffée, ses yeux d'un bleu saisissant et son sourire à faire fondre une pierre, Terry est aussi une petite frappe junkie. Un voleur, un camé et donc un menteur. Duke l'adore.

Comme tout le monde.

À tel point que Boone Daniels, l'un des chasseurs de primes dont il loue les services, l'a surnommé TOT, pour « Terry On T'aime ». Parce que Terry est charismatique, drôle, d'une gentillesse incroyable quand il n'est pas en manque, et qu'il a été l'un des meilleurs surfeurs de tous les temps.

Une légende.

Si Duke lui-même n'est jamais monté sur une planche de surf, il sait apprécier la beauté quand il la voit (ou l'entend), et regarder Terry évoluer sur une vague était une vision de pure beauté. Il possédait une grâce distincte, un style bien à lui. Prenait la vague comme un grand trompettiste se lance dans un long solo, envoie des riffs, s'approprie les standards pour mieux les réinventer, crée une œuvre d'art.

Et fait tomber les barrières.

D'après Boone – lui-même surfeur et passionné d'histoire du surf –, chacune des grosses vagues sur la côte Ouest garde l'empreinte de Terry, pour ainsi dire. Ce n'était encore qu'un gosse, littéralement haut comme trois pommes, lorsqu'il avait ramé jusqu'au spot de Trestles. Il n'était guère plus vieux quand il avait surfé le premier la grosse vague de Todos Santos, et il avait fait partie des pionniers qui tentaient Mavericks.

Terry Maddux était un peu plus âgé le jour où les gars l'avaient emmené en bateau jusqu'au spot mythique de Cortez Reef, à quatre-vingt-dix milles au large. Cette fois-là, c'était aussi lui qui avait plongé avant les autres dans les eaux froides, au milieu des requins, pour prendre ce monstre de vingt mètres de haut.

Avec un sourire *jusque-là*.

« La joie de vivre incarnée », avait dit Boone.

« Il respirait la joie de vivre sur les vagues. »

Sur la terre ferme aussi.

Des fêtards avec qui il ne s'entendait pas, ça n'existait pas.

Que ce soit pour aller boire des bières sur la plage ou des *shots* dans un bar, Terry était partant. Toujours prêt à rigoler, à blaguer, à picoler, à draguer les filles, qu'il emmenait souvent chez lui après – à savoir, dans le van avec lequel il sillonnait la 101 et traquait les vagues. Toujours le premier à mettre l'ambiance, jamais à la casser.

Il était au sommet – le monde entier l'adorait. Les revues de surf, les photographes, les fabricants de vêtements, tous l'adulaient. Il faisait la couverture des magazines, apparaissait dans des vidéos de surf, attirait les sponsors et les marques. Quand il avait besoin de cash pour financer sa passion de la glisse, il lui suffisait d'enfiler un truc comportant un logo – combinaison, chapeau ou chaussures –, pour qu'on lui file du fric.

Du fric pour surfer.

Du fric pour faire la fête.

Et c'était bien ça le problème.

Terry aimait trop faire la fête.

Comme s'il était sans cesse en quête d'une vague plus grosse. L'alcool ne l'avait pas emmené assez haut, l'herbe non plus. Après, le rush de la coke était devenu moins grisant qu'au début, et le speed ne l'avait plus fait planer.

L'héroïne, si.

L'héroïne, c'est la méga vague dans l'univers de la drogue.

L'indomptable.

Celle-là, on ne la prend pas. C'est elle qui vous prend.

Elle avait pris Terry Maddux, l'avait éjecté de sa planche, maintenu au fond et ballotté avant de le recracher sur la plage.

Lessivé.

Quand il se défonçait, il oubliait les compétitions, les événements où il était attendu, les séances de photos. Au début, le monde du surf lui avait trouvé des excuses : « C'est du Terry pur jus. » Tant qu'il pouvait tenir sur une planche et donner le change, ça passait.

Mais ça n'avait pas duré.

Le truc, avec le surf – c'est Boone qui l'avait expliqué à Duke –, c'est qu'il faut une bonne condition physique pour pouvoir assurer. Et pour surfer du gros, il faut une condition physique exceptionnelle – être capable de ramer, de nager et de retenir son souffle si une de ces vagues monstres décide de vous garder au fond, jusqu'à trois minutes parfois.

Il faut être fort, et l'héroïne affaiblit.

Elle émacie.

Ces vagues-là exigent une concentration totale, un truc de fou, or l'héroïne empêche la concentration et rend fou.

Sans compter qu'elle vous fait une tête de déterré.

Plus question de jouer les mannequins en couverture.

Ni les héros de clips vidéo.

Les mêmes comportements qui donnaient l'air cool à Terry du temps où il dominait le surf s'étaient retournés contre lui quand il avait commencé à craindre sur une planche. Son charme s'était transformé en manipulation, ses histoires en conneries, ses blagues en flagornerie, ses tentatives de drague en plans glauques et ses explications en excuses.

C'est ce qui arrive quand on vieillit, se dit Duke en parcourant de nouveau le dossier. Des conduites jugées charmantes quand on a vingt ans deviennent exaspérantes à trente, pathétiques à quarante, et carrément tragiques à cinquante.

Un gosse de cinquante-quatre ans, ça n'attire personne.

Surtout quand c'est un enfoiré.

Un loser qui a déjà écopé de trois condamnations :

Une pour possession de stupéfiants.

Une autre pour cambriolage.

La troisième pour trafic de drogue.

Et aujourd'hui Terry a manqué à ses obligations.

Il ne s'est pas présenté à l'audience.

Si Duke ne le retrouve pas avant les flics, il sera obligé de payer les trois cent mille dollars de la caution pour laquelle il s'est porté garant. D'un point de vue financier, ce serait irresponsable, et il ne l'est pas. Surtout maintenant, alors que son cabinet court à sa perte et qu'il doit veiller à clore tous les dossiers avant l'entrée en vigueur de la loi.

Il appelle Boone.

Envoyer Terry Maddux en prison pour le restant de ses jours est sans doute la dernière chose que Boone Daniels a envie de faire.

Terry a été l'un de ses héros.

Les histoires à son propos ont bercé toute sa jeunesse. Il n'était encore qu'un surfeur en herbe la fois où, sur son vélo, il avait pédalé comme un fou jusqu'à Bird Rock après avoir appris que son idole y serait. Il avait ensuite attendu des heures sur la falaise juste pour apercevoir la légende. Il se souvient encore du moment où Terry Maddux était arrivé, sa planche sous le bras, et lui avait adressé un signe de tête en passant.

Le lendemain, sur sa propre planche, il avait essayé de reproduire les figures de Maddux.

En vain, bien sûr, mais de toute façon ce n'était pas le but.

Il était patrouilleur débutant quand il l'avait revu.

« Il ne faut jamais rencontrer ses héros », dit-on, et c'est peut-être vrai. Terry était tellement bourré cette fois-là qu'il pouvait à peine tenir debout, et encore moins prendre une vague. Comme le gérant du bar voulait qu'il débarrasse le plancher, Boone et un de ses collègues flics l'avaient soutenu jusqu'à la voiture. Là, il avait vomi sur les chaussures de Boone avant de s'excuser avec une humilité si sincère que ce dernier n'avait pu lui en vouloir. Ils ne l'avaient pas conduit au poste – c'était Terry Maddux, bordel ! –, mais chez sa copine, parce qu'il n'arrivait pas à se rappeler où il avait garé son van.

Peut-être trois ans plus tard, par un matin d'hiver nuageux, Boone s'apprêtait à partir surfer sur son spot local, au nord de Crystal Pier, quand il l'avait croisé sur la plage, un gobelet de café à la main, l'air plutôt mal en point.

« T'y vas ? lui avait demandé Terry.

— Ouais, avait répondu Boone, un peu interdit. Et toi ? »

Terry s'était fendu de son fameux sourire. « Je sais plus ce que j'ai fait de mon longboard.

— Tu peux emprunter un des miens, si tu veux.

— Sérieux ? C'est super sympa de ta part. »

Boone l'avait accompagné jusqu'à son van, puis avait ouvert le hayon arrière pour lui montrer son quiver. Terry avait sélectionné une six-pieds montée en thruster. « T'es sûr que ça t'embête pas ?

— C'est un honneur. »

Terry lui avait tendu la main. « Terry Maddux. »

De toute évidence, il ne se souvenait pas de l'avoir déjà vu, ni d'avoir vomi sur ses chaussures.

« Je sais, avait dit Boone, avec l'impression de redevenir un gosse naïf face à son idole. Boone Daniels.

— Content de te connaître, Boone. »

Ils avaient ramé ensemble, et Boone avait présenté Terry au reste de la Patrouille de l'Aube – les habitués qui venaient surfer sur ce spot presque tous les matins avant d'aller bosser : Johnny Banzai, High Tide, Dave Love God et Sunny Day. À peine Terry avait-il pris une vague que Dave s'était approché de Boone. « Tu connais *Terry Maddux* ? !

— Je viens de le rencontrer à l'instant, avait prétendu Boone, préférant passer sous silence l'incident du bar.

— C'est pas une de tes boards, qu'il a ?

— Il a égaré les siennes. »

C'était la première d'une longue série d'excuses que Boone allait devoir inventer pour Terry, mais ça, ce serait pour plus tard. À ce moment-là, il ne pensait qu'au plaisir de surfer avec son héros.

Une expérience fabuleuse.

Malgré ses capacités diminuées, Terry conservait une grâce aérienne. Chez lui, les mouvements les plus complexes semblaient d'une grande simplicité, et les plus anodins devenaient de l'art.

« Comment te décrire ça ? avait lancé Boone à Duke après coup, en essayant de trouver des mots qui lui parleraient. C'était, je sais pas… comme si un jeune saxophoniste faisait un set avec Miles Davis.

— Tu veux parler de Charlie Parker, je pense, avait rectifié Duke. Mais oui, je vois. »

L'adage dit qu'il ne faut jamais rencontrer ses héros. Il devrait ajouter : « Et, pour l'amour de Dieu, ne vous en faites jamais des amis. »

Pas un ami comme Terry, en tout cas.

Un ami qui pouvait commencer par se montrer charmant avec vous, avant d'essayer de vous piquer votre copine (mais avec une telle candeur juvénile que vous lui pardonniez sur-le-champ, et la fille aussi), et de vous planter là en vous laissant régler l'addition.

Qui se mettait à squatter votre canapé et à vider votre frigo.

Rien de bien méchant, il est vrai, même si c'était de plus en plus pénible.

Et puis les incidents s'étaient multipliés.

Les billets de banque froissés que vous aviez laissés traîner et qui finissaient dans la poche de Terry. Ce même Terry que vous découvriez affalé non pas sur votre canapé, mais devant votre porte d'entrée, baignant dans son vomi. Qui vous téléphonait pour vous demander de lui prêter l'argent de sa caution, sauf que ce n'était pas après une rixe de bar, mais pour une accusation de cambriolage.

Duke s'était porté garant.

Boone avait payé.

Cette fois-là, les charges avaient été abandonnées.

Mais pas la suivante. Terry avait été envoyé à l'ombre pour un an et demi et, en son for intérieur, Boone avait bien dû admettre qu'il était soulagé de ne plus voir son héros surgir à l'improviste et faire encore des conneries aussi embarrassantes que fatigantes.

En attendant, c'était à Boone que Terry avait téléphoné pour venir le chercher à sa sortie de prison.

C'était le canapé de Boone qu'il avait squatté le temps de « reprendre ses marques ».

C'était à Boone qu'il avait juré de ne plus toucher à la came, pour de bon cette fois.

C'était Boone qui l'avait ramassé par terre chez lui après une overdose.

Et qui l'avait emmené aux urgences.

Et qui, quand Terry l'avait rappelé pour une caution, avait avalé un bon coup avant de lui répondre : « Non. »

Qui aime bien, blablabla.

Et aujourd'hui, c'est Boone que Duke appelle pour retrouver Terry.

— T'as garanti la somme ? demande Boone.

— Une certaine Samantha Harris a mis dix mille dollars mais, oui, je me suis porté garant pour le reste. Et je ne peux pas me permettre de faire une croix sur cet argent. Surtout en ce moment.

— Je comprends.

Boone sait que Duke est sur le point de perdre son cabinet et ses employés leur gagne-pain, et que lui-même va y laisser une bonne partie de ses revenus. Il sait aussi que l'homme n'est pas du genre à se séparer de ses effectifs sans leur avoir remis une grosse enveloppe pour les aider à voir venir.

Terry n'a pas le droit de les priver de ressources.

— Je lui ai toujours tout passé, rappelle Duke.

— Exact.

— Je suis bien conscient que c'est ton ami, mais c'est toi qui es le mieux placé pour mettre la main sur lui.

C'est vrai, songe Boone. Il connaît la communauté du surf, tout comme il connaît la plupart des fréquentations de Terry, celles qui le vénèrent et celles qu'il a arnaquées – souvent les mêmes, d'ailleurs. Il a une idée assez précise de la façon dont Terry raisonne, des endroits où il aime aller et de ceux où il n'est plus le bienvenu – lesquels sont aujourd'hui les plus nombreux.

Et il a aussi acquis auprès des surfeurs une réputation sur laquelle Duke peut compter. Ils lui diront des choses qu'ils ne raconteraient pas à un chasseur de primes lambda, car il n'est pas un chasseur de primes qui pratique le surf, mais un surfeur à qui il arrive de traquer des prévenus en cavale, un privé qui fait des petits boulots pour Duke (qui n'est pas non plus un inconnu dans la communauté du surf de San Diego) et un « shérif » respecté sur cette partie de la côte, un de ces gars qui s'assurent que tout roule en exerçant leur autorité d'une main de fer dans un gant de velours.

Boone Daniels est lui aussi une légende, à juste titre.

Tout comme l'est sa bande, la Patrouille de l'Aube, dont certains membres l'aident aussi à retrouver des fuyards pour le compte de Duke, parce que ce sont des gros bras capables de rester calmes en toutes circonstances. Ils ne sont pas du genre à perdre leur sang-froid et à devenir inutilement violents, mais ce n'est pas pour autant qu'ils refuseront la confrontation avec un prévenu furibard.

Dave dit Love God (jeu sur les sonorités de « Life Guard[1] ») travaille au noir pour Duke, le plus souvent en équipe avec Boone. Pareil pour High Tide, l'employé municipal samoan de cent trente-cinq kilos, dont la seule présence suffit en général à persuader les plus récalcitrants des fugitifs de monter gentiment dans la voiture. Même Sunny Day, une sylphide d'un mètre

1. « Sauveteur en mer ».

quatre-vingts au pourcentage de graisse corporelle négatif, donne parfois un coup de main quand le fuyard est une femme.

Parce que c'est contraire au règlement, l'inspecteur de police nippo-américain Johnny Banzai ne peut pas faire des heures sup pour un prêteur de caution, mais il ne rechigne pas à filer un tuyau de temps à autre.

Résultat, lorsque Duke embauche Boone, il a droit à toute la Patrouille de l'Aube en prime.

Et ils sont soudés, unis comme seuls peuvent l'être des gars qui dépendent les uns des autres pour leur survie en eaux profondes.

— Il est peut-être au Mexique, dit Boone.

L'un des plus gros problèmes quand on est prêteur de caution à San Diego, c'est que la frontière, située à quelques kilomètres seulement, est une vraie passoire. Mais si vous décidez de vous terrer au Mexique, vous avez intérêt à creuser profond, parce que Duke entretient d'excellentes relations avec les flics de Tijuana et ceux de la Basse-Californie, dont on sait qu'il leur est déjà arrivé de choper un de ses prévenus indélicats, de le fourrer dans un coffre de voiture et de le déposer de l'autre côté de la frontière, directement dans les bras d'un de ses chasseurs de primes.

Colis livré, cash en poche, de retour à la maison pour le dîner.

Terry Maddux en est bien conscient.

Il n'ira pas traîner du côté de Tijuana, d'Ensenada ou même de Todos Santos – autant d'endroits qu'il connaît bien, mais où on le connaît bien aussi –, car les bras courts et potelés de Duke sont tout de même assez longs pour lui permettre de le débusquer dans n'importe lequel de ses repaires habituels. Non, s'il a franchi la frontière vers le sud, c'est pour filer à Guanajuato, voire jusqu'au Costa Rica.

Mais pour ça, il faut de l'argent, et Boone doute que Terry en ait.

— Pourquoi t'irais pas rendre une petite visite à cette Mme Harris ? suggère Duke.

En temps normal, Duke appellerait l'autre personne mise à contribution pour la caution mais, dans ce cas précis, il estime qu'il vaut mieux envoyer Boone chez elle pour voir si Terry n'y serait pas.

Car, le plus souvent, la personne qui s'est laissé convaincre d'avancer une partie de l'argent acceptera aussi de cacher le fugitif.

L'escroc joue presque toujours sur le même ressort.

La culpabilité.

« Si tu m'aimes, fais-le pour moi. »

Par expérience, Duke sait que les mères sont les plus influençables. La plupart se font presque toujours avoir par cet argument-là ou, si elles tentent de résister, par son pendant : « Si tu m'aimes, ne me fais pas ça. »

À savoir, flanquer le fuyard à la porte ou le dénoncer.

Les petites amies arrivent en deuxième position.

En général, elles se classent en deux catégories : la femme bien sous tous rapports qui tombe amoureuse d'un délinquant qu'elle pense pouvoir sauver de lui-même, ou la femme elle-même délinquante – le plus souvent une junkie comme son copain – qui accepte de le planquer par habitude.

Sauf que, dans la seconde catégorie, elle n'a en général pas dix mille dollars à mettre dans la caution.

Et puis, il y a les épouses. À moins qu'elles ne fassent partie des susmentionnées codélinquantes, il y a de bonnes chances pour qu'elles livrent leur mari aux autorités, parce qu'elles ont des responsabilités – gosses, loyer, traites – et ne peuvent pas se permettre de perdre l'argent de la caution. Pour nombre d'entre elles, c'est plus ou moins un soulagement quand le mari se fait attraper : ça met un terme momentané au chaos.

Duke vérifie les coordonnées de Samantha Harris.

Une adresse n'a beau se composer que de quelques lettres et chiffres, elle peut en dire long. Et celle-ci – 135, Coast Lane, La Jolla – a des choses intéressantes à raconter.

D'abord, c'est La Jolla, ville côtière dont le code postal est l'un des plus huppés du pays. Ensuite, comme le nom l'indique, les propriétés de Coast Lane sont situées sur le front de mer – et la différence entre « front de mer » et « vue sur mer » justifie à elle seule le passage de six zéros à sept dans l'estimation de la valeur du bien.

Duke voit très bien où ça se situe : à deux pas de Nicholson Point, au sud de Tide Pools et au nord de la clinique médicale de La Jolla.

Le nec plus ultra.

Samantha Harris a les moyens.

C'est le coup typique de la bonne/mauvaise nouvelle. La bonne, c'est que Samantha Harris a suffisamment d'argent pour payer la caution, la mauvaise, c'est qu'elle peut se permettre de le perdre. Elle ne subit sans doute aucune pression pécuniaire – une faiblesse souvent exploitée pour rattraper les fugitifs – qui pourrait l'amener à livrer Terry. D'ailleurs, si elle est propriétaire du 135 Coast Lane, il est même fort possible que ce soit elle qui le finance.

Il faut être en fonds pour disparaître des écrans radar.

Boone se rend chez Samantha Harris dans son van personnel.

Lequel est surnommé la « Boonemobile » par la communauté du surf de San Diego et des alentours. Mais, quel que soit le nom qu'on lui donne, il n'est pas beau à voir.

Vieux de vingt ans, rouillé sur les pourtours, bourré à craquer de planches de surf, de combinaisons, d'ailerons, de masques, de serviettes, de sandales et des restes de casse-croûte achetés à des stands de tacos, des In-N-Out ou des Rubio's, il détonne dans le paysage de La Jolla, c'est le moins qu'on puisse dire. Ceux qui le verront garé dans la rue devant le 135 Coast Lane vont en déduire que le conducteur est venu tondre la pelouse, réparer une fuite ou faire une tentative de cambriolage malavisée sous l'influence de la meth.

La maison, de style néocolonial espagnol, se distingue par sa façade en stuc rose et son toit en tuiles bleues. La porte d'entrée, une antiquité hispanique toute de bois sculpté, est imposante.

Boone descend de son van, gravit les marches du perron, remarque les caméras de sécurité qui l'observent et appuie sur la sonnette.

Une bonne en uniforme de bonne – un vrai de vrai – lui ouvre.

— Oui ?

— Je suis venu voir Mme Harris.

— Elle vous attend ?

Elle doit avoir la petite trentaine et s'exprime avec un accent latino, peut-être mexicain, guatémaltèque ou hondurien.

— Non, répond Boone.

C'est tout l'intérêt.

— Mme Harris ne reçoit pas les représentants, déclare-t-elle.

— Dites-lui que c'est au sujet de Terry Maddux.

La bonne ferme la porte et s'absente environ une minute avant de la rouvrir. Elle conduit Boone jusqu'à un salon qu'il estime à vue de nez cinq fois plus grand que sa propre maison.

— Veuillez patienter ici, s'il vous plaît, dit-elle en lui indiquant un canapé blanc.

Une immense fenêtre donne sur le jardin, la piscine et, au-delà, la plage. Boone n'a jamais compris pourquoi les gens qui vivent à quelques pas de l'océan avaient besoin d'une piscine, qui ne sert strictement à rien. En attendant, il imagine sans peine Terry allongé sur une chaise longue au bord, lunettes noires sur le nez, un verre à la main.

Samantha Harris arrive quelques minutes plus tard.

Elle possède la beauté propre aux femmes aisées de San Diego. Cheveux blonds lissés en arrière pour former un casque d'or, pull noir – c'est l'hiver en Californie – sur un pantalon également noir. Une kyrielle de bracelets en or encercle ses poignets, de grosses lunettes de soleil dissimulent ses yeux.

En tant que détective et ancien flic, Boone sait ce que ça signifie, bien souvent.

Samantha va droit au but.

— C'est quoi le problème avec Terry ?

— Il a disparu.

— Comme toujours, non ?

Elle lui fait signe de se rasseoir et prend place dans un fauteuil à oreilles ultra-rembourré.

— Sauf que, cette fois, il ne s'est pas présenté au tribunal, précise Boone. Et que son garant de caution l'a en travers de la gorge.

— Et vous êtes qui ? Une espèce de chasseur de primes ?

— Plus ou moins.

— Eh bien, il n'est pas ici.

— Vous savez où il est ?

Elle secoue la tête en souriant.

— Quand l'avez-vous vu pour la dernière fois, madame Harris ?

— Êtes-vous policier, monsieur… ?

— Daniels.

— … monsieur Daniels ?

— Non.

— Donc, je ne suis pas obligée de répondre à vos questions.

— Exact, admet Boone. Mais c'est dans votre intérêt de nous aider. S'il se volatilise, vous perdrez vos dix mille dollars.

Elle hausse les épaules.

Boone a bien conscience qu'elle en a pour plus cher à son poignet. Et que, tel qu'il connaît Terry, il lui a certainement demandé de contribuer au « fonds TOT » pour bien plus que dix mille dollars.

— C'est aussi dans l'intérêt de Terry, ajoute-t-il.

— Comment ça ?

— Il vaut mieux pour lui que nous le trouvions avant la police.

— J'ai du mal à le croire.

Boone commence à se lasser de son numéro de « Beauté Glacée » de La Jolla – un des personnages types de San Diego, avec la « Surfeuse Décontractée » et la « Mère au Foyer Sexy ». Ce sont des éléments du décor. Elle joue remarquablement bien son rôle, mais ça n'en reste pas moins un cliché rebattu.

Il se lève, puis pose une des cartes de visite de Duke Kasmajian sur la table d'appoint près de son fauteuil.

— Croyez ce que vous voulez. Si vous avez des renseignements à nous communiquer, appelez ce numéro. Merci d'avoir pris le temps de me recevoir.

Il feint de sortir.

— Attendez, le rappelle-t-elle, avant d'ajouter : S'il vous plaît.

Il se retourne et la regarde. Hausse les épaules.

— Vous pensez vraiment que les policiers pourraient lui faire du mal ? demande-t-elle.

— Ils n'en ont sans doute pas l'intention, mais toute arrestation comporte des risques, surtout avec quelqu'un d'aussi imprévisible que Terry.

— Ça, j'en sais quelque chose.

— C'est lui qui vous a frappée ?

Elle retire ses lunettes pour lui montrer l'hématome violet foncé qui a gonflé sous son œil gauche.

— Je l'ai provoqué.

— Rien ne peut justifier qu'un homme lève la main sur une femme parce qu'il est en colère.

Sinon, il n'est plus digne d'être un homme.

— Je dirais qu'il en arrive là quand il a honte de lui-même, réplique-t-elle.

— Il a pas mal de raisons d'avoir honte. Vous devriez nous aider à le retrouver avant qu'il s'en prenne encore à quelqu'un.

— Une autre femme, vous voulez dire ?

De nouveau, Boone hausse les épaules.

— Je sais qu'il en fréquente d'autres, poursuit-elle. Mais je vous assure que j'ignore où il est. La dernière fois que je l'ai vu, c'était il y a deux jours. Il a passé la nuit ici – du moins, une bonne partie. Quand je me suis réveillée, il avait filé.

— En emportant quoi ?

Elle le regarde comme si elle révisait son jugement sur lui.

— Comment le savez-vous ?

— Je le connais.

— Un peu de liquide. Un collier de diamants. Une montre.

— Valeur ?

— Dans les quarante mille.

— Et combien en liquide ?

— Quelques centaines de dollars.

— Vous devriez porter plainte.

— Je ne peux pas prouver que c'est lui.

— Vous pourrez quand il essaiera de les écouler.

— Je ne veux pas lui causer d'ennuis. Je l'aime, monsieur Daniels. S'il revenait, je le reprendrais. C'est triste, n'est-ce pas ?

Oui, c'est triste, songe Boone.

Parce que, parfois, c'est aussi ce que je ressens envers lui.

— Accepteriez-vous de me décrire le collier et la montre, madame Harris ?

— J'ai des photos. Pour les assurances.

— Si vous faites une déclaration, votre assureur va vous demander de porter plainte.

— Est-ce que j'ai parlé de faire une déclaration ?

Elle s'éclipse quelques minutes et revient avec des photos qu'elle lui tend.

— Je vous les rendrai, déclare Boone. Ça vous ennuie si je les photocopie ?

— Ce sont déjà des copies.

— Merci.

Il se prépare une nouvelle fois à partir.

— Monsieur Daniels...

— Oui ?

— Si vous le trouvez, pouvez-vous lui dire que... je ne lui en veux pas ?

C'est drôle, pense Boone alors que la bonne le raccompagne. Terry Maddux est capable des pires saloperies, et tout ce qui nous inquiète, c'est la possibilité qu'il puisse nous en vouloir.

Comme si, d'une certaine façon, on avait besoin de son pardon.

Au moment de sortir, il se tourne vers la bonne :

— Je m'appelle Boone. Et vous ?

— Flor.

— Vous connaissez Terry ?

Hochement de tête.

— Qu'est-ce que vous pensez de lui ?

— C'est un clodo, répond-elle.

Mais un clodo qui est maintenant en fonds, conclut Duke après l'appel de Boone, en regardant les photos des bijoux volés qui s'affichent sur son écran.

Terry Maddux dispose d'un peu de liquide (à savoir ce que « un peu de liquide » signifie pour une femme comme Samantha Harris) et de pièces de valeur qu'il va essayer d'écouler. La somme récoltée pourrait lui permettre de s'offrir un billet d'avion longue distance, peut-être pour un autre pays.

Par précaution, Duke a déjà envoyé des effectifs à la gare routière, à la gare ferroviaire et aux deux terminaux d'aéroport de San Diego. Ce sont tous des bons : si Terry se montre dans n'importe lequel de ces endroits, ils l'épingleront.

Duke fait un tirage des photos, sort de son bureau et les remet à Adriana.

C'est son bras droit depuis vingt ans, et il n'aurait jamais pu diriger son affaire sans elle. La cinquantaine, mince, les cheveux noirs, habillée comme si elle gagnait plus que son salaire, elle gère l'agence avec style, humour et pragmatisme.

— À diffuser dans le circuit habituel, lui indique-t-il.

Il n'a pas besoin de lui donner plus de précisions. Elle transmettra les photos à tous les bijoutiers, négociants en pierres précieuses et prêteurs sur gages de San Diego et des alentours. Ainsi, ils seront avertis que, si quelqu'un tente de leur fourguer quelque chose, ce sera de la marchandise volée. Duke est sûr aussi qu'Adriana attribuera une priorité haute au message et l'enverra en demandant que le cabinet Kasmajian soit prévenu au cas où un vendeur se présenterait.

La plupart des destinataires honoreront la requête. C'est bon pour les relations, et ils sont nombreux à avoir une dette envers Duke.

Adriana a les yeux rouges cet après-midi.

Duke sait pourquoi.

Ce bureau n'est pas seulement l'endroit où elle gagne sa vie, c'est toute sa vie.

Il sait aussi que, si elle a craqué, elle l'a fait dans les toilettes et s'est redonné une contenance avant de sortir.

— Ne t'inquiète pas, Ad, dit-il. Ça va aller.

— Bien sûr.

— Qui tient la barre, ce soir ?

— Valeria.

— S'il y a du nouveau sur ce dossier, je veux qu'elle m'appelle. Je serai chez Carey.

— Comme si tu pouvais être ailleurs un jeudi, réplique Adriana.

Tous les jeudis, depuis quelques années, c'est soirée poker chez le professeur Carey. Des prévenus se sont enfuis et ont été retrouvés durant cette période, des unions ont été célébrées et défaites, mais le jeu, lui, n'a jamais cessé.

Adriana les a baptisés le « Trio Singulier » : Duke, Neal Carey et Lou Lubesnick. Un prêteur de caution judiciaire, un professeur de lettres et un flic, qui jouent aux cartes, vont aux matchs de base-ball et se lancent dans des débats philosophiques interminables sur des sujets anecdotiques.

Par exemple, l'éthique des boissons à volonté dans les fast-foods.

« On nous dit que c'est service à volonté, a fait remarquer Lou au cours d'une de leurs discussions sans fin.

— Mais pas *ad vitam aeternam*, a souligné Neal.

— Il n'y a pas de limite dans le temps.

— Sur un plan légal, peut-être pas, mais au niveau éthique, si », a objecté Neal.

Duke l'a titillé sur ce point, parce que Neal a toujours une fâcheuse tendance à se poser en chantre de la morale. « Bon, alors quel serait le délai acceptable sur le plan de l'éthique, durant lequel on peut remplir son gobelet ? »

Neal a réfléchi un moment avant de rendre son verdict. « Dès que tu quittes les lieux, tu renonces à ton droit de te resservir cette fois-là.

— OK, admettons que j'aie oublié un truc dans ma voiture et que je sois sorti juste le temps d'aller le récupérer, a déclaré Lou. D'après toi, je ne peux plus me resservir quand je reviens ?

— C'est différent, parce que tu le fais pendant la même visite, a répliqué Neal.

— En attendant, j'ai bel et bien "quitté les lieux".

— Temporairement, a précisé Neal.

— Mais c'est toujours temporairement, non, si j'ai l'habitude d'aller dans le même fast-food…

— Non, pas une semaine plus tard, a dit Neal. Ça, ça constitue une visite séparée.

— Donc, c'est bien une question de durée, a affirmé Duke, pour alimenter le débat.

— Tout juste », a affirmé Neal.

Mais Lou ne voulait pas en démordre. Si, de fait, il n'envisageait pas de retourner dans le même fast-food au bout d'une semaine pour se resservir gratuitement un soda, il défendait son idée par principe. « Il n'y a pas d'indication de durée sur le gobelet.

— Du coup, c'est valable à vie ? l'a taquiné Duke.

— Aussi longtemps que le gobelet tiendra le coup, en tout cas, a répondu Lou. Je l'ai payé, non ?

— Mais est-ce que ça te donne des droits à perpétuité sur le liquide dont tu le remplis ? Non, je ne crois pas, a repris Neal.

— Sauf qu'ils comptent en gobelets, pas en quantité de boisson consommée, a observé Duke.

— N'empêche, c'est une dépense pour eux, a souligné Neal.

— Et c'en serait une encore plus grande si je restais assis là à boire pendant des heures, s'est obstiné Lou. Est-ce que ce serait plus éthique si je passais ma journée à occuper une table et à aller me resservir ? Je leur rends service, quand on y pense. »

Ce débat-là dure depuis des mois. Comme celui sur les sachets de ketchup et de moutarde que le gamin à la caisse place sur le plateau avec les serviettes. À savoir : si on ne les utilise pas tous, est-il acceptable de les rapporter chez soi ?

Lou :

« Je les ai payés. »

Neal, en vrai maniaque de l'éthique :

« Tu as payé la quantité de ketchup et de moutarde suffisante pour assaisonner ton hamburger, et de serviettes pour t'essuyer la bouche. »

Lou :

« Mais s'ils t'en distribuent plus, c'est qu'ils estiment que c'est à toi. De toute façon, je doute que les services de l'hygiène les autorisent à réutiliser des sachets qui ont déjà été donnés à un client. »

Duke :

« Donc, tu agis dans l'intérêt de la collectivité. »

Lou :

« Il faut bien que quelqu'un se dévoue. »

Duke se gare à présent dans l'allée des Carey, devant le pavillon de plain-pied dans El Paseo Grande qu'ils ont acquis vingt ans plus tôt, avant que les prix de l'immobilier s'emballent. La vieille Honda Civic de Lubesnick est déjà là.

Tous les efforts que Duke a pu faire pour convaincre Lou d'acheter une nouvelle voiture, ou du moins un modèle plus convenable, ont lamentablement échoué.

« Tu es lieutenant de police, lui a-t-il dit. Tu peux t'offrir une nouvelle bagnole. »

Lou :

« Ce n'est pas la question. Je pourrais aussi m'offrir un diadème orné de pierres précieuses. Est-ce que je devrais m'en acheter un pour autant ? »

Neal :

« Duke ne raisonnait pas en termes de prix. Il faisait état d'une nécessité que tu es à même de financer. »

Lou :

« C'est relatif, le concept de "nécessité". Ma voiture m'emmène d'un point A à un point B. C'est tout ce que j'attends d'elle. »

Duke :

« Mais c'est un vrai tas de boue. »

Lou :

« Ça aussi, c'est hors sujet, peut-être même encore plus que le prix. »

Neal :

« Pas forcément, Si, dans le cadre de tes fonctions, l'aspect de ton véhicule te fait perdre de ton prestige, ça devient un handicap que tu ne peux pas te permettre de porter. »

Lou :

« Ou une sorte de marque de fabrique. Le symbole touchant de mon refus de me conformer au diktat des emblèmes de prestige imposé par notre société. Comme la Cadillac de Duke. »

L'intéressé :

« Je roule en Cadillac parce que je suis gros. »

Neal :

« Non, tu roules en Cadillac parce que tu es nostalgique, tu t'imagines qu'elle te ramène à une époque meilleure que la nôtre. Enfin, d'après toi. »

Duke :

« Exact, je suis d'avis que c'était mieux avant. »

Tout être doué de sensibilité ayant eu l'occasion d'écouter Hank Mobley jouer « No Room for Squares » partagerait la même conviction.

Lou :

« C'est plutôt une question d'image, à mon avis. Quand les délinquants chroniques voient le Duke se balader en toute liberté dans sa bonne vieille Cadillac, ils se disent qu'il peut les libérer, eux aussi. »

Duke :

« Je peux.

— C'est ce que je voulais dire », a conclu Lou.

Qui a ainsi réussi à détourner une nouvelle charge pour le convaincre de changer de voiture.

Ce soir, c'est Karen qui lui ouvre.

Toujours superbe à soixante-huit ans – grande, tout en jambes, longs cheveux blancs retenus par une visière.

— Bonsoir, tocard, entre.

Lou et Neal Carey sont tous les deux de piètres joueurs de poker, peut-être parce qu'ils sont plus concentrés sur leurs débats talmudiques que sur les cartes.

Contrairement à Karen.

Impitoyable, le regard d'acier, c'est une joueuse d'une efficacité brutale qui se fiche royalement de l'éthique et veut juste gagner. De fait, elle finit généralement la soirée avec une bonne pile de jetons devant elle. Parfois, Duke en vient à se dire que c'est normal, puisqu'elle vient du Nevada, même si elle n'est pas originaire de Vegas mais d'une petite ville au milieu des ranchs, tout au nord.

— L'autre loser est déjà là, annonce-t-elle.

— Qui ? Lou ou ton mari ? demande Duke.

— Au choix, répond-elle en le faisant entrer. Les deux.

La cuisine embaume. Le fameux « Redoutable Dip Aux Haricots Noirs » de Karen frémit dans une cocotte, son célébrissime « Chili Encore plus Redoutable » mijote dans une marmite et des *quesadillas* s'empilent sur un plat.

La première fois que Duke avait goûté le « Chili Encore plus Redoutable » de Karen – une recette que, contre toute attente, elle avait obtenue dans un restaurant chinois à Austin, Nevada –, elle l'avait mis en garde contre le côté pimenté de la préparation. Il avait ricané, avant d'en enfourner une grosse cuillérée. Un instant plus tard, ses yeux s'étaient mis à larmoyer, il était devenu cramoisi et aurait été prêt à jurer que même ses cheveux prenaient feu.

Il soulève le couvercle et, d'un mouvement de la main, dirige les effluves vers son nez.

Ce n'est pas comme d'habitude.

— Je l'ai fait à la dinde, explique Karen.

— Mais... pourquoi ? s'étonne Duke, consterné.

— Parce que je n'ai pas envie que tu t'effondres dans ton assiette à notre table.

— Mon cœur se porte bien.

— Eh bien, faisons en sorte que ça dure.

Karen Carey est l'une des meilleures personnes que Duke connaisse. Et aussi l'une des plus attentionnées. Lorsque le diagnostic était tombé pour Marie, c'était elle qui leur avait apporté de bons petits plats, qui avait emmené Marie à ses séances de chimio quand lui-même ne pouvait pas, qui lui avait soutenu la tête pendant qu'elle vomissait.

À la mort de Marie, c'étaient Karen, Neal, Lou et Angie qui l'avaient aidé à surmonter son chagrin, qui l'avaient invité chez eux ou étaient venus boire un verre de vin sur sa terrasse afin d'écourter un peu ses nuits interminables. Et c'était après la mort de Marie qu'ils avaient instauré les soirées poker du jeudi et commencé à prendre des abonnements chaque saison pour les matchs des Padres, même si Neal avait toujours été un fervent supporter des Yankees.

Ça remonte maintenant à – est-ce possible ? – cinq ans.

Il n'aurait jamais pu survivre ne serait-ce qu'une année – surtout la première, la plus terrible – sans la présence de ces personnes-là.

Elles lui sont précieuses.

Tout comme cette maison. Il y a passé tellement d'heures, d'abord à l'occasion de leurs dîners entre couples du temps où Marie était encore avec eux et avant le divorce de Lou et Angie, ensuite pour leur poker du jeudi ou simplement les soirs où il vient regarder la télé ou écouter de la musique avec Neal, qui fait semblant de s'intéresser au jazz West Coast.

C'est le foyer typique d'un universitaire, où chaque pan de mur est occupé par des rayonnages qui vont du sol au plafond, consacrés pour la plupart aux romans de littérature anglaise de Neal – la « Brit lit », comme il l'appelle. Quelques-uns sont réservés à la collection de livres pour enfants de Karen – qui a été institutrice –, et il y a aussi une étagère dédiée aux ouvrages écrits par le maître de céans.

Ce sont tous des textes hautement érudits aux titres tels que *Tobias Smollett et la naissance du héros littéraire moderne*, *Samuel Johnson et les débuts de la « Littérature »*, ou encore *Amazing Grace : Poésie de l'esclavage* – autant d'œuvres que Duke prétend obstinément avoir lues, et que Lou assure n'avoir jamais ouvertes.

De toute évidence, Neal est une pointure dans son domaine.

Duke entre dans la salle à manger, où Neal et Lou se tiennent à côté de la table recouverte de feutrine verte.

Cartes et jetons sont déjà prêts.

— Tu veux boire quoi ? demande Neal.

— Un jus de pamplemousse avec une feuille de kale, plaisante Duke.

Neal lui sert un scotch et choque le verre contre sa propre bouteille de bière.

À soixante-cinq ans, Neal Carey cultive un look un peu canaille pour contrebalancer le stéréotype de l'intello et, au mépris de l'élégance, laisse ses cheveux bruns striés de gris descendre jusqu'à son col. Cette allure n'a cependant rien d'affecté : Neal ne parle pas beaucoup de sa jeunesse mais, au fil des ans, Duke a appris qu'il avait grandi à la dure dans l'Upper West Side new-yorkais du temps où c'était un quartier lui-même dur, qu'il n'avait jamais connu son père, et que sa mère accro à l'héroïne vendait ses charmes pour pouvoir se payer ses doses.

Au début, les étudiants de Neal sont surpris par l'accent new-yorkais, le blouson de cuir noir, l'emploi fréquent de « vachement » comme modificateur (« Vous n'avez jamais entendu parler de Smollett, mais il est vachement important, et je vais vous dire pourquoi ») – un mot qu'il n'utilise jamais en dehors de l'amphi. De même, l'accent disparaît hors de la fac ou, du moins, s'atténue.

« Tu comprends, il faut que tes étudiants puissent t'imiter », a-t-il expliqué à Duke.

Lou Lubesnick embrasse une philosophie similaire : en plus de rouler dans un tas de ferraille, il arbore un bouc aussi noir que son épaisse chevelure lissée en arrière, et ce, au sein du SDPD, une police renommée pour son côté coincé, conservateur et petit-bourgeois, où même les flics mexicains et noirs écoutent de la country. Alors que, pour la plupart de ses collègues républicains, les démocrates ne sont rien d'autre que des communistes, Lou est membre actif de l'ACLU, l'Union américaine pour les libertés civiles.

Duke sait bien qu'aucun de ses amis ne pourrait se permettre ces comportements iconoclastes s'ils ne se distinguaient pas tous les deux par leurs compétences hors pair dans leurs métiers respectifs. La division des cambriolages dirigée par Lou peut se targuer d'avoir un taux d'élucidation parmi les plus élevés du pays, et l'université de San Diego redoute de voir Neal partir à Columbia, qui n'est qu'à quelques stations de métro du Yankee Stadium.

Les trois hommes passent à la cuisine « charger leurs assiettes », selon l'expression familière de Karen, puis retournent dans la salle à manger pour dîner et jouer aux cartes.

Duke découvre que le chili à la dinde n'est pas aussi mauvais qu'il le craignait.

Karen joue au poker fermé ou au stud poker à sept cartes et ne donne pas dans les variantes fantaisistes style jokers, kickers ou n'importe quel autre truc à la con. Elle ne cache donc pas son dédain quand vient le tour de Lou et qu'il annonce :

— Poker fermé à neuf cartes, cinq meilleures cartes, le deux est un joker, la reine rouge peut être un as, dernière carte dans le trou.

— Et de quel trou il pourrait s'agir, hein, Lou ? blague Karen. Ton vagin ?

Elle leur met une branlée encore plus retentissante que d'habitude.

Au bout d'environ dix mains, elle lance :

— Tu joues encore plus mal que d'habitude, Duke. Ça ne m'étonne pas des deux autres, mais toi, en général, tu ne te laisses pas faire aussi facilement.

— Je dois être distrait, se justifie-t-il.

— Par… ? s'enquiert Neal.

— Un fugitif qui me coûte cher, explique Duke.

— Et qui s'appelle ? demande Lou.

— Terry Maddux.

Lou pose ses cartes.

— T'aurais dû le savoir.

Duke acquiesce.

— Erreur de jugement.

— Tu le connais, Lou ? s'étonne Karen.

— Toute la police de cette ville connaît Terry, répond Lou. On l'arrête régulièrement. Pourquoi cette bonne pâte de Duke ici présente a accepté de garantir sa caution, alors ça, ça me dépasse.

— T'as tapé dans le mille, observe Duke. Je dois me ramollir.

— T'es refait de combien ? interroge Neal.

— Trois cent mille.

— Aïe.

— J'ai mis Boone Daniels sur le coup, révèle Duke. On va le retrouver.

Il tire son cigare de sa poche de poitrine et le fiche entre ses lèvres.

Boone passe la nuit à sillonner la Pacific Coast Highway.

Parce que les fugitifs ont des réactions prévisibles : soit ils filent le plus loin possible, soit ils se terrent, auquel cas c'est presque toujours près de chez eux, dans des endroits familiers.

Terry est un surfeur.

Il connaît la PCH.

Et maintenant qu'il a un peu d'argent, il pourrait se cacher dans l'un des innombrables motels qui parsèment une ville touristique comme San Diego. Il pourrait se trouver dans le centre-ville, dans le Gaslamp ou encore dans les banlieues nord, mais Boone en doute.

Terry ne s'éloignera pas de l'océan.

Les surfeurs deviennent nerveux quand ils ne sentent plus l'odeur de la mer.

Alors, au volant de son van, Boone parcourt la PCH, parce qu'il est possible que Terry ait décidé d'attendre le coucher du soleil pour pointer le bout de son nez et aller se chercher quelque chose à manger – probablement dans un stand de tacos ou un fast-food parmi les dizaines qui jalonnent la route.

Quoi qu'il en soit, il est en proie à deux besoins conflictuels.

En tant que fugitif, il lui faut une planque.

En tant que junkie, il lui faut sa dose.

La façon dont les consommateurs prennent contact avec les dealers a changé. Avant, il y avait certains coins de rue, des endroits spécifiques dans les parcs et même des plages où les vendeurs traînaient en attendant les acheteurs. À cette époque, Boone en aurait fait le tour pour localiser sa cible, mais aujourd'hui ces marchés de la drogue n'existent plus. Avec l'avènement du téléphone portable et des réseaux sociaux, les clients ont pris l'habitude d'appeler leur dealer ou de lui envoyer un texto et de convenir d'un rendez-vous dans un lieu fermé, à l'abri des regards.

Alors Boone a dû changer de stratégie.

Il s'est adressé à High Tide. Le membre fondateur de la Patrouille de l'Aube de Pacific Beach appartenait à un gang samoan à Oceanside dans sa jeunesse. Désormais, c'est un véritable saint – tendance Saints des Derniers Jours, il est vrai –, mais il a gardé ses anciens contacts, aussi Boone lui a-t-il demandé de leur transmettre le message : au cas où Terry chercherait à s'approvisionner, ils ont tout intérêt à faire remonter l'info s'ils veulent encore pouvoir compter sur Duke pour une caution.

En attendant un tuyau de leur part, ou de celle d'un bijoutier ou d'un prêteur sur gages, il longe la côte au cas où Terry referait surface.

Dave Love God l'accompagne.

S'ils arrivent à trouver Terry, ils ne seront pas trop de deux pour le maîtriser. De plus, ils ont pas mal de personnes à questionner, parmi lesquelles une bonne moitié de femmes. Or, la gent féminine a un faible pour Dave, peut-être parce qu'elle sent qu'il le lui rend bien.

— Ça me plaît pas, cette histoire, fait remarquer celui-ci.

— À moi non plus, lui assure Boone. Mais Terry a dépassé les bornes. Et c'est bien souvent grâce à Duke qu'on a gagné notre croûte.

Ils partent d'Ocean Beach au sud – juste « OB » pour ceux du coin – et remontent vers le nord, en s'arrêtant dans tous les motels et fast-foods. Ils se relaient, l'un restant dans la voiture pendant que l'autre va montrer la photo de Terry aux employés et serveurs pour savoir s'ils l'ont vu.

À OB, aucun ne l'a aperçu – ou, du moins, ne l'avoue.

Idem à Mission Beach.

Quand ils arrivent sur leur territoire, à Pacific Beach (PB), la chance leur sourit enfin dans un petit motel situé juste à côté de Mission Boulevard.

Boone entre parler à la réceptionniste, une Indienne d'une cinquantaine d'années qui se révèle être également la gérante. Il lui tend la photo.

— Avez-vous vu cet homme ?

— Vous êtes de la police ?

— Non, madame, mais je suis suppléant, en quelque sorte.

— Nous avons un devoir de confidentialité envers nos clients, se défend-elle.

— Donc, c'était un de vos clients ? Il a séjourné ici ?

— Qu'est-ce qu'il a fait ?

— Frappé une femme, entre autres, répond Boone.

Elle réfléchit une minute, puis déclare :

— Il a pris une chambre hier soir.

— Quel numéro ? s'enquiert Boone, qui sent une montée d'adrénaline.

Dave est resté dehors, à surveiller le parking au cas où Terry serait là et déciderait de détaler en voyant Boone.

— La 208, dit-elle.

— Il y est encore ?

— Non, il a réglé sa note ce matin. Ou plutôt, cet après-midi. Les chambres doivent être libérées à midi, et j'ai dû l'appeler à midi et demi.

Donc, Terry s'est réfugié ici après avoir quitté la maison de Samantha avec son butin, songe Boone. Il a été assez malin pour ne séjourner qu'une nuit, parce qu'il connaît la chanson. Et il est sûrement en train de se chercher une autre planque où disparaître en attendant de pouvoir tirer de la montre et du collier de quoi mettre les voiles.

On est engagés dans une course.

— Vous savez s'il était seul ? demande-t-il.

Bien sûr qu'elle le sait. La réception est propre et ordonnée. Nul doute qu'une gérante comme elle est au courant de toutes les allées et venues dans son établissement.

— Une jeune femme l'a rejoint dans sa chambre, révèle-t-elle.

— Elle était avec lui quand il est parti ?

La femme prend un air gêné.

— Oui.

Conclusion, Terry s'est trouvé une autre bonne âme. Il a maintenant un moyen de transport et peut-être un endroit où se cacher.

— Vous pouvez me dire quel genre de voiture elle conduisait ?

— Désolée, je n'y connais pas grand-chose.

Il la remercie et retourne vers le van.

— Il était encore ici à midi, apprend-il à Dave. Mais il s'est tiré.

— On fait quoi, maintenant ?

— On maintient la pression. Parmi tous ceux qu'on interroge, il y en aura bien un qui s'empressera d'aller avertir Terry qu'on est sur sa piste. Si on le force à bouger, on a nos chances.

Ils sont à Solana Beach quand le téléphone sonne.

C'est Tide.

Terry va s'approvisionner.

Tide les attend sur le parking de la résidence Carlsbad Shore, près de Washington Avenue et de Chestnut Street, North County, à trois cents mètres seulement de Tamarack Beach à l'intérieur des terres. Son pick-up est garé sur le côté est du petit immeuble, près d'une bande étroite de végétation qui borde le chemin de terre longeant la voie ferrée.

Boone s'arrête à sa hauteur.

Tide baisse sa vitre.

— Tu connais Tommy Lafo ? lance-t-il.

Négatif.

— Tu perds rien, déclare Tide. C'est un minable, un dealer d'héro.

— Il habite ici ?

— Pas lui, ses grands-parents.

— Ils sont là ? demande Boone.

Ça pourrait poser un problème. Il n'a pas envie de mêler des personnes âgées à cette histoire ni de leur faire courir des risques.

Tide secoue la tête.

— Ils sont partis à Palauli voir la famille. Ils en crèveraient de honte s'ils savaient.

— Pourquoi Lafo t'a balancé Terry ?

— Il a des emmerdes avec l'OSU, explique Tide. Il a mis en cloque la nièce d'un big boss et ils veulent le punir. Il a besoin d'aide.

Et il a frappé à la bonne porte, pense Boone. Il y a des années que High Tide a quitté l'Organisation samoane unie, mais ses membres lui accordent encore le respect dû à un « oncle » qui joue le rôle de pacificateur entre les Fils de Samoa, les Tonga Crips et les autres gangs insulaires. Il a le pouvoir de relâcher la pression sur Tommy, peut-être même de lui obtenir une marche jusqu'à l'autel avec sa dulcinée plutôt qu'un aller simple vers un terrain vague.

— On ferait bien d'y aller, reprend Tide. Maddux est en route.

— Il vient comment ? questionne Dave.

— Tommy me l'a pas dit. À mon avis, il en sait rien.

— Sans doute avec la fille d'hier soir, suppose Boone.

Tide et lui entrent dans l'immeuble, tandis que Dave reste dehors pour faire le guet au cas où Terry tenterait de fuir. Le bâtiment est quelconque – un simple cube de béton. Ils prennent l'ascenseur jusqu'au deuxième étage.

Tide frappe à la porte de l'appartement.

Tommy Lafo leur ouvre. Gringalet, une vingtaine d'années, longs cheveux noirs relevés en chignon. Des tatouages partent de son cou et disparaissent sous sa chemise noire, ses bras en sont couverts aussi. Il semble nerveux.

À juste titre, se dit Boone.

On ne déconne pas avec un type comme High Tide.

Tommy lève les yeux vers lui.

— Ça gaze, *uce* ?

— Je suis pas ton « frère », *pukio*, rétorque Tide. Je te présenterais bien, mais t'es pas digne de connaître mes amis. Maddux arrive ?

— Dans cinq minutes, répond Tommy. Il vient de m'envoyer un texto.

Tide balaie du regard le petit appartement – le salon, la cuisine où ils se trouvent, une porte ouverte sur une chambre à coucher, une autre sur la salle de bains.

— On va attendre dans la chambre, précise-t-il. Tu le fais entrer et tu fermes la porte derrière lui. Où est ta came ?

Tommy indique un sac à dos posé sur une chaise.

— Là-dedans.

— Tu prends son pognon et tu lui files la dope. On lui tombera dessus pendant qu'il est occupé. Surtout, tu t'en mêles pas, OK ?

— Pigé.

— Si tu me la fais à l'envers, *ou e fasioti oe*, le prévient Tide en le foudroyant du regard.

Tommy blêmit.

Boone ne parle pas le samoan, mais il est évident pour lui que Tide a dit au gamin qu'il le tuerait.

Ils se rendent dans la chambre, dont ils laissent la porte entrebâillée.

Le portable de Boone vibre. Il décroche.

— Terry vient de sortir d'une bagnole, annonce Dave. C'est une nana qui conduit. Elle est restée au volant.

Boone raccroche et fait un signe de tête à Tide.

Celui-ci tire une paire de menottes de sous sa chemise.

Boone entend le signal de réception d'un SMS sur le portable de Tommy. Terry doit l'informer qu'il monte.

Une minute passe…

Quatre-vingt-dix secondes…

— Il nous a baisés, chuchote-t-il.

Tide et lui sont à la porte quand Dave rappelle :

— Il est sur le parking, il fonce vers la bagnole. Je vais lui couper la route.

Toujours au téléphone, Boone sort de l'appartement en trombe et, au lieu d'attendre l'ascenseur, dévale l'escalier.

— La nana a foutu le camp, l'informe Dave. Je suis derrière Terry, il file vers le sud.

En débouchant sur le parking, Boone tourne à droite et voit Dave traverser un terrain vague, puis s'engager dans un passage étroit entre une vieille remise et un autre immeuble d'habitation. Il s'élance à sa suite dans l'allée qui se rétrécit entre deux autres bâtiments, puis entend Dave crier « Là ! » et aperçoit Terry qui jaillit de l'allée et s'engage dans une arrière-cour.

Il le perd.

Mais Dave hurle :

— À droite ! À droite !

Boone traverse l'arrière-cour à son tour, pour déboucher sur une voie plus large qui donne sur un cul-de-sac. Il avise Terry devant lui, qui en sort, saute par-dessus des buissons bas et fonce vers le sud sur le chemin de terre le long de la voie ferrée.

Dave est à une vingtaine de mètres derrière lui.

Tout est déjà joué. Ce n'est pas la longueur d'avance prise au démarrage qui va permettre à un junkie plus tout jeune de distancer un sauveteur en mer de légende, trentenaire et au top de sa forme. Dave Love God, qui s'entraîne en permanence pour aller récupérer des personnes en difficulté dans les grosses vagues, les courants puissants et les contre-courants infernaux, possède une capacité d'endurance qui le place au même niveau que les athlètes de classe internationale.

Ce n'est pas le cas de Boone, dont la condition physique reste néanmoins excellente grâce à un minimum d'une session de surf quotidienne. Ramer sur une planche, ça peut paraître facile, comme si le surfeur glissait sans effort à la surface, mais ceux qui n'ont jamais pratiqué n'imaginent même pas à quel point c'est éreintant.

Quant à Tide, avec ses cent trente-cinq kilos, il n'a rien d'un athlète quand il descend de sa planche, pourtant il ahane à leur suite, furieux et déterminé, porté par l'ADN de ses ancêtres qui ont pagayé sur des milliers de kilomètres en pleine mer à bord de simples canoës.

Terry ne risque pas de semer ces trois-là, et il ne pourra bientôt plus se mettre à couvert nulle part vu que la végétation se raréfie au bord du chemin qui s'élargit.

Ce n'est plus qu'une question de temps, Boone le sait. Quelques minutes maximum.

Puis il entend le sifflet.

Et se retourne pour voir les phares d'un train arrivant du sud.

Il se rend compte que Terry l'a repéré aussi, parce qu'il pile net et jette un coup d'œil derrière lui en envisageant à l'évidence de faire quelque chose de téméraire.

Pour le moins.

— Non, Terry, fais pas ça ! crie Boone.

Comme si un simple « Non, Terry, fais pas ça ! » avait déjà réussi à l'arrêter. « Non, Terry, rame pas vers cette vague », « Non, Terry, reprends pas un *shot* », « Non, Terry, touche pas à l'héro »... Terry Maddux a toujours donné un sens à sa vie en défiant les « Fais pas ça, Terry » pour les transformer en « Terry l'a fait » et, en cet instant, il est clair qu'il évalue ses chances de parvenir à traverser les rails devant un train lancé à fond afin de le mettre entre lui et ses poursuivants.

Il a déjà accompli ce genre d'exploit sur un jet-ski – battre de vitesse une vague gigantesque pour sortir un copain de la zone d'impact. Merde, il l'a même accompli sur une planche, en dévalant une vague mortelle pour s'engouffrer dans le tube juste avant qu'elle casse et l'écrase.

Il s'en est toujours sorti.

Ce qui n'empêche pas Boone de crier encore une fois :

— Non, Terry, fais pas ça ! Ça vaut pas le coup !

Terry n'est manifestement pas de cet avis.

Au grand effroi de Boone, il prend son élan et se rue devant le train.

À son effroi plus grand encore, Dave fait mine de le suivre.

Boone s'élance, le ceinture et le retient.

Ils restent là à regarder Terry sprinter entre les rails tandis que le conducteur du train s'excite sur l'avertisseur sonore et arrache des crissements stridents aux freins dans une vaine tentative pour s'arrêter à temps.

Terry franchit la voie ferrée à un mètre cinquante de la locomotive.

— Nom de Dieu, lâche Boone.

Par-dessus le grondement des wagons lui parviennent le rire dément de Terry et son cri :

— Va te faire foutre, Boone !

Dave est furieux.

— J'aurais pu passer.

Possible, pense Boone. Il sait qu'une foi indéfectible en sa capacité à réussir l'impossible a permis à Dave de sauver de nombreuses vies dans les eaux de la baie de San Diego. Mais il réplique :

— Ça ne valait pas le coup.

Tide se penche en avant, attrape ses genoux et avale de grandes goulées d'air.

— Il est aux abois, observe Boone. Il n'a pas réussi à s'approvisionner ni à fourguer la marchandise, et il a compris qu'on se rapprochait. Il va finir par commettre une erreur et on le chopera.

Mais au fond, il n'en est pas si sûr.

Ils retournent vers le parking de l'immeuble.

Tide remonte mettre une raclée à Tommy Lafo.

— T'as une idée de l'endroit où Terry a pu aller ? demande Dave à Boone.

— Peut-être chez la fille qui l'a amené ici.

— J'ai relevé le numéro de plaque.

— Je m'en doutais.

Ils passent un coup de fil à Duke, qui téléphone à l'un de ses (nombreux) contacts dans la police et les rappelle vingt minutes plus tard avec un nom et une adresse.

Sandra Sartini.

1865, Missouri Street à Pacific Beach.

Duke va répondre au coup de sonnette.

Stacy, qui frise la trentaine, est une rousse plantureuse aux jambes interminables. Elle cultive un look un brin rétro qui correspond bien aux goûts d'un homme comme Duke, porté à la nostalgie. En l'occurrence, Chet Baker chante « But Not for Me » en fond sonore.

Il la fait entrer.

Ce n'est pas la première fois qu'elle vient. Elle abandonne son sac sur le canapé et lui décoche un grand sourire. Elle a de l'affection pour lui : c'est un gentleman, il n'est pas tordu et lui donne toujours de généreux pourboires.

— C'est Harry Connick Jr ? hasarde-t-elle.

— Non, Chet Baker.

— Oh. La dernière fois c'était… Gil Evans, non ?

— Excellente mémoire.

Il se dirige vers le bar, leur sert à chacun un verre de scotch, en offre un à Stacy et l'invite d'un geste à s'asseoir. Il n'est pas pressé d'en arriver à la raison de sa venue et elle sait par expérience qu'il la dédommagera pour son temps.

Tout comme elle sait qu'il n'est pas de ces hommes qui ont juste envie de parler. Il voudra du sexe, c'est certain, mais il aime bien échanger quelques civilités avant. À son contact, elle s'est rendu compte qu'elle appréciait la courtoisie, et elle a aussi acquis quelques rudiments de culture musicale.

Duke, lui, est attentif à ses plaisirs. Estimant que la précipitation reviendrait à les gâcher, il s'attache à savourer son whisky, la musique, les effluves du parfum de Stacy, la vue du galbe de sa cuisse sous sa jupe et de l'éclat de ses yeux verts. Dans quelques minutes, il posera son verre, lui tendra la main et l'emmènera dans la chambre à l'étage.

Sa profession l'amène à côtoyer beaucoup de call-girls, dont les meilleures. Stacy fait partie de ses préférées, pour autant il n'est pas du genre à entretenir l'illusion, comme un vieil imbécile, qu'ils ont une relation affective. Il ne s'agit là que d'une transaction commerciale – il en est à la fois conscient et satisfait –, qui ne suscite en lui aucune culpabilité, ni avec Stacy ni avec une autre fille.

Il n'a jamais trompé Marie, n'y a jamais songé et ne s'est jamais laissé tenter, même si des centaines de femmes – littéralement – se sont offertes à lui en échange d'une caution. Mais Marie n'est plus là, et ce depuis déjà un bon moment, et Duke est réaliste.

Un homme a des besoins.

C'est le moyen le plus simple et le plus direct d'y répondre. Duke ne veut pas d'une « relation », il est convaincu qu'il ne retombera plus amoureux. Il lui faut juste du sexe. Le sexe, c'est amusant, c'est agréable et nécessaire, mais rien de plus. Stacy est douée au lit, elle fera bien son boulot, en y mettant du charme et du cœur, ensuite elle prendra une douche, se rhabillera et s'en ira.

Il se réveillera seul. Si la perspective de coucher avec quelqu'un ne lui donne pas le sentiment de trahir la mémoire de Marie, celle de se réveiller avec quelqu'un en revanche le dérange, pour des raisons qu'il ne parvient pas à s'expliquer. Et il n'a aucune envie de débattre de leur dimension morale, même avec Neal et Lou.

La chanson se termine, et Chet se lance dans « That Old Feeling ».

Duke pose son verre sur la desserte puis tend la main à Stacy.

— Je me fais du souci pour Duke, dit Karen en se glissant entre les draps.

— Il va bien, affirme Neal, qui délaisse son roman de Val McDermid.

Tout spécialiste en littérature picaresque qu'il est, il a développé une passion pour le roman policier, et les livres de poche – Ian Rankin, Lee Child, T. Jefferson Parker – s'empilent sur sa table de chevet.

— Je n'en suis pas si sûre, objecte Karen. Où en est son cœur ?

Neal hausse les épaules.

Une réaction qui provoque un froncement de sourcils chez Karen.

— On a une règle entre nous, explique-t-il. On ne parle pas de nos problèmes de santé.

Sa femme secoue la tête. Ces hommes-là sont capables de passer des heures à discuter pour savoir si la nouvelle théorie de « l'angle de projection » signifie la mort du base-ball, ou à analyser le bien-fondé des cartes de fidélité (« Comment peut-on associer la notion de fidélité à un magasin au fait de récupérer dix pour cent de ce qu'on y dépense ? » a demandé Neal une fois), mais refusent d'aborder un sujet aussi vital, au sens propre, que leur santé.

— Il m'a paru fatigué, insiste-t-elle.

— Il s'inquiète pour son affaire et pour cette histoire avec – comment il s'appelle, déjà ? – Terry Maddux.

Karen en est à la page 85 du livre de Michelle Obama. Elle repère le bon passage, commence à lire, puis reprend la parole :

— Tu ne peux pas l'aider à retrouver ce type ?

— Il y a bien longtemps que je ne recherche plus personne, répond Neal.

Avant d'obtenir ses diplômes et d'embrasser une carrière universitaire, il enquêtait sur des personnes disparues pour une agence de détectives très sélecte qui aidait les riches à régler leurs problèmes.

— C'est peut-être comme le vélo, avance Karen.

— Je n'ai jamais fait de vélo et je n'ai pas l'intention d'essayer. De toute façon, Duke est un pro et il a une bonne équipe qui connaît bien la rue. Je pourrais peut-être retrouver Maddux s'il était porté disparu à la fac, dans la salle des profs, mais en dehors de ça...

Karen feint de se replonger dans sa lecture.

— Je me disais juste que tu aurais peut-être envie de donner un coup de main à ton ami.

— Tu n'arrêtais pas de me harceler pour que je lâche ce boulot, tu te souviens ?

Oui, elle s'en souvient. Ils s'étaient même séparés pendant plusieurs années à cause de ça – parce qu'il était toujours parti, toujours occupé à traquer quelqu'un, à se livrer à des activités secrètes dont il ne pouvait pas lui parler. Il avait fallu qu'il lui promette de laisser tomber son travail, et tienne parole, pour qu'elle accepte de revenir. Et elle est beaucoup plus heureuse depuis, dans son rôle d'épouse de professeur, aussi a-t-elle bien conscience de l'hypocrisie de ce qu'elle est en train de suggérer.

— C'est un sport de jeune homme, ajoute Neal. Et je suis désolé de te l'apprendre, mais je n'en suis plus un.

— Tu es encore suffisamment jeune, réplique-t-elle en posant son livre pour se tourner vers lui.

C'est vraiment une excellente joueuse de poker.

Au bout d'un moment, il déclare :

— OK, je lui passerai un coup de fil.

Boone reste assis là toute la nuit.

Dans la Boonemobile, devant le 1865, Missouri Street.

Un autre immeuble, dans un autre cul-de-sac.

Une grande résidence en forme de U, avec une cour centrale et une piscine.

Sandra est chez elle – ou, du moins, sa voiture se trouve dans le parking souterrain. La Boonemobile est stationnée dans la rue en face de l'allée qui y descend. Dave s'est garé un peu plus loin dans Chalcedony Street, et Tide, dans Academy Street, au cas où Terry arriverait par une des entrées de derrière.

C'est la bonne stratégie, pense Boone, mais elle ne donnera sans doute rien : en habitué de la cavale, Terry doit savoir qu'ils ont relevé le numéro d'immatriculation et qu'il vaut mieux éviter cette adresse. Il y a néanmoins une petite chance pour qu'il ne soit pas dans son état normal. S'il se sent acculé ou s'il est trop en manque pour réfléchir, il pourrait commette une erreur et prendre le risque de rejoindre Sandra.

Boone a déjà demandé aux employés de Duke de faire des recherches sur elle. Sandra Sartini est infirmière à l'hôpital Sharp Grossmont, où elle travaille aux urgences. Donc, elle est intelligente, gagne bien sa vie et ne doit pas céder facilement à la panique.

Sans raison autre que le désœuvrement, il appelle Dave.

— T'as quelque chose ?

— J'en sais rien. À ton avis, Terry est capable de changer de forme ?

— Pas que je sache, répond Boone.

— Alors j'en déduis que c'était pas lui le chat que je viens de voir.

Le soleil ne va pas tarder à se lever. Hang Twelve, Johnny Banzai et Sunny Day, de la Patrouille de l'Aube, seront bientôt dans l'eau, en train de se demander où sont les autres.

— Tu crois que Terry est déjà à l'intérieur ? poursuit Dave. Qu'il aurait pu arriver avant nous ?

— Possible.

— On devrait aller voir, non ?

Il est trop tôt, estime Boone. Il ne veut pas que Sandra prenne peur en entendant des types cogner à sa porte au beau milieu de la nuit, et cause un esclandre qui pourrait alerter à la fois les voisins et la police. La meilleure solution, lui semble-t-il, c'est d'attendre qu'il fasse jour, et de se présenter à une heure où Terry, s'il est là, est le plus susceptible de dormir.

C'est toujours mieux d'être le cauchemar éveillé de sa cible.

Soudain, Boone voit dans son rétroviseur une voiture se garer derrière lui, à environ cinq mètres. Un homme coiffé d'une casquette de base-ball en sort, fourre les mains dans les poches de son blouson de cuir noir, s'approche du van et toque à la vitre.

Boone la baisse.

— Boone Daniels ?

— Oui ?

— Je m'appelle Neal Carey. Duke Kasmajian m'a demandé de passer, au cas où je pourrais vous être utile.

Ils entrent dans la résidence à 7 heures.

Soit Terry est déjà là, soit il ne viendra plus. Pendant que Tide et Dave surveillent l'arrière au cas où il tenterait de s'échapper par une fenêtre, Neal et Boone s'engagent dans la cour, contournent la piscine et sonnent chez Sandra Sartini, qui occupe un appartement en rez-de-jardin.

Elle n'ouvre que deux minutes plus tard, et Neal se dit qu'elle a peut-être réveillé Terry dans l'intervalle. Auquel cas, pas de problème : s'il est en train de passer par la fenêtre de la salle de bains, il atterrira droit dans les bras des copains de Boone, qui lui ont paru tout à fait aptes à maîtriser un fugitif.

Mais Sandra, en jean et sweat-shirt, ne semble pas sortir du lit. Elle est jolie, avec son nez aquilin constellé de taches de rousseur et ses sourcils bruns bien dessinés.

Une tasse de café dans la main gauche, elle s'efforce de prendre un air et un ton étonnés devant une visite aussi matinale.

— Oui ?

— Bonjour, mademoiselle Sartini, commence Neal. Terry Maddux est là ?

— Qui ?

— Inutile de jouer à ce petit jeu. Hier soir, vous avez conduit Terry Maddux chez un dealer d'héroïne pour qu'il puisse se fournir.

— Je ne vois pas de quoi vous voulez parler.

— Pouvons-nous entrer ?

— Non, répond-elle. Partez ou j'appelle la police.

— Allez-y, ne vous gênez pas, réplique Neal. Comme ça, on pourra discuter tous ensemble de votre décision d'héberger un fugitif. S'il est bien chez vous et qu'il a de la drogue sur lui, vous perdrez le droit d'exercer. Autre possibilité : vous nous autorisez à jeter un rapide coup d'œil et, s'il n'y a personne, on débarrasse le plancher. On ne regardera que ce qui concerne Terry.

Elle s'efface pour les laisser passer.

C'est un petit deux-pièces. Un comptoir sépare le salon de l'étroite cuisine, et la porte de la chambre est ouverte.

— Vous permettez ? demande Boone.

Sandra soupire.

— Maintenant que vous êtes là…

Neal va se placer à côté de la porte et Boone reste quelques pas en arrière au cas où Terry attendrait que le premier ait franchi le seuil pour foncer sur l'autre, tenter de le déséquilibrer et se ruer vers l'entrée de l'appartement.

Mais Boone n'est pas du genre à se laisser déborder, songe Neal. Tous deux se sont déjà mis d'accord sur le fait que lui-même se chargerait du plus gros de l'interrogatoire et que Boone gérerait le corps-à-corps le cas échéant.

Il espère qu'ils n'auront pas besoin d'en arriver là.

Il n'a jamais aimé les corps-à-corps.

— Si vous êtes là, Terry, sortez, dit-il. On ne va pas s'abaisser à ça, c'est dégradant.

Pas de réponse.

Neal pénètre dans la chambre.

Terry n'y est pas.

Ni dans le lit, ni dessous, ni dans la petite penderie.

Il n'est pas non plus dans la salle de bains, ni dans la cabine de douche.

En revenant dans la chambre, Neal remarque que la fenêtre est close et verrouillée. Sandra aurait pu la refermer après le départ de Terry mais, si tel était le cas, Tide aurait déjà appelé.

Neal retourne dans le salon.

— Satisfait ? lui lance Sandra, assise sur le canapé.

— Il n'y a aucun motif de satisfaction dans cette histoire, affirme Neal. Quand avez-vous vu Terry pour la dernière fois ? Au moment où vous avez pris peur et quitté le parking à Carlsbad ? Ou est-ce qu'il vous a appelée après pour que vous lui serviez de chauffeur ?

— Je n'ai pas à répondre à vos questions.

Il prend place à côté d'elle.

— Rassurez-moi, mademoiselle Sartini : dites-moi que vous n'avez pas volé de médicaments pour lui à l'hôpital.

— Je ne suis pas une voleuse.

— Mais il vous l'a demandé, n'est-ce pas ?

Sandra hausse les épaules, genre, forcément, c'est un junkie.

— C'est lui qui vous a fait ça ? interroge-t-il.

— Qui m'a fait quoi ? réplique-t-elle en portant instinctivement la main à son cou.

— Les bleus sur votre gorge, sous vos cheveux. Quand vous avez refusé, il a pété les plombs et essayé de vous étrangler. Après, il s'est confondu en excuses, vous a suppliée de lui pardonner et vous a dit que, si vous l'aimiez, vous pouviez au moins le conduire chez son dealer. Et, bien sûr, il a promis que ce serait son dernier fix, qu'après il se rendrait et arrêterait la came.

— Comment vous avez deviné ?

— Ma mère était une junkie. Des junkies, j'en ai connu toute ma vie. Non, la vraie question, Sandra, c'est de savoir ce que vous allez décider maintenant.

— Comment ça ?

— Eh bien, vous avez le choix : soit vous gardez le silence et il reste planqué là où il est jusqu'à ce qu'il fasse une overdose, soit vous me révélez où vous l'avez déposé pour qu'on ait une chance de le retrouver vivant plutôt que refroidi avec une aiguille plantée dans le bras.

Il la laisse réfléchir un moment et se borne à la regarder.

Au bout de quelques minutes, elle crache le morceau :

— Je l'ai conduit au Longboard.

Neal jette un coup d'œil à Boone, qui explique :

— C'est un bar de surfeurs à Pacific Beach.

— Pourquoi voulait-il aller là-bas ?

— Il m'a raconté que ça appartenait à un ami à lui, répond Sandra.

— Brad Schaeffer, précise Boone. Alias Shafe. Terry et lui sont de vieux copains.

Neal donne à Sandra l'une des cartes de visite de Duke.

— Si Terry vous contacte, vous voulez bien appeler ce numéro ?

— Je l'aime, confesse-t-elle.

— C'est pas simple, hein ? réplique Neal en se levant. Bon, si vous avez un problème un jour, n'hésitez pas : Duke Kasmajian a une dette envers vous.

Il lui remet une seconde carte.

— Ça, c'est celle d'un lieutenant de police qui s'appelle Lubesnick. Il travaille dans un service différent, mais il pourra vous diriger vers la bonne personne si vous souhaitez porter plainte pour coups et blessures.

— Je ne veux pas en arriver là.

— Terry a agressé une autre femme et il a tenté de vous étrangler. Il faut vraiment que quelqu'un meure pour que l'une de vous réagisse enfin ? Réfléchissez, bon sang ! s'exclame Neal.

Lorsque les deux hommes ressortent dans la cour, Boone déclare :

— Vous avez assuré, Neal.

— Je lis beaucoup.

Ils se rendent au Longboard, dans Thomas Avenue, à seulement deux rues de la plage.

Un repaire de surfeurs typique : bière au pichet, *shots*, nachos, tacos, ailes de poulet, hamburgers convenables. Depuis peu, Shafe a fini par céder à la folie du moment et propose des bières artisanales. Boone est déjà venu au Longboard un bon millier de fois.

À 7 h 30 du matin, l'établissement est fermé, il n'y a personne en vue.

— Parlez-moi de Shafe et de Maddux, dit Neal.

— Eh bien, au début, ils ont pris pas mal de grosses vagues ensemble, explique Boone. Todos Santos, Cortez Reef, Mavericks... Terry a fait carrière dans le surf, il a voyagé dans le monde entier avec les sponsors, posé pour des magazines, tourné dans des vidéos. Mais pas Shafe.

— Pourquoi ?

— Personne n'arrivait à la cheville de Terry. Et Shafe est un Californien pur et dur, il tenait à rester près de son bar et de ses vagues. Sans compter que c'est un père dévoué. Il a quatre fils dont il ne voulait rater ni les compétitions de surf ni les matchs de la Little League. Résultat, Terry est devenu une star, et lui s'est contenté d'être une légende locale.

— Et aujourd'hui, il est aigri ?

— Pas à cause de ça.

— De quoi, alors ? interroge Neal.

— Son fils aîné, Travis, est mort d'une overdose d'héroïne il y a trois ans. Il ne s'en est jamais remis.

— Qui le pourrait ?

Boone était allé à l'enterrement.

C'était brutal.

— Vu le contexte, reprend Neal, comment Maddux peut-il penser que Schaeffer va l'héberger ?

En réponse, Boone lui raconte une histoire. Des années plus tôt, à Mavericks, Shafe avait fait un wipeout sur une vague de dix mètres. Complètement groggy et désorienté, ballotté par les eaux sombres et froides, il n'était plus capable de distinguer le haut du bas ni de s'accrocher à son leash pour remonter. Et la vague l'entraînait droit vers un récif immergé, le condamnant à mourir sous le choc s'il ne s'était pas noyé avant.

Sans hésiter, Terry avait foncé sur son jet-ski au cœur de la zone d'impact. Alors que le rempart liquide le surplombait telle une gigantesque épée prête à l'anéantir, il avait mis les gaz et récupéré Shafe juste au moment où la vague cassait. Puis on l'avait vu ressortir du tube, avec son copain accroché derrière lui.

Un acte d'héroïsme typique. Terry Maddux dans toute sa splendeur.

— Du coup, Schaeffer pense qu'il lui doit la vie, conclut Neal.

— Ce n'est pas qu'il le pense, c'est un fait.

— Et où habite Shafe ?

— Dans Cass Street. Mais je ne crois pas que Terry soit là-bas. Ellen – la femme de Shafe – lui a interdit de remettre les pieds chez eux. Elle refusait qu'un camé approche ses enfants.

— Dur.

— Ouais.

— Donc, soit Terry est dans ce bar, récapitule Neal, soit... Est-ce que Schaeffer le conduirait au Mexique ?

— Sans hésiter.

Neal soupire.

— Si Maddux a réussi à fourguer les bijoux, il est déjà loin. On l'a perdu.

Ils s'attardent tout de même devant le Longboard, au cas où Terry y serait encore et déciderait de se montrer.

Mais, tel que le connaît Boone, il y a toutes les chances pour qu'il soit sur une plage de Rosarita, à boire une margarita en se foutant d'eux.

Terry ressort toujours du tube.

Duke reçoit un coup de fil.

C'est Sam Kassem, propriétaire d'une des plus grosses bijouteries de San Diego, qui lui annonce :

— Ces pièces que vous avez signalées. Un type est venu ce matin pour essayer de les vendre. Mon employé lui a dit de patienter et il est passé dans l'arrière-boutique pour appeler la police. Quand il est revenu, le gars avait filé.

— Les flics ont dit quoi ?

— Ils ne peuvent rien faire, parce que le vol n'a pas été déclaré.

— C'était Terry Maddux ? demande Duke.

— Je ne sais pas qui c'est, répond Kassem. Mais il a été filmé par la caméra de surveillance.

— OK, Sam, merci. J'ai une dette envers vous.

— Vous ne me devez rien du tout.

Duke visionne la vidéo transmise par Kassem. Elle montre un Blanc d'environ un mètre quatre-vingt-cinq, entre quarante-cinq et cinquante-cinq ans, les cheveux noirs en brosse, vêtu d'une chemise en denim noire sur un jean.

Ce n'est pas Terry.

Mais c'est une bonne nouvelle malgré tout, car ça signifie que Terry n'a pas réussi à se procurer le cash nécessaire pour prendre la tangente.

Duke envoie la séquence vidéo sur le portable de Boone.

En ce matin d'hiver, Boone n'a aucun mal à trouver une place sur le petit parking de Neptune Place, au sommet des falaises qui dominent Windansea Beach.

C'est un site emblématique, un de ces rares endroits à pouvoir s'enorgueillir d'un double pedigree, en littérature et dans la culture du surf. Tom Wolfe l'a rendu célèbre avec son livre *The Pump House Gang* mais, bien avant lui, les vieux de la vieille l'avaient fait connaître comme un haut lieu du surf à San Diego.

La station de pompage a disparu depuis longtemps, les vieux de la vieille ont perdu beaucoup de leurs membres, mais la notoriété de Windansea demeure intacte.

Terry Maddux a surfé ici.

Quelques-uns de ses anciens amis le font encore.

Seuls les purs et durs sont de sortie aujourd'hui.

Le froid est mordant, le vent souffle du nord-ouest et une forte houle se forme. L'océan est d'un gris ardoise sombre, d'un ton plus soutenu que le ciel plombé. Les surfeurs qui sont à l'eau portent des combinaisons épaisses ainsi que des chaussons, et même pour certains une cagoule.

D'autres ont choisi de ne pas y aller. Se retrouver entre copains pour échanger des histoires et regarder la jeune génération se colleter avec les vagues suffit à contenter certains de ces vétérans. Après tout, il est un axiome selon lequel plus on vieillit, plus l'eau est froide. Les vieux de la vieille se souviennent des étés, pas des hivers.

Boone laisse sa planche dans son van.

Après avoir ramené sa capuche sur sa tête, il s'engage sur le chemin de terre qui descend vers la plage, où, comme il s'y attendait, traîne une bande de briscards. Plusieurs se sont équipés et ont apporté leur board, comme s'ils comptaient s'offrir une session. Les autres ne se sont même pas donné la peine de feindre.

L'accueil réservé à Boone est bourru mais amical.

Il a beau appartenir à la génération suivante, il a acquis une solide réputation qui lui vaut le respect. Tout le monde sur cette côte sait que Boone Daniels assure sur une planche, il a fait ses preuves, aussi lui épargnent-ils les vannes habituellement réservées aux étrangers.

Il en est un parmi eux qui se distingue par sa virulence vis-à-vis des petits nouveaux : Brad Schaeffer.

Shafe est de la vieille école. Si le gris argent a aujourd'hui envahi ses cheveux noirs coupés en brosse, il est tout en muscles – il a un corps pareil à une corde tendue –, et tatoué. Quand on a besoin d'un « shérif » à Windansea, Schaeffer est l'homme de la situation. Il maintient les indésirables à distance et les habitués dans le rang.

Il ne va pas dans l'eau aujourd'hui, mais Boone est prêt à parier qu'il ira demain.

Quand il y aura du gros.

— Ça craint, ce que tu fais, lui lance Shafe. Trahir un frère pour du pognon.

— Il essaie d'arnaquer Duke de trois cent mille, souligne Boone.

Lequel Duke a payé plus d'une fois la caution de Shafe. Quand Shafe picole, il peut devenir méchant. Merde, même quand il ne picole pas, il peut devenir méchant. Il s'est bagarré dans son propre bar, tout comme il s'est bagarré ici, à quelques pas de l'endroit où ils se tiennent, lorsqu'il jugeait qu'un nouveau venu empiétait sur son territoire. Mieux vaut éviter d'en venir aux poings avec Brad Schaeffer, Boone en a bien conscience. En général, ça se termine mal.

— Duke peut encaisser le choc, déclare Shafe.

— Tu sais où est Terry ? demande Boone.

— Non. Et même si je le savais, c'est clair que je te le dirais pas.

Ils restent silencieux quelques secondes, durant lesquelles Boone le sent bouillir.

— Écoute, Shafe, il y a une vidéo de toi en train d'essayer de fourguer la camelote que Terry a fauchée.

— Peut-être qu'il l'a pas fauchée, que c'était un cadeau.

— Si t'y croyais vraiment, tu te serais pas barré de la boutique. Ton pote Terry a pas hésité à te rendre complice d'un délit. Il te laissera dans la merde pour sauver son cul.

— Il m'en a déjà sorti, réplique Shafe, dont le regard s'assombrit. Alors casse-toi, ou tu pourrais bien t'y retrouver aussi.

Boone ne répond rien, mais ne bouge pas pour autant. Reculer face à Shafe ne ferait que provoquer une charge, il ne l'ignore pas. Le problème, c'est que les copains de Shafe, les fidèles membres de sa bande, commencent à se rapprocher, se plaçant à la lisière de la conversation, prêts à intervenir le cas échéant.

Pour être entendu de tous, Shafe affirme d'une voix forte :

— Terry est un mec bien.

— T'es au courant qu'il frappe les femmes ? rétorque Boone.

Possible, songe-t-il. Si ça se trouve, t'es au courant et tu t'en fous.

Si ça se trouve, ils le sont tous.

Cette pensée le met en rogne.

— Tu le planques dans ton bar, reprend-il. Tu lui as aussi acheté sa dope ?

— Tu me cherches, Daniels.

— Bon sang, t'es pourtant bien placé pour savoir ce que fait l'héro. Si tu nous le livres, peut-être qu'il pourra recevoir de l'aide.

— En taule ?

— Au moins, il sera vivant.

À peine les a-t-il prononcés que Boone regrette ces mots, parce qu'ils semblent faire allusion au fils de Shafe alors que ce n'était pas son intention.

En réaction, celui-ci lui balance un crochet du droit puissant dans la mâchoire. Si Boone n'a aucune peine à le bloquer, le poing gauche de Shafe le percute au creux de l'estomac. Le coup suivant l'atteint à l'épaule gauche et lui engourdit le bras, de sorte qu'il ne peut pas parer une autre droite, qui s'écrase sur sa tempe. Il titube sous le choc en s'efforçant de garder son équilibre, mais Shafe lui balaie la cheville droite et il s'écroule.

La bande fond sur lui telle une meute de prédateurs.

Fait pleuvoir coups de pied, coups de poing, injures.

Il se protège la tête avec ses avant-bras et, à coups de pied, tente de maintenir ses assaillants à distance. Incapable toutefois de se couvrir à 360 degrés, il ramasse. Quand il veut se relever, d'autres coups de latte le renvoient mordre la poussière, puis Shafe, debout au-dessus de lui, se penche brusquement et lui décoche de nouveau une droite comme s'il voulait lui défoncer le visage. Boone tourne la tête et évite de justesse le poing menaçant, qui atterrit dans le sable à côté de lui. Attrapant Shafe par le bras, il l'attire contre lui afin de l'empêcher de prendre assez d'élan pour le cogner et de se servir de son corps comme d'un bouclier, mais il reçoit encore des coups dans les côtes sous ce rempart improvisé.

Et soudain, tout s'arrête. Boone se sent débarrassé du poids de son adversaire. Ouvrant les yeux, il découvre que Tide, tel un derrick, a soulevé Shafe, tandis que Dave, les mains tendues devant lui, semble inviter les copains de Shafe à prendre leur tour.

Personne ne relève le défi.

Ils reculent tous.

Dave aide Boone à se remettre debout.

— Ça va ?

— Mieux, maintenant.

Shafe darde sur Boone un regard chargé de haine.

— Je lui ai pas acheté de dope.

— Dis-lui de se rendre, conseille Boone.

Soutenu par Dave, il remonte jusqu'au parking.

Adriana presse un gant de toilette rempli de glaçons sur la joue tuméfiée de Boone.

Celui-ci a l'impression de... ben, d'avoir reçu la raclée de sa vie. Il sait toutefois que ça aurait pu être pire, bien pire, si Dave et Tide n'étaient pas arrivés. C'est Neal Carey qui, chargé de surveiller le Longboard jusqu'à ce qu'ils viennent le relayer, leur a indiqué où il était allé. Ses deux équipiers se sont alors dit que ce serait peut-être une bonne idée d'aller voir ce qui se passait, au cas où il se serait mis dans le pétrin.

Carey est resté près du bar.

« Vous êtes sûr ? a insisté Dave. Ça va aller ?

— J'ai apporté un bouquin », a-t-il répondu.

Ils l'ont laissé dans la voiture de Dave, garée de l'autre côté de la rue, en face de l'établissement.

Duke examine à présent le visage de Boone.

— Ils ne t'ont pas raté, observe-t-il.

— Je l'ai plus ou moins cherché, explique Boone. J'ai dit un truc que j'aurais pas dû dire.

— J'appelle la police, décrète Adriana. Tu devrais porter plainte.

Il lui demande de ne pas le faire.

— Ce serait un bon moyen de mettre la pression sur Schaeffer, souligne-t-elle. De l'inciter à dénoncer Terry.

— S'il ne l'a pas lâché quand Terry l'a mouillé dans une histoire de recel, il ne le fera pas maintenant, affirme Duke. Et, de toute façon, Boone n'est pas du genre à violer je ne sais trop quel code d'honneur à la noix entre surfeurs.

— Exact, Boone va s'abstenir, confirme l'intéressé.

— Du coup, c'est quoi la prochaine étape ? interroge Dave.

— On appelle les flics, s'obstine Adriana. On les pousse à obtenir un mandat pour entrer au Longboard et choper Terry.

— Je veux le choper moi-même, déclare Duke.

Il tire un cigare de sa poche de poitrine et se met à le mâchouiller.

— Ça ne me plaît pas du tout qu'un de mes gars ait été passé à tabac.

— Je vais bien, le rassure Boone.

— C'est toi qui le dis, réplique Duke. Je préférerais que t'ailles aux urgences te faire examiner.

— Pas question.

— Tu veux recevoir ta paie ? Alors ne discute pas, rétorque Duke.

Il regarde Dave.

— Tu peux le conduire à l'hôpital ?

— Pas de problème.

Personne ne bouge.

— Tout de suite, si possible, le presse Duke.

Ah, San Diego…

Une ville où personne, absolument personne, ne donne un coup de klaxon.

Au moment de sortir, Boone demande :

— Qu'est-ce que tu prévois, pour Terry ?

— On va le débusquer, répond Duke.

Terry Maddux se terre dans ce bar, il en est convaincu. Au bout de quarante ans de métier, il le sent dans ses tripes. Le fugitif est là-bas, acculé et en manque. La gare ferroviaire, la gare routière et l'aéroport lui sont interdits d'accès. De plus, la communauté du surf de San Diego n'est pas si grande, et tout le monde saura bientôt que Boone a été dérouillé. Quelques-uns approuveront, mais la plupart des gars n'apprécieront pas, parce qu'ils aiment bien Boone. Par conséquent, pas mal de portes qui auraient pu s'ouvrir pour Terry vont lui être claquées au nez.

Il est piégé et il le sait.

À présent, il sait aussi qu'on sait où il est. Il faut donc continuer à lui mettre la pression pour l'obliger à fuir.

Et, quand il émergera de son trou, je serai là pour lui passer les menottes.

Ce sera une bonne façon de finir en beauté.

Parce que, désormais, j'en fais une affaire personnelle.

Duke mordille de plus belle son cigare.

Neal Carey s'aperçoit soudain qu'il se sent bien.

Perché sur un toit d'où il peut voir toutes les issues du Longboard, il s'aperçoit qu'il est parfaitement content de n'avoir rien d'autre à faire que surveiller les lieux – le fondement même d'une planque –, alors que l'ennui lié à cette inaction intrinsèque le rendait dingue autrefois.

Mais c'était il y a longtemps.

Il n'a plus exercé ce genre d'activité depuis, combien... trente ans ?

Pour autant, il n'a pas envie de reprendre le collier. Il aime les salles de cours, il aime enseigner, et surtout il aime effectuer des recherches pour écrire des ouvrages savants que personne ne lit, même pas Karen. Il sait qu'elle se contente de les survoler juste pour pouvoir trouver deux ou trois commentaires flatteurs à lui adresser. Non, il ne regrette vraiment pas ses choix professionnels.

En même temps, il doit bien reconnaître que tout ça est marrant, que l'excitation de la traque (Quelle « traque » ? pense-t-il. T'es planté sur un toit), le suspense et le frisson juvénile de l'illégalité lui ont manqué.

Il s'amuse plus sur ce toit que dans la salle des profs à l'université.

Son téléphone sonne. C'est Duke.

— Ça va, Neal ?

— Super.

— T'as pas besoin de pisser ?

— Incroyable, mais non.

— Bon, cette fille que vous êtes allés voir, Sandra Sartini. Elle a porté plainte contre Terry. T'as pas perdu la main, on dirait. Quoi qu'il en soit, je vais envoyer quelqu'un te relayer.

— Rien ne presse, je gère.

— Le prof prend son pied, hein ?

— J'avoue que oui.

— Comme au bon vieux temps ?

— Y a de ça.

— Profites-en bien, alors, lui conseille Duke. Ça ne va pas durer éternellement.

Neal raccroche.

Un pick-up chargé d'une planche de surf sur le plateau s'arrête sur le parking étroit derrière le Longboard. Un homme – la cinquantaine, estime Neal – descend côté conducteur, jette un coup d'œil autour de lui, fourre les mains dans ses poches et entre dans le bar.

Ce regard nerveux, cette démarche raide, Neal les a vus un millier de fois. Il serait prêt à parier l'avance sur son prochain bouquin – l'intégralité de ses deux cents dollars – que le type n'est pas venu sans rien.

Et que Terry Maddux ne va pas tarder à planer.

Duke met en place un filet autour du Longboard.

Il ne donne pas dans la discrétion, il veut au contraire que Shafe et Terry sachent qu'ils sont là, comme les Indiens autour du convoi de chariots dans les vieux westerns. Lui-même est bien visible au volant de sa Cadillac stationnée devant le bar, dans Bayard Street. Dave a garé le van miteux de Boone un peu plus loin dans Thomas Avenue, High Tide est dans son pick-up sur le parking derrière le bar. Carey a refusé tout net de quitter son toit, ne s'accordant qu'une petite pause pour faire un saut aux toilettes et se resservir du café.

Duke a obligé Boone à rester chez lui.

Il souffre de deux côtes fêlées, ainsi que de sérieuses contusions, et le médecin s'est inquiété d'un possible risque d'hémorragie interne. Malgré ses protestations, comme quoi deux comprimés de Tylenol et une poche de glace lui permettraient de tenir le coup, Duke lui a ordonné de se mettre au repos.

C'est maintenant un jeu de patience.

L'équipe y a passé la journée et y passera toute la nuit s'il le faut. Et c'est bien possible, maintenant que, si Carey a raison, Shafe a apporté à Terry son shoot euphorisant. Duke se sent toujours à la fois touché et attristé par ce que certains sont prêts à faire par amour ou par loyauté – des sentiments qui l'emportent sur la loi, la morale individuelle, les convictions et parfois même le bien-être de la personne. Et, après tout, c'est peut-être une bonne chose, se dit-il.

C'est le pire et le meilleur de la nature humaine en action et, au fil des ans, il a vu plus que son lot des deux.

Il se demande si ça va lui manquer.

Quoi qu'il en soit, il déplore que Shafe ait apporté sa dose à Terry, parce que ça ne fera que retarder l'inéluctable.

Duke sait que ses hommes ont pour eux la patience et la discipline, des qualités qui manquent en général aux délinquants chroniques, sinon ils ne seraient pas des délinquants chroniques. Les petits voyous comme Maddux sont agités par nature, ils n'ont ni la patience ni la discipline requises pour attendre qu'une situation se dénoue d'elle-même. Comme il est accro à l'adrénaline autant qu'à l'héroïne, il précipitera les choses. Ce ne sera pas nécessaire de resserrer le filet autour de lui, il va nager droit dedans.

Cela dit, songe Duke, qui allume la radio et cherche le 88.3 FM, la station de jazz, il compte lui aussi des accros à l'adrénaline dans ses rangs. Les copains de Boone, Dave et Tide, aiment l'action, et en l'occurrence ils ont la rage parce que leur pote s'est fait casser la gueule.

Jusque-là, il a reçu toutes les heures un coup de fil de l'un ou de l'autre lui disant en substance : « Merde, on y va et on le serre. »

Même s'ils n'ignorent pas qu'il leur faudra pour ça se colleter avec Shafe et sa bande, qui ont eux aussi passé la journée à traîner dans le coin en attendant l'affrontement. Le souci de Duke, c'est que, loin de les arrêter, cette perspective les galvanise. Ils veulent venger Boone. Il le comprend, mais il ne peut pas l'autoriser.

Patience et discipline.

Il se réjouit quand le DJ choisit la version de « Jam-bo » que Nat King Cole a enregistrée avec le Stan Kenton Orchestra. Maynard Ferguson et Shorty Rogers à la trompette, Bud Shank et Art Pepper au sax alto.

Capitol Records, 1950.

Le soleil entame son déclin.

Duke donnerait cher pour être sur sa terrasse.

Boone, étendu sur son canapé, regarde le soleil disparaître derrière l'horizon.

En temps normal, il serait dehors à cette heure-là, en train de faire griller du poisson pour ses tacos, mais ce soir il est trop endolori pour sortir.

Alors il se contente de regarder par la fenêtre.

En écoutant de la musique.

Dick Dale et les Del-Tones.

Il mettrait bien la télé, sauf qu'il n'a pas de téléviseur.

Il n'en voit pas l'utilité.

« Et pour la météo ? lui a demandé un jour Hang Twelve, le néo-hippie de la Patrouille de l'Aube, surfeur dans l'âme, qui a abusé du LSD. Tu veux pas savoir ce qu'elle dit ?

— Si je veux avoir une idée du temps qu'il fait, je vais dehors, a répondu Boone. C'est là qu'elle est, la météo.

— Et pour après ? Pour connaître les – ah, comment on dit, déjà ? –, les prévisions ?

— On est à San Diego », a souligné Boone.

Les prévisions sont toujours les mêmes, selon la saison. Il pleut un peu en hiver, le ciel est couvert au printemps – c'est « Mai Pas Gai », comme disent les habitants, suivi de « Juin Chagrin » –, et après il fait beau et chaud tout le reste de l'année. Quelquefois, la couche de nuages maritimes ne se lève pas avant 11 heures du matin, affolant les touristes qui ont payé bonbon pour profiter du soleil de Californie, mais la chaleur finit toujours par la dissiper et tout le monde se détend et s'amuse.

Et s'il est vrai que les présentateurs météo incluent un bulletin spécial surf dans leur séquence, Boone en consulte un plus fiable sur Internet. De toute façon, il vit à Crystal Pier, sur la jetée elle-même, alors s'il a envie de savoir comment sont les vagues il fait ce qu'il est en train de faire : il regarde par la fenêtre.

Sans compter qu'il les sent bouger, elles sont littéralement sous lui.

La grosse houle amenée par l'hiver boréal arrive, ample et puissante, chargée d'énergie. Dès demain matin, elle grondera sous la jetée comme un train de marchandise et les surfeurs sortiront en nombre. La Patrouille de l'Aube en sera, évidemment.

Sans toi, pense-t-il.

T'es le maillon faible qui s'est fait tabasser, et tu ne pourras jamais ramer sur des vagues pareilles avec ces fichues côtes fêlées. Bon sang, tu ne pourrais même pas soulever ta planche sans pleurnicher.

Mais Hang y sera, lui, et Johnny aussi.

Ainsi que Dave et Tide, si le problème Maddux est réglé ce soir.

Il le sera, estime-t-il.

Terry doit attendre que le soleil se couche, guetter la tombée de la nuit et compter sur une petite pluie pour masquer la visibilité, voire sur un peu de brouillard s'il a vraiment de la chance.

À ce moment-là, il tentera de s'échapper.

Mais pour aller où ? Même s'il parvient à passer au travers du filet mis en place par Duke, ce qui est peu probable, où pourrait-il se réfugier ?

Quelle que soit sa destination, il ne peut pas se fuir lui-même.

Pour avoir surfé toute sa vie – et avant même sa naissance, dans le ventre de sa mère –, Boone en a tiré au moins une leçon : où qu'elle vous porte, une vague vous ramène toujours à vous-même.

Terry Maddux est assis dans la réserve du Longboard, le dos calé contre des caisses de Jack Daniels, les jambes tendues devant lui.

L'agréable sensation de flottement procurée par son dernier shoot commence à se dissiper.

Il ne sait pas si c'est le jour ou la nuit dehors – il n'y a pas de fenêtres dans la réserve, juste les néons au plafond –, ni depuis combien de temps il est enfermé là-dedans.

Sa seule certitude, c'est qu'il ne peut pas y rester encore bien longtemps.

D'abord, parce qu'on ne va pas tarder à venir le chercher – soit les mercenaires de Duke Kasmajian, soit les flics. Ensuite, parce qu'il a bien conscience d'abuser de l'hospitalité de son hôte – à force, il est devenu expert en la matière –, même si c'est Shafe.

Et enfin, parce qu'il est en train de péter les plombs.

Surtout depuis qu'il a entamé la descente.

Il faut qu'il bouge.

Qu'il respire l'odeur de l'océan.

Qu'il s'offre un nouveau rush.

La porte s'ouvre.

C'est Shafe.

— Ça va ? demande-t-il.

Terry hausse les épaules.

— Je dirais pas non à un autre fix.

— Je peux rien t'apporter. Les gars de Duke me lâchent pas.

Terry tend le dos, certain que Shafe va lui annoncer qu'il doit partir. Au lieu de quoi, celui-ci ajoute :

— Ils sont postés dans les rues voisines. Ils y sont restés toute la journée.

— Duke tient à récupérer son putain de fric, observe Terry en souriant.

— Tu peux compter sur tes potes. On est là, ils réussiront pas à passer.

Oh si, ils réussiront, se dit Terry. Si ce sont les flics qui débarquent, c'est pas une bande de surfeurs entre deux âges qui va les arrêter. Et si Duke a recruté Boone Daniels, ce dernier se sera entouré de son équipe – le dénommé Dave et l'autre, le colosse samoan.

Ceux-là, ils ne seront pas faciles à arrêter.

Terry regrette que Shafe et ses copains aient tabassé Boone.

C'est un mec bien, pense-t-il. Il a fait beaucoup pour moi. Mais, cette fois, il n'aurait pas dû s'en mêler. Un vétéran comme lui aurait dû savoir qu'on ne taxe pas les vagues des autres.

— Je dois sortir d'ici, lâche-t-il.

— Tu peux rester autant que tu veux, lui assure Shafe.

Pourtant, Terry perçoit le soulagement dans sa voix. Son ami souhaite qu'il s'en aille, il le sait. Oh ! Shafe serait prêt à se mettre en quatre pour lui, mais il n'en a pas envie, et comment lui reprocher de ne pas vouloir aller en taule pour avoir « hébergé un fugitif » ? Merde, si les flics trouvaient quelqu'un dans sa réserve avec tout le matos pour se piquer, ils pourraient lui retirer sa licence.

Non, aucun doute, il est temps de dégager.

Toute la question est de savoir comment.

Je suis piégé, songe-t-il.

Peut-être, mais c'est pas la première fois.

T'étais piégé hier, le long des voies, et puis ce train est arrivé et tu t'en es sorti.

T'étais piégé aussi à Mavericks quand t'es allé récupérer Shafe, mais t'as trouvé l'ouverture dans la vague, t'as foncé dedans et tu t'en es sorti.

Et maintenant t'es piégé dans ce bar cerné par l'ennemi.

Il faut que tu attendes une occasion et que tu la saisisses.

Ou que tu la provoques.

Il y a presque toujours un moyen de sortir d'une vague si t'es capable de retenir ton souffle assez longtemps...

Et si c'est pas possible...

Ben, tu meurs.

Neal relève le col de son blouson en cuir et coiffe sa casquette des Yankees. Les nuits d'hiver sont froides à San Diego, et il y a de l'humidité dans l'air ce soir, la pluie menace. Un vent vif souffle de l'océan.

Il consulte sa montre.

21 h 17.

Ça fait plus de douze heures qu'il est là-haut.

À ce stade, il ne s'amuse plus, et il se rappelle pourquoi il a lâché ce boulot. Pour autant, il ne va pas se défiler maintenant et laisser tomber Duke. En outre, il est du genre têtu, il en veut à ce Maddux et tient à aller jusqu'au bout.

En aucun cas il n'est prêt à admettre qu'il est devenu trop vieux pour ça.

Duke n'a pas ce genre de réticence. Quand il l'appelle, il utilise précisément ces mots-là :

— On devient trop vieux pour ces conneries.

— Parle pour toi, riposte Neal.

— C'est là qu'on fait la différence entre les jeunes et les hommes. Les jeunes restent, les hommes rentrent chez eux.

— Tu veux qu'on arrête pour ce soir ? demande Neal, avec une lueur d'espoir.

— Sûrement pas, répond Duke, avant d'ajouter : Et toi ?

— Sûrement pas.

Ils éclatent de rire.

— Il dirait quoi, Lou, s'il nous voyait ? reprend Duke.

— Qu'on est des abrutis. Et il n'aurait pas tort.

— Maddux va bientôt sortir. Je le sens.

Neal se dit qu'il a raison.

Parce qu'il le sent aussi.

On appelle ça « remonter le long du leash ».

Quand on est coincé sous une vague, il arrive qu'on ne sache plus où est le haut, alors on attrape le leash et on se hisse jusqu'à la planche, qui a généralement refait surface.

La plupart du temps, ça fonctionne, sauf si le leash s'est détaché, auquel cas c'est la merde.

À présent Terry remonte.

Pas le long du leash, parce qu'il n'est pas dans l'eau, mais dans une gaine d'aération, en pressant les paumes et la plante des pieds contre les parois métalliques. L'exercice est épuisant – ce serait beaucoup plus facile s'il était plus jeune et pas en manque –, mais Terry est presque sûr qu'il peut réussir à grimper jusqu'au toit.

De toute façon, c'est sa seule option.

Tous ces imbéciles s'attendent à le voir sortir par la porte principale ou par celle de derrière puis tenter de les semer à la course. Ils le guettent en bas, pas en haut, de sorte que, s'il arrive à atteindre le toit du Longboard, il n'aura plus qu'à sauter sur celui du bâtiment voisin, puis sur le suivant, jusqu'à se retrouver hors de ce putain de filet. À ce moment-là, il pourra redescendre.

Disparaître dans le tube et ressortir de l'autre côté.

Mais déjà le souffle lui manque.

Les muscles de ses bras et de ses jambes le brûlent.

Ça fait chier de vieillir, songe-t-il.

Mais c'est quand même mieux que l'autre éventualité.

Il s'accorde une pause, prend deux grandes inspirations et poursuit son ascension.

Du bâtiment voisin, Neal le voit émerger du conduit d'aération.

Et appelle Duke.

— Il est sur le toit du bar.

— Quoi ? ! T'es sûr que c'est lui ?

— Si c'est pas lui, c'est une sacrée coïncidence, réplique Neal.

Il observe Maddux qui, plié en deux, essaie de recouvrer son souffle.

— Bon, il faut encore qu'il redescende, fait remarquer Duke.

Exact, pense Neal. Qu'est-ce que Maddux a en tête au juste ? Il sait que le bar est cerné. Est-ce qu'il espère passer par l'escalier de secours ?

Euh… apparemment non.

Parce qu'il se redresse soudain de toute sa hauteur et se met à sprinter dans sa direction, droit vers la bordure du toit.

Terry a déjà été éjecté tête la première de ses longboards, et de hauteurs bien supérieures à deux étages. Sans compter que, ce soir, il n'y a pas de mur d'eau prêt à s'abattre sur lui. Il lui suffit de franchir d'un bond un espace de quelques dizaines de centimètres jusqu'à l'autre toit.

Puis de récupérer, de reprendre son élan et de recommencer.

En l'air, il se sent libre.

Vivre, mourir, rien à branler.

C'est grisant, comme au bon vieux temps.

Peahi, Teahupoo, Tomstones – ces vagues-là, il les a toutes prises.

Il atterrit, fait un roulé-boulé…

Et se relève, pour découvrir à environ trois mètres de lui un type portant un blouson de cuir noir et une casquette des Yankees, qui le regarde.

Neal n'est pas doué pour la bagarre.

Même autrefois, quand il faisait ce genre de boulot pour gagner sa vie, tout le monde savait que Neal Carey brillait par son incapacité à se servir de ses poings autant que par son absence de volonté assumée de remédier à la situation. Il partait du principe que, si on ne peut pas résoudre un problème par la parole, c'est qu'on s'est sans doute déjà foutu dedans et, au besoin, s'en référait à la philosophie du combat que lui avait enseignée son mentor, Joe Graham le lutin manchot : « Dès que tu peux, empare-toi d'un truc lourd et solide et cogne l'autre avec. »

Il n'a hélas rien de lourd ni de solide sous la main, sinon le potentiel d'une blague graveleuse.

— Il m'a rejoint sur le toit, annonce-t-il, toujours au téléphone avec Duke.

— Quoi ?

— Comment ça, quoi ? T'as besoin de sous-titres ?

— Éloigne-toi, Neal. Laisse-le faire ce qu'il veut.

— Il va se barrer, Duke.

— Alors laisse-le se barrer.

Duke se sent oppressé.

Ses dents sectionnent le cigare, qui tombe sur le plancher de la voiture.

Il n'a aucune envie qu'un autre de ses amis soit blessé, mais Neal se retrouve face à un bâtard de junkie, alors qui sait ce qui pourrait arriver ? Il ouvre la portière de sa voiture et appelle Dave.

— Il est sur le toit du bâtiment voisin. Passe par l'escalier de secours.

— Pigé.

Duke s'extirpe de la Cadillac.

Il prendrait bien l'escalier lui aussi, mais il est conscient que ses genoux ne tiendront pas.

Il n'a pas d'autre solution que d'attendre en espérant que Neal ne fera rien de stupide.

— On ne veut pas finir à l'hosto, ni toi ni moi, lance Neal, les mains tendues devant lui.

— C'est pourtant ce qui va t'arriver si tu dégages pas de là, contre-attaque Maddux.

— Sauf que je ne peux pas faire ça.

— Pourquoi ?

Bonne question, se dit Neal. À laquelle il ne peut apporter aucune réponse rationnelle. Ou plutôt, la seule qui lui vient, c'est qu'il pourrait tout à fait obtempérer, l'inviter d'un grand geste à passer, tel un maître d'hôtel qui vient de recevoir en pourboire un billet de cent, et le laisser agir à sa guise.

T'as soixante-cinq ans, se rappelle-t-il.

D'un autre côté…

La rationalité a ses limites. Il faut aussi prendre en compte, comme Boswell aurait pu le dire, que…

— Écoute, je suis un peu pressé, là, poursuit Maddux. Alors, tu t'écartes ou faut que je te casse la gueule ?

— Je crois que tu vas devoir me casser la gueule.

Tête basse, Neal charge et le percute au niveau du plexus. Pris au dépourvu, Maddux part à la renverse.

Sa surprise n'a d'égale que celle de Neal, qui tente de peser de tout son poids – dont il manque – sur le torse de son adversaire pour le plaquer au sol. Il n'a pas pour ambition de gagner la bataille, juste de tenir jusqu'à l'arrivée de la cavalerie.

Il a assisté à quelques rodéos avec Karen. Le but, c'est de rester sur le taureau pendant huit secondes, le temps que les autres cow-boys interviennent et vous tirent de là.

Mais Maddux ne voit pas les choses comme ça.

Il libère ses bras et se met à marteler l'arrière du crâne de Neal, puis enroule un pied autour de sa cheville, se dégage d'une ruade et se retourne pour le clouer sous lui. Tout en le bloquant avec son avant-bras gauche, il lui assène deux droites en pleine figure, avant de pousser sur ses jambes pour se relever, comme s'il se redressait sur une planche.

Neal le voit courir vers le bord du toit. Pour des raisons qui lui échappent, il se hisse sur ses pieds et s'élance à sa poursuite.

Duke lève les yeux et aperçoit Terry Maddux qui s'envole au-dessus de lui.

Puis c'est Neal Carey qui s'envole à son tour.

Une seule pensée lui vient à l'esprit : Qu'est-ce que je vais dire à Karen ?

Pour Neal, l'atterrissage est brutal.

Mais il est surtout soulagé de se retrouver sur le toit et pas dans la ruelle deux étages plus bas. Parce que, sérieux, qu'est-ce qu'il dirait à Karen ?

Maddux est là, le dos voûté.

— Putain, c'est pas vrai ! s'exclame-t-il en le découvrant.

Eh si, pense Neal. Il s'avance vers lui, s'attendant à prendre une autre raclée, mais cette fois Maddux se détourne et fonce vers l'escalier de secours. Neal le rejoint en deux enjambées, plonge et, de la main droite, le saisit par sa jambe de pantalon, à laquelle il se cramponne.

Maddux le traîne à sa suite et rue comme une mule pour essayer de lui faire lâcher prise.

Le portable de Neal sonne.

Bordel, Duke. C'est pas le moment.

Le coup de pied suivant l'oblige à ôter ses doigts et l'atteint en pleine figure. Il tâtonne de la main gauche et finit par attraper l'autre jambe du pantalon de Maddux au moment où celui-ci atteint le sommet de l'escalier et se prépare à descendre.

Mais il se tord la cheville.

— Fait chier !

Maddux attrape la rampe, donne un autre coup de pied pour se libérer de la main qui le retient, et dévale les degrés.

Duke devient dingue.

— Où il est ?

Dave, sur le toit, regarde tout autour de lui.

— Je les vois ni l'un ni l'autre.

Duke ressent la même chose que le jour où le diagnostic est tombé pour Marie.

De la peur.

Terry clopine le long de Reed Avenue en direction de la plage.

Sa cheville le met au supplice, il peut à peine s'appuyer dessus. Il a dû se faire une méchante entorse.

En traversant Mission Boulevard, il tourne la tête et s'aperçoit que l'autre taré est derrière lui, en train de parler au téléphone.

Neal essuie le sang sur son visage avec son poignet.

— Il se dirige vers l'ouest dans Reed, il traverse Mission..., dit-il dans son portable. Je suis à environ cinq ou six mètres derrière...

— Laisse-le filer, ordonne Duke.

— Des clous ! réplique Neal.

Il s'engage à son tour dans Mission Boulevard. Il ne s'était pas rendu compte qu'il avait commencé à pleuvoir.

Le bitume luit, gris argent sous les lampadaires.

Parvenu de l'autre côté de la chaussée, Maddux se retourne et s'arrête.

— Je voulais pas en arriver là, dit-il en plongeant la main dans sa poche. Je voulais pas faire ça, mais c'est toi qui m'y obliges.

Il braque le pistolet sur Neal.

Et presse la détente.

Neal voit la flamme de bouche – un éclair d'un rouge intense, agressif.

Il a l'impression qu'on vient de le frapper à la poitrine avec une batte de base-ball.

L'instant d'après, il est allongé sur le trottoir, les yeux levés vers la lumière du lampadaire, le visage cinglé par la pluie.

Elle est froide.

Terry avance sur le sable en tirant la jambe.

Mais c'est bon d'être sur la plage, près de l'océan.

C'est là qu'est sa place.

Il sait à présent où il va, et ce qu'il doit faire.

Un coup de sonnette.

— Une seconde ! crie Boone du canapé.

Il se lève lentement, en s'efforçant d'ignorer la douleur dans ses côtes, et marche jusqu'à la porte.

Ce doit être Dave, ou Tide, ou même Duke, qui vient lui dire qu'ils ont chopé Maddux.

Il ouvre.

C'est Terry.

Dave arrive le premier sur les lieux – une chance : en tant que sauveteur, il possède son diplôme de secouriste.

Agenouillé à côté de Carey, il repère l'orifice d'entrée de la balle sur le devant de son blouson mais, après l'avoir fait pivoter délicatement, ne voit pas d'orifice de sortie. Il lui prend le pouls au niveau de la carotide. Les battements, qui sont à peine perceptibles, s'affaiblissent, et l'homme est inconscient.

Puis Tide est là, près de lui, et appelle les secours.

Dave commence à faire un massage cardiaque au blessé.

Terry s'assied sur la chaise et pointe son arme sur Boone.

— J'ai besoin que tu me rendes un dernier service.

— Pas question que je te conduise au Mexique, décrète Boone.

— Je te l'ai pas demandé.

— Alors, qu'est-ce que tu veux ?

Terry est dans un sale état. Il est trempé, il boite et sa main tremble – à cause du froid ou du manque, Boone ne saurait le dire.

— Je viens de buter quelqu'un, révèle Terry.

Boone sent l'angoisse l'étreindre. Est-ce Dave ? Tide ? Duke ?

— Qui ? T'as buté qui ?

— Je sais pas qui c'était. Un type. Cheveux poivre et sel. Un bouc. Fan des Yankees. Qu'est-ce que ça change ?

On dirait Carey, pense Boone, honteux du soulagement qu'il éprouve.

— Je veux dire, comment j'ai pu en arriver là ? poursuit Terry. Tout ce que je voulais, tu vois, c'était prendre les plus grosses vagues. Comment j'ai pu en arriver à flinguer quelqu'un ?

Boone entend une sirène hurler dans Mission Boulevard.

— J'étais ton héros, avant, pas vrai ? reprend Terry.

— Oui.

— Mais plus maintenant.

— Non.

— Non, répète Terry. Et aujourd'hui, c'est moi qui aimerais être *toi*. Merde, regarde-moi. Je suis un toxico, je tiens à peine debout, j'ai pas un sou en poche et je suis fait comme un rat. Ils sont sur mes talons, Boone. Je sortirai pas de cette vague-là et je vais passer le restant de ma misérable existence en taule.

— Tu voudrais que je pleure sur ton sort, Terry ? Non, pas question. Combien de personnes doivent souffrir par ta faute ?

— Je vais te dire ce que je veux : que tu me prêtes une de tes planches une dernière fois.

— Tu comptes ramer jusqu'au Mexique ?

— Non. Je vais partir au large.

— Nom de Dieu, Terry.

— T'auras pas d'emmerdes. J'avais un flingue, je t'ai forcé à me donner une planche. Fais ça pour moi, Daniels.

— T'as descendu un homme, riposte Boone. Un innocent, un mec bien. Il faut que tu sois jugé et puni.

— Ah, le noble Boone Daniels sur son cheval blanc... Je me suis jugé sur la plage, et je me suis déclaré coupable. Maintenant, je veux exécuter la sentence. Alors, tu me files la planche ou je te tire en pleine gueule. T'as un longboard dans ton quiver ? Y'a du lourd dehors.

— Une Balty, neuf pieds trois pouces.

— Ça fera l'affaire.

— C'est ma préférée.

— Le courant te la ramènera.

Boone claudique jusqu'au mur du fond, tire sur la fermeture Éclair de la housse et en extirpe la planche.

— Voilà.

Terry se lève.

— Merci, vieux.

— Terry ? Si j'apprends qu'un type qui te ressemble traîne du côté de Todos – voire, n'importe où ailleurs –, j'irai moi-même te coller une balle dans la peau.

— C'est de bonne guerre, j'imagine. Dis, t'aurais pas un truc à boire ? Du scotch ou du bourbon, un truc comme ça, pour me réchauffer ?

— Aucune idée. Regarde dans le placard au-dessus de l'évier, il y a peut-être quelque chose.

Terry trouve une demi-bouteille de Crown Royal que quelqu'un a dû laisser après une fête. Il en verse trois doigts dans un verre qu'il vide d'un trait.

— Bon sang, ça fait du bien.

Il repose le verre, va chercher la planche, la coince sous son bras puis hoche la tête en direction de Boone, qui lui ouvre la porte. Une fois dehors, il s'avance sur la jetée, pose la planche en équilibre sur le garde-fou et regarde vers le large.

— J'étais bon, à l'époque, hein ? J'étais même le meilleur, pas vrai ?

Boone ne répond pas.

— OK, je comprends. Tu m'en veux à mort. D'accord.

Il fait basculer le longboard, que Boone voit s'enfoncer dans l'eau puis remonter à la surface.

C'est une planche magnifique. Il l'adore.

Terry grimpe sur le garde-fou, se retourne et adresse à Boone le signe du *shaka* avant de lancer avec un grand sourire :

— Bon ride, mon pote.

Sur ces mots, il saute, nage jusqu'à la planche et s'allonge dessus.

Boone le regarde ramer en luttant contre la houle, dépasser les lumières de la jetée et disparaître dans l'obscurité.

Quatre jours plus tard, un joggeur qui court avec son chien trouve le corps de Terry sur la plage de Windansea.

La planche de Boone ne reparaît jamais.

Comme garde-malade, Karen Carey n'est ni accommodante ni aimable.

Que leur chambre soit à l'étage n'est pas pour arranger son humeur, vu qu'elle est obligée de monter et de descendre sans arrêt pour porter repas, boissons, livres ou articles à son imbécile de mari stupide et immature (elle ne veut pas entendre parler de son « côté juvénile charmant ») qui se remet de la blessure par balle qu'il a reçue à la poitrine.

Ou « de la blessure qu'il a bien cherchée », comme elle préfère le formuler.

Neal a reconnu que la réaction de sa femme était « totalement justifiée », déclenchant un débat prolongé lors des soirées poker du jeudi, qui ont été transférées de la salle à manger à ce que Karen appelle son « lit de mort ».

« Je ne pense pas qu'on puisse utiliser un modificateur avec "justifié", a dit Lou. Une action est justifiée ou elle ne l'est pas, point final.

— Il n'y a pas de degrés dans la justification ? a demandé Duke.

— C'est un absolu, a affirmé Lou. On peut peser le pour et le contre d'une justification mais, une fois la décision prise, elle est simplement justifiée ou pas.

— Je n'utilisais pas "totalement" en tant que modificateur, a précisé Neal, mais en tant que modalisateur pour souligner la légitimité de la justification.

— Un modalisateur est un modificateur, a rétorqué Lou, campé sur ses positions rhétoriques pour faire durer le plaisir.

— Distribuez ces putains de cartes », a ordonné Karen.

Elle s'assied à présent sur le lit à côté de son mari, en prenant moins de précautions qu'elle ne l'a fait jusque-là, parce qu'il va mieux. Ce sera peut-être un jour une bonne histoire à raconter autour d'un verre mais, pour l'heure, l'ironie de la situation – voulant que son mari prof de littérature ait selon toute vraisemblance été sauvé par un livre, que ce soit le *Roderick Random* tout écorné dans sa poche de poitrine qui ait ralenti la balle destinée à le tuer – ne l'amuse toujours pas.

— Bon, dit-elle, est-ce que ta crise existentielle s'arrête là, ou est-ce que je dois m'attendre à d'autres nouveautés, style deltaplane ou arts martiaux mixtes ? Ou encore, à voir apparaître une Harley dans l'allée ?

— J'aurais pu avoir une liaison, plaisante-t-il.

— Ça, c'est vrai.

Elle éclate de rire. Neal est aussi fidèle qu'un golden retriever. Un peu penaud, il ajoute :

— C'était plutôt marrant.

— Ne me dis pas tu envisages de reprendre du service.

— *Ohhhhh non*, c'est bon.

Il pose son livre, se tourne et tend la main vers elle.

— T'es sûr ? insiste-t-elle.

— Sauf si tu préfères que je commande un catalogue de Harley.

Dehors, le soleil entame son déclin.

Mais il n'est pas encore couché, pense Neal.

Boone retourne le poisson sur le gril et admire le jeu de couleurs au-dessus de l'océan.

Un festival de rouges, de jaunes, d'orangés, avec une étroite bande de ciel d'un bleu qu'il serait bien incapable de définir et devant lequel il ne peut que s'émerveiller.

Il ne pleuvra pas pendant encore un jour ou deux, en attendant la houle reste forte sous la jetée.

Demain matin, il sortira avec la Patrouille de l'Aube, mais sans sa planche préférée. Terry Maddux la lui a prise, en même temps qu'il l'a privé de ses derniers vestiges d'admiration pour les héros et d'une partie de son âme. Rien de tout ça ne reviendra, ni avec la houle, ni avec la marée, ni avec le lever de soleil.

Il insère un filet de sériole dans une tortilla qu'il tend ensuite à Dave.

C'est un rituel entre eux, auquel ils se livrent souvent le soir : Boone cuisine pour ses amis sur la terrasse devant sa maison tandis qu'ils regardent tous le soleil se coucher.

Dave est là, ainsi que Tide, Johnny Banzai et Hang Twelve.

Mais pas Sunny Day.

Elle est quelque part sur le Pro Tour.

Elle manque à Boone, et aux autres aussi.

Mais elle va revenir.

Boone finit de servir ses amis et lui-même, puis prend le dernier morceau de poisson, le glisse dans une tortilla et l'expédie dans la mer par-dessus la balustrade.

— Tu crois qu'il a faim ? interroge Dave.

— Comme nous tous, non ? dit Boone.

Ils restent assis là, à manger en admirant le couchant.

Installé sur sa terrasse, Duke Kasmajian mâchouille un cigare non allumé en contemplant l'océan.

Il est fini à présent. Tout est fini.

À moins d'un sauvetage – improbable – par le corps législatif, son agence est morte. Il a partagé entre ses employés l'argent économisé sur la caution de Maddux, puis leur a distribué des primes en espèces. Ils ne seront pas pour autant à l'abri du besoin, mais ça leur permettra de tenir jusqu'à ce qu'ils trouvent autre chose.

Adriana, qui a droit à sa retraite, a dit qu'elle allait la prendre.

Duke se demande combien de temps elle restera dans cette disposition d'esprit.

Ce soir, le coucher de soleil est en tout point magnifique, le scotch, tourbé à souhait et à bonne température, la musique – le sax ténor généreux de Harry Land accompagnant le Curtis Counce Group sur « Time after Time » – particulièrement belle.

Il regrette juste que Marie ne soit pas là.

Celui qui n'a jamais pleuré la perte d'un conjoint aimé ne peut pas connaître le sens littéral de l'expression « avoir le cœur brisé ».

Comme il commence à avoir froid, Duke se lève – arrachant à ses genoux des craquements de protestation –, prend le verre de rouge de Marie et le vide lentement sur les buissons en contrebas.

Le soleil se couche.

Paradise

Les aventures intermédiaires de Ben, Chon et O

...

Hawaï, 2008
Rien à foutre.

...

C'est, à peu de chose près, ce que se dit O, allongée sur la plage à Hanalei Bay.

Rien à foutre, je suis en vacances.

Façon de parler du moins, puisque, quand elle n'est pas en vacances, O ne fait strictement

Rien.

À vingt-trois ans, sans emploi et sans instruction, elle vit grâce à une rente versée par sa mère, résidente du comté d'Orange Sud (comprenez « riche »), – à savoir « Rapu »

(Reine agressive passive de l'univers) –,

à laquelle s'ajoute sa part des bénéfices en millions de dollars résultant du commerce de cannabis hydroponique premier choix qu'elle a contribué à développer avec ses deux amis et amants de longue date, Ben et Chon.

(« Chon », c'était la façon qu'avait O de prononcer « John » quand elle avait cinq ans, et qui est restée.)

O (diminutif d'« Ophelia » – oui, sa mère lui a donné le nom d'une nana qui s'est noyée) est un petit bout de femme.

Un mètre soixante-cinq pieds nus – forcément, elle est sur la plage –, blonde, les cheveux coupés à la Peter Pan (avec Ben et Chon, elle a sa propre mini-tribu d'Enfants Perdus, mais pas question pour elle de jouer les mamans gonflantes à la Wendy), plate comme une limande (en dépit des tentatives répétées de Rapu pour lui offrir des implants mammaires), elle envisage aujourd'hui de se faire faire un tatouage – un grand, sur l'épaule, peut-être un dauphin.

Ça ne va pas plaire à tout le monde, se dit-elle.

Et alors ?

Rien à foutre.

Du moment que ça me plaît.

...

Ben a choisi Hanalei comme destination de vacances parce qu'il voudrait y monter un business.

L'idée lui était venue en écoutant Peter, Paul & Mary.

(Ses parents étaient des hippies.)

« Peter, Paul and Mary, avait-il répété à O, qui ne semblait pas comprendre.

— Les parents de Jésus ?

— Oui, enfin non, avait-il répondu, sans s'étonner qu'elle puisse penser que Jésus avait eu de multiples géniteurs. Peter, Paul and Mary, c'était un groupe folk des années 1960. »

Chon avait grogné. Il avait toujours adopté une sorte d'attitude inspirée de John Belushi/Bluto envers le folk. (*Animal House.* Si vous ne l'avez pas vu... ben, je ne peux rien faire pour vous.)

Ben avait cherché la chanson sur son ordinateur.

« On s'en servait pour interroger les talibans », avait fait remarquer Chon, avant de fredonner quelques mesures de « Puff The Magic Dragon ». Il avait servi en Afghanistan et en Irak, d'où il était rentré blessé et démobilisé. « En général, ils déballaient tout après le premier couplet.

— Tais-toi », avait ordonné O, captivée par la chanson. Elle avait versé une larme quand Puff était mort. « Il n'a plus jamais joué dans l'allée aux cerisiers ?

— J'ai bien peur que non, avait dit Ben.

— Parce que Jackie ne venait plus ?

— C'est ça.

— Pourtant, "le petit Jackie Paper adorait ce fripon de Puff, avait récité O. Il lui achetait des cordes, de la cire à sceaux et d'autres fariboles".

— Les vivants envieront les morts, avait déclaré Chon. Au fait, pourquoi on écoute cette merde ?

— C'est codé, avait expliqué Ben. La chanson parle de l'herbe.

— Sérieux ? avait lancé Chon.

— "Puff the Magic Dragon" », avait souligné Ben. Il avait marqué une pause pour ménager ses effets, avant de préciser : « Puff the magic drag in[1]. »

Et de remettre la chanson.

« OK, un morceau des années 1960 qui parle de dope..., avait récapitulé Chon. En quoi c'est original ?

— Intéressant, plutôt, avait déclaré Ben. Pour le moment, on cultive notre production dans des serres. Ça revient cher,

1. Littéralement, « Inhalez la fumée magique ».

et je m'inquiète de l'impact écologique de toute l'eau et l'électricité qu'on utilise.

— Et...

— "Un pays appelé Honahlee", avait chantonné Ben. J'ai fait des recherches sur Hanalei, à Hawaï. Plus d'un mètre de précipitations par an. Température moyenne de 25 à 29 degrés. Entre six et huit heures d'ensoleillement par jour, indice UV compris entre 7 et 12. Un riche sol ferreux.

— Parfait pour le sativa[1], avait dit Chon.

— Bingo, avait approuvé Ben. Sans compter que, pour le moment, on n'écoule pas grand-chose à Hawaï. On pourrait faire d'une pierre deux coups. Il suffit de trouver un partenaire commercial et d'acquérir un terrain pour la culture. Quand le produit deviendra légal – et ça arrivera –, on sera déjà sur place.

— D'une pierre trois coups, avait conclu O.

— C'est quoi, le troisième ? avait demandé Ben.

— Des vacances », avait-elle répondu.

...

Du haut d'une falaise à la pointe nord de Hanalei Bay, une planche de surf sous le bras, Chon regarde évoluer un surfeur – le meilleur qu'il ait jamais vu.

Lui qui se croyait jusque-là plutôt bon sur une vague se rend compte à présent qu'il n'en est rien.

Comparé à ce gamin.

Les vagues du spot connu sous le nom de Lone Pine sont hautes, gonflées par l'automne, et ce gars les sculpte comme Michel-Ange défoncé au crack. Il fait un cutback, puis un

1. Variété de cannabis.

tailslide suivi d'un superman, en rattrapant la planche à deux mains, avant de conclure en revenant dans la vague.

— Bon Dieu, lâche Chon.

— Un de ses saints, du moins, réplique un type arrivé derrière lui.

C'est un Hawaïen, une vraie baraque à la peau brune et aux longs cheveux noirs noués en chignon.

— Lui, c'est Kit, ajoute-t-il.

— Qui ?

— Kit *Karsen*, précise le nouveau venu, l'air d'énoncer une évidence. K2.

Comme la montagne, songe Chon.

Et pour cause.

À cette distance, il ne peut pas en être sûr, mais Karsen doit bien faire un mètre quatre-vingt-quinze. Épaules larges, taille étroite, corps mince et musclé à force de passer des heures dans l'eau, longs cheveux blondis par le soleil… Ce serait Tarzan, pense Chon, si Tarzan était plus jeune, plus séduisant et meilleur nageur.

Et il semble à peine sorti de l'adolescence.

Autrement dit, il n'est même pas encore le surfeur qu'il deviendra un jour.

Bon Dieu.

— Il est du coin, j'imagine, dit Chon.

— Comme tout le monde ici, *bro.* Sauf toi. T'as rien à faire là.

— Je regarde, c'est tout.

Pour autant que Chon puisse en juger, presque tous les surfeurs dans le lineup sont hawaïens. Karsen est peut-être le seul *haole.* Il le voit ramer vers une autre vague, piquer en travers, virer dans le creux et faire un frontside.

— Alors regarde pas trop longtemps, reprend le type, qui récupère sa planche et s'avance jusqu'au bord de la paroi rocheuse. C'est pas un endroit sûr pour un *malihini*.

— Un quoi ?

— Un étranger.

L'Hawaïen jette sa board dans le vide, puis s'élance à sa suite.

Durant une seconde, Chon se dit qu'il vient d'assister à un suicide, mais le balèze refait surface, attrape sa planche et rame vers le large.

Il décide de revenir à un autre moment.

Parce que c'est Chon, il faut qu'il saute de cette falaise.

...

Kauai est une petite île, et Hanalei une ville plus petite encore.

Deux heures après avoir rencontré l'*haole* sur la falaise, Gabe Akuna découvre qu'il s'appelle Chon et loue une maison à Hanalei avec deux copains de Californie – un certain Ben et une nana avec une espèce de prénom à la mords-moi-le-nœud, O. Il passe un coup de fil à des associés de Los Angeles et apprend que Chon, Ben et O sont de gros trafiquants de marijuana.

Et qu'ils en vendent à Tim Karsen.

Tim deale de petites quantités d'herbe à Kauai depuis des années. Jusque-là, la Compagnie l'a laissé faire, parce qu'il y habite, que Kauai est un caillou au milieu de l'océan, que son commerce reste limité et que c'est le père de KK.

Mais les choses changent.

La Compagnie se montre de plus en plus agressive dans ses opérations visant à reprendre le contrôle de la vente de drogue sur les îles – toutes les îles et toutes les drogues : herbe, ice, coke, héro.

Il y a trop d'argent en jeu pour tolérer la dispersion.

Qu'il soit le père de KK ou pas, Tim va devoir accepter cette nouvelle donne ou se retirer des affaires.

Et voilà que ces nouveaux *haoles* ont débarqué.

C'est un problème.

Est-ce qu'ils cherchent à développer leur business avec Tim ? À élargir leur réseau de distribution avec plus de marchandise ?

Ce serait un sale coup.

Pire encore s'ils envisagent d'exploiter leurs propres cultures ici.

Ça, il n'en est pas question.

La Compagnie achète aussi des terres, et Kauai n'est pas surnommée « l'île jardin » pour rien. Si le sucre, l'ananas, le riz et le taro étaient autrefois les récoltes les plus lucratives, la marijuana les a remplacés. Et qu'elle devienne légale ou pas, la Compagnie sera là pour moissonner tout ce vert.

Pas des *malihinis* venus du continent.

Californication ? songe Gabe.

Foutaises.

La Compagnie ne pratique pas la Californication.

...

Avant, c'étaient les Asiatiques qui avaient le monopole du crime organisé à Hawaï.

D'abord les triades chinoises, ensuite les yakuzas japonais.

Mais, à la fin des années 1950, Wilford Pulawa, un Hawaïen de souche, avait décidé de reprendre la main au niveau local et recruté une bande de natifs pour s'en occuper.

Pulawa avait été emprisonné en 1973, ses successeurs s'étaient entre-déchirés et, au début des années 1990, la Compagnie avait perdu une bonne partie de son pouvoir. Certains disaient qu'elle était finie, d'autres qu'elle préparait un come-back porté par l'épidémie d'ice.

Jusqu'à ce que :

Quelques années plus tôt, la mafia du continent avait dépêché à Hawaï deux tueurs de Las Vegas chargés de faire le ménage sur le territoire de la Compagnie. L'histoire raconte que ladite Compagnie les avait taillés en pièces avant de les retourner à l'expéditeur par FedEx, accompagnés d'un petit mot disant : « Délicieux, renvoyez-en plus. »

...

En rentrant, Chon voudrait raconter à Ben qu'il vient de voir l'avenir du surf, mais son ami a d'autres préoccupations en tête.

— On a des affaires à traiter, lui rappelle-t-il.

— Bon, ben, je crois que je vais aller à la plage, dit O.

Parce qu'ils sont paternalistes, sexistes, ou juste soucieux de sa sécurité (cochez une case ou les trois), les « garçons » l'incluent rarement dans leurs discussions sur le détail des opérations. O étale un peu de *poke* sur une tranche de Spam[1] qu'elle fourre dans sa bouche.

Pas mauvais du tout.

Elle décide de baptiser le mélange « Spamoke ».

Les garçons montent dans leur jeep de location et, à la sortie de Hanalei, se dirigent vers le nord sur la Kuhio Highway, un ruban de bitume à deux voies qui épouse le littoral. C'est Chon qui est au volant. Ils passent devant le spot où il a vu KK faire des prodiges, puis longent Lumahai Beach jusqu'à Wainiha, où ils prennent une piste de terre battue qui s'enfonce à l'intérieur

1. Viande de porc en conserve.

des terres sur quelques centaines de mètres à travers une forêt pluviale dense.

Elle débouche sur une clairière.

Sur la gauche, une habitation de plain-pied, pour le moins délabrée, s'étend le long de la lisière de la forêt. Composée de plusieurs bâtiments, elle ressemble à une succession de wagons, comme si chaque extension avait été décidée après coup. Sur la droite se dresse une autre bâtisse, qui ressemble à un atelier. Des planches de surf sur des racks sont disposées devant, la porte de garage ouverte en révèle d'autres à l'intérieur. Un petit bateau et un jet-ski se trouvent à gauche de l'atelier, à côté d'un support de panneaux solaires.

À l'extrémité du cul-de-sac s'élève un immense banyan, dont les branches soutiennent... eh bien...

Une maison.

En chantier.

Pas une cabane en bois comme en construirait un gosse, mais une vraie maison, avec différents niveaux, édifiée avec goût et recherche, dont les planches ont été soigneusement rabotées et poncées.

Des poules cavalent dans l'allée.

L'endroit est isolé, on ne voit que l'épaisse végétation et un palmier solitaire qui pousse au milieu de la petite pelouse manucurée.

Un homme sort de l'habitation principale.

Dans les cinquante-cinq ans, corpulent, quelques mèches grises dans ses longs cheveux noirs lissés en arrière. Une petite cicatrice en forme de Z au-dessus du sourcil droit. Chemise hawaïenne à motif floral, short de bain ample, sandales. Une paire de lunettes noires panoramiques complète l'ensemble.

Avec un grand sourire, il les relève et lance :

— *Aloha !*

Les garçons descendent de la jeep.

L'homme leur tend la main.

— Tim, se présente-t-il.

— Moi, c'est Ben. Et lui, Chon.

— C'est sympa de se rencontrer enfin, dit Tim.

Ils n'ont fait jusque-là que se parler par téléphones satellite ou échanger des mails cryptés.

Tim Karsen est leur distributeur à Kauai.

Ils sont entrés en relation à la manière habituelle – par des amis d'amis d'amis –, mais c'est la première fois qu'ils se voient.

— Je suis fan de la baraque dans l'arbre, déclare Ben.

Tim sourit de nouveau.

— C'est celle de mon fils. Il se construit sa future maison.

— Trop cool, approuve Ben.

— Entrez, propose Tim.

Ils franchissent à sa suite une porte qui donne directement sur la cuisine. Compte tenu de l'aspect chaotique de l'extérieur, Ben et Chon sont surpris par l'intérieur : spacieux, bien organisé, ordonné. Le sol est recouvert d'un plancher ciré, les murs lambrissés s'ornent d'objets d'art hawaïen.

Une femme est occupée à préparer une salade sur le billot de boucher.

— Et voici Elizabeth, dit Tim.

Une vraie beauté.

Longs cheveux auburn, yeux brun foncé, silhouette mince, chemise en denim sur un jean.

Et cette voix…, songe Chon. Grave, douce, ultra-sexy, même quand elle prononce des mots aussi banals que :

— J'ai prévu une salade pour le déjeuner. J'espère que ça vous ira.

Elle pourrait nous servir de la merde en boîte que ça nous irait aussi, pense Chon.

Ils s'assoient à la longue table dans la salle à manger. Des pichets de thé glacé et de jus de goyave y sont déjà posés, ce qui n'empêche pas Tim d'apporter de la cuisine trois bouteilles de bière glacée.

— La Captain Cook IPA, annonce-t-il. Production locale.

— Le local, ça compte beaucoup ici, pas vrai ? lance Chon.

Tim confirme d'un signe de tête.

— On vit ici depuis douze ans, mais on reste des *malihinis.*

— Les habitants de l'île sont très accueillants, intervient Elizabeth. Du moment qu'on respecte la culture locale.

— Autrement dit, qu'on ne se comporte pas comme des connards, précise Tim.

— Un bon principe.

Ils choquent leurs bouteilles.

Mais le plus étrange…

C'est que Chon se dit qu'il connaît ce gars.

Il sait que ce n'est pas possible, pourtant…

Il sait aussi qu'il l'a déjà croisé quelque part.

Sauf que, à cette époque, il ne s'appelait pas Tim.

…

Tim leur fait prendre une étroite piste de terre battue – un chemin, plutôt – à travers la forêt.

Il tombe désormais une petite pluie fine qui transforme la terre rouge en boue rouge sur leurs chaussures tandis qu'ils s'enfoncent dans les collines.

Un ruisseau coule sur leur droite.

Après dix minutes de marche, ils débouchent dans une clairière herbeuse d'environ deux acres, entourée par une épaisse végétation.

— C'est à cet endroit que je pensais, déclare Tim.

— C'est à vendre ? demande Ben.

— J'ai déjà acheté, répond Tim. Mais, oui, on pourrait trouver un arrangement.

— La transaction a été officiellement enregistrée ? interroge Ben.

— Je n'ai que *l'air* bête, dit Tim. J'ai acquis le terrain par l'intermédiaire de cinq sociétés-écrans. Il n'y a aucun moyen de remonter jusqu'à moi.

— La localisation est idéale, estime Ben en examinant les lieux. À l'abri des regards… Il faudrait qu'on fasse une analyse du sol.

— Pas de problème, réplique Tim. Mais tout pousse, ici. Plantez une Chrysler dans cette terre, et vous récolterez plein de bébés Chrysler. La seule véritable difficulté, ce sera de contenir la jungle.

— Il y a du potentiel, c'est sûr, approuve Ben. On pourrait agrandir au besoin ?

— J'ai acheté quinze acres, précise Tim.

— Vous fournissez la main-d'œuvre ? s'enquiert Ben.

Tim hoche la tête.

— Elle est fiable ? questionne Chon.

— Ces gens sont *ohana,* répond Tim.

— C'est-à-dire ? lance Chon.

— De la famille, explique Tim.

Sur un ton indiquant que le sujet est clos.

Sous la pluie, ils retournent vers la maison.

Quand ils arrivent, Chon voit Kit Karsen ranger sa planche sur un rack dans l'atelier.

Kit tourne la tête, jette un coup d'œil à Tim et sourit.

— Salut, p'pa !

…

Le père de Chon est un authentique enfoiré.

Comme il faisait partie des membres fondateurs de l'Association, le plus important réseau de trafiquants de came de toute l'histoire de la Californie, il n'était pas très présent dans la vie de Chon et, quand il l'était, ce n'était pas forcément pour le meilleur.

Par exemple, certains de ses associés avaient un jour retenu le jeune Chon en otage jusqu'à ce que John Sr leur verse l'argent qu'il leur devait.

C'était bien l'une des rares fois où Chon avait eu l'impression de compter pour lui.

S'il a toujours su que son paternel était dans ce business, Ben et O, eux, viennent tout juste de découvrir qu'ils sont eux aussi des dealers de seconde génération et non les pionniers qu'ils pensaient être.

Ah, la merveilleuse arrogance ignorante (et ignorance arrogante) de la jeunesse… Penser qu'on est les premiers.

En réalité, Rapu et les parents psychothérapeutes de Ben étaient des investisseurs majeurs – et, de fait, siégeaient au conseil d'administration – de l'Association. Quant au père biologique d'O, ce n'était pas l'homme qu'elle croyait, mais le (récemment) défunt Doc Halliday, qui avait autrefois fait du comté d'Orange l'épicentre du trafic américain de la marijuana, du haschisch et de la cocaïne.

Preuve, s'il en est besoin, que :

A. On ne connaît jamais ses origines.
B. Rien de nouveau sous le soleil.
C. La dope a toujours circulé.
D. Tout ce qui précède.

Aujourd'hui, Chon et son paternel entretiennent une relation fondée sur un accord tacite : moins ils se voient, mieux ils se portent.

Mais il est évident que Kit aime sincèrement Tim.

Tout comme il est évident que Tim le lui rend bien.

Chon en a la preuve quand père et fils s'étreignent comme s'ils s'étaient quittés des années plus tôt, et non quelques heures avant.

Ça le chagrine un peu.

— Je te présente Ben et Chon, dit Tim. Et voici notre fils, Kit.

— *Aloha*, lance ce dernier en les saluant de la tête.

— Ben et Chon viennent de Californie, précise Tim. De Laguna Beach.

— J'aimerais y aller un jour, fait remarquer son fils.

— Quand tu veux, déclare Ben. T'auras toujours un endroit où loger.

— Attention, je risque de te prendre au mot, réplique Kit.

Elizabeth sort et sourit à son fils.

— Malia est en ville, elle vient d'appeler. Ta pompe à eau est arrivée.

— Top ! s'exclame Kit.

Ils forment une famille, pense Chon.

C'est peut-être la première fois qu'il en voit une.

Mais qui sont ces gens ?

En vrai ?

...

Gabe est très contrarié que les *haoles* aient discuté affaires avec Tim Karsen et que ce dernier leur ait montré la terre qu'il a achetée.

Ça n'augure rien de bon, alors il passe un coup de fil.

...

Les cheveux d'Eddie le Rouge tirent plus sur l'orange que sur le rouge, et il s'appelle Julius de son vrai nom, mais personne ne s'aviserait de surnommer le patron de la Compagnie « Julius l'Orange ».

Formé à Harvard et à la Wharton Business School, Eddie est un entrepreneur anglo-portugais-sino-japonais-hawaïen qui possède des bureaux à Honolulu, sur la North Shore et à San Diego. Pour l'heure, il est à Honolulu, et ce qu'il entend au téléphone ne lui plaît pas du tout.

Un trio de *haoles* californiens venu exploiter une plantation à Kauai ?

Oh que non.

— Dis-leur de dégager, ordonne-t-il.

— Et s'ils refusent de partir ? demande Gabe.

— Tu viens vraiment de me poser cette question ?

Eddie raccroche et avale un Tylenol.

Diriger la Compagnie lui colle parfois mal au crâne.

...

Ben est fasciné par la maison dans l'arbre.

C'est tout à fait son truc, son domaine de prédilection : tout ce qui relève de l'alternative verte, sort des sentiers battus, le muesli croustillant, etc. – ça lui parle.

(C'est dans son ADN.)

— Kit et moi, on a bien avancé les travaux, dit Tim.

Ben demande à la visiter.

— Je vais te montrer les plans, propose Kit, tout heureux.

Ils entrent dans l'atelier, où Kit étale les schémas sur une table.

— Je veux vivre au plus près de la nature, explique-t-il.

— On ne peut pas être plus près que dans un arbre, j'imagine, observe Ben.

Deux âmes sœurs, songe Chon.

Les plans détaillent une structure sur trois niveaux reliés entre eux. Au premier, la cuisine, avec pour cloisons des rideaux qu'on peut relever ou baisser, une cuisinière à bois, un poêle et un vieil évier alimenté par l'eau puisée dans le ruisseau.

Une passerelle, bordée de garde-fous en bois de cocotier, montera en zigzag vers le niveau suivant, dédié à un salon dont le plancher sera fait de larges lattes de koa et les cloisons de bois d'arbre à pluie, éclairé par de grandes fenêtres qui donneront sur la forêt alentour. Une autre succession de passerelles et une échelle permettront d'accéder au troisième niveau, où se trouvera la chambre avec un plancher aussi, des cloisons de bois de manguier et un toit de chaume percé d'une fenêtre. La salle de bains adjacente (« privative », plaisante Kit) comportera des toilettes à évacuation par gravité et une douche alimentée par un réservoir suspendu à une branche en hauteur, qui recueillera les eaux pluviales.

Kit est fier d'expliquer que tout le bois utilisé est local et provient d'arbres qui sont tombés naturellement ou ont été abattus pour des raisons de sécurité. Autant dire qu'ils ont dû attendre des années pour avoir certaines pièces, mais peu importe, ils veulent faire ça bien. Ils ont acheté le bois brut, puis l'ont scié, raboté et poncé eux-mêmes. La plupart des meubles, qu'ils fabriquent également, seront en bois de kamani, et les étagères ainsi qu'une grande table de cuisine, en bois-de-fer.

— L'électricité sera fournie par des panneaux solaires, précise Kit.

— Il y aura assez de soleil ? demande Ben.

— Suffisamment pour charger les batteries. Et, au besoin, on se servira de lampes à essence. De toute façon, on n'aura pas grand-chose à faire fonctionner.

Pas de téléviseur, par exemple.

— J'aime les livres, confie Kit.

Pas d'éclairage excessif.

— Je me couche tôt. Je me lève avec le soleil.

Il emmène Ben faire le tour du propriétaire.

Le premier niveau est presque terminé. Les planchers sont posés, la cuisinière et le poêle ont été installés, les lourds rideaux de bambou sont en place et ont été relevés.

Ils s'engagent sur la passerelle menant au niveau suivant, une pièce de quatre mètres sur cinq, avec un parquet ciré et de magnifiques cloisons de bois rouge dans lesquelles s'ouvrent de larges fenêtres. Deux des murs sont achevés, les deux autres sont en cours de finition. Dans celui côté nord est encastré un vitrail représentant une Hawaïenne qui s'avance dans l'océan avec sa planche de surf sous le bras.

— C'est toi qui l'as fait ? s'exclame Ben.

— Non, c'est Malia, répond Kit. Ma copine.

— C'est vraiment incroyable, Kit.

Ben a l'impression de se trouver dans un appartement en ville, pas dans un arbre, alors même que les feuilles effleurent les vitres et que les lieux résonnent du chant des oiseaux.

Tant de soin et d'amour ont été apportés à l'ouvrage…

Ils montent jusqu'à la chambre mais n'entrent pas, parce que le plancher n'est pas encore posé.

— Je sais que mon père est en affaires avec toi, révèle Kit. Et je sais aussi de quel genre de business il s'agit.

— Ça te pose un problème ? demande Ben.

— Je suis protecteur envers mes parents, tu comprends ?

— Respect, dit Ben.

— Et j'ai des principes, ajoute Kit.

— Respect aussi.

— Tant que c'est de l'herbe, ça me va, conclut Kit. Mais si ça dévie vers la coke, l'ice ou l'héro...

— Ça n'arrivera pas. On est sur la même longueur d'onde.

Ils se serrent la main.

Kit n'y va pas en force, pourtant Ben a l'impression qu'on lui a broyé les doigts.

Ce serait sans doute une bonne idée de ne pas emmerder Kit Karsen.

...

Sur le trajet du retour, Chon déclare :

— Je connais ce type.

— Qui, Tim ? demande Ben. Impossible. Il n'a pas quitté cette île depuis douze ans et tu n'y avais jamais mis les pieds.

— Je sais, mais je le connais.

— C'est la Chononoïa qui parle.

Chon est tout à fait disposé à admettre qu'il est parano – quand on se bat en Afghanistan et en Irak, c'est la base de la survie – mais, en l'occurrence, il ne pense pas l'être.

Parce qu'il se rappelle maintenant d'où il connaît Tim, et pourquoi il lui paraît aussi familier.

C'est la cicatrice en forme de Z.

Un ancien associé de son paternel. Chon ne l'a pas revu depuis... eh bien, au moins douze ans, mais Tim est le sosie de Bobby Zacharias.

Le grand Bobby Z.

Bobby Z était un surfeur de légende, l'un des meilleurs sur la côte Ouest. Chon se souvient de l'avoir admiré, tout gosse. Et

Z était aussi l'un des plus importants trafiquants de marijuana de Californie.

Jusqu'au moment où il avait disparu.

Environ douze ans plus tôt.

Comme englouti dans les profondeurs de la terre.

Pour refaire surface au paradis, songe Chon.

Et reprendre le trafic de came.

Tout se tient.

Un autre détail lui revient à propos de Bobby Z.

C'était un salopard.

— Les gens changent, fait remarquer Ben lorsque Chon le met au courant.

— Non, ils changent pas, rétorque Chon.

...

O ne se satisfait pas de l'idée (de l'observation, de l'imputation, de l'accusation) selon laquelle elle serait une simple hédoniste.

« Je ne suis pas une simple hédoniste, a-t-elle affirmé un jour à Ben et à Chon. Je suis l'incarnation féminine de l'hédonisme. »

Ce n'est pas pareil.

...

O est aux anges.

Hanalei Bay est le plus bel endroit qu'elle ait jamais vu. Sur sa gauche s'élèvent des montagnes couleur d'émeraude et, sur sa droite, la plage de sable doré s'étend jusqu'à une vieille jetée qui borde une rivière descendue des collines. L'océan (le Pacifique, je précise, pour les nuls en géographie) devant elle est d'un bleu céruléen (O adore ce mot, « cé-ru-lé-en »), et on ne voit dans la baie frangée de palmiers que des femmes et des hommes sublimes.

Les Hawaïens, tout comme les Hawaïennes, sont incroyablement beaux, estime O, qui est bi par nature et par inclination.

La beauté, elle connaît, puisqu'elle a grandi (mais pas mûri) à Laguna Beach, la plus jolie ville de Californie (ce qui n'est pas rien), parmi des personnes à la plastique fort avantageuse. Et pourtant le concept prend une autre dimension à Hanalei.

Les paysages, les habitants, la nourriture...

Si, en plus, elle tient compte du fait que Rapu est à Laguna, soit à plusieurs milliers de kilomètres de l'autre côté d'un océan, elle pourrait se croire au paradis.

Il pleut presque tous les jours sur l'île, à un moment ou à un autre, mais O s'en fiche. Mieux, elle aime se promener sous les averses éphémères et savourer la chaleur du soleil après.

Elle aime aussi la maison qu'ils ont louée, séparée de la plage seulement par un petit parc. C'est un charmant bungalow comportant deux chambres et un vaste salon équipé de ventilateurs au plafond, entouré d'une galerie en bois qu'elle a appris à appeler « *lanai* ».

O est ravie d'avoir des fruits frais – papayes, goyaves, mangues – pour le petit déjeuner, accompagnés de café Kona corsé, et elle prend plaisir à se rendre à pied en ville pour s'offrir à midi un plat de riz blanc et une salade de macaronis avec un effiloché de poulet ou du Spam (voir plus sur le sujet ci-dessous).

En général, ils vont dîner tous les trois dans l'un des fabuleux restaurants du coin qui servent toutes sortes de poissons. Mais, ces deux derniers soirs, Ben et Chon ont fait la cuisine.

Ils sont aussi doués l'un que l'autre.

Contrairement à O.

Qui sait préparer :

Un bol de Cheerios
Un bol de Froot Loops
Un sandwich au fromage
Des lasagnes (des Stouffer's, toutes prêtes, à réchauffer au micro-ondes)
Du poulet frit Hungry Man surgelé (Swanson, micro-ondes aussi)

En attendant, elle est gourmande. Quand Rapu a fait remarquer un jour qu'Ophelia avait « un appétit d'oiseau », Chon a rétorqué que l'oiseau en question était un vautour aura. Une nana capable de manger autant qu'une jument gestante, sans qu'on sache où ça passe. Chez elle, les calories semblent se volatiliser aussi vite que l'argent pour le budget d'un film hollywoodien. Ce qui n'empêche pas sa mère de lui reprocher souvent de transporter entre trois et quatre kilos d'excédent de bagages sur les hanches ou les cuisses – une graisse imaginaire que Rapu a elle-même fait disparaître de son propre corps au moyen d'un traitement par le froid.

« Ce qui ne fait que renforcer l'image de la Reine des Glaces », a observé O.

Rapu a une attitude à la Boucles d'Or au sujet des habitudes alimentaires d'O : sa fille mange trop ou trop peu, elle est trop maigre ou trop grosse, mais jamais « comme il faudrait » – raison de plus pour que O se réjouisse d'avoir mis la moitié du Pacifique entre elles.

Quoi qu'il en soit, ses déjeuners en ville aidant, O a développé un goût certain pour le Spam.

« C'est quoi, le Spam ? a-t-elle demandé un jour à Ben.

— Personne ne le sait, a-t-il répondu.

— Même ceux qui le fabriquent ?

— Surtout ceux qui le fabriquent. »

O ne se soucie pas vraiment de savoir ce qui entre dans la composition du Spam, du moment que le Spam entre dans sa composition à elle. Elle en raffole. Du *poke* aussi – de petits morceaux de poisson cru marinés dans la sauce soja, l'huile de sésame et les piments.

Bref, O adore Kauai.

Elle adore sa culture née d'un mélange de traditions hawaïennes, japonaises, chinoises, portugaises et anglaises.

Elle trouve que la cuisine, le climat, les habitants...

Dégagent chaleur et douceur.

Des qualités auxquelles elle a toujours aspiré.

...

La jetée, autrefois en bois, est aujourd'hui faite de ciment et s'étend sur une centaine de mètres jusqu'à un auvent à l'extrémité.

Un vieil homme est posté dessous, qui pêche.

Il porte beau, songe O. Cheveux et barbe blancs, hâle soutenu, une vieille casquette de base-ball baissée sur des yeux à l'expression la plus bienveillante qu'elle ait jamais vue. Elle est trop timide pour l'aborder, mais il la remarque et lui adresse la parole :

— C'est magnifique ici, n'est-ce pas ?

— Oh oui.

— Tout le monde m'appelle Pete, dit-il, la main tendue.

— Moi, c'est O.

— Le diminutif de... ?

— Ophelia.

Pete sourit.

— O, ça sonne mieux.

— Oui, confirme l'intéressée. Vous pêchez ici tous les jours ?

— Non. Des fois, je pêche la nuit. Ça dépend des moments où les poissons sont là. Vous voulez essayer ?

— Je n'ai jamais touché une canne.

— Je peux vous apprendre.

Elle a l'habitude que des hommes mûrs – dont certains de ses beaux-pères – veuillent lui apprendre quelque chose, sauf que ce n'est jamais la pêche.

Mais il lui semble que là, c'est différent, alors elle acquiesce d'un signe de tête.

Pete lui tend la canne, puis se place derrière elle pour lui montrer comment lancer la ligne. Et ça n'a rien de glauque, constate O, ça n'a rien à voir avec la manœuvre chelou d'un vieux dégueulasse – non, c'est juste quelqu'un de sympa qui veut lui enseigner un truc.

C'est agréable.

...

O parle à Pete de son enfance.

De sa mère qui brillait par son absence ou sa présence obsessionnelle, étouffante ; de ses multiples beaux-pères ; de sa jeunesse passée à se dire que son père était quelqu'un d'autre...

— Ça n'a pas dû être marrant, commente Pete en réamorçant.

— Non, ça ne l'était pas.

Il se redresse, puis la regarde.

— D'un autre côté, vous n'étiez pas pauvre, n'est-ce pas ? Vous aviez un toit au-dessus de votre tête et de quoi manger dans votre assiette. Vous aviez pas mal de privilèges. Vous en avez fait quoi ?

Bonne question, se dit O.

Putain de bonne question sacrément exaspérante.

Rien, songe-t-elle en retournant vers la maison. Je n'ai absolument rien fait de ces privilèges.

Pour autant, elle refuse de se considérer comme nihiliste.

« En fait, avait-elle dit lorsque Chon avait abordé le concept pour la première fois, je suis Cléopâtre.

— C'est absurde, avait-il répliqué.

— Pas du tout. Je suis la reine des nihilistes. »

...

Lorsque Ben et Chon rentrent à la maison, O a une déclaration à leur faire :

— Je vais rejoindre mère Teresa.

— Elle est morte, souligne Chon.

— Ah.

Elle réfléchit une seconde.

— Bon, qui n'est *pas* mort ?

— Les gens avec qui on va dîner ce soir, répond Ben. On aimerait avoir ton opinion sur eux.

— C'est vrai ?

— T'es un bon juge des caractères, déclare Chon.

Tiens, il semblerait que je puisse avoir, genre, une utilité, pense-t-elle.

...

Ils se retrouvent dans un restaurant appelé le Postcards.

Tim Karsen, ou Bobby Zacharias, ou quelle que soit son identité, présente bien en chemise blanche Henley portée sur un jean impeccable.

Quant à Elizabeth, elle est époustouflante, estime O. Un chemisier noir tout simple sur un jean (moulant) également noir.

Et Malia…

Malia est l'incarnation de Hawaï.

Grande, mince, longs cheveux noirs aussi brillants qu'une nuit étoilée, peau caramel, grands yeux bruns en amande, voix aussi suave et harmonieuse qu'un coucher de soleil.

Elle est vive, drôle.

Et elle tient tête à Kit comme s'il n'était pas le plus beau spécimen masculin qu'O ait jamais vu.

Je ne partirai jamais d'ici, décide-t-elle.

Jamais.

…

Il devait avoir six ans lorsqu'ils sont arrivés à Hanalei, leur raconte Kit pendant le dîner.

Au début, il en avait bavé, il ne supportait pas d'être le seul *haole* de l'école. Les gosses du coin le dérouillaient presque tous les jours, refusaient de jouer avec lui, le charriaient.

— Qu'est-ce qui a changé ? demande O, qui se penche vers la table pour mieux le dévorer du regard.

— Le surf, répond Kit.

Il était allé sur la plage un jour, alors que ses camarades de classe surfaient. Certains avaient leur propre planche, mais la plupart s'en échangeaient une et prenaient les vagues à tour de rôle. Au début, ils l'avaient ignoré, puis ils lui avaient ordonné de partir, mais il était resté, jusqu'au moment où…

Un grand, prénommé Gabe, s'était approché avec sa board et lui avait proposé d'essayer. Il lui avait montré comment s'allonger dessus, comment ramer et se relever. Puis il l'avait accompagné dans l'eau et aidé à prendre les petites vagues.

Au troisième essai, Kit s'était mis debout.

Il était mordu.

Il était retourné à la plage tous les jours.

Et avait fait de gros progrès.

Quand ils s'en étaient aperçus, les jeunes Hawaïens avaient arrêté de l'emmerder, d'une part parce qu'il avait appris à surfer, mais surtout parce que Gabe avait menacé de leur coller une raclée mémorable s'ils ne le laissaient pas tranquille.

Ce même Gabe avait commencé à venir chez Kit, parfois avec des copains, le plus souvent seul.

Kit avait harcelé ses parents pour qu'ils lui achètent une planche.

Il bossait pour son père – Tim joignait les deux bouts en louant ses services d'homme à tout faire et en donnant un coup de main sur les chantiers –, qui lui confiait de petits travaux, des corvées de nettoyage, tout ce qui pouvait lui rapporter un peu d'argent pour contribuer à l'achat de sa planche. Il lui avait fallu un an et, le matin de Noël, quand il s'était levé, elle était là, usée mais magnifique : une Hobie, sept pieds six pouces, single-fin.

— Je l'ai toujours, précise-t-il en souriant à Tim et à Elizabeth.

Il était devenu un phénomène, un de ces jeunes prodiges auxquels des articles sont consacrés dans *Surfer*, il s'était fait sponsoriser par Billabong et était apparu dans des vidéos. Mais il n'avait jamais participé à des compétitions ni à des championnats.

— Pour moi, ce n'est pas ça, le surf, dit-il. Je ne l'ai jamais envisagé comme une compétition ou un business. C'est juste un truc que j'adore faire, et je ne veux pas gâcher mon plaisir.

Il s'était taillé une belle réputation.

Les rédacteurs en chef de magazines, les photographes ou simplement les fans de glisse venaient du monde entier le voir surfer. Pour autant, Kit ne recherchait pas la gloire. Il était allé à Jaws, sur Maui, et à Tahiti, pour prendre les grosses vagues, mais il était toujours revenu à Kauai.

— C'est chez moi, déclare-t-il. Ça représente tout ce dont j'ai toujours rêvé. Je suis heureux ici.

Il aime l'île, qui le lui rend bien.

Il n'est plus considéré comme un continental, un *haole,* mais comme un insulaire, un frère.

Alors il fait sa vie à Hanalei, tâte de la menuiserie, travaille avec son père, tourne parfois une vidéo de surf ou reçoit des honoraires de la part des grandes marques du surf pour porter leurs vêtements ou monter sur leurs planches. Il lui arrive aussi de poser pour une publicité, afin de promouvoir une combinaison, une board, des lunettes de soleil.

À quinze ans, il a fait la couverture de *Surfer.*

Mais il ne se contente pas de surfer, c'est un waterman accompli – nageur, plongeur, maître-nageur sauveteur –, aussi à l'aise sur un jet-ski, un canoë ou un bateau que sur une planche.

Kit Karsen est aussi heureux qu'on peut l'être.

— Donc, t'es arrivé ici quand t'avais six ans, résume Chon. Vous étiez où, avant ?

En Californie, répond Elizabeth.

Nous sommes venus de Californie.

...

Ben et Tim sortent du restaurant.

— Alors, on s'associe ou pas ? demande Tim.

— Je ne sais pas.

— Qu'est-ce qui te retient ?

— Je ne peux pas traiter avec quelqu'un qui n'est pas honnête avec moi.

— En quoi je suis malhonnête ?

— On pourrait peut-être commencer par qui t'es vraiment, Bobby, non ?

— Tu me prends pour Bobby Z, c'est ça ?

— Ce n'est pas toi ?

— Non. Ce n'est plus moi.

— Qu'est-ce que tu racontes ? lance Ben. Si on arrêtait les petits jeux ?

— Mon vrai nom est Tim Kearney, révèle Tim.

Et de lui raconter une histoire.

...

O a toujours eu pour règle de vie l'adage selon lequel « l'ignorance est la béatitude ».

Ce qui fait d'elle, de son point de vue, l'une des personnes les plus délibérément béates de la planète.

Elle ne sait pas d'où est tirée la citation, bien entendu.

Ce serait contre-productif.

(Thomas Gray, *Ode sur une perspective lointaine d'Eton College*, si vous vous posez la question.)

— Vous connaissez mon ami Pete ? interroge-t-elle, toujours assise à table, en savourant son sorbet à la mangue.

— Le type aux appâts ? demande Kit. Bien sûr.

— Tout le monde le connaît, déclare Malia.

— C'est quoi son histoire ? questionne O.

Elizabeth hausse les épaules.

— Ça fait environ un an qu'il est arrivé. Et il est resté. Il passe le plus clair de son temps à pêcher, il vend aussi des appâts aux touristes… On voit ça souvent. Les gens viennent en visite, tombent amoureux de l'île et ne repartent plus.

Je comprends pourquoi, pense O.

…

Tim Kearney (Tim utilise la troisième personne du singulier, comme s'il parlait de quelqu'un d'autre) était un loser déjà condamné trois fois, un artiste de l'effraction dont le principal talent consistait à se faire coffrer. Même un séjour chez les marines n'y avait rien changé et, à peine rentré du Koweït, il avait atterri en taule.

Il n'avait dû son salut qu'à sa ressemblance frappante avec un important trafiquant de marijuana nommé Bobby Zacharias.

Un cartel mexicain qui retenait en otage un agent de la DEA avait proposé de l'échanger contre Bobby Z. Le problème, c'était que ce dernier avait succombé à une crise cardiaque dans les douches – du moins, d'après la version que la DEA avait servie à Tim.

Laquelle DEA avait fait reproduire sur lui la cicatrice distinctive en forme de Z, puis l'avait emmené à la frontière afin de procéder au transfert.

Sauf que les choses avaient mal tourné.

Apparemment, le cartel n'avait jamais eu l'intention de sauver Bobby Z. Il voulait l'éliminer, et cette histoire d'otages n'était que le prétexte à une embuscade. Tim avait réussi à s'en tirer et s'était réfugié dans une planque au milieu du désert, où il avait rencontré Elizabeth, qui s'occupait du petit garçon de Z.

— Kit, dit Ben.

Tim hoche la tête et sourit.

— La meilleure chose qui me soit jamais arrivée. En fait, les Mexicains voulaient descendre Z pour avoir mis en cloque la maman de Kit. Je suis parti en cavale avec Elizabeth et le gosse, et on a fini ici. Je vis heureux sur cette île depuis douze ans.

— Les Mexicains ont arrêté de chercher Bobby ?

— Tous les participants à l'opération sont morts aujourd'hui.

— Kit sait que tu n'es pas son vrai père ?

— Il sait que je suis son vrai père, et que Bobby Z n'était que le donneur de sperme.

— Il t'aime beaucoup, affirme Ben.

— Moi aussi, je l'aime beaucoup. Bon, alors, on fait quoi ?

— Il faut que j'en discute avec Chon et O, répond Ben.

...

Ce qu'il fait sur le trajet du retour.

— Qu'est-ce que tu penses d'eux ? demande-t-il à O.

— Je n'arrive pas à décider avec lequel j'ai le plus envie de coucher, dit-elle. Tim me fait penser à un bel ours en peluche, Elizabeth est la femme la plus sexy que j'aie jamais vue, Malia est sublime et Kit... Kit est un jeune dieu grec.

Ben leur raconte l'histoire de Tim.

— Tu le crois ? interroge Chon.

— Qui irait inventer un truc pareil ? réplique Ben.

— Donc, le vrai Bobby Z n'est plus de ce monde, observe Chon.

Ben hausse les épaules.

— Les légendes meurent aussi. Alors, vous en pensez quoi ? répète-t-il.

— Je pense qu'on devrait traiter avec eux, déclare O. On devrait traiter avec eux et rester ici toute notre vie.

— Mais tu ne peux pas t'envoyer en l'air avec eux, signale Ben.
— Et mère Teresa est morte..., soupire O.
— Bref, on le fait ou pas ? insiste Ben.
— On le fait, décrète Chon.
Question réglée.

...

Chon se tient au bord du gouffre...

(Non, ce n'est pas symbolique. Il se tient vraiment au bord de ce foutu gouffre, d'accord ? Sinon, comment il pourrait sauter, hein ? Oh ! bon sang !)

... et lance sa planche.

Puis se jette dans le vide.

Bon, c'est vrai, Chon n'est pas le plus grand surfeur du monde, il n'est pas Kit Karsen Zacharias Kearney, mais c'est un ancien de la Navy SEAL (j'ai bien conscience que c'est devenu un cliché éculé, et aussi qu'un « cliché éculé » en est un en soi, n'empêche, c'est ce qu'il est), aussi a-t-il de l'expérience en matière de falaises et d'eaux profondes.

Il est arrivé de bonne heure, au lever du jour, pour ne pas tomber sur les gars du coin, et c'est en solitaire qu'il coule, se fait aspirer par un courant tourbillonnant puis lutte pour refaire surface. Il saisit sa planche et attache le leash à sa cheville avant de ramer vers le set qui, sans être aussi impressionnant que la veille, n'en reste pas moins imposant – haut version Hawaï –, et il doit batailler dur pour prendre une vague.

Mais, quand il y parvient, c'est juste
merveilleux.

Un mot galvaudé au point d'en avoir perdu sa signification, il le sait, mais si quelque chose peut inspirer un authentique émerveillement, c'est bien une grosse vague sur la côte nord de Kauai. Pour ne pas être touché par une telle expérience, il faut n'avoir ni cœur ni âme.

Il ne tente aucun trick – pas de rollers, pas de tailslides ni de superman –, se bornant à essayer de rester sur sa planche durant son ride, qui est aussi rapide que tumultueux, et plonge avant que la vague le précipite sur les rochers.

Il s'offre quatre bonnes sessions, jusqu'à la limite de ses forces, puis rame vers la plage de l'autre côté de la pointe rocheuse, et c'est le début des emmerdes.

De fait, les emmerdes l'attendent.

...

Pete se baisse, fouille dans sa boîte à appâts et en sort un en-cas enveloppé dans de l'aluminium.

— T'en as déjà mangé ? demande-t-il à O en le déballant.

— C'est quoi ?

— Un œuf au plat dans un bagel aux oignons, répond Pete. Goûte-moi ça. Si tu n'as jamais essayé, tu ne connais rien à la vie.

O goûte.

Et admet qu'elle ne connaissait rien à la vie.

...

Ils sont sept à l'attendre.

Prêts à rejouer *Il faut sauver le soldat Ryan* sur une plage de Kauai.

Le chef, celui qui s'avance vers lui au moment où il sort de l'eau, est le Hawaïen qui lui a déjà parlé une fois. Il porte un short de bain noir, un T-shirt blanc sur lequel se détachent les mots « DÉFENDRE HAWAÏ » en lettres noires, et une casquette noire avec le chiffre 808 – le code postal de Hawaï – inscrit en relief et en blanc.

Les six autres, tous des *mokes* balèzes, lui emboîtent le pas.

— Salut, dit Chon.

— Tu vis ici ? riposte le chef. Si tu vis pas ici, tu surfes pas ici. Vous, les *haoles,* vous débarquez du continent en pensant que tout vous appartient. Mais c'est *notre* spot.

— Compris, déclare Chon. Je m'en vais.

Il fait un pas de côté pour contourner le chef, qui se déplace afin de lui bloquer le passage.

— Tu sais qui on est ?

— Non.

— On est les Palala. Tu sais ce que ça veut dire ?

— Non.

— La Fraternité. On est des frères. Moi, je suis Gabe Akuna.

Chon a beau se douter que l'information n'est pas anodine, il ne peut réprimer un sourire suffisant.

— OK.

— Ça t'amuse ? demande Gabe. Ben tu vas pas rigoler longtemps, *kook.*

— Je cherche pas les emmerdes.

Une nouvelle fois, Chon tente de le contourner.

— Mais tu les as trouvées, rétorque Gabe en s'interposant de nouveau.

On dit souvent que ce qu'on ne sait pas ne peut pas faire de mal.

(L'ignorance étant la béatitude.)

On se trompe.

(Même si O est là pour prouver le contraire.)

Par exemple, Gabe ne sait pas que Chon cache un fond de violence innée.

Il ne sait pas que Chon a reçu un entraînement poussé au combat.

Ni que cette expérience lui a servi à blesser et à tuer de nombreuses personnes.

Ni qu'il aime se battre.

Ni qu'il n'a pas l'habitude de se laisser marcher sur les pieds.

Ni qu'il ne faut pas trop le chauffer.

Ni qu'il est sur le point de perdre son sang-froid.

Ce qu'on ne sait pas peut faire mal.

Très mal.

— T'es sur mon chemin, dit Chon.

— Pousse-moi, le défie Gabe.

— C'est entre toi et moi ? demande Chon. Ou entre toi, moi et tous tes potes ?

C'est au tour de Gabe de se fendre d'un sourire suffisant.

— T'appelles le loup, t'as droit à la meute.

Chon hoche la tête.

Avant que Gabe puisse faire un geste (ou même ciller), Chon l'attrape par le devant de son T-shirt, le déséquilibre et l'expédie droit sur les deux malabars derrière lui. Puis il pivote et balance au quatrième Palala trois droites en plein visage, par-dessus son épaule.

Un autre, arrivé par-derrière, referme les bras autour de lui et le soulève. Chon accroche sa jambe gauche à celle de son assaillant et lui expédie son pied droit dans les burnes.

Le type le relâche.

Un autre encore charge, visant les jambes de Chon pour le faire tomber. Ce dernier campe fermement ses pieds dans le sable, enfonce ses pouces dans les yeux de son adversaire, lui renverse la tête en arrière et le bourre de coups de poing jusqu'à l'étendre par terre.

Il se retourne juste à temps pour voir un autre Hawaïen se ruer vers lui. Chon s'écarte et lui décoche un coup de pied dans le bas-ventre, puis se détourne pour envoyer son avant-bras vers le dernier des combattants et lui briser l'arête du nez.

Deux des Palala, à genoux sur le sable, cramponnent leurs parties. Trois autres sont inertes, complètement sonnés. Un sixième, sur le dos, tient son nez cassé.

T'appelles la meute, t'as droit au loup (solitaire).

Raison pour laquelle Gabe se dirige vers son pick-up et en rapporte un flingue.

...

O n'a jamais eu de père à proprement parler.

Elle en a eu un, bien sûr – ce n'est sûrement pas faute d'avoir essayé, mais même Rapu n'a pas pu refaire le coup de l'Immaculée Conception –, sauf qu'elle ne l'a jamais connu et ne sait que depuis peu qui il était vraiment.

Elle a connu en revanche sept beaux-papas, dont elle ne s'est même plus donné la peine de retenir le nom après les deux premiers, se bornant à leur attribuer des numéros.

Peu après le numéro trois, elle avait voulu offrir à sa mère un Hitachi Magic Wand.

« C'est quoi ? avait demandé Rapu. Une espèce de vibromasseur ? »

C'est ça, avait pensé O. Comme une Ferrari est une espèce de voiture.

« Considère que c'est le numéro quatre, avait-elle dit. S'il te plaît. Ça ne décidera pas d'apporter tout son bordel personnel chez nous, ça n'établira pas toutes sortes de nouvelles règles et ça n'essaiera pas de se prendre pour mon paternel. Mieux : quand t'as fini, tu l'éteins, c'est tout. Pas d'avocats, pas de convocations au tribunal, pas de bagarres pour le partage des biens. »

Rapu n'avait ni accepté le présent ni suivi le conseil.

Elle avait épousé le numéro quatre, qui était un crétin évangéliste originaire de l'Indiana, adepte de la Nouvelle Naissance, avec qui elle avait l'intention d'ouvrir une bijouterie chrétienne. O s'était dit qu'ils auraient mieux fait d'en reprendre une en faillite, histoire d'en faire une « bijouterie de la Nouvelle Naissance ». Quoi qu'il en soit, ni l'affaire ni le numéro quatre n'avaient tenu le choc, aussi Rapu était-elle retournée dans le comté d'Orange, plus près de ses chirurgiens esthétiques.

Bref, O n'a jamais eu de figure paternelle dans sa vie avant sa rencontre avec Pete.

Pete lui apprend à pêcher.

Pete l'écoute.

Pete lui donne des sandwichs œuf-bagel aux oignons.

Elle éprouve pour lui un profond amour filial.

...

Chon est gonflé à bloc.

Quand il voit l'arme dans la main de Gabe, il ne pense qu'à une chose : Vas-y, amène-toi, enfoiré. Rapproche-toi encore, et je t'arracherai ce flingue pour te le fourrer dans la gorge et te faire avaler ce qu'il crache.

Mais Gabe est trop prudent pour ça.

Il garde ses distances.

Et vise la poitrine de Chon.

Qui évalue la situation.

Les gens s'imaginent toujours qu'il est facile de tirer à bout portant sur quelqu'un. Mais c'est faux, ça n'a rien de facile. La plupart des tireurs, même les flics les mieux entraînés, ratent en général leur cible la première fois qu'ils pressent la détente. C'est un facteur que Chon prend en compte tandis qu'il avance centimètre par centimètre.

L'autre facteur dans l'équation, c'est le rapport temps/distance : il essaie de déterminer s'il dispose d'une marge suffisante pour se jeter sur Gabe avant que celui-ci presse de nouveau la détente.

Parce que, en général, le second tir fait mouche.

Il n'a qu'une certitude :

Attendre que Gabe fasse feu n'est pas une option.

Il prend déjà son élan quand…

…

— *Pau ana !*

C'est Kit, qui braille « Arrête ! » en hawaïen.

Gabe se fige.

Baisse son arme et se retourne vers son ami, qui se tient à l'entrée de la plage.

— *He aha ana la ?* lui demande Kit.

Qu'est-ce qui se passe ?

— L'*haole* nous a manqué de respect, explique Gabe. Il a taxé notre spot. Fallait qu'on lui donne une leçon.

Kit embrasse la scène du regard. Certains des Palala tentent de se relever et les autres continuent à roupiller.

— J'ai du mal à savoir qui a donné une leçon à qui, réplique-t-il. Vous vous y êtes mis à sept ? Tout ça pour même pas faire le job ? Et avec un putain de flingue, Gabe ! C'est nous, ça, maintenant ? C'est *pono* ?

Chon note l'emploi du « nous ».

— On va lui régler son compte, déclare Gabe.

— Pas question, riposte Kit. Il est avec moi.

— Tu déconnes, là ?

La dynamique à l'œuvre n'échappe pas à Chon : Gabe est fou de rage, mais il ne tiendra pas tête à Kit.

Kit Karsen est le mâle alpha.

— C'est *pau*, conclut ce dernier.

Terminé.

Chon ramasse sa planche et passe près de Gabe pour rejoindre Kit.

Celui-ci le fait monter dans son pick-up, et ils restent silencieux une bonne minute tandis que Kit prend la direction de Hanalei.

Il est le premier à rompre le silence :

— Bon, vaut peut-être mieux que t'évites d'aller surfer là-bas.

...

— C'est qui, ces mecs ? demande Ben.

Tim et lui sont assis sur la *lanai* de sa maison. Chon est adossé à la balustrade.

— Les Palala, répond Tim. Un gang local. Au début, c'étaient des surfeurs qui protégeaient leur territoire, aujourd'hui c'est autre chose.

— Quoi ? interroge Ben.

— Le bruit court qu'ils dealent de la dope.

Ben hausse les épaules. Genre, nous aussi, on deale de la dope.

— Pas seulement de l'herbe, précise Tim. Ils vendent aussi de l'ice, de la coke et de l'héro.

— L'ice détruit les îles, intervient Malia en sortant de la maison avec Kit.

— Et t'es copain avec ces mecs ? lance Ben à ce dernier.

— J'ai grandi avec eux, répond Kit. Je suis allé à l'école avec eux, j'ai surfé avec eux. Et, oui, je les ai aidés à patrouiller sur les plages, pour empêcher les *haoles* de tout dégueulasser.

— T'es pas un *haole* ? s'étonne Ben.

— Par le sang, si. Mais, par le sang qu'on a versé ensemble, je suis hawaïen. Ces gars-là sont mes frères, mes *ohana*. Je leur confierais ma vie, sur les vagues, dit-il en faisant un geste vers l'océan. Si je me retrouve piégé dans la mousse, qui viendra me chercher ? Toi, Ben ? Les touristes ? Les promoteurs immobiliers ? Non, ce sera Gabe. Il l'a déjà fait.

— Et ça leur donne le droit de vendre de l'ice à tes autres frères et sœurs ? rétorque Malia.

— Ils se sont engagés dans la mauvaise voie, admet Kit. Je les remettrai dans le droit chemin.

Tim est préoccupé.

Pour remettre quelqu'un dans le droit chemin, il faut souvent emprunter soi-même un itinéraire de traverse. Au risque de s'égarer.

Et puis, il a aussi entendu dire que Gabe était aux ordres de la Compagnie.

...

O savoure un autre sandwich bagel-œuf.

— Qu'est-ce que je t'avais dit ? demande Pete.

— Je suis accro, reconnaît O. Obsédée.

Pete se penche, fouille dans sa boîte et en retire un nouvel appât.

— J'ai réfléchi à un truc, dit-elle.

— Ah bon ?

— Je n'ai jamais eu l'occasion de grandir.

— Ou peut-être que tu l'as eue, mais que tu n'as pas su la saisir, réplique Pete en amorçant soigneusement son hameçon.

Va te faire foutre, Pete, pense O. Puis elle réfléchit une minute, ôte une miette sur sa lèvre et déclare :

— T'as raison. Je crois que j'ai toujours refusé de devenir adulte, en fait.

— Et pourquoi, à ton avis ?

— Parce que je voulais que quelqu'un s'occupe de moi, j'imagine. Et comme personne ne jouait ce rôle, je me suis braquée et je n'ai pas voulu grandir.

— Tu es une fille intelligente, O.

— Et qu'est-ce que j'ai fait avec cette intelligence ? J'ai gâché ma vie.

Les yeux fixés sur l'océan, Pete reste silencieux un long moment.

— Moi aussi, dit-il enfin.

— Je ne te crois pas. T'es l'une des plus belles personnes que je connaisse.

Aujourd'hui, pense-t-il.

...

Presque tous ceux qui viennent s'installer sur une île sont des réfugiés, songe Pete en suivant du regard O qui s'éloigne sur la jetée.

On s'échoue plus qu'on ne débarque.

C'est mon cas.

J'ai fui une vie qui n'était plus vivable, laissé derrière moi une personne avec laquelle je ne pouvais plus cohabiter.

Moi.

Tous les réfugiés, par définition, ont besoin d'un refuge.

Les chanceux finissent par en trouver un.

J'ai eu beaucoup de chance.

Il espère qu'il en ira de même pour cette fille.

…

Gabe est furieux.

Furieux d'avoir le dos en compote après que l'*haole* l'a expédié dans les airs comme un vulgaire frisbee. Furieux que ce même *haole* les ait fait passer pour une bande de clowns. Et encore plus furieux que son *palala* K2 ait pris le parti de l'*haole*.

Comment ça se fait ? se demande-t-il.

…

Assis sur la *lanai*, Ben lit un roman de Borges.

Chon ricane.

— Le réalisme magique.

— Et ? C'est quoi le problème ? s'enquiert Ben en posant l'ouvrage ouvert sur ses cuisses.

— Faut choisir, non ? On ne peut pas avoir les deux. C'est magique ou c'est réel. Le réalisme magique est un oxymore.

— Un paradoxe, rectifie Ben.

— Ça n'existe pas, le réalisme magique. Il n'y a pas de magie dans le monde réel.

— Mais il n'y a pas de réalisme dans le monde magique, fait remarquer O.

— C'est le monde réel, là, déclare Chon.

— Qu'est-ce que t'en sais ? réplique O.

Ça lui en bouche un coin.

...

Kit est dans sa maison-arbre, en train de poser des lattes de parquet, quand il entend un moteur. Il jette un coup d'œil en bas et voit Gabe dans son pick-up.

— Là-haut ! crie-t-il.

Une minute plus tard, Gabe grimpe à l'échelle.

— Faut qu'on cause.

Kit va chercher deux tabourets en bois et l'invite à s'asseoir.

— Qu'est-ce que tu nous as fait, hier, frangin ? interroge Gabe. Pourquoi t'as pris le parti de l'*haole* ?

— Sérieux ? À sept contre un ?

— T'appelles le loup...

— Ouais, je sais. Mais c'est pas nous, ça. Les armes, c'est pas nous.

— *Nous* ? riposte Gabe. Je commence à me demander qui t'es vraiment.

— Comment ça ?

— Je croyais que t'étais un Hawaïen. Un *kanaka*. Un *palala*.

— C'est ce que je suis.

— Alors pourquoi t'aides ces *haoles* à s'implanter ici ?

— Ils sont en affaires avec mon père, pas avec moi.

— Mais tu les protèges. Ça doit s'arrêter.

— Qui a décrété ça ?

— Arrête, frangin. Tu veux vraiment me forcer à le dire ?

Kit secoue la tête.

— J'en ai entendu parler, mais je refusais d'y croire.

— Qu'est-ce que t'as entendu ?

— Que t'étais en cheville avec la Compagnie, Gabe.

— La Compagnie défend les intérêts de Hawaï.

— Ah oui ? En vendant du poison aux Hawaïens ?

— Si c'est pas elle qui le fait, ce sera les *haoles.* C'est mieux que le fric reste chez nous, non ?

— Non, rétorque Kit. Le mieux, c'est de pas vendre cette merde. Si les Palala veulent s'armer pour foutre les dealers d'ice dehors, je suis partant. À cent pour cent. Mais se maquer avec eux ? Non, je marche pas. Et tu devrais pas non plus, Gabe.

— Alors on laisse les *haoles* tout rafler ? Ils ont déjà volé nos îles, et aujourd'hui on les laisse infester nos terres, nos plages, nos spots, notre business ? C'est ça que tu veux ?

— Je veux qu'on laisse mon père tranquille.

— Personne cherche à l'emmerder, lui assure Gabe. On souhaite bosser avec lui. On le laissera distribuer notre herbe sur l'île. On rachètera sa terre, on lui fournira le capital ou on vendra sa production s'il en a envie. Il a le droit de s'associer avec des frères, pas avec des étrangers.

— Il ne s'associera pas avec des dealers d'ice.

— T'as qu'à lui parler.

— Je suis d'accord avec lui.

Gabe se lève, termine sa bière et pose la bouteille.

— Va falloir que tu choisisses ton camp. Que tu décides si t'es un *haole* ou un Hawaïen. Alors, qu'est-ce que tu comptes faire, K ?

— Continuer à bosser dans ma baraque et surfer. Et toi, qu'est-ce que tu comptes faire ?

Gabe ne répond pas.

Kit le regarde descendre l'échelle et remonter dans son pick-up.

Je sais qui je suis, se dit-il.

...

Je suis le fils de mon père.

Pas de « Bobby Z », le type qui nous a abandonnés, ma mère et moi, mais de l'homme qui m'a sauvé, qui a risqué sa vie pour me garder avec lui et m'a amené ici.

Dans cet endroit que j'adore.

Tim est mon vrai père.

Tout comme Elizabeth est ma vraie mère.

Il sait que sa mère biologique était la fille d'un baron mexicain de la drogue, et qu'elle est morte après le départ de Z. Qu'elle l'avait confié à Elizabeth avant d'entamer une de ses dernières orgies de came.

Il se souvient à peine d'elle.

Il n'a jamais rencontré son père biologique.

Il avait six ans quand Tim est arrivé. Un môme de six ans qui vivait dans une baraque en plein désert avec Elizabeth et une bande de dealers avant que Tim le sorte de là. Il aurait été beaucoup plus facile pour lui, et beaucoup plus sûr, de l'abandonner à son sort comme tous les autres l'avaient fait, mais lui ne l'a pas laissé tomber.

C'est Tim qui s'est occupé de moi.

C'est Tim qui nous a amenés ici, qui a construit une vie pour nous.

Qui a assumé le rôle de père.

Tout comme Elizabeth a assumé celui de mère. C'est elle qui me bordait le soir, me préparait mon petit déjeuner le matin, me consolait quand je rentrais de l'école après m'être fait dérouiller par les gosses hawaïens et m'y renvoyait pour m'en faire des amis.

Elle aussi qui m'a expliqué que « père » et « mère » ne sont pas juste des mots, mais d'abord des actes.

Je sais qui je suis, conclut Kit.

…

Le lendemain matin, dans le lineup, à LoneTree.

Kit décolle sur une vague, retombe et vient de la prendre quand Israel Kalana se place sur sa trajectoire et lui coupe son élan.

Il est obligé d'abandonner sa planche.

Même chose à la vague suivante.

Sauf que, cette fois, c'est Palestine Kalana, le jumeau d'Israel, qui s'interpose.

La fois suivante, c'est Kai Alexander qui saute dans la vague juste devant lui, le forçant à s'éjecter.

Ils se liguent tous pour l'exclure.

Après son quatrième plongeon, Kit rame vers Gabe.

— C'est quoi, ce bin's ?

— T'as fait ton choix, répond Gabe. T'as décidé que t'étais pas un des nôtres, alors t'as pas ta place ici.

Kit jette un coup d'œil autour de lui.

Tous les gars dans le lineup – Israel, Palestine, Kai et les autres, ses frères – refusent de croiser son regard.

— On la joue comme ça, maintenant ? dit-il.

Gabe hausse les épaules. On la joue comme ça.

Kit rame, se tourne et prend la deuxième vague du set suivant. Gabe, arrivé par la droite, lui coupe de nouveau son élan.

Mais Kit n'abandonne pas sa planche.

Il fonce en ligne droite, directement sur Gabe, la pointe de sa board orientée vers la tête de son ami. C'est maintenant à qui se dégonflera le premier sur une lame de cinq mètres. S'ils se percutent à une telle vitesse, ce sera sanglant.

Gabe plonge à la dernière seconde.

La planche de Kit l'effleure, l'aileron manque de lui sectionner la gorge.

S'il doit y avoir du sang dans l'eau, songe Kit, ce ne sera pas seulement le mien.

Estimant qu'il leur a signifié à tous sa façon de penser, il rame vers la plage puis charge sa planche dans son pick-up. Ce ne sont pas les spots qui manquent sur la côte nord – Tunnels, Kings et Queens, Dump Trucks, Cannons.

Si les autres ne veulent pas de lui ici, il ne tient pas à rester.

Mais ça lui fait mal.

Terriblement mal.

...

O s'avance sur le ponton pour aller rejoindre Pete lorsqu'un colosse hawaïen lui barre le passage.

— *Aloha, wahine,* lance-t-il. Ça va comme tu veux ?

— Super, répond O.

— Oh ! ça, t'es super, c'est sûr.

O s'écarte pour le contourner.

— Excusez-moi.

— Hé, je voulais juste être sympa, dit-il en la bloquant de nouveau. Quoi, je te plais pas ? Ben, si je te plais pas, tu ferais peut-être mieux de partir. Et tes copains aussi. Feriez peut-être mieux de quitter l'île.

— Vous êtes qui ? Qu'est-ce que vous voulez ?

— Ça peut devenir dangereux, par ici. Grosses vagues, gros requins... Un beau petit lot comme toi est pas à l'abri d'un accident.

— *Tout va bien, O ?*

C'est Pete.

— Qu'est-ce t'as, toi ? lui demande l'homme.

— Laissez cette jeune fille tranquille.

L'homme éclate de rire.

— Sinon quoi, papy ? Qu'est-ce que tu vas faire si je refuse ?

— J'ai dit, laissez-la tranquille.

Dans les yeux de Pete brille une lueur qu'O n'a encore jamais vue.

Ça l'effraie.

Le Hawaïen s'esclaffe de nouveau.

— T'inquiète, papy. C'est cool. Y a pas de lézard. Mais rappelle-toi ce que je t'ai dit, *wahine. A hui hou.*

Jusqu'à ce qu'on se revoie.

Une promesse autant qu'une menace.

...

Ben sort de la supérette Big Save en tenant un sac de courses dans chaque main.

Un Hawaïen baraqué le percute.

— Oh ! pardon, dit Ben.

— Regarde où tu vas, marmonne le type.

— OK. Désolé.

— Quoi ?

— J'ai dit, « désolé ».

— Je te gêne, c'est ça ? T'aimes les pains, mon pote ?

Ben n'est pas expert en argot, mais il est presque sûr que c'est une provocation et que ce type ne lui parle pas de ses provisions.

— Je ne veux pas de problème, dit-il.

— Je t'observe depuis un moment. Tu sais ce que j'ai pas encore compris ?

— Non, quoi ?

— Lequel des deux tu baises. La pouffe blonde ou l'autre *mahu* ?

Tapette.

— Bon, j'ai été ravi de bavarder avec vous, élude Ben.

— Foutez le camp de mon île, toi et tes copains.

Le propriétaire du magasin sort.

— Un problème ?

— Non, aucun, tonton, répond le Hawaïen. Je causais un peu avec ce mec, c'est tout, dit-il, avant de reporter son attention sur Ben : Vaut mieux pour toi qu'on se revoie pas, *haole.*

Il se détourne et s'éloigne.

— Vous le connaissez ? demande Ben au propriétaire.

— C'est un Palala.

...

Ils se montrent plus prudents quand ils s'attaquent de nouveau à Chon.

Ils savent déjà de quoi il est capable.

Il est sorti courir sur la Kuhio Highway, qui, malgré son nom, n'est qu'une étroite route à deux voies qui serpente le long de la côte et se réduit parfois à une voie sur les ponts au-dessus des cours d'eau.

Il pleut.

Chon s'en fiche.

Il prend plaisir à l'effort et à la fraîcheur de l'averse. Il se sent privilégié de pouvoir faire un jogging dans ce paysage d'une beauté à couper le souffle.

Des véhicules le doublent au ralenti, en veillant à lui laisser le plus d'espace possible, jusqu'au moment où il entend un moteur se rapprocher sans chercher à le dépasser. Il jette un coup d'œil derrière lui. C'est une jeep, qui roule lentement.

Il continue de courir.

La jeep le talonne à présent.

Des rires s'en échappent.

Puis :

— *Vas-y, gros dur, cavale ! Cavale !*

Chon tourne de nouveau la tête et voit quatre costauds Palala dans l'habitacle.

Il accélère.

Des rires, encore.

— Tu vas plus vite qu'une jeep ?

Il n'y a aucun endroit où quitter la route. Sur sa droite, côté océan, une falaise abrupte tombe à pic dans l'eau. Il ne peut pas non plus prendre le risque de traverser et de se faire renverser par le véhicule.

De toute façon, il est fumasse.

Et têtu.

Il continue de courir.

La jeep le colle toujours.

Le pousse, s'écarte, le pousse de nouveau.

Un pont se profile devant lui.

Il n'y a qu'une voie, aussi la jeep sera-t-elle obligée de s'arrêter si d'autres voitures arrivent en sens inverse – ce qu'espère Chon. À point nommé, il aperçoit un pick-up blanc qui s'y engage dans leur direction.

Bon, il va piquer un sprint et semer la meute.

Sauf que le pick-up se place soudain en travers du pont, qu'il bloque.

Deux autres Palala en descendent.

Une batte de base-ball à la main.

Derrière lui, la jeep se place aussi en travers de la chaussée, lui coupant toute possibilité de retraite. Les Palala en sortent, armés de battes, de barres, de démonte-pneus.

— Hé, le coriace ! Toujours envie de jouer les durs ?

Pas tant que ça, admet Chon en les voyant tous s'avancer vers lui pour le prendre en étau.

Je suis fait comme un rat.

Il regarde la rivière en contrebas. S'il n'y a pas beaucoup d'eau, il risque de se briser les jambes, voire, pire, la nuque ou la colonne.

Mais si la chute ne l'esquinte pas, ces types-là s'en chargeront.

Il grimpe sur le parapet et saute tout droit.

En priant pour que l'eau soit

p
r
o
f
o
n
d
e.
...

Chon coule, à son grand soulagement.

Il s'allonge dans l'eau afin de rester sous la surface le plus longtemps possible au cas où les *mokes* auraient des flingues.

Le courant l'entraîne vers la mer.

Au bout d'une minute, il remonte pour respirer, tourne la tête et voit les Palala le long du parapet, qui rigolent en le montrant du doigt.

La rivière le pousse vers le beach-break.

Ils se disent peut-être que je vais me noyer, songe Chon.

Merde, c'est pas impossible.

Il laisse le courant l'emporter derrière les vagues.

…

Ben est soucieux.

— T'as vu Chon ? demande-t-il à O.

Si ces types ont décidé de l'affronter, Chon n'est pas du genre à parlementer ni à essayer de calmer le jeu. Si c'est la baston qu'ils veulent, ils vont être servis.

— Je ne sais pas où il est, il ne répond pas au téléphone.

— Il ne lui arrivera rien, affirme O. On parle de Chon, là.

…

Ça fait une sacrée distance à la nage, il faut couper par Wainiha Bay et contourner Kolokolo Point, mais Chon trouve du plaisir à la traversée.

Du moins, plus de plaisir que s'il s'était fait briser les jambes à coups de démonte-pneu.

Ce n'est pas sa capacité d'endurance qui l'inquiète – il a couvert des distances bien plus grandes quand, avec les Navy SEALs, il s'entraînait dans les eaux froides du Silver Strand –, mais la pensée des requins.

(En même temps, ce sont plutôt les requins qui devraient se faire du mouron.)

Il prend une vague au niveau de Lumahai Beach et fait du bodysurf jusqu'à la grève.

…

Tim et Elizabeth, installés sur leur *lanai*, savourent un verre au couchant quand Gabe arrive au volant de son pick-up.

Il descend.

— Tonton Tim, tatie Liz.

— Salut, Gabe, dit Tim. Kit n'est pas là. Il est parti surfer.

Gabe le sait déjà. Il ne serait pas venu, sinon.

Tim le sait aussi.

— J'ai à te parler, déclare Gabe.

— Qu'est-ce que je peux faire pour toi ?

Gabe s'approche de la *lanai*, mais ne s'y engage pas. Il s'accoude à la balustrade.

— Depuis combien de temps t'habites ici, tonton ? demande-t-il.

— Près de douze ans, répond Tim.

— Ma famille vivait déjà sur cette île avant que les *haoles* arrivent.

— Les *haoles* comme nous ? interroge Elizabeth.

— Je voyais pas les choses comme ça, avant, dit Gabe. Mais aujourd'hui...

Il laisse sa phrase en suspens.

— Je me souviens de toi dans ce jardin, en train de manger des sandwichs banane-beurre de cacahuète avec notre fils, ajoute Elizabeth.

— C'est notre foyer, ici, affirme Tim.

— Alors, pourquoi tu te vends à des étrangers ? rétorque Gabe. Tu devrais traiter avec les tiens.

— La Compagnie, c'est ça ? Non, merci.

— C'était pas une question, tonton.

Du menton, Gabe indique les autres véhicules derrière le sien, où s'entassent ses gars.

— Alors, c'est comme ça que ça va se passer ? lance Tim.

— Pas forcément, dit Gabe.

— J'ai bien peur que si, objecte Tim.

— Faut que vous partiez, conclut Gabe. J'ai pas envie qu'on vous fasse du mal.

— Qui nous ferait du mal, Gabriel ? intervient Elizabeth. Toi ?

Gabe se détourne et remonte dans son pick-up.

...

Kit marche dans la rue principale de Hanalei.

Chon l'aperçoit depuis la *lanai* du Bubba's Burgers. Il saute sur la chaussée et le rejoint.

— Tu veux un coup de main, Kit ?

— Non.

Sans même lui jeter un coup d'œil, Kit entre au bar le Blue Dolphin et voit Gabe assis à une table, en train de boire de la bière avec les Palala. Il se fraie un passage au milieu des clients, l'empoigne, le soulève comme s'il ne pesait rien, sort et le fait passer par-dessus la balustrade de la *lanai*. Lui-même la franchit d'un bond, attrape Gabe par le col de sa chemise, le traîne jusqu'à la rivière et lui maintient la tête sous l'eau.

— T'as menacé mes parents, Gabe ? ! T'as menacé *mon père et ma mère* ?

Il lui relève la tête.

Gabe avale de grandes goulées d'air.

Kit lui replonge la tête dans la rivière.

Israel Kalana tente de lui faire lâcher prise. Kit le repousse brutalement, et Kalana recule en titubant.

— Te mêle pas de ça ! s'écrie Kit.

Kalana et les autres battent en retraite.

Kit maintient Gabe sous l'eau jusqu'à ce qu'il voie ses jambes tressauter. Il le relâche, le retourne et amène son visage à la hauteur du sien.

— Approche-toi encore une fois d'eux, et je te tue. Je te taillerai en pièces à mains nues.

Il le laisse retomber et regarde la meute.

— C'est valable pour vous tous.

...

— On devrait se retirer du coup, déclare Ben dans le bungalow de location. Il va y avoir du grabuge. Je ne suis pas sûr que ce marché en vaille la peine.

— C'est pas le problème, décrète Chon. Si on se laisse chasser d'ici, d'autres s'en prendront à nous partout où on est présents. On se retrouvera hors jeu. Alors, on se bat.

— C'est toujours ta solution, dit Ben.

— Tout comme la tienne, c'est toujours la fuite, riposte Chon.

— T'en penses quoi ? demande Ben à O.

— Je pense que ce n'est pas à nous de décider, dit-elle. C'est à Tim, Kit et Elizabeth de trancher. Ils vivent ici. Nous, on n'est que des touristes.

— Elle a raison, approuve Ben.

— Elle a raison, renchérit Chon.

J'ai raison ? s'étonne O.

Tiens donc.

...

Ils se donnent rendez-vous au Dolphin.

Ce qui, en soi, est une annonce publique. En quelques minutes, toute la ville saura que non seulement les Karsen n'ont pas l'intention de couper les ponts avec leurs amis du continent, mais aussi qu'ils affichent leur position comme un défi lancé à

Gabe : ils dînent à l'endroit même où Kit a fait boire la tasse au leader des Palala.

— J'aurais dû vous parler de la possible connexion de Gabe avec la Compagnie, commence Tim. Désolé.

— Alors, qu'est-ce que tu veux faire ? s'enquiert Ben. Si tu préfères annuler notre accord, on comprendra. Pas de problème, personne ne t'en tiendra rigueur.

Tim Kearney a toujours été un loser.

Il le sait.

Trois arrestations pour cambriolage, trois condamnations, trois séjours à l'ombre. Il a tué un biker au cours du dernier (plutôt que d'intégrer la Confrérie aryenne) et aurait sans doute écopé de perpète sans possibilité de libération conditionnelle s'il n'avait pas, par le plus grand des hasards, ressemblé à Bobby Z.

Autant dire que Tim jouait perdant jusqu'à ce que le destin lui offre Kit et Elizabeth. C'est en s'occupant d'eux qu'il a réussi à faire quelque chose de son existence. Il a échoué ici, à Hanalei, bossé comme ouvrier, cuisinier et charpentier, il a dealé un peu de *pakalolo* et bâti un foyer.

Une vie.

Une famille.

Kit, son fils, est déjà une putain de légende.

Malia, sa future belle-fille, est une merveille.

La vie est belle.

Alors, pourquoi tout risquer en se mettant la Compagnie à dos ? se demande-t-il.

Sauf qu'il y a une chose à savoir sur Tim.

Il ne réagit pas bien aux menaces.

Demandez au biker qui lui avait ordonné d'intégrer la Confrérie aryenne, sinon…

Tim a choisi « sinon ».

Et, de toute façon, vous ne pouvez pas demander au biker, il n'est plus de ce monde.

Alors, quand Ben lui propose de renoncer à leur accord, il est tenté de répondre…

Non.

Oh que non.

Pas question de laisser un voyou comme Gabe lui dicter sa conduite. Et encore moins la Compagnie. Il consulte néanmoins le reste de sa famille.

— Et vous, qu'est-ce que vous en pensez ?

Kit s'en remet à Malia.

Gabe est son cousin, et c'est la seule Hawaïenne de souche à la table.

— Je pense que tu ne devrais pas t'impliquer du tout dans le business de la drogue, répond-elle. Sûrement pas avec la Compagnie et – sans vouloir vous vexer, Ben, Chon, O – pas avec vous non plus. On n'a pas besoin d'être riches, le plus important c'est de former une famille. Sans compter que… on voulait attendre encore pour vous l'annoncer, mais… eh bien, on va avoir un bébé.

Oh.

…

— Tu as dix-sept ans, souligne Elizabeth.

Des bébés qui font des bébés, songe-t-elle.

— Je sais, et c'était pas prévu, réplique Kit. J'ai été imprudent. Mais je crois qu'on peut gérer. Non, je le sais.

Pas moi, se dit Elizabeth. Si Kit est physiquement un homme – à dix-sept ans, il a l'air d'en avoir vingt-cinq –, il n'en reste pas moins un gamin. D'un autre côté, les jeunes insulaires ont tendance à fonder tôt une famille et… quoi qu'il en soit, c'est une affaire conclue, non ?

Alors elle enlace Malia.

— Félicitations, princesse.

Tim s'adresse à Ben :

— La voilà, la réponse.

— Désolé si on vous a fait perdre votre temps, s'excuse Kit.

— Pas du tout, on a eu des vacances d'enfer, dit Ben.

…

— Vous imaginez à quoi va ressembler leur gosse ? lance O sur le chemin du retour.

Silence.

— Sérieux, il sera *trop beau.*

— T'es OK sur le principe ? demande Ben à Chon.

— Bien sûr.

— Mais tu t'inquiètes pour notre réputation, fait remarquer Ben.

Chon hausse les épaules.

— Bah, on doit pouvoir encaisser le choc.

— On ne se venge pas, donc ? insiste Ben.

— Tout n'appelle pas la vengeance, dit Chon.

— Montrez-moi votre permis de conduire, monsieur, plaisante Ben. Qui êtes-vous et qu'est-ce que vous avez fait à Chon ?

— Peut-être que j'ai évolué.

— C'est l'effet du Spam, affirme O.

…

Gabe prend un bidon d'essence à l'arrière de son pick-up.

Imité par les autres loups de la meute, qui se dirigent vers la maison dans l'arbre.

Gabe ne voulait pas en arriver là, mais c'était avant d'apprendre que Kit s'était ouvertement foutu de lui en dînant au Dolphin avec les *haoles*.

C'est toi qui m'obliges à faire ça, pense-t-il en montant à l'échelle.

Tu me laisses pas le choix.

Il dévisse le bouchon et répand de l'essence dans toutes les pièces.

...

Kit voit les flammes.

Un brasier dans le ciel.

Au début, il ne s'explique pas ce qu'il a sous les yeux. Ça n'a pas de sens – à croire que quelqu'un a allumé une torche géante dans une tour de guet.

Puis il comprend.

— NON !

Il fait rugir le moteur et fonce sur la piste de terre battue. Bondit hors du véhicule avant qu'il soit arrêté dans le cul-de-sac, saisit un tuyau d'arrosage fixé au mur de l'atelier, ouvre le robinet et court vers l'arbre embrasé.

Les deux niveaux supérieurs de la maison flambent.

— Tu ne peux rien faire ! lui crie Tim.

Kit ne l'écoute pas. Il tire le tuyau vers le banyan et commence à l'arroser.

En vain.

Il lâche le tuyau et grimpe à l'échelle.

Tim le retient.

— Non, fils ! Il est trop tard !

Kit se dégage d'un coup d'épaule et poursuit son ascension jusqu'au premier niveau. Il jette à terre trois meubles, arrache les appareils ménagers branchés aux murs, les lattes du plancher – tout ce qu'il peut atteindre à travers les flammes, tout ce qu'il peut défaire à mains nues.

Tim le rejoint.

L'aide à desceller un évier, puis à le lancer sur le sol.

Décroche un miroir.

L'incendie fait rage, mais Kit se précipite au niveau supérieur.

— Faut qu'on redescende ! hurle Tim.

— NON !

Kit s'évertue à dégager de la cloison le vitrail de Malia.

— Maintenant ! lui ordonne son père.

— Je dois sauver ça !

Tim s'acharne sur l'autre côté du panneau de verre et, ensemble, ils parviennent à le récupérer.

— Redescends avec, lui dit Kit. Moi, je monte.

— OK !

Le vitrail logé sous le bras, Tim expédie à son fils un coup de pied par-derrière.

Kit dégringole de la plate-forme, atterrit à quatre pattes, lève les yeux au moment où son père dévale l'échelle, puis tente de grimper une nouvelle fois.

Mais Tim le ceinture.

— Tu dois penser à ton gosse, maintenant. Tu pourras toujours reconstruire.

Kit ramasse le tuyau, qu'il dirige vers la fournaise.

L'eau ne peut cependant rien contre un feu alimenté par de l'essence.

Il finit par baisser les bras et regarde sa chère maison brûler, se désintégrer et s'effondrer.

Malia l'enlace.

— Ça va aller, ça va aller.

Elle ne l'avait jamais vu pleurer.

...

La pluie tombe sur les cendres.

D'où rien ne renaîtra.

L'odeur seule donne mal au cœur, les vapeurs d'essence s'attardent, la puanteur âcre pique le nez.

Alors qu'elle contemple cette scène de désolation à côté de Ben et de Chon, O ne peut s'empêcher de penser qu'ils ont attiré le malheur sur cette famille.

Semé le chaos au paradis.

...

L'agent d'assurances arrive dans la matinée.

Il sort de sa jeep, s'avance vers Tim et se présente :

— Jack Wade, de la Hawaii Fire and Life.

Un longboard est sanglé sur le toit de sa voiture.

— Désolé pour les dégâts, dit-il.

Alors que Tim et lui se dirigent vers le lieu du sinistre, il demande :

— Vous savez comment le feu a pris ?

Tim regarde Kit.

Celui-ci hausse les épaules.

— Non.

Wade s'approche du tronc calciné.

— Je vais procéder à des analyses, mais je peux déjà vous dire que l'incendie a été délibérément allumé.

— Pas par nous, affirme Tim.

— Je sens l'essence d'ici, fait remarquer Wade.

— On n'a pas mis le feu, intervient Kit.

— Vous savez qui aurait pu le faire ?

Pas de réponse.

Wade procède à l'inspection du site et prélève plusieurs échantillons de cendres à différents niveaux de l'arbre.

Une fois redescendu, il s'adresse à Tim :

— Bon, écoutez, vous me paraissez de bonne foi et je n'ai pas envie de vous mettre des bâtons dans les roues, mais c'est le cas le plus évident d'incendie volontaire que j'aie eu à traiter. Je suis obligé d'ouvrir une enquête pour déterminer si vous n'avez pas vous-même brûlé cette construction. Auquel cas, les pertes ne seront pas couvertes.

— En résumé, vous refusez de payer, déclare Elizabeth.

— J'aimerais vous indemniser, se défend Wade. Je le voudrais. Mais c'est impossible tant que mes investigations ne m'auront pas permis de conclure que vous n'avez pas incendié vous-même la maison pour toucher la prime.

— On est présumés coupables jusqu'à ce que vous ayez la preuve de notre innocence, c'est ça ?

— Pas du tout, réplique Wade. Si je ne parviens pas à démontrer que vous aviez un motif, les moyens et l'occasion d'agir, nous paierons. J'espère sincèrement que ça se terminera ainsi. Au cas où vous penseriez à quelqu'un qui avait une raison de…

— Pas que je sache, l'interrompt Kit.

Wade s'en va après leur avoir expliqué qu'il les appellera afin de convenir d'une date pour un examen sous serment, et leur avoir suggéré d'engager un avocat.

Tim regarde son fils.

— Je balancerai pas Gabe, prévient Kit. C'est toujours mon frère.

— Ton frère vient de réduire ta maison en cendres.

— On paiera les travaux de reconstruction, dit Ben.

— Y a rien à reconstruire, déclare Kit. L'arbre est trop abîmé pour supporter une charge. Il va sûrement crever.

— Je suis désolée, dit O.

— C'est pas votre faute, répond Kit.

O se demande s'il le pense vraiment.

Tim annonce qu'il a quelque chose à faire.

...

Tim appuie la lame sur la gorge de Gabe.

Celui-ci n'a rien vu venir. Rien entendu non plus. Il descendait de son pick-up pour aller surfer quand il s'est retrouvé avec un couteau en travers de la trachée.

— Donne-moi une seule raison de ne pas le faire, Gabe, dit Tim Karsen.

— T'as pas ça dans le sang, tonton.

— Tu penses que je n'ai jamais tué personne, c'est ça ? Alors, tu te fourres le doigt dans l'œil. Si je me retiens de te saigner comme un porc, c'est uniquement pour ma famille : je veux qu'ils puissent vivre en paix. Tim et Malia vont avoir un gosse, tu le savais ?

— Non.

— Cette baraque allait devenir leur foyer, mais toi, tu l'as détruite. Et le plus débile, Gabe, c'est que t'avais même pas besoin de te donner cette peine. On allait t'annoncer qu'on quittait le business. T'as brisé le cœur de mon fils pour rien.

Tim allège la pression de la lame.

— Va le dire à la Compagnie, Gabe. Dis-leur que c'est fini. *Pau.* On cherchera pas à se venger, on veut juste continuer à vivre comme avant.

Cette fois, il rengaine son couteau.

— Trop tard, lâche Gabe.

...

— La Compagnie veut mettre la main sur toute l'opération, lance Tim quand il rentre. Elle exige qu'on lui vende les terres pour qu'elle puisse les exploiter elle-même.

— Voilà, c'est ce que j'ai toujours dit, déclare Chon. Si on accepte de reculer d'un pas devant l'adversaire, il vous force à reculer de deux autres. Tout ça parce qu'on lui a laissé croire qu'il pouvait le faire.

Il va falloir qu'on amène ces types à revoir leur raisonnement, pense-t-il.

...

Kit tient à l'accompagner.

Chon refuse.

— Pourquoi ? demande Kit. Je suis plus grand, plus fort et plus rapide que toi. Et je connais bien mieux le terrain.

— T'as raison sur toute la ligne. Sauf que toi, tu t'entraînes à nager et à surfer. Moi, c'est ça mon boulot. C'est à ça que je m'entraîne tous les jours.

— À quoi ? À tuer des gens ?

— Ou à les blesser. Ou à les capturer.

— Et là, tu vas faire quoi ?

Chon hausse les épaules.

— Ça dépend.

— Je viens avec toi ou je me débrouille tout seul de mon côté.

Pour le coup, Chon est coincé.

...

Il ne serait rien arrivé à Israel Kalana s'il n'avait pas eu envie de pisser.

Mais voilà, il avait eu envie, alors il était allé se soulager dehors, vu que Palestine accaparait l'unique W-C pour essayer de mettre fin à une crise de constipation.

Bref, Israel est dehors, en train d'arroser une haie de filaos, quand il se prend un bon coup à l'arrière du crâne. Il se réveille sur le plateau du pick-up de Kit, un bâillon fourré dans la bouche, les mains entravées dans le dos par des liens en plastique, les chevilles attachées par un bout de corde.

L'erreur de Palestine, c'est de chercher à savoir ce que fabrique Israel. Il sort, avance sur la pelouse jusqu'au bord du trottoir et aperçoit une cigarette qui rougeoie sur sa gauche. C'est la dernière chose qu'il voit avant de se réveiller à côté d'Israel, bâillonné et ligoté lui aussi, à l'arrière du pick-up de Kit.

...

Kai se demande où ils sont tous passés.

Il saisit son Glock 9 mm et sort.

Sent une arme s'appuyer sur son cou.

— Je peux t'exploser la tête, menace Chon.

Kai baisse son feu.

— Conduis-moi à ton chef, ordonne Chon.

Il a toujours rêvé de dire ça.

En fait, il l'a dit plusieurs fois en Irak, mais... dommage, personne ne captait.

...

Gabe est chez lui, dans sa maison située sur le côté sud de la baie qui s'étend le long de Weke Road.

Il savoure de l'excellente beuh en regardant *Miami Vice* sur son écran plat 65 pouces quand il reçoit un coup de fil d'Israel.

— Faut que je te parle, lui dit ce dernier.

— T'as trouvé ce Chon ?

— Ouais, répond Israel.

Ce qui n'est pas faux.

— T'es où ? demande Gabe.

— Devant chez toi.

— OK.

Gabe raccroche.

Méfiant.

Israel lui a paru bizarre, nerveux. Il s'approche de la fenêtre, se poste sur le côté et écarte le rideau pour jeter un coup d'œil dehors.

Il repère la jeep devant la maison et Kai comprimé derrière le volant. Il devrait y aller mollo sur la bouffe, se dit Gabe. Toujours méfiant – la frontière entre la méfiance et la prudence est on ne peut plus ténue –, il saisit son Glock posé sur la desserte et sort par la porte de derrière. Plaqué contre le mur, il contourne la bâtisse jusqu'à l'angle de la *lanai* et découvre Chon devant sa porte d'entrée, un pistolet planqué dans le dos.

Gabe est balèze, mais il a le pas léger.

Il se coule derrière Chon et lui enfonce le canon du flingue dans les reins.

— Surprise, enfoiré. Ton heure a sonné.

Kit apparaît et fait un swing avec sa masse comme s'il voulait donner un effet à une balle au base-ball.

Gabe s'écroule comme… ben, comme une masse.

…

— Tu t'imaginais faire mumuse avec des gosses ? ironise Chon.

Gabe est attaché à une chaise par de l'adhésif.

Miami Vice passe toujours à la télé.

— Mes gars vont te choper, gronde Gabe.

— Ça m'étonnerait. Y en a un qui est scotché à un volant et deux autres saucissonnés à l'arrière d'un pick-up.

— Bon, de quoi tu veux qu'on discute ? lance Gabe.

Chon est impressionné.

Il se souvient de talibans et de types d'al-Qaida qui, à ce stade, avaient déjà craqué et fondu en larmes.

(En général, sous l'effet de Peter, Paul & Mary.

Ou de Kenny G.)

— OK, je t'explique, dit-il. Tu te rends compte à quel point ç'a été facile pour moi ? Je peux remettre ça quand je veux. C'est mon taf. Mais, si je dois le refaire, je te buterai.

— Et… ?

— T'as rejeté notre offre de paix la première fois. Je comprends pourquoi : tu nous prenais pour des faibles. Maintenant, t'as toutes les infos nécessaires pour revenir sur ta décision. Alors accepte. M'oblige pas à recommencer.

— Sauf qu'y a un problème, mon pote. Tu crois que c'est possible pour moi d'appeler la Compagnie pour dire que j'ai reçu une branlée ?

Chon saisit l'idée.

— Faut qu'on envoie un message à tes chefs, alors ? Dommage pour toi, mais je pense qu'on devrait pouvoir arranger ça.

...

Gabe et ses trois acolytes sont allongés à l'arrière du pick-up de Kit, tous ligotés et bâillonnés.

Chon soulève un bidon d'essence.

— Vous aimez jouer avec des allumettes, les gars, pas vrai ?

Il les arrose.

Les intestins de Palestine se libèrent enfin.

...

Eddie le Rouge regarde la photo en secouant la tête.

Quatre Palala allongés à l'arrière d'un pick-up, la bouche scellée par du ruban adhésif. Une pancarte est posée sur la poitrine de Gabe :

DÉLICIEUX. N'EN RENVOYEZ PAS D'AUTRES.

P-S : LA PROCHAINE FOIS ON EN FERA DU POKE

Eddie réfléchit. Un ancien des Forces spéciales capture quatre de mes gars. Les inonde d'essence, mais ne craque pas l'allumette. Ils sont à sa merci, mais il la leur accorde, justement.

Ce n'est pas la photo de quatre corps calcinés qu'il m'expédie, mais une blague.

Avec un avertissement : « N'en renvoyez pas d'autres. »

Et une proposition de trêve : Foutez la paix aux Karsen et on vous fout la paix. On quitte les îles.

J'aimerais accepter, songe Eddie.

Ce serait la meilleure solution.

Du moins, ça l'aurait été, monsieur Chon (et d'abord, d'où ça sort, un nom pareil ?), si vous ne m'aviez pas infligé cette humiliation. Un *ali'i* – un chef – peut se permettre de perdre des hommes, il peut même se permettre de perdre de l'argent, mais s'il y a bien une chose qu'il ne peut pas se permettre de perdre, c'est la face.

D'abord j'y laisse la face, ensuite ma peau, se dit-il.

Et ce petit numéro certes comique m'a coûté la face.

Il faut que je la sauve.

Il compose le numéro de téléphone indiqué sur le message.

— Très drôles, vos conneries, lâche-t-il.

— Et votre réponse ?

— Vous auriez dû craquer l'allumette.

...

— On ne peut pas affronter la Compagnie tout entière, déclare Tim.

— Moi, je peux, affirme Chon.

...

Il se rend de l'autre côté de l'île – le « côté sec » –, dans la petite ville de Waimea, où vit un vieux compagnon de route.

Ancien médecin, Danny « Doc » McDonald a choisi d'habiter là parce qu'il peut s'offrir un petit bungalow près de la plage, au milieu de nulle part, dans un endroit chaud et ensoleillé où personne ne se vide de son sang.

Il est heureux de recevoir la visite de Chon. Ils ne se sont pas revus depuis leur séjour dans la province du Helmand, à l'époque où ils étaient frères d'armes.

— J'ai besoin de ton aide, dit Chon.

— Tout ce que tu voudras.

Quand Chon s'en va, après avoir décliné poliment mais avec gratitude la proposition de Doc de participer à la bataille, il emporte deux HK 23 SOCOM, un Remington calibre 12, un fusil d'assaut M14 EBR, deux grenades, des fusées éclairantes, des fils-pièges, des mines antipersonnel M18 et un kit de secours complet (accepté poliment et avec gratitude).

Il lui faut tout ça.

Il est sûr qu'Eddie va envoyer une armée.

...

Gabe attend l'avion à l'aéroport de Lihue.

Les renforts envoyés par Eddie sont constitués d'une bonne dizaine de pros venus de Honolulu – experts en armes à feu, couteaux et combat rapproché –, tout à fait aptes à liquider ce *haole* de Chon.

Si Gabe les accueille chaleureusement, il n'a droit en retour qu'à des grognements condescendants. Les gars de Waianae le regardent comme s'il n'était qu'un bouseux incapable de régler ses propres affaires.

Gabe estime nécessaire de remettre les pendules à l'heure.

— Rappelez-vous, c'est moi le patron, ici.

Ouais, OK.

— On ne touche pas à Kit.

Ouais, OK.

...

Chon leur dit qu'ils doivent tous prendre un vol pour la Californie.

Sauf lui.

Il va rester et se battre.

Tim décrète qu'il va rester avec lui.

— Tu me gênerais plus qu'autre chose, objecte Chon.

— J'étais dans les marines.

— Tant mieux pour vous, ma p'tite dame.

— C'est mon foyer, ma terre, argue Tim. J'ai construit ma vie ici. Pas question de fuir en laissant quelqu'un d'autre la défendre.

— Pareil, dit Kit.

— Non, réplique Tim. Toi, tu ne prends pas le risque de laisser ce bébé sans père.

— Pas question que je me barre en courant.

— Alors marche, suggère Elizabeth.

Kit la dévisage.

— Sérieux, vous vous croyez où, là ? explose-t-elle. Dans une espèce de western à la noix avec en prime un cours de philosophie sur le sens de la virilité ? Je vais te dire ce que c'est, la virilité, mon fils. C'est protéger sa famille. S'il faut foutre le camp pour ça, on fout le camp, en marchant, en courant ou en rampant. Je t'ai élevé pour que tu deviennes un homme, et aujourd'hui j'attends que tu te comportes comme tel.

— Permettez-moi de suggérer un compromis, intervient Ben.

Parce que c'est Ben.

— Même la Compagnie n'osera pas déclencher une fusillade en pleine ville. Alors, Kit, tu emmènes Malia, ta mère et O dans notre bungalow. Si vous devez embarquer dans un avion demain, vous serez beaucoup plus près de l'aéroport.

— Et toi, tu vas faire quoi ? lui demande Kit.

— Apprendre à manier un flingue, j'imagine.

— Non, je veux que tu partes avec eux, déclare Chon. Il y aura peut-être des décisions difficiles à prendre, et c'est ta spécialité, Ben. T'es doué pour réfléchir. Alors, tu fais ce que tu sais le mieux faire, et moi pareil.

— Ah oui ? Et c'est quoi ta spécialité ? Le baroud d'honneur du dernier combattant encore debout ?

— Je ne serai pas debout, et ce ne sera pas ma dernière bataille, affirme Chon, qui lui tend l'un des pistolets. En gros, c'est comme avec une souris d'ordinateur : tu pointes et tu cliques.

Après le départ des autres, Tim demande :

— C'est quoi ton plan pour défendre cet endroit ?

Chon le regarde comme s'il avait affaire à un dingue.

— J'en ai pas, répond-il.

...

Les sept mercenaires de Waianae, qui ne sont pas assez bêtes pour se précipiter vers un déluge de balles en provenance de la maison, laissent leurs deux Ford Explorer de location à une centaine de mètres du cul-de-sac où habitent les Karsen et font le reste du chemin à pied. Leurs AR-15 sur ou près de l'épaule, ils se déploient et progressent lentement.

À vingt mètres de la clairière, le leader leur fait signe de s'arrêter et de se baisser.

Deux engagements en Irak lui ont appris la prudence.

La tête tournée vers l'atelier, il tend l'oreille.

Aucun bruit.

Peu désireux de se retrouver pris entre des tirs croisés, il fait signe à deux de ses hommes de contourner l'atelier par l'arrière et de jeter un œil à l'intérieur.

Une minute plus tard, ils lui indiquent que la voie est libre.

Le leader leur ordonne d'avancer d'encore dix mètres. Si les Karsen avaient eu l'intention d'ouvrir le feu, ils l'auraient déjà fait. Laissant à ses mercenaires le soin de le couvrir, il s'élance vers le côté de la porte, attend une seconde puis l'ouvre d'un coup de pied.

Rien.

Ils fouillent la maison.

Personne.

Le leader ressort.

Eddie le Rouge ne va pas être content si je dois l'appeler pour lui dire qu'on est arrivés trop tard et que les cibles ont décampé, pense-t-il.

Puis l'un des hommes qu'il a envoyés dans l'atelier s'approche et lui montre quelque chose. Il braque sa lampe torche sur le sol boueux, révélant des traces de pneus toutes fraîches en direction des collines.

Les mercenaires remontent dans leurs véhicules pour les suivre.

...

Alors qu'il se dirige vers le bungalow de location sur la Weke Road, Kit repère un véhicule plein de Hawaïens qu'il ne connaît pas.

Le problème, c'est qu'il connaît tous les Hawaïens de Hanalei.

Sait qui a sa place sur l'île.

Ces gars-là ne l'ont pas.

Ce sont tous des *mokes* au regard qui tue – le regard de Waianae –, et leur Toyota Highlander de location roule au pas, comme si les types à l'intérieur cherchaient quelque chose.

Nous, peut-être, se dit Kit.

Mais le Highlander dépasse la maison sans s'arrêter.

Kit la dépasse aussi.

— Kit…, implore Elizabeth.

— Je sais.

Il garde ses distances, mais les suit sur la route, puis s'arrête et voit leur voiture braquer à droite pour éviter d'entrer dans le parking de la plage de Black Pot. Ils continuent sur la Weke et tournent à gauche pour prendre la piste de terre battue qui descend jusqu'au port de mouillage au bord de la rivière.

— Restez là, dit-il.

Il sort tandis que le Highlander se gare. Quatre hommes en descendent et se dirigent vers un canot pneumatique de six mètres – comme ceux qu'on utilise pour emmener les touristes faire du snorkeling – amarré dans les eaux peu profondes près de la petite plage.

Qu'est-ce qu'ils ont en tête ?

Gabe sort à son tour du Highlander.

Fait chier, songe Kit. Il retourne vers la voiture.

— Conduis-les au bungalow et attends là-bas, ordonne-t-il à Ben.

— Qu'est-ce que tu vas faire ? demande ce dernier.

Prendre soin de ma famille, pense Kit.

— Vas-y, s'il te plaît.

— Kit, commence Malia. Qu'est-ce que…

— Je ne ferai rien de stupide ni d'imprudent. Je vais partir en mer, où je suis intouchable.

Je vais les entraîner au large, mais je ne vais pas les tuer.

L'océan s'en chargera.

Kit marche jusqu'à la petite crique en amont du mouillage, où il sait que le jet-ski de Ty Menehe sera déjà à l'eau. Il a bien quelques scrupules à l'idée de l'emprunter, mais Ty lui a dit « Quand tu veux », et là, c'est le moment.

Après l'avoir enfourché – c'est un Sea-Doo RXP-X –, il le démarre et repart vers le mouillage. Il n'essaie pas de passer inaperçu, mais se place au contraire dans le reflet de la lune sur la rivière.

Un coup d'œil lui révèle que Gabe l'a repéré depuis la rive.

Kit fait rugir le moteur comme s'il était surpris et effrayé, puis fonce vers l'embouchure de la rivière.

En priant pour qu'ils le suivent.

...

Allongé parmi les arbres à l'orée de la clairière, Chon voit les phares approcher lentement, tandis que les véhicules avancent sur la piste étroite, sinueuse et cahoteuse rendue glissante par la boue.

C'est ce qu'il espère être la première erreur d'une longue série. Ils auraient dû arriver à pied, se frayer un passage au milieu de la végétation.

La flemme est toujours punie, se dit-il.

Il espère aussi que Tim, de l'autre côté de la clairière, voit également les phares. Qu'il sera prêt quand le dispositif se déclenchera. Tim était un marine – blague à part, c'est une sacrée expérience –, mais ses talents ont deux guerres de retard, et ça n'a rien d'une blague non plus. Il faut qu'il ait la patience d'attendre et de ne pas faire feu avant que les cibles soient dans la zone de tir.

Kit jette un coup d'œil derrière lui et voit le canot pneumatique foncer dans son sillage.

Avec à son bord les quatre *mokes* plus Gabe.

Bien, pense-t-il en abordant la barre, avant de déboucher dans le break intérieur. Au lieu de tourner pour traverser la baie et rentrer chez lui, il met le cap sur le large.

Et sur le spot de Kings and Queens.

...

Tim regarde les phares.

Il y a bien longtemps qu'il n'a pas participé à une embuscade nocturne.

Mais c'est plus ou moins comme le vélo...

...

Kit perçoit le sifflement des balles au-dessus de sa tête avant de distinger le crépitement du fusil automatique.

C'est moins effrayant qu'il n'aurait pu le croire.

Lui qui n'a pas l'habitude des armes à feu se dit qu'il est sans doute difficile de toucher une cible depuis un canot ballotté par une forte houle.

Il accélère quand même.

Il doit atteindre Kings and Queens avant que les *mokes* le rattrapent.

Or, ils approchent vite.

...

À trois mètres de la clairière, la voiture de tête heurte le fil-piège.

La mine explose.

Chon aperçoit l'éclair lumineux avant d'entendre le souffle de l'explosion et les cris.

L'Explorer fait une embardée.

Le conducteur ouvre la portière et plonge sur le sol.

Le passager à l'avant ne va nulle part. De la main gauche, il tente de maintenir son bras droit attaché à l'épaule. Les deux hommes à l'arrière, touchés par des fragments métalliques et aveuglés par le flash lumineux, s'éjectent du véhicule à leur tour.

Chon s'arrête sur l'un d'eux.

Silhouette verte dans sa lunette de visée nocturne.

On dit souvent « tirer pour tuer », mais Chon, lui, tire pour blesser. Pas par souci humanitaire – ça, on s'en tape – mais, quand on est dépassé par le nombre, blesser l'ennemi peut se révéler plus efficace que le descendre, car au moins un de ses potes est tenu de lui porter secours. Résultat, ce n'est pas un homme qui est hors combat, mais deux.

Chon touche le type à la hanche. Le voit tournoyer sous la force de l'impact, puis s'écrouler. Comme prévu, son copain se penche, l'attrape et le traîne à couvert.

Essaie, du moins.

La balle de Chon l'atteint à l'arrière de la jambe.

Il y a maintenant trois blessés.

Chon ne tire plus.

Et espère que Tim ne pressera pas tout de suite la détente.

…

Gabe a compris la manœuvre de Kit.

Il les conduit droit vers les vagues gigantesques de Kings and Queens. Cherche à les attirer dans la zone mortelle où seuls les meilleurs watermen peuvent survivre.

J'en fais partie, pense Gabe.

Mais pas ces *mokes* de Waianae.

Et même pour moi, c'est pas gagné sans une planche – seul dans l'eau au large, sans gilet de sauvetage ni frère sur un jet-ski prêt à foncer pour me récupérer.

— Faut qu'on rentre ! crie-t-il.

Le chef des Waianae se tourne vers lui et le met en joue.

— Continue ! ordonne-t-il.

— On va y passer ! braille Gabe.

...

Le leader est un coriace, froid et posé.

Froid, parce qu'il va laisser les blessés s'occuper des blessés. Il lui reste quatre hommes valides, et ils vont se battre.

Va te faire foutre, Chon, espèce d'enfoiré.

Posé, parce qu'il a déjà vécu ça – une embuscade de nuit à Ramallah, quand un engin explosif improvisé avait sauté –, alors il s'allonge sur le sol pour déterminer la provenance exacte des tirs.

Va te faire foutre, Chon, espèce d'enfoiré.

Il déploie ses hommes, à dix mètres d'intervalle les uns des autres, et ils rampent vers la clairière. Puis il se concentre pour viser, pointe la mire sur la position du tireur, presse la détente.

Et entend cet enfoiré de Chon hurler de douleur.

...

Même au clair de lune, Kit perçoit le grondement des vagues de Kings and Queens avant de les voir.

Immenses, elles déferlent dans un fracas de tonnerre et explosent sur les rochers comme des tirs de canon.

BLAAAM.

...

Chon a roulé à un mètre cinquante de sa dernière position de tir.

L'expérience lui a enseigné qu'il vaut mieux laisser l'ennemi essayer de vous dégommer à l'endroit où vous étiez plutôt qu'à celui où vous êtes.

La balle passe cependant tout près, et il hurle comme s'il avait été touché. Puis il s'éloigne en rampant au bord de la clairière, parallèlement aux mercenaires de Waianae.

À Tim de jouer.

...

C'est Gabe qui pilote le bateau, au grand regret de Kit.

Compte tenu de ses talents de waterman, les tueurs ont plus de chances de s'en sortir.

Il regarde devant lui et, au clair de lune, voit la première vague d'un set – un vrai mur, mais qui fait tout de même figure de petit frère par rapport à celles qui vont suivre – arriver sur lui.

Il fonce droit vers elle.

Avec l'intention d'escalader ce rempart de neuf mètres de haut et de passer de l'autre côté.

S'il n'y parvient pas, si le jet n'atteint pas le sommet de la vague avant qu'elle casse, elle le retournera et l'écrasera.

...

Le leader attend.

Pas de tirs de riposte.

Il se relève lentement, fait signe à ses hommes de l'imiter, et tous s'engagent dans la clairière pour aller ramasser le corps du tireur ou mettre fin à ses souffrances.

Le leader se sent en sécurité.

Dans l'obscurité.

Puis le monde s'illumine.

Kit dévale le dos de la vague et jette un coup d'œil derrière lui. Le canot vacille au sommet.

Avant de dévaler à son tour.

Gabe est un bon.

Mais Kit ne peut plus regarder en arrière.

La deuxième vague s'élève devant lui.

Une montagne encore plus haute que la précédente.

Chon lance la fusée éclairante.

La clairière ressemble à un stade de base-ball pendant un match en nocturne.

Tim ne peut pas rater sa cible.

C'est le truc du vélo.

Le type le plus proche de Chon s'effondre, puis c'est au tour d'un deuxième. Genre tir à la carabine à la fête foraine.

Le troisième se jette par terre avant que Tim puisse l'atteindre.

La nuit redevient noire.

Kit monte toujours plus haut.

Ça dure une éternité, lui semble-t-il.

Il lève les yeux et aperçoit la lèvre, les embruns charriés par le vent au sommet, sifflant comme la mèche d'une bombe avant la déflagration.

Il espère que l'explosion aura lieu.

Qu'il sera de l'autre côté quand la vague déferlera sur le canot et l'engloutira.

Puis il s'envole dans les airs, au-dessus de la crête.

Deux tireurs, se dit le leader.

Ça, ce n'était pas prévu.

(« Ce qu'on ne sait pas peut faire mal. »)

J'emmerde Eddie le Rouge, pense-t-il. S'il veut à ce point la peau de ce mec, il n'a qu'à s'en charger lui-même.

Il est temps de dégager.

— Vous pouvez bouger ? chuchote-t-il.

Ayant reçu des réponses affirmatives, il s'accroupit, rassemble les blessés et repart vers l'endroit où les tireurs ne sont pas.

Pour se retrouver en plein dans la ligne de mire de Chon.

Qui s'est de nouveau déplacé, anticipant leur probable itinéraire de retraite.

Une manœuvre connue sous le nom d'« embuscade de la porte battante ».

Chon ouvre le feu.

Refermant la porte.

Sur le dos de la vague, Kit se penche en avant.

Passe presque par-dessus le jet.

Se redresse, tient bon et regarde derrière lui, pour voir :

Gabe, qui franchit la crête lui aussi.

Le canot tangue furieusement et manque de se renverser, mais Gabe parvient à le redresser.

Ne reste plus qu'une vague, se dit Kit.

Si je ne les perds pas sur celle-là, je suis mort.
Ils me rattraperont sur les eaux calmes derrière.
Il fonce vers le dernier rempart.
Le grand frère.

Le leader sait qu'il est baisé.
Quand on ne peut plus ni avancer, ni reculer, ni partir de biais, on est… baisé.
Il ne lui reste qu'un recours.
La puissance de feu.
— Envoyez tout ! hurle-t-il.
Blessés, effrayés ou baisés, peu importe – ils vont exploser la porte de derrière.

Les flammes de bouche embrasent la nuit.
Chon s'aplatit dans la boue.
Les balles fusent au-dessus de sa tête, font gicler de la terre autour de lui.
Il est cloué au sol, incapable de bouger.
T'es foutu, pense-t-il. Tu t'étais dit qu'ils se figeraient dans la zone de tir ou qu'ils tenteraient une sortie par la porte latérale ou principale. Au lieu de quoi, ils reviennent droit sur toi, en se servant de leur puissance de feu supérieure comme d'un bouclier.
Tu ne peux ni fuir ni rester sur place.
T'es foutu.
Ils vont te déborder et te flinguer.
Toute la question est de savoir combien tu peux en flinguer avant.

De la crête, Kit voit les lumières de toute la baie.
Et le canot dans le creux.
Gabe fonce toujours.

Il n'a pas le choix. Il est dans la zone mortelle : si la vague s'abat sur lui, il est fini.

Et s'il s'en sort, se dit Kit en déboulant sur le dos de la vague, C'est moi qui suis fini.

N'importe quel enfant vous le dira, tout est plus terrible dans le noir.

Le son est amplifié, les distances sont faussées, l'invisible incite l'imagination à créer des monstres.

Les embuscades nocturnes sont les pires.

Il y a les cris de colère, les hurlements des blessés, le sifflement des balles, le souffle des explosions. L'ennemi semble plus proche qu'il n'est, puis plus éloigné, puis plus proche que jamais.

Les monstres sont pour de vrai.

Vrais ennemis, vraies balles, vrais fragments, vrai sang, vraie douleur, vraie mort.

Tous ceux qui ont été pris dans une embuscade nocturne connaissent le véritable sens du mot chaos.

Les deux concepts ont toujours été liés.

Dans la mythologie grecque, il existait d'abord le chaos, les ténèbres et l'enfer.

Les Grecs avaient vu juste au sujet des embuscades nocturnes.

Mais…

Si vous en avez déjà fait l'expérience…

Si vous avez eu l'art, la manière et la chance de survivre…

Vous avez peut-être appris quelque chose.

Vous avez peut-être appris à garder la tête suffisamment froide pour identifier des éléments de structure dans toute cette confusion.

Vous avez peut-être appris à repérer dans les flammes de bouche – des traînées lumineuses dans l'obscurité – des schémas de mouvement.

Vous avez peut-être appris à écouter les sons – le salut des aveugles – pour comprendre ce qui se passait autour de vous.

Tim Karsen (né Kearney) est l'un de ces survivants.

Il entend la fusillade sur sa gauche.

Voit d'un côté les multiples flashs lumineux des tueurs de la Compagnie, de l'autre le flash isolé, intermittent, du fusil de Chon.

Comprend ce qui se passe.

Sait ce qui va se passer.

Ce qu'il ne peut pas laisser se produire.

S'il peut l'empêcher.

Il lui est impossible de tirer, au risque de toucher Chon.

Alors il se lève, émerge du couvert des arbres, et charge.

En criant comme un possédé.

Pour offrir une cible.

Et permettre à Chon de s'échapper.

Kit se retourne encore une fois.

Gabe et le canot foncent sur le dos de la vague.

Ils ont réussi, se dit-il. Ils ont réussi, ils vont me tuer, et après ils iront peut-être tuer les autres.

Il commence à faire tourner le jet.

Dans une dernière tentative désespérée -

Percuter à pleine vitesse le canot pneumatique pour le faire chavirer.

Et noyer tout le monde.

...

C'est quoi, ça, putain ? se demande le leader quand s'élèvent les cris.

Il se retourne, mais ne distingue rien dans le noir, il entend juste quelqu'un foncer vers lui en hurlant comme un démon de la nuit.

Il tire en direction du son.

Tim poursuit sur sa lancée.

Avec une seule idée en tête.

Se rapprocher.

À portée de grenade.

…

Puis Kit la voit.

La quatrième vague.

Impossible, et pourtant elle est là.

Une solitaire.

Un monstre.

Si l'avant-dernière était le grand frère, celle-là est le père, le grand-père, l'ancêtre, Dieu.

Douze mètres de haut.

Les dominant tous comme le Jugement dernier.

Animée d'intentions meurtrières.

Le genre de vague auquel on ne survit pas.

…

Dopé par l'adrénaline, Tim lance les grenades.

Les explosions fragmentent la nuit.

Il se jette à plat ventre sur le sol, tellement survolté qu'il ne se rend même pas compte qu'il a été touché et pisse le sang.

...

C'est un cauchemar

Que font les surfeurs
Que font les enfants
Que font inexplicablement certains adultes qui n'ont jamais mis un pied dans l'océan

dans lequel ils se tiennent au fond d'une vallée encaissée, sous une vague immense – un gigantesque mur liquide, implacable, impitoyable, tout-puissant – s'élevant de plus en plus haut jusqu'à masquer le ciel, jusqu'à ce que le monde se réduise à la déferlante et à la mort imminente.

Les chanceux se réveillent secoués, tremblants mais vivants.

Les malchanceux sont dans l'eau lorsque la vague s'abat sur eux.

Ils ne se réveillent jamais.

...

Le leader n'entend plus rien et ne voit plus grand-chose.

Le flash lumineux des grenades l'a quasiment aveuglé, ses oreilles sifflent et bourdonnent, le choc lui a donné le tournis et son sang coule des blessures infligées par les fragments métalliques.

Mais c'est un coriace.

Il rassemble ses hommes, blessés eux aussi, qu'il traîne-soutient-frappe jusqu'au véhicule encore intact. Il les charge à l'intérieur et sur le plateau, se glisse au volant et reprend la piste en sens inverse.

Chon entend les grenades exploser.

Il longe le bord de la piste en direction du son, sachant que ça ne peut être que Tim.

Et qu'il risque lui-même d'être repéré par l'ennemi, mais pas question d'abandonner un camarade.

Ou le corps d'un camarade.

Il va chercher Tim.

En s'arrêtant toutefois le temps d'accomplir une petite tâche.

...

Gabe lève les yeux.

Et ne voit RQL.

Rien Que la Lame.
Rien Que L'eau.

Il dit à Dieu qu'il regrette et implore Son pardon.

Entend les autres types hurler.

Pas crier, non – *hurler.*

La vague déferle sur eux puis,

RQR

Rien Que le Rien.

...

Plongeon dans le noir.

Dégringolade dans les ténèbres glacées.

Culbute

Cul par-dessus tête par-dessus cul.

Kit lutte pour garder les bras collés au corps, afin que la vague ne lui déboîte pas les épaules.

Et lutte pour retenir son souffle.
Il s'est entraîné.
Depuis tout gosse.
Mais rien ne peut vous préparer à ça.
La vague le pousse vers le fond et le maintient sous la surface.

...

Le véhicule heurte le second fil-piège.
(La simultanéité est une chose magnifique.)
Le chef entend un silence, puis un déclic...
... puis...
Plus rien.

...

Chon trouve Tim.
Étendu
dans l'herbe.
Les jambes en sang.
Il saisit la compresse à sa ceinture.
L'applique, exerce une pression et déclare :
— T'avise pas de me lâcher, bordel.

...

On dit que ce qu'on ne sait pas ne peut pas faire de mal.
Ben, qui est fier de ses connaissances, ne sait pas que...

Il n'y avait pas un commando...
Ni deux...
Mais trois.

(Eddie ne plaisante pas.)

Ce qu'on ne sait pas…

Mais bon, on a déjà vu ça.

…

Ils sont trois, déjà à cran.

Ils n'ont pas communiqué avec les deux autres équipes, mais les instructions d'Eddie étaient claires, « Silence radio ».

« Les relevés téléphoniques, vous savez ce que c'est ? avait-il lancé. Des preuves. »

Il n'a demandé qu'un coup de fil rapide. « C'est fait. »

En attendant, même si le prénom Hani signifie « heureux » en hawaïen, l'intéressé est loin de l'être. Il est stressé, car il ne peut qu'espérer que les deux autres commandos ont fait le boulot.

« Suivez le plan », a ordonné Eddie.

Contentez-vous de suivre le plan.

Quel putain de plan ? se demande Hani en marchant vers la maison. On ne sait même pas qui on va trouver à l'intérieur. La baraque pourrait être vide, elle pourrait abriter une personne ou sept, dont peut-être le fameux « Chon », qui n'a rien d'un rigolo. Ou peut-être KK, qui ne va pas leur simplifier la vie.

Eddie leur a aussi donné des instructions à son sujet.

(Eddie a des instructions pour à peu près tout.)

Ne touchez pas à KK si vous pouvez l'éviter. Ne faites pas de mal aux Hawaïens, surtout à la cousine de Gabe, si vous pouvez l'éviter.

Mais les *haoles*, les continentaux ? Vous les emmenez au large et vous balancez leurs corps aux requins.

À une centaine de mètres de la maison, Hani et ses deux acolytes ramènent leurs capuches sur leurs visages.

...

O est dans la cuisine quand la vitre de la porte vole en éclats et qu'une main gantée s'insinue dans l'ouverture pour déverrouiller le battant.

Une seconde plus tard, elle se retrouve nez à nez, pour ainsi dire, avec un homme encapuchonné qui pointe un pistolet sur elle.

Deux autres types entrent à sa suite.

Puis Ben arrive derrière elle.

Une arme à la main.

— Trois contre un, mec, lance Hani. Tu veux la jouer comment ?

Ben n'en a pas la moindre idée.

Hani s'en aperçoit. Il comprend que ce n'est pas le dénommé Chon, s'avance vers lui et, d'un geste, fait tomber l'arme qu'il tient toujours.

— Voilà, t'as plus besoin de réfléchir.

Il lui assène un coup sur la tempe.

...

Ben n'a jamais été frappé aussi rudement.

De fait, Ben n'a jamais été frappé.

Il en voit trente-six chandelles.

Et recule en titubant jusqu'au plan de travail.

...

Un vrai jeu d'enfant, pense Hani.

O entend l'homme dire :

— Juste les *haoles*.

Elizabeth le foudroie du regard.

— Je suis une *haole*.

— Vous êtes la maman de KK, réplique l'homme.

— Si vous les emmenez, s'insurge Malia, il faut nous emmener aussi.

— C'est pas toi qui commandes, riposte l'homme, qui se tourne vers les autres : Ligotez les deux *wahini*.

O les regarde entraver Elizabeth et Malia, leur coller du ruban adhésif sur la bouche et les faire asseoir sur le canapé.

— Désolé, tata, lâche l'un d'eux, avant de se tourner vers Ben : On y va, mec.

— On va où ? s'enquiert Ben.

— Faire une petite sortie en bateau.

Les trois types les escortent dehors.

Le premier prend la tête du groupe, les deux autres restent derrière Ben et O. Celle-ci sent le canon du pistolet s'enfoncer dans son dos.

Elle voudrait tenter de fuir, mais elle a trop peur.

Les hommes relèvent leurs capuches.

O sait que ça ne présage rien de bon.

...

Après avoir chargé Tim sur son épaule, Chon reprend le chemin en sens inverse. De sa main libre, il sort son téléphone de sa poche et appelle Ben.

Pas de réponse.

Il essaie de joindre O.

Pareil.

Mauvais signe, songe-t-il.

— Un problème ? lui demande Tim.

— Non, rien.

Chon presse le pas.

...

Hani s'avance sur la jetée.

Pas de bateau en vue.

Où sont ces abrutis ?

Il y a un homme tout au bout, qui pêche.

Un vieil homme.

Hani s'approche de lui.

— Hé, papy, ce serait peut-être une bonne idée que t'ailles voir ailleurs ce qui se passe, OK ?

Le vieil homme ne le regarde même pas.

Il n'a d'yeux que pour la fille *haole*.

C'est rudement grossier.

...

— Tout va bien ? demande Pete à O.

Elle a trop peur pour ouvrir la bouche.

Au clair de lune, il voit des larmes briller dans ses yeux. Il voit aussi le type qui se tient derrière elle, trop près, et l'autre, qui se tient trop près de l'ami de O – comment s'appelle-t-il, déjà ? Ben.

— Hé, papy, reprend le premier. Je crois que t'es un peu dur d'oreille. J'ai dit que tu ferais mieux de partir.

— J'avais entendu, déclare Pete.

...

De l'air.

Kit en avale de grandes goulées.

Remplit ses poumons.

C'est merveilleux.

La vague l'a maintenu au fond, mais aussi repoussé. Elle l'a écrasé, culbuté, expédié et traîné sur les récifs puis, après l'avoir puni pour son insolence, l'a relâché. Kit est remonté à la surface.

Meurtri, ensanglanté, épuisé, l'épaule gauche déboîtée, il inspire à fond, plusieurs fois, avant de se mettre à nager, avec un seul bras, vers la côte.

...

O remarque de nouveau cette lueur dans les yeux de Pete.

— Il vaudrait mieux que tu t'en ailles, dit-elle.

Il hoche la tête, pose sa canne à pêche et fouille dans sa boîte à appâts. En sort un pistolet et abat les trois hommes d'une balle entre les yeux avant qu'ils aient eu le temps de dire ouf.

Parfois, ce qu'on ne sait pas peut nous sauver.

Son vrai nom n'est pas Pete, mais Frank.

Frank Machianno.

Alias « Frankie Machine ».

L'un des tueurs à gages les plus redoutés de la côte Ouest.

Cette vie-là, il l'a laissée derrière lui pour gagner le paradis.

Il regarde O.

— Va-t'en, dit-il. Ne t'en fais pas, je m'occupe de tout.

— Pete...

— Pas de problème. Va-t'en.

Frank charge les corps dans son bateau, met le cap sur le large et les passe par-dessus bord.

Les requins les feront disparaître.

Ce sont en quelque sorte des… appâts.

…

Eddie reçoit bien un coup de fil, mais pas celui qu'il attendait.

Il entend l'*haole* dire :

— Vos hommes ont été victimes d'une série d'événements malencontreux. Ils ne reviendront pas.

Ben a des talents.

Pas pour le tir, pas pour le combat – pas les mêmes que Chon.

Des talents de négociateur.

Qui lui dictent la suite :

— Vous ne voulez pas passer le restant de votre vie à regarder par-dessus votre épaule, et moi non plus. Alors, on fiche la paix à cette île et vous aussi.

— On ne me respecterait plus, déclare Eddie.

— Pourquoi ? réplique Ben. Pour quelque chose qui n'est jamais arrivé ?

Un long silence, puis :

— *Aloha*, conclut Eddie.

…

O va dire au revoir à Pete.

— Tu vas me manquer, dit-il.

Il plonge la main dans sa boîte à appâts, en retire un sandwich œuf-bagel aux oignons et le lui offre.

— Pour le voyage.

— Tu vas me manquer aussi, Pete.

— Tu peux toujours revenir.

— Non, je ne peux pas.

O contemple autour d'elle l'océan bleu, les montagnes vertes, le soleil qui se réfléchit sur une cascade au loin, et se sent triste à l'idée de ne jamais revenir.

Chassée du paradis.

Adam et moi, songe-t-elle. Et l'autre Adam.

Elle enlace son ami.

— Au revoir, Pete.

Il lui embrasse les cheveux.

— Au revoir, ma fille.

Le paradis.

La dernière chevauchée

La première fois qu'il a vu la fillette, elle était dans une cage.

Y a pas d'autre mot pour ça, s'est dit Cal sur le moment. On peut bien employer des noms différents – « centre de détention », « camp de rétention », « refuge temporaire » –, quand des personnes sont regroupées derrière un grillage, c'est une cage.

Il a repensé au jour où il s'était fait rabrouer par son père, atteint d'un cancer, lorsqu'il avait évoqué son « problème de santé ».

« Faut appeler un chat un chat, avait rétorqué Dale Strickland. Pas la peine de l'appeler autrement. »

Lui, c'était un cancer des os, et là, c'était une foutue cage.

Cal ne sait toujours pas ce qui l'a tant frappé chez cette petite fille. Pourquoi elle ? Pourquoi cette gosse-là parmi tant d'autres ? Après tout, ils étaient des centaines derrière ces grillages, alors pourquoi celle-là en particulier ?

Ce sont peut-être ses yeux qui l'ont arrêté, sauf que tous les mômes ont ces mêmes grands yeux qui vous dévisagent de derrière les grillages – des yeux comme ceux des enfants sur les tableaux vendus à la station-service au bord de l'autoroute. Ou peut-être ses doigts crispés sur les maillons, comme si elle essayait de se raccrocher *à quelque chose.* Ou son nez qui coulait et la morve qui avait séché au-dessus de sa lèvre.

Elle ne devait pas avoir plus de six ans.

Leurs regards se sont croisés un bref instant, puis Cal a passé son chemin.

Il a laissé derrière lui cette cage tellement bondée qu'elle faisait penser à un parc d'engraissement, à la différence près qu'il s'agissait d'êtres humains, pas de bétail, et qu'ils ne meuglaient pas, non, ils parlaient, criaient et réclamaient de l'aide. Ou ils pleuraient, comme cette fillette.

Cal Strickland l'a vue, puis s'est éloigné – et comment un homme peut-il s'éloigner d'un enfant en larmes, ça, ce serait une sacrée bonne question, à laquelle il n'existe qu'une réponse : ils étaient si nombreux que cet homme ne pouvait rien faire d'autre.

Faut appeler un chat un chat, et pas autrement.

C'est donc la première fois qu'il l'a vue, à Ursula, le grand centre de rétention de McAllen. Cal n'y était même pas stationné, il essayait juste de mettre la main sur des articles de première nécessité à rapporter à Clint, où ils manquaient de tout – couvertures, savon, dentifrice – pour les réfugiés qu'ils hébergeaient là-bas.

Il n'imaginait pas la revoir.

Et puis, c'est arrivé.

La veille.

À Clint.

Au volant de son quad, il roule le long de la clôture de barbelés, jusqu'au moment où il trouve ce qu'il pensait bien trouver.

Les fils ont été sectionnés et l'herbe est piétinée à l'endroit où les clandestins ont campé la veille au soir. Il repère le cercle de terre noircie qui indique l'emplacement d'un petit feu et les détritus qu'ils ont laissés derrière eux : canettes écrasées, deux bouteilles d'eau vides, une couche sale.

— Putains de Mexicains, marmonne-t-il tandis qu'il descend du quad et saisit sa boîte à outils.

Il sait bien, pourtant, que ce n'étaient sans doute pas des Mexicains, mais plutôt des Salvadoriens, des Honduriens ou des Guatémaltèques. Si les Mexicains viennent toujours, il y en a moins qu'avant – pas comme dans les années 1990, quand son père et lui découvraient des trous dans la clôture presque chaque foutue journée que Dieu faisait. Ils allaient vérifier l'état des barbelés à cheval, alors, pas sur des quads, et son paternel avait beau fulminer contre les « métèques » et menacer de flinguer les coyotes qui les amenaient là, Cal se souvient encore de sa réaction la fois où les types de la milice s'étaient pointés pour lui demander de les rejoindre.

« Dégagez de mon ranch, avait riposté Dale Strickland. Et si jamais je vous revois avec vos AR et vos tenues de camouflage à la con, je vous descendrai moi-même. J'ai qu'une Remington trente zéro six, mais elle devrait faire l'affaire. »

Quelques jours plus tard, alors qu'il chevauchait avec Cal le long des barbelés, il avait lancé sans préambule :

« Le problème, c'est pas que ces gars-là veulent défendre le pays, c'est juste qu'ils ont peur de pas avoir une bite assez grosse. Si j'apprends que tu fricotes avec cette bande de salopards, je me débrouillerai pour que t'hérites pas de ce qui te revient. »

Cal n'avait pas fricoté avec cette bande de salopards.

Il s'était engagé dans la police des frontières.

Avant tout parce qu'il s'agissait d'un travail et que ce n'était pas facile d'en trouver à Fort Hancock, Texas, en ce temps-là, après qu'il avait quitté l'armée.

Il lui aurait été impossible de continuer à vivre au ranch, surtout après la mort de son père, car les terres familiales assuraient à peine la subsistance de sa sœur Bobbi, qui n'était pas sûre de parvenir à les garder.

Elles ne représentaient guère plus de six cents acres de poussière et d'une herbe sèche qui se desséchait un peu plus chaque année. Quoi qu'il en soit, l'élevage ne rapportait plus. Cal et son père avaient bien essayé de faire pousser un peu de tout, du coton et même des arbres fruitiers, mais il n'y avait pas assez d'eau pour les fruits. Quant au coton… le plus gros de la production était cultivé de l'autre côté de la frontière, au Mexique, et ils n'avaient pas les moyens de rivaliser avec le coût dérisoire de la main-d'œuvre là-bas. Alors Bobbi avait commencé à vendre certaines parcelles dans l'espoir de pouvoir conserver le reste.

Pendant un moment, Cal avait bossé comme cow-boy dans les ranchs de la région – le ranch Woodley, l'exploitation Steen, le grand domaine de Carlisle –, sauf que, là encore, il y avait de moins en moins de travail. Et s'il avait aussi pensé à tenter sa chance au rodéo, la réalité l'avait rattrapé : il était assez doué sur un cheval et avec un lasso, malheureusement « assez doué » ne suffisait pas pour gagner sa vie.

Il fallait être au top, et il savait qu'il ne l'était pas.

Alors il avait intégré la police des frontières.

C'était un boulot stable, qui payait bien et offrait pas mal d'avantages. Cal avait tout de suite été embauché. Il avait l'expérience de l'armée, de la hiérarchie et des ordres, maîtrisait la langue de la frontière, « l'espanglais », et connaissait le territoire comme sa poche, puisque c'était un enfant du pays – un vrai, bon Dieu : les Strickland vivaient déjà à la frontière avant même qu'il y en ait une.

« J'ai toujours fait que ça, patrouiller à la frontière », avait-il dit quand il avait signé pour le poste.

Donc, Cal n'habite plus le ranch, il a pris un petit appartement à El Paso, mais il revient plusieurs fois par semaine vérifier l'état des barbelés. Si le flot d'immigrants s'était un peu tari ces dernières années, depuis quelque temps tout a recommencé, et un trou dans la clôture pose problème, parce qu'il ne faudrait pas que les quelques bêtes qu'ils possèdent encore aillent s'égarer au Mexique. Autrefois – du moins, à ce qu'on lui a raconté –, les ranchers et les *vaqueros* traversaient sans arrêt la frontière à cheval, pour se voler mutuellement du bétail, une pratique qui serait sans doute mal vue aujourd'hui.

Désormais, il n'y a plus que les humains et la dope qui font la traversée.

Cal rebouche l'ouverture avec les barbelés qu'il a apportés, entortille les extrémités à l'aide de pinces et se promet de repasser plus tard dans la semaine avec un tendeur pour resserrer les fils.

Putains de Mexicains.

Il remonte sur son quad, roule vers le vieux corral et descend. S'appuie contre la clôture à lisses. Riley s'approche et renâcle pour lui signifier qu'il n'apprécie pas d'avoir été remplacé par une machine.

— Désolé, mon vieux.

Cal gratte les naseaux de l'alezan.

— J'ai pris quelques kilos que je veux pas te faire porter.

La vérité, c'est que le hongre a vieilli. C'était un sacré bon cheval de cutting[1], courageux et travailleur, à l'époque où ils avaient plus de bétail à gérer.

Cal prend une poignée de grain dans un seau et Riley mange dans sa main.

— Je reviendrai te voir dans quelques jours.

Il va rentrer l'ATV dans la grange.

Le pick-up de son paternel, un Toyota Tacoma rouge de 2010, est toujours là, parce que ni Bobbi ni lui n'ont eu le cœur

1. Discipline équestre consistant à trier le bétail et à isoler certaines bêtes du troupeau.

de s'en débarrasser. Merde, les clés sont encore sur le siège avant et la vieille carabine 30-06 n'a pas quitté le porte-fusil près de la vitre.

Dale Strickland adorait ce pick-up, même si Cal le mettait tout le temps en boîte pour avoir acheté étranger.

« Ces bagnoles japonaises, du moment que tu leur donnes de l'huile, elles sont increvables », se défendait Dale.

Cal, lui, a un Ford F-150 blanc.

Il achète américain.

Bobbi lui a préparé son petit déjeuner quand il rentre dans la maison. Quatre œufs avec saucisses *et* bacon, des haricots noirs, des tortillas bien grillées, du café dans lequel la cuillère pourrait tenir debout toute seule.

— Et un triple pontage en prime, dit Bobbi en posant l'assiette sur la table.

Sa sœur se contente d'un yaourt et d'un fruit. La radio est réglée sur la station NPR.

— Comment tu peux écouter cette merde ? demande Cal.

— Comme tu regardes Fox News, réplique-t-elle.

Bobbi est une sociale-libérale du West Texas, ce qui fait d'elle quelque chose d'encore plus rare qu'une licorne. Comparées à une sociale-libérale du West Texas, songe Cal, des licornes, on en trouve treize à la douzaine.

En vérité, Cal ne regarde pas beaucoup Fox News, mais il ne l'avouera pas à Bobbi. Il ne regarde pas beaucoup les infos, en fait – et certainement pas CNN, avec un « C » comme « communiste » –, parce que c'est trop déprimant et que la police des frontières y apparaît tout le temps, depuis quelques mois. Les journalistes tournent autour des centres de rétention comme une nuée de mouches autour d'un tas de merde fraîche.

Quand ils affirment qu'ils font juste leur boulot, Cal voudrait bien rétorquer qu'il essaie juste de faire le sien.

Il n'hésiterait pas, s'il avait le droit de leur adresser la parole.

« Ils se comporteront avec vous comme s'ils étaient vos amis, l'a prévenu son boss, mais en réalité ils ne chercheront qu'à vous baiser. »

L'autre jour, un reporter du *New York Times* (ou du « *Jew*[1] *York Times* », blague Peterson, qui est un vrai connard) l'a abordé sur le parking en lui demandant s'il accepterait de répondre à quelques questions.

« Ça m'intéresserait de savoir ce que ça fait de travailler ici », a-t-il lancé.

Cal a continué de marcher.

« Vous ne voulez pas me parler ? » a insisté le type.

Apparemment pas, parce que Cal ne s'est pas arrêté.

« Vous avez reçu des consignes, c'est ça ? » Le journaliste lui a fourré sa carte dans la main. « Daniel Schurmann, du *New York Times*. Si jamais vous avez envie de bavarder. »

Cal a glissé la carte dans sa poche de poitrine. La seule chose qui lui paraissait plus improbable que de bavarder avec un journaliste du *New York Times*, c'était de se torcher le cul à la paille de fer.

Bobbi a l'air crevée.

Ses longs cheveux roux sont filasseux et sales, et elle porte le même vieux T-shirt que trois jours plus tôt.

Quoi d'étonnant ? se dit Cal. Entre ses efforts pour maintenir le ranch à flot, son job de serveuse chez Sophie, en ville, et un fils de dix-huit ans ayant un « problème d'opiacés », elle est constamment sous pression.

1. « Juif ».

Jared est censé habiter chez son bon à rien de père à El Paso et bosser dans un atelier de mécanique, mais Cal est à peu près sûr que rien de tout ça n'est vrai. Il soupçonne Bobbi de penser comme lui, de se dire que son fils vit sans doute dans la rue et se shoote à l'héroïne, alors comment n'aurait-elle pas l'air crevée ?

Elle l'est.

— Ça se passe bien, le boulot ? demande-t-elle.

— Bah, c'est le boulot.

Il hausse les épaules.

— Je regarde les infos, Cal.

— Je croyais que tu les écoutais seulement.

— On arrache des enfants à leurs parents et on les enferme dans des cages ? C'est nous, ça, maintenant ?

— J'essaie seulement de faire mon travail, Bobbi. Des fois, ça me plaît pas.

— T'as voté pour ce type, non ?

— Je me rappelle pas t'avoir vue dans l'isoloir.

— Je suppose, c'est tout.

Et tu supposes bien, songe-t-il. Comme toujours. Oui, j'ai voté pour ce type. J'allais quand même pas voter pour une nana convaincue que le pays lui devait la Maison Blanche parce que son mari s'était fait tailler une pipe.

Une démocrate, en plus.

— On va devoir se décider, pour Riley, poursuit Bobbi.

— Je sais. C'est juste que...

— Que quoi ?

— Pas tout de suite.

— Il faudra bien qu'on s'en occupe tôt ou tard. Rien que les factures du véto...

— C'est moi qui les paie.

— Je sais.

Cal se lève.

— Bon, j'ai encore des gosses à mettre en cage.

— Arrête, le prends pas comme ça.

Il s'approche d'elle et l'embrasse sur le front.

— Merci pour le petit déj'. Je repasserai dans la semaine vérifier la clôture.

Il sort, puis remonte dans son pick-up. Il n'est que 7 heures du matin, et il est déjà en nage. Tout le monde parle de « chaleur sèche » – comme pour un four, en somme.

Il a revu la fillette la veille.

Elle a été transférée à Clint.

Autrement dit, on n'a pas retrouvé ses parents, déduit-il.

Depuis qu'on les a séparés d'elle.

Le centre de Clint se situe à six kilomètres de la frontière, parmi des champs rectangulaires le long d'Alameda Avenue, au sud-est de la ville.

El Paso n'est qu'à dix kilomètres plus à l'ouest sur la Route 20.

L'établissement se compose de plusieurs bâtiments anonymes alimentés par de grands panneaux solaires – un choix logique pour Cal, dans la mesure où la seule chose que le pays offre en abondance, c'est le soleil.

Clint n'a jamais été conçu pour héberger des êtres humains.

Il a été construit pour servir de base logistique d'où les gardes-frontières peuvent partir en patrouille. Et c'est la principale tâche de Cal : avec deux autres agents, il prend les sentiers cavaliers qui partent du centre et parcourt la frontière à la recherche de traces signalant le passage de trafiquants de drogue ou d'immigrants.

Un peu comme dans un de ces vieux films en noir et blanc avec John Wayne que son paternel regardait à la télé.

« T'es la cavalerie des temps modernes », lui a fait remarquer Bobbi un jour.

Cal ne voit pas les choses ainsi, mais il comprend ce qu'elle a voulu dire. Il adore son métier – passer de longues journées en selle pour faire quelque chose de bien : protéger le pays. Et aussi aider les gens, au sens propre, même si les médias ne leur reconnaissent que rarement ce mérite. Il lui arrive en effet de repérer la piste d'un groupe de clandestins qui, à en juger par leurs empreintes, sont perdus et, sans leur intervention, risqueraient de mourir de déshydratation ou d'insolation dans une fournaise à près de quarante degrés. Ces moments-là, quand ses collègues et lui sauvent des vies, lui apportent une vraie satisfaction.

Mais certains jours, ils ne les trouvent pas à temps, ils ne trouvent que des corps, et ça, ce sont des moments beaucoup moins glorieux, surtout lorsqu'il s'agit d'une femme ou d'un gosse. Alors Cal maudit les coyotes qui les ont abandonnés là sans eau, ni nourriture, ni indications autres qu'un doigt pointé vers le nord.

S'il s'écoutait, il les abattrait, ces foutus coyotes, et il laisserait leurs cadavres exposés sur les clôtures ou les grillages. Après tout, il sait qui ils sont – merde, il est même allé au lycée avec l'un d'eux.

Dans sa jeunesse, Jaime Rivera avait l'habitude de traverser la frontière comme si elle n'existait pas. Parfois, il allait en cours à Fort Hancock, parfois il disparaissait, et puis il revenait.

Cal a joué au foot avec lui, au poste de *tackle* gauche sur le terrain, quand Jaime occupait celui de *tight end*. Ils étaient copains, à l'époque et, au volant de leurs pick-up, passaient souvent la frontière ensemble pour aller dans le désert, jusqu'à un coin éloigné où ils buvaient des bières, ce genre de trucs.

Jaime a fini par s'établir de l'autre côté, estimant qu'il s'en sortirait mieux au Mexique en dealant un peu d'herbe – rien de bien méchant aux yeux de Cal. Puis il s'est lancé dans le trafic d'être humains – et là encore, Cal n'en aurait pas fait une affaire personnelle, il aurait juste considéré ça comme une autre de ces parties de cache-cache habituelles à la frontière entre coyote et chien de berger, si Jaime ne se contentait pas d'empocher l'argent des immigrants sans se soucier un seul instant de ce qu'il advenait d'eux après.

Alors, oui, ils étaient dans la même équipe de foot autrefois, mais aujourd'hui, si Cal avait la certitude absolue de pouvoir s'en tirer, il lui collerait une balle dans le crâne et le livrerait en pâture aux vautours et aux vrais coyotes.

Il le lui a dit, d'ailleurs.

Un soir, après avoir découvert les corps d'une mère et de son enfant dans le désert, il a un peu trop abusé des boissons pour adultes, cherché le numéro de Jaime à El Porvenir – merde, il lui aurait sans doute suffi de crier pour se faire entendre de l'autre côté – et lui a sorti qu'il aimerait laisser sa carcasse pourrir au soleil.

« Pourquoi tu viendrais pas tenter ta chance ici, mec ? a riposté Jaime. On verra bien qui de nous deux terminera en viande froide.

— Tu sais, t'avais pas un mauvais jeu de mains sur le terrain, mais t'étais nul pour bloquer.

— Parce que j'en avais rien à cirer. Allez, Cal, sans rancune. Sérieux, si tu veux un jour te faire du fric, et je parle d'un bon paquet, t'as mon numéro, je crois. Tu pourrais peut-être même garder ton ranch merdique. »

En attendant, Cal déteste Jaime, et celui-ci le lui rend bien, parce que Cal Strickland est un cauchemar pour ses opérations. Non seulement c'est de loin le meilleur traqueur de la police des frontières, qui connaît tous les chemins et le moindre buisson du pays, mais il sait comme personne tendre des embuscades, et il a déjà envoyé derrière les barreaux pas mal des sbires de Jaime.

Si celui-ci pouvait mettre à prix la tête de son ancien copain, il le ferait.

Et ce serait un bon prix.

À présent, Cal arrive à Clint et cherche une place de stationnement, ce qui n'est pas facile, vu que la moitié du parking est occupée par d'immenses tentes abritant le surplus d'immigrants. Les réserves et les entrepôts ont tous été convertis en cellules de fortune.

Il descend de son pick-up.

Les manifestants sont déjà là, brandissant des pancartes en anglais et en espagnol : LIBÉREZ LES ENFANTS. Il ne voit que deux reporters. La plupart ont dû se lasser et passer à autre chose.

Tant mieux, pense-t-il.

Il longe les rangs des protestataires pour entrer dans les bureaux.

Twyla est à l'accueil.

Elle est de ces femmes « solidement charpentées », comme aurait dit la grand-mère de Cal. Grande, les hanches et les épaules larges, les cheveux noirs coupés court, les yeux bleus. Et aussi chancelante qu'un poulain nouveau-né : regarder Twyla se déplacer revient à attendre qu'un accident se produise. Elle a, comme l'aurait dit la même grand-mère, un « loupé dans la démarche », qui, d'après la rumeur à Clint, viendrait d'un fragment de métal resté dans sa hanche après qu'elle avait sauté sur un engin explosif improvisé en Irak.

Cal ne sait pas si c'est vrai.

Il sait en revanche qu'il l'aime bien.

Beaucoup, même. Peut-être trop.

Ils sont copains.

Ou, comme Peterson lui a lancé un jour : « T'es dans la *friend zone*, frangin. Et une fois coincé là, c'est mort pour conclure. »

Mais Peterson est un connard.

Twyla lui sourit quand elle le voit entrer.

— Encore un jour au paradis, hein ?

— Il va faire chaud.

— Ça cogne déjà.

Quand il s'était présenté, en disant qu'il s'appelait « Cal », elle avait demandé : « C'est le diminutif de California ou de Calvin ?

— Calvin.

— Comme dans *Calvin et Hobbes.*

— Hein ?

— La BD ? Le garçon et le tigre ?

— Lequel était Calvin ? »

Elle avait réfléchi une seconde.

« Je m'en souviens plus. Le garçon, je crois.

— Tant mieux. Je suis pas très chats.

— Chiens, plutôt ?

— Chevaux.

— Je suis jamais montée à cheval.

— Mais vous êtes *d'où* ? s'était-il exclamé, parce que ça lui paraissait tout bonnement inconcevable.

— D'El Paso.

— Une fille de la ville, alors.

— Faut croire. »

À présent, il s'enquiert :

— Quoi de neuf ?

— Toujours la même merde, juste un jour différent.

— Bon, je pars en patrouille.

Il a déjà hâte de sortir de là.

— Ah non, m'sieur l'agent, pas de chance, réplique-t-elle, en lui montrant une planchette. T'es assigné à la surveillance jusqu'à nouvel ordre.

— Qu'est-ce que…

— On a besoin de tout le monde sur le pont jusqu'à la fin de la crise. Bienvenue dans ma vie. C'est l'heure du décompte.

— Du quoi ?

— T'es un geôlier, maintenant, cow-boy. Faut compter les prisonniers pour être sûr qu'ils sont tous là.

C'est à cette occasion qu'il revoit la petite.

Les « détenus » de Clint sont rassemblés dans plusieurs bâtiments – ou tentes – du centre. Cal et Twyla sont affectés au plus important.

La fillette n'est pas dans une vraie cage, elle est seule dans un coin de la pièce en parpaings qui sert de grande cellule. Seule, parce que presque tous les autres enfants étant des garçons il faut l'isoler d'eux. Et aussi des adultes, qui sont parqués de l'autre côté de la salle, derrière un grillage.

Assise par terre, elle lève les yeux vers Cal.

Ces foutus yeux.

— C'est quoi, son histoire ? interroge-t-il.

— Luz ? Rien de nouveau sous le soleil. Des Salvadoriens qui demandent l'asile. Ses parents et elle ont été emmenés à McAllen, puis séparés. Quarante et un, quarante-deux, quarante-trois...

Le nombre d'enfants change pratiquement tous les jours, à mesure que certains sont confiés à des proches aux États-Unis, d'autres à des foyers d'hébergement, quelques-uns rendus à leurs parents et expulsés, tandis que la plupart sont transférés vers des centres dans tout le pays.

— Elle est là depuis combien de temps ? questionne Cal.

— Trois semaines ? Quarante-quatre, quarante-cinq...

— C'est un peu plus long que soixante-douze heures.

La loi exige que les mineurs soient libérés dans les trois jours, pour être réunis avec leurs parents ou envoyés chez des proches ou des amis ayant reçu l'agrément des autorités.

— On n'a pas localisé ses parents, explique Twyla. Tout ce qu'on a appris, c'est qu'ils ont été expulsés. Ils pourraient être au Mexique, au Salvador, n'importe où.

— Ils doivent la chercher.

— Sûrement. Mais comment pourraient-ils savoir par où commencer ? Quarante-six, quarante-sept…

Exact, songe Cal. Le système, en l'état, est chaotique. Des gosses sont emmenés dans différents établissements répartis sur tout le territoire. Rien qu'au Texas, ils sont retenus à Casa Padre, à Casa Guadalupe ou à Tornillo, la ville de tentes. Merde, il y en a même à *Chicago*.

— Et maintenant ? C'est quoi la procédure ?

— Quand est-ce qu'on a eu une procédure ? raille Twyla. Quarante-huit, quarante-neuf…

Cal regarde Luz et dit en espagnol :

— Tout va bien. Tout va s'arranger.

Elle ne répond pas.

— Elle a arrêté de parler, révèle Twyla. Il y a quatre jours. Avant, elle pleurait. Aujourd'hui, plus rien.

— Quelqu'un l'a vue ?

— Un psychologue de l'ORR[1] vient deux fois par semaine. Il y a deux cent quatre-vingt-un gamins ici. Décompte de ce matin. On en a soixante-huit dans notre unité si tu veux bien m'aider à les compter.

— Tu t'en tires très bien.

Il se force à détourner son regard de la fillette et suit Twyla à travers la pièce.

— Te laisse pas atteindre par le syndrome SPA, Cal.

1. L'Office of Refugee Resettlement, littéralement le Bureau de la réinstallation des réfugiés, travaille avec les États et les organisations non gouvernementales pour offrir une assistance financière et médicale aux réfugiés, ainsi que des services linguistiques et sociaux et une aide à l'emploi.

— Le quoi ?

— Mais si, tu sais. Quand tu te pointes dans un refuge et que tu tombes amoureux de tous les chiots, sauf que tu peux en ramener qu'un seul chez toi. Nous, on peut ramener aucun de ces gosses.

— Sa place est avec sa famille.

— Je suis d'accord. Mais qu'est-ce qu'on peut faire ?

Tout notre possible, estime Cal. Ce que les manifestants et les médias ne comprennent pas, c'est qu'on n'est pas des monstres ; nous, c'est notre travail et on fait avec ce qu'on a. Ou ce qui nous manque, plutôt. Manque de savon, de dentifrice, de machins féminins, de serviettes, de vêtements propres, de médicaments, de médecins, de personnel, d'heures dans la journée ou dans la nuit.

Le type pour qui j'ai voté a déclenché une guerre sans préparation ni plan pour la mener, et voilà où on en est.

Les gosses ont des poux, ils attrapent la varicelle, la gale, ils pleurent tout le temps. C'est un bruit de fond permanent, comme le bourdonnement de NPR dans la cuisine de Bobbi, si ce n'est que ça vous brise le cœur et que vous ne pouvez pas l'arrêter.

À moins d'être Roger Peterson.

— Je les entends plus, dit-il à Cal. C'est une discipline mentale.

Chez toi, c'est « mental », c'est sûr, pense Cal, mais je crois pas que ce soit de la « discipline ».

— Fallait pas que les parents entraînent leurs gosses là-dedans, ajoute Peterson. C'est pas notre faute.

— C'est pas celle des gosses non plus, souligne Twyla.

— Et ce serait quoi, la solution ? riposte-t-il. Ouvrir les portes et laisser tous les gamins malheureux du monde venir ici ?

— Peut-être, répond Twyla.

— Je crois bien que l'Irak t'a embrouillé les idées.

— Ça suffit, intervient Cal.

Peterson ébauche un sourire suffisant et s'éloigne.

— Je suis capable de me défendre toute seule, proteste Twyla.

— Je sais. J'essayais juste de…

— J'ai compris ce que t'essayais de faire, Cal. Le fais pas. Quand j'aurai besoin d'un chevalier en armure, je lirai un conte de fées.

— Pigé. Tous les gosses sont là ?

— Oui. Le compte est bon.

Pourquoi je me suis montrée aussi garce ? se demande Twyla quand elle rentre dans son appartement ce soir-là.

Elle se déshabille et fourre aussitôt ses vêtements dans la machine. L'un des inconvénients, quand vous travaillez à Clint, c'est que vos fringues puent à force de côtoyer tous les détenus crasseux dans leurs habits crasseux. Ça vous colle à la peau, et il arrive que des habitants de la ville se bouchent le nez quand des agents entrent quelque part.

Twyla passe sous la douche et reste un long moment à se récurer sous le jet pour tenter de se débarrasser de l'odeur.

Ce n'est pas la seule raison pour laquelle elle se sent sale, elle le sait bien.

Il y a aussi cette petite fille tellement traumatisée qu'elle est à la limite de la catatonie.

C'est peut-être pour ça que je m'en suis prise à Cal. Ou peut-être parce que, pour une fois, par le plus grand des hasards, Peterson avait raison. Ou peut-être parce que j'ai des sentiments pour Cal que je ne devrais sans doute pas avoir ?

Elle s'est bien rendu compte de la façon dont il la regarde parfois, et elle n'a pas l'habitude que les hommes la regardent ainsi. Même dans ce foutu pays privé de femmes qu'était l'Irak, les types de son unité croyaient qu'elle jouait dans l'autre équipe, et pas un seul d'entre eux ne l'avait draguée.

Elle a une conscience aiguë de sa gaucherie et de l'ironie ayant voulu que sa mère, une aspirante artiste bohème égarée à El Paso, lui donne le prénom de la célèbre danseuse Twyla Tharp.

Merde, même mon nom de famille est lourdingue.

Kumpitsch.

Au lycée, les langues de vipère la surnommaient « Lumpitsch[1] ».

Twyla Lumpitsch.

Après ces quatre années horribles suivies d'un semestre inutile à l'université communautaire, elle avait décidé de tenter sa chance dans l'armée. Son engagement en Irak touchait à sa fin quand elle avait été blessée dans une explosion. Lorsqu'on l'avait laissée sortir de l'hôpital, avec une prothèse de hanche, une légère claudication et une démobilisation honorable, elle était entrée dans la police des frontières, qui cherchait toujours à recruter des agents féminins, même un peu cabossés.

Twyla considère la large balafre sur sa hanche gauche – une autre caractéristique susceptible de la rendre repoussante au cas où un homme irait jusqu'à voir sa hanche nue. Elle a bien eu quelques aventures sans lendemain avant l'Irak, mais aucune après, parce qu'elle ne veut pas dévoiler cette cicatrice-là, ni les à-côtés d'une nuit passée avec elle.

Après sa douche, elle se sèche, enfile un peignoir et entre dans sa petite cuisine pour se faire un semblant de dîner. Tous les samedis, elle va au supermarché acheter sept plats tout prêts à mettre au micro-ondes. Elle possède une assiette, une fourchette, une cuillère, un couteau, un verre et une tasse pour le café.

1. Jeu sur *lumpish*, qui signifie « gros, lourdaud ».

Twyla aime que tout soit ainsi – propre, spartiate, sans complications. Facile à préparer, facile à nettoyer. Son modeste appartement est immaculé, son lit refait au carré, sa serviette de toilette soigneusement pliée sur le portant.

Elle s'efforce de maîtriser ce qui est à sa portée.

Elle réchauffe son steak Salisbury accompagné de purée et de maïs, puis s'assoit devant la télé pour manger. La chaîne diffuse un match des Rangers. Twyla aime le base-ball, parce que c'est mathématique, rationnel. Trois *strikes*, c'est toujours un *out*, trois *outs*, toujours la fin d'une manche.

Cal n'est pas vraiment séduisant, se dit-elle. Il perd ses cheveux, et il y a probablement plus de trous du côté gauche de sa ceinture que du droit. Néanmoins il a de beaux yeux, il est drôle et s'exprime d'une voix douce. Surtout, il est gentil et la regarde de cette façon particulière, comme si elle était jolie.

Et toi, t'as été dégueulasse avec lui.

Le match en est au début de la septième manche quand les premiers signes de la crise se manifestent.

Ça ne se produit pas tous les soirs, mais ça arrive trop souvent, et elle connaît les symptômes. D'abord la nausée, ensuite le mal de tête, et après elle se met à ciller de façon incontrôlable.

Elle se lève pour aller chercher la bouteille de Jim Beam dans le placard au-dessus de l'évier. Twyla verse toujours le whisky dans son verre, parce que boire au goulot laisserait supposer qu'elle a un problème avec l'alcool, et ce n'est pas le cas.

Elle l'avale comme un médicament – ce qu'il est, en quelque sorte. Elle n'aime pas trop le goût. Ce qu'elle aime, c'est l'effet apaisant qu'il lui procure, faisant naître l'espoir qu'il différera l'inévitable, au moins pour un petit moment.

Quand elle repose la bouteille, sa main tremble.

Elle entre dans la salle de bains, ferme la porte et pose sa serviette au bas du battant afin d'étouffer le son. Puis elle s'étend sur le carrelage froid et, avant même d'avoir compris ce qui lui arrivait, se retrouve recroquevillée en position fœtale dans le véhicule blindé, le cœur battant à tout rompre après le choc, le flanc réduit à une masse de chair déchiquetée et d'os brisés. Elle est piégée à l'intérieur du véhicule en feu, il y a du sang, des cris, des copains blessés ou mourants, et elle s'entend hurler.

Les mains plaquées sur les oreilles, elle attend que ça passe.

Ça finit toujours par passer, tout comme ça finit toujours par revenir.

Cal ne peut pas se la sortir de la tête.

La petite fille, Luz.

Ces yeux.

Fixés sur lui... Accusateurs ?

Ou interrogateurs.

Mais pour lui demander quoi ?

Est-ce que vous pouvez m'aider ? Retrouver ma *mami* et mon *papi* ? Ou peut-être : Quel genre d'homme êtes-vous ?

Putain de bonne question, songe Cal en déballant le papier argenté de son *burrito* acheté au fast-food. Il faut de l'habileté pour conduire d'une main, tandis que l'autre expose la moitié du *burrito* et la porte à sa bouche, mais il a de l'entraînement. Les employés du drive-in l'appellent par son nom.

Il a trente-sept ans, pas de femme, pas d'enfants, il habite dans la partie est d'El Paso un deux-pièces anonyme qu'il a loué meublé. Il a eu une histoire assez sérieuse avec une femme deux ans plus tôt, une dénommée Gloria, institutrice en maternelle, mais elle a rompu parce qu'elle ne pouvait pas « l'atteindre ».

« Tu es tellement enfermé en toi-même que c'est impossible pour moi de t'atteindre, avait-elle déclaré. Et j'en ai marre d'essayer. Je n'en peux plus. »

Cal avait fait semblant de ne pas comprendre, alors qu'il voyait très bien de quoi elle voulait parler. Sa mère reprochait à peu près la même chose à son mari, raison pour laquelle, sans doute, elle l'avait quitté. Il sait qu'il tient ça de son père, mais il pense aussi que c'est vrai pour la plupart des gens – que la meilleure partie d'eux-mêmes est piégée à l'intérieur de la pire et ne trouve pas le moyen de sortir.

Tout en déchirant avec les dents le petit sachet de sauce pimentée, puis en le pressant au-dessus du *burrito*, il se dit que c'est peut-être vrai aussi pour une nation – que, d'une certaine manière, on verrouille collectivement la meilleure partie de nous-mêmes sans nous en rendre compte, même pas quand on met des enfants en cage.

Alors, quel genre d'homme es-tu ? se demande-t-il.

Putain de bonne question.

En milieu de matinée, il entre dans le bureau et lance à Twyla :

— T'as le dossier de cette gamine, Luz ?

Pâle, les traits tirés, elle n'a pas l'air dans son assiette, comme si elle n'avait pas fermé l'œil de la nuit.

— C'est l'ORR qui a tous les dossiers, Cal.

— Tu peux pas obtenir le sien ?

Elle le regarde droit dans les yeux.

— Pourquoi ?

Il hausse les épaules.

— C'est pas une réponse, ça, Cal.

— Je pensais peut-être essayer de retrouver ses parents.

— Si je comprends bien, l'Office of Refugee Resettlement, Health and Human Resources[1], la Sécurité intérieure et l'ACLU ont pas réussi à les localiser, mais Cal Strickland va y arriver ?

1. Département de la Santé et des Services humanitaires.

— Je suis pas sûr qu'ils se remuent beaucoup, c'est tout. Je veux dire, ils doivent s'occuper de quelques milliers de gosses, et moi j'ai que celle-là.

— *Toi ?* Attention, Cal, je t'ai déjà mis en garde.

— Je suis capable de me défendre tout seul, Twyla.

— D'accord, je l'ai cherché, je suppose. OK, j'irai boire une bière avec la femme de l'ORR. Elle est pas méchante. Mais je te promets rien.

— Merci.

Suit ce moment particulier.

Que ni l'un ni l'autre ne saisit.

Le lendemain matin, Twyla lui remet une mince chemise cartonnée.

— Ça m'a coûté trois bières, annonce-t-elle. Elle tient bien l'alcool, cette femme-là. On n'est pas censés avoir ce truc chez nous, alors tu le lis vite fait et tu t'en débarrasses.

— J'apprécie, Twyla.

C'est l'occasion de lui proposer de dîner ou ne serait-ce que d'aller boire une bière pour la remercier, mais Cal est incapable de prononcer les mots, alors il se borne à prendre le dossier et à ressortir pour monter dans son pick-up.

Le nom de famille de la petite est Gonzalez, et elle vient du Salvador.

Sa mère, Gabriela, a vingt-trois ans. Luz et elle ont été appréhendées de ce côté-ci de la frontière le 25 mai, emmenées au grand centre de McAllen et détenues deux jours avant que Luz soit séparée d'elle et transférée à Clint.

Tous les détenus ont un Alien Number, un numéro-A de demandeur d'asile.

Celui de Luz est le 0278989571.

Gabriela est sortie de McAllen le 1er juin.

On l'a fait monter dans un avion en partance pour le Salvador.

Sans sa fille.

Elle doit être morte d'inquiétude, se dit Cal. Pourtant, rien dans le dossier n'indique qu'elle a essayé de prendre contact avec les autorités. Aucune note ne signale qu'elle a appelé la *hotline* de l'ORR, mais celle-ci vient seulement d'être mise en place, et Gabriela n'est peut-être pas au courant. Il n'est pas fait mention non plus d'appels aux centres de rétention, à l'ORR, à la Sécurité intérieure ou à l'Immigration, sans doute parce qu'elle ignore à quel service s'adresser.

Bon sang, même les avocats de l'aide juridique pataugent dans la soupe à l'alphabet des différents organismes. Alors, comment une jeune femme probablement sans instruction, terrifiée et qui ne parle pas la langue pourrait-elle relever le défi ?

Est-elle seulement encore en vie ? songe Cal.

Si elle a voulu fuir le Salvador, c'est bien pour une raison, laquelle l'attendait peut-être à son retour au pays.

Et où est le père ?

Le dossier ne révèle pas la présence de membres de la famille aux États-Unis. Il n'y a donc pas de tuteurs potentiels chez qui envoyer Luz.

Alors, qu'est-ce qu'on va faire de cette gosse ? s'interroge-t-il. La confier à un foyer d'hébergement, à une famille d'accueil ? La maintenir en détention jusqu'à ses dix-huit ans ? Et après ? Sa présence ne sera pas plus légale qu'elle ne l'est aujourd'hui.

Mais elle sera bousillée.

Si elle a vraiment de la chance, elle tombera sur une famille chaleureuse et aimante qui s'en occupera bien, mais il y aura toujours une part d'elle qui se demandera pourquoi sa mère l'a abandonnée. Ou elle pourrait jouer de malchance et atterrir dans un foyer d'hébergement digne d'un film d'horreur ou dans une famille d'accueil tordue et subir des agressions psychologiques, physiques ou sexuelles, voire les trois.

Donc, il faut qu'on retrouve sa mère.

Cal commence par les cellules.

Sur les quelques centaines de détenus que compte Clint, un bon tiers est constitué de Salvadoriens, aussi est-il possible qu'au moins un, sinon plus, connaisse Gabriela Gonzalez.

Sauf que l'ORR ne le laissera jamais consulter leurs dossiers.

— Je vous ai déjà fait une fleur, souligne la femme de l'ORR. Je ne peux pas vous autoriser à aller à la pêche aux infos dans nos archives.

— Vous êtes en train de me dire qu'on est responsables du bien-être de ces personnes, mais qu'on n'a pas le droit de regarder leurs dossiers ? Pourquoi ?

— L'HHS est déjà assez embarrassé comme ça par ce vaste foutoir. Et les médias sont à l'affût de chaque drame. Vous croyez vraiment qu'on a besoin d'en rajouter ?

— J'ai pas l'intention de m'adresser à ces fichus médias, j'essaie juste de retrouver la mère d'une petite fille.

— C'est mon boulot, pas le vôtre.

— Alors, vous devriez penser à le faire.

— Je fais de mon mieux, rétorque-t-elle. Mais laissez-moi vous poser une question, agent Strickland : est-ce que la mère essaie, elle ? Vous avez vu le dossier. Pas une seule demande de renseignements, pas un seul coup de fil. Avez-vous envisagé l'éventualité qu'elle ne veuille pas être retrouvée ? Qu'elle ait tout simplement abandonné sa fille ? Je bosse depuis longtemps pour les services sociaux. J'ai vu des bébés jetés dans des poubelles.

Cal pique un fard.

— Non, j'y avais pas pensé.

Elle le considère quelques secondes.

— Si vous repassez ce soir, peut-être que la porte de ce bureau sera déverrouillée. Mais si vous me transformez ça en pataquès, Strickland, je vous jure devant Dieu que j'obtiendrai votre transfert à la frontière canadienne, où vos couilles gèleront et tomberont en petits cristaux le long de votre jambe.

— Merci.

— Non, ne me remerciez pas. Ne vous avisez jamais de me remercier.

Lorsqu'il revient ce même soir, Twyla est là.

— Qu'est-ce que tu fais ici ? interroge-t-il.

— Double service. J'ai besoin d'heures sup. Mais toi, plutôt, qu'est-ce que tu fais ici ?

Il ne répond pas.

— C'est pas une question piège, Cal.

— Je veux pas te mêler à ça.

— À quoi ?

— Moins t'en sais...

— Va te faire foutre.

Elle lui tourne le dos et s'éloigne.

Il se dirige vers le bureau de l'ORR, dont la porte est déverrouillée.

Il lui faut des heures pour examiner les dossiers, qui sont on ne peut plus foutraques. Aucune cohérence dans le format ni dans les renseignements demandés. Certains mentionnent la nationalité, d'autres non. Quelques-uns précisent la date de l'interpellation, d'autres n'indiquent que la date d'entrée dans un centre.

Il s'efforce de faire au mieux.

D'abord, il sélectionne tous les dossiers concernant les Salvadoriens.

Il y en a 280.

Ensuite, il note les noms dans un cahier qu'il a acheté au 7-Eleven en venant. Puis il les passe en revue, cherchant à savoir si certains détenus ont été arrêtés près de McAllen le 25 mai ou aux alentours de cette date, parce que les clandestins qui traversent le fleuve le font souvent en groupes.

La chance lui sourit.

Il y en a sept.

Cal photocopie les photos d'eux prises à leur arrivée, souligne les noms dans son cahier, puis remet tous les dossiers comme il les a trouvés.

En retournant vers le hall, il tombe sur Peterson.

— Qu'est-ce qui t'amène ici le soir ? lance ce dernier.

— J'avais laissé mon fichu portefeuille dans mon casier.

Peterson se fend d'un petit sourire narquois.

— Twyla est de service.

— Ah bon ?

— Tu le savais pas ? Je pensais que t'étais peut-être revenu chercher une p'tite faveur.

— T'es trop con.

— Oh ! ça va, c'était juste une blague. Faudrait que tu te lâches un peu, Cal. C'est déjà assez sinistre comme ça ici, avec tous ces mômes qui chialent.

— Je croyais que tu les entendais plus.

— Tu veux que je te dise ce qu'ils sont pour moi, tous ces morveux ? Des gros chèques de prime en fin de mois. Ils vont me payer mon nouveau pick-up.

— Content pour toi.

— Mouais, je suis content pour moi aussi, affirme Peterson. Mais, hé, écoute : si toi et cette bonne vieille Twyla avez besoin de rester seuls un moment, je vous couvrirai. Vous en aurez pour – quoi, cinq minutes ? Allez, décoince, je rigole.

— Faut que j'y aille.

— Passe le bonjour à Twyla. Ou plutôt, fais-lui passer une bonne nuit.

Cal s'apprête à sortir quand Twyla lui demande :

— C'est bon ? T'as réussi à faire ce que tu voulais ?

— J'y travaille.

— Cal…

— Quoi ?

— Tu m'inquiètes.

— Ben, je m'inquiète moi-même, en fait.

Il pousse la porte.

À la première heure le lendemain matin, Cal pénètre dans la section des adultes derrière le grillage et appelle les sept Salvadoriens.

Par leur nom et leur numéro de demandeur d'asile.

Personne ne répond.

Les détenus détournent les yeux ou posent sur lui un regard chargé de peur et de méfiance. Logique, pense-t-il. C'est un type portant le même uniforme que moi qui les a amenés ici.

— *Sólo estoy tratando de ayudar*, explique-t-il.

Je veux juste vous aider.

Ils n'en croient rien.

Cal indique Luz de l'autre côté de la pièce.

— *Esa ninita por allí.*

La petite fille, là-bas.

Ils ne croient pas non plus qu'il veuille lui porter assistance.

Fatigués, crasseux, affamés, effrayés et fous de rage, ils ne croient plus en grand-chose.

Ils ne croient pas en l'Amérique.

— OK, pourquoi faire simple quand on peut faire compliqué ? marmonne Cal.

Ses photos à la main, il déambule dans la zone de détention et identifie les hommes les uns après les autres. Et, les uns après les autres, ils lui apprennent tous la même chose : que dalle.

Aucun d'eux ne connaît Gabriela Gonzalez.

Aucun d'eux ne connaît sa fille, sinon pour l'avoir vue ici.

Aucun d'eux n'est arrivé du Mexique avec elle.

Ou n'a traversé le fleuve avec elle.

No sé, no sé, no sé, no sé.

— Qu'est-ce que tu fabriques ? veut savoir Twyla.

— J'essaie de retrouver la maman de cette gosse.

— Ah oui, et comment ? En jouant les brutes dans les cages ?

— T'as une meilleure idée ?

— Non, mais contrairement à toi j'ai un chromosome X.

— En clair ?

— Je suis une femme. Écoute, les hommes ici garderont le silence. Les femmes accepteront peut-être de parler, mais pas à un homme. La moitié d'entre elles ont sans doute été violées ou agressées pendant le voyage. Les autres ont fui la violence masculine dans leur pays. Et toi, tu trouves rien de mieux à faire que de débarquer en les menaçant de…

— J'ai pas…

— T'es costaud, Cal. Et tu portes un uniforme. C'est une menace implicite.

— « Implicite » ?

— Souvenir d'un semestre à la fac. Bon, je vais voir si je peux intervenir.

— Je t'ai déjà dit que…

— Je sais ce que tu m'as dit. Mais t'as pas d'ordres à me donner, Cal. Je fais ce que je veux.

— OK.

— OK.

OK.

Les trois dernières nuits ont été terribles.

En général, les crises ne surviennent qu'une fois par semaine, mais Twyla en a eu trois soirs d'affilée, sans qu'elle sache pourquoi. C'est peut-être dû à ses longues heures de travail, pense-t-elle. Ou peut-être au stress.

Elle entre dans la section des adultes voir une Salvadorienne prénommée Dolores, dont le fils de quatorze ans a été localisé dans le camp de Tornillo. L'ORR a beau avoir entrepris les démarches pour les réunir, la paperasse prend un temps fou.

Ce n'est pas facile de s'isoler dans la cellule bondée. Elles vont se placer dans un coin, et Dolores adresse aux autres un regard sévère, genre « Laissez-nous tranquilles une minute ».

— C'est un problème si on vous voit me parler ? demande Twyla.

— Si c'en est un, c'est le leur, pas le mien.

C'est vrai, songe Twyla. Elle a remarqué que personne n'emmerdait Dolores. Elle fait figure de leader parmi les femmes, et sans doute aussi parmi les hommes.

— Qu'est-ce que vous voulez, *m'ija* ? interroge Dolores.

Twyla trouve amusant qu'elle l'appelle « ma fille ».

— Mon ami Cal…

— Le costaud.

— C'est ça. Le costaud.

— Qu'est-ce qu'il cherche ?

— Vous connaissez les hommes.

— Oh ! ça, je les connais, confirme Dolores. Et celui-là, le vôtre…

— C'est pas le mien.

— Racontez-vous des histoires tant que vous voudrez, *m'ija,* mais m'en racontez pas à moi. Votre homme, il essaie de retrouver la mère de Luz.

— Vous pouvez nous aider ?

Silence.

— De femme à femme, insiste Twyla.

Nouveau silence, plus long.

— Vous êtes *mère,* Dolores.

Twyla patiente.

— Il est possible que je puisse dénicher quelqu'un ici qui sait quelque chose, dit enfin Dolores.

— Je vous en serais très reconnaissante.

— Assez pour m'obtenir un coup de téléphone avec mon fils ?

— Je devrais pouvoir arranger ça.

De femme à femme.

Dolores obtient son coup de téléphone.

Et Cal, le nom de son gars.

Un certain Rafael Flores, arrivé du Salvador avec Gabriela. Il a traversé le fleuve un jour avant elle, a été arrêté à la même date et a fini à Clint parce que McAllen était saturé.

— Quand je vous ai interrogé la première fois, vous saviez rien, observe Cal.

— C'était avant.

— Avant que Dolores vous parle ?

Rafael hoche la tête. Il a trente-quatre ans, une femme et deux gosses déjà aux États-Unis, à New York, et il est retourné au Salvador pour l'enterrement de son grand-père, avant de se faire appréhender en revenant.

— Qu'est-ce qu'elle vous a promis ? reprend Cal.

— Des barres de céréales.

— Des *quoi* ?

— Elle a dit que vous m'en donneriez d'autres. Vous les avez apportées ?

— On discute d'abord, décrète Cal. J'irai les chercher après.

L'humanitaire n'a pas cours dans les cages, se dit-il.

Rafael lui raconte qu'il est originaire du même *barrio* que Gabriela à San Salvador.

— Donc, vous la connaissez, conclut Cal.

— Un peu.

— C'est quoi, son histoire ?

Les détails diffèrent, mais c'est toujours la même.

Le mari de Gabriela, Esteban – le père de Luz –, appartenait aux Marasalvatrucha. Il n'avait jamais voulu rejoindre le gang mais, dans les rues de ce *barrio*, on en faisait partie ou on payait la *renta*, un pot-de-vin pour pouvoir rester en activité. Comme Esteban avait un petit stand de tacos, il avait accepté, obtenu son tatouage et était devenu un *marero*.

Jusqu'à ce qu'un escadron de la mort gouvernemental *Mano Dura* le force à s'agenouiller au milieu de la rue et l'abatte d'une balle dans la tête devant sa femme et sa fille. Ensuite, le chef du commando avait promis à Gabriela qu'il reviendrait plus tard ce soir-là.

Elle sucerait son pistolet ou sa bite, au choix.

Gabriela avait pris la fuite avec sa fille et s'était mêlée à l'une des caravanes qui partaient pour El Norte avec l'espoir de pouvoir faire une demande d'asile.

— Elle a des proches par ici ? questionne Cal.

Rafael n'en sait rien.

— Mais je connais à peine la famille Gonsalvez, ajoute-t-il.

— *Quoi ?* Qu'est-ce que vous avez dit ?

— Je connais à peine la famille Gonsalvez.

Cinq minutes plus tard, Cal est dans le bureau de l'ORR.

— C'est possible, admet la femme. Oui, il est possible que quelqu'un ait appelé au sujet d'une Luz Gonsalvez et que l'ordinateur n'ait pas fait le lien avec Luz Gonzalez.

— On parle de deux petites lettres, là.

— Je sais. Si sa mère avait donné le numéro-A de la gosse...

— Elle l'avait ?

— Pas forcément, soupire son interlocutrice.

— Si je comprends bien, on a fait une erreur de nom, et aujourd'hui une maman peut pas retrouver son enfant.

— Agent Strickland, vous avez une idée du nombre de...

Cal sort.

Il s'avère que Rafael a un cousin qui a un copain qui a une sœur qui travaille avec la tante de Gabriela Gonsalvez.

Laquelle a un téléphone portable.

— Donne son numéro à l'ORR, Cal, et laisse-les reprendre le dossier, lui conseille Twyla.

— Parce qu'ils ont fait du super boulot jusque-là, peut-être ?

— Parce que tu t'impliques beaucoup trop.

— Mon père disait toujours : « Quand t'es au milieu de la rivière, c'est un peu tard pour t'inquiéter de savoir si l'eau est profonde. »

— Il en avait d'autres, des grands dictons de ce style ?

— Des tonnes. Tiens, par exemple : « Si tu veux qu'un travail soit bien fait, fais-le toi-même. » Je filerai toutes les infos à l'ORR quand j'aurai passé le coup de fil.

Il appelle la tante.

Et entend :

— Non, Gabriela n'est pas là.

— Mais elle était revenue ?

— Oui. Et elle est repartie.

Au moins, elle est vivante, pense Cal.

— Vous savez où elle est allée ?

— Au Mexique. Elle cherche sa fille.

— La petite est avec nous, révèle Cal. Vous avez un stylo, un crayon, de quoi noter ?

Il lui dicte le numéro-A de Luz, explique l'erreur dans l'orthographe de son nom, puis demande :

— Gabriela a un téléphone ?

— Non, mais elle a dit qu'elle appellerait.

— Quand elle le fera, transmettez-lui ce numéro.

— Oui, d'accord. Et Luz, elle va bien ?

— Sa maman lui manque.

C'est la seule réponse qui lui soit venue.

Jaime décroche.

— Hé, quoi de neuf ? Qu'est-ce qui se passe ? Y a un truc que je devrais savoir ?

— C'est ton vieux *cuate* Strickland, lâche Peterson.

— Ben quoi ?

— Il pose des tas de questions sur une *cerote* appelée Gabriela Gonsalvez. Sa morveuse est chez nous.

— Pourquoi il s'intéresse à elle ?

— J'en ai pas la moindre putain d'idée, répond Peterson. Mais il remue la merde dans les cages.

— OK, OK. Garde un œil sur lui.

— Et toi, continue à m'envoyer mes enveloppes à temps.

— Je prends la pilule, p'tit frérot blanc. J'ai jamais de retard.

Jaime raccroche.

Qu'est-ce qu'il fout, cet emmerdeur de Cal ? s'interroge-t-il. Qu'est-ce qu'il en a à cirer d'une Salvadorienne et de sa môme ?

Et, surtout, qu'est-ce que ça pourrait me rapporter ?

Cal attache une longe au licol de Riley avant de le sortir du corral. Le cheval s'attend à ce qu'on le selle, mais il va être déçu : Cal ne veut pas lui imposer son poids.

Il l'emmène juste faire un tour sur la vieille piste de terre battue qui mène à ce qui était autrefois le champ de coton. Beaucoup d'agriculteurs plantent des piments aujourd'hui, des jalapeños pour un marché en plein essor, or ce genre de culture nécessite un système d'irrigation, et Cal sait que Bobbi n'a pas les moyens d'acquérir l'équipement requis.

Le vieux aurait adoré, pourtant, se dit Cal. Il ajoutait des morceaux de jalapeños sur *tout,* puis noyait l'ensemble sous le tabasco, en poignardant son plat à coups de flacon.

« T'es sûr que t'es pas à moitié mexicain ? lui avait demandé Cal un jour en le regardant mélanger des piments à ses œufs.

— Si je le suis, tu l'es aussi, avait répliqué Dale.

— Bah, ça pourrait être pire, j'imagine.

— Ça, c'est vrai. Tu pourrais être à moitié banquier. »

Aucune chance, songe Cal aujourd'hui.

Les Strickland, nombreux dans cette partie du Texas, se divisent en deux catégories distinctes : les « Strickland pleins aux as » et les « Strickland fauchés ». Lui est issu de la seconde, sans le moindre doute.

Riley le pousse par-derrière – On pourrait marcher un peu plus vite ?

— Hé, t'as un train à prendre ? lance Cal.

Il accélère néanmoins l'allure. La chaleur commence à se faire sentir et le cheval veut sûrement retourner à l'ombre, sous l'abri que Cal a construit.

Donc, pense-t-il, la mère de Luz – cette femme qui l'aurait « abandonnée », qui apparemment ne se souciait pas assez d'elle pour passer un coup de téléphone – s'inquiétait assez du sort de la petite pour, à peine rentrée au Salvador, rebrousser chemin et entreprendre de nouveau le long et périlleux voyage jusqu'à la frontière afin d'essayer de la retrouver.

Au moins, elle a maintenant de meilleures chances de réussir.

Il contemple quelques secondes le champ où ils ont dû renoncer à cultiver le coton, puis fait demi-tour et ramène Riley dans le corral.

Dès son arrivée à Clint, Cal est averti que la femme de l'ORR veut le voir.

Tout de suite.

— J'ai appris que vous aviez localisé la famille de Luz Gonsalvez, annonce-t-elle. Vous voulez bien me communiquer vos informations ?

Cal s'exécute et lui donne le numéro de téléphone de la tante.

— Je vais la contacter pour lui demander de se mettre en relation avec moi si Gabriela l'appelle, déclare-t-elle. À partir de maintenant, c'est nous qui gérons. On est bien d'accord, agent Strickland ?

Celui-ci a droit grosso modo au même discours de la part de son boss. Lorsque Cal le croise dans le couloir, le directeur du centre le prévient qu'il ne tolérera pas les « conneries de cow-boy » dans son unité.

Alors, fallait pas embaucher un cow-boy, se dit Cal.

Luz le regarde.

Comment savoir ce que ces yeux-là ont vu ? songe-t-il.

— J'ai réussi à la faire manger un peu, révèle l'assistante sociale.

— Nous, on n'arrête pas d'essayer, explique Twyla.

— Si j'ai bien compris, il est possible qu'elle puisse bientôt rejoindre sa mère ? demande l'assistante sociale.

— Oui, répond Cal.

— Tant mieux. Parce que, dans le cas contraire…

Malheureusement, il semble bien que ce soit le cas contraire.

Deux jours passent, puis trois.

Pas d'appel de Gabriela.

Elle ne se manifeste pas auprès d'eux, ni auprès de sa tante.

Là-dessus, Cal apprend que, de toute façon, ça n'a plus d'importance.

— Qu'est-ce que vous racontez, bordel ? braille-t-il.

— Si je vous mets au courant, c'est uniquement par courtoisie, souligne la femme de l'ORR. Parce que ce ne sont pas vos affaires, au sens propre du terme. J'ai juste pensé que vous aimeriez le savoir.

Qu'Esteban Gonsalvez avait séjourné illégalement aux États-Unis pendant quelques mois en 2015, qu'il avait été arrêté pour conduite en état d'ivresse et expulsé. Qu'il est par conséquent hors de question que l'ORR rende un mineur isolé à un tuteur légal ayant un casier judiciaire.

— Sans compter qu'il est affilié à un gang, ajoute la femme.

— Il est mort ! s'exclame Cal.

— Mais, par extension, sa femme aussi est affiliée à ce gang. De plus, elle n'a pas pris contact…

— Parce qu'on a fait une erreur dans son foutu nom !

— … le cas va être considéré comme un abandon.

— Vous êtes en train de me dire que, même si on localise la mère, vous lui rendrez pas Luz ?

— Ça revient à ça, en effet.

— Qu'est-ce qui va se passer, maintenant ? interroge Twyla.

— Dans la mesure où la petite n'a aucune famille aux États-Unis pour l'accueillir, elle sera confiée aux services d'adoption, explique la femme.

Cal se penche par-dessus le bureau.

— Cette petite-a-une-mère, martèle-t-il.

— Où ? rétorque son interlocutrice. Où, agent Strickland ? Où est-elle ?

Cal n'a jamais été porté sur la bouteille.

Ce soir, si.

Twyla et lui s'arrêtent au Mamacita le long de la 10, commandent un premier pichet, puis un deuxième.

— Ça va peut-être te paraître idiot, mais je suis allée me battre en Irak parce que j'aimais l'Amérique, commence Twyla. Aujourd'hui, malheureusement, je crois que je comprends plus rien à ce pays. On n'est pas comme je le pensais. Quelque chose s'est cassé en nous.

— On peut pas accepter ça.

— Tu veux qu'on fasse quoi, Cal ?

— J'en sais rien.

Il y a ceux qui ont l'alcool joyeux, ceux qui ont l'alcool mauvais et ceux qui ont l'alcool morose. Tous deux laissent s'installer entre eux un silence morose, que Cal finit par rompre :

— T'en as pas marre de toujours perdre ?

— Comment ça ?

— Tu vois, depuis quelques années, j'ai l'impression qu'on nous prend tout. Nos jobs... nos terres... ce qui faisait de nous ce qu'on était. J'en ai ma claque. Pas toi ?

Twyla secoue la tête.

— On peut pas perdre ce qu'on a jamais eu.

— Qu'est-ce que t'as jamais eu ?

Elle le regarde quelques secondes par-dessus le pichet.

— C'est pas important.

— Ça l'est pour moi.

— C'est vrai ?

— Oui.

— Cal, je... je suis complexée, tu sais... à cause de ma hanche... de mon boitement.

— Ça me dérange pas.

— Moi, si. Tu comprends, je suis pas, tu vois... je suis pas jolie.

— Alors que moi, on me confond toujours avec Brad Pitt.

Elle le considère avec un regain d'intérêt.

— Bonne réponse.

Ils en sont à deux doigts. À deux doigts de se lever, d'aller chez elle ou chez lui, de tomber ensemble sur le lit – peut-être aussi de tomber amoureux.

Sauf que le téléphone de Cal sonne.

Il regarde le numéro. L'appel vient du Mexique.

— C'est toi, Cal ? dit Jaime. Hé, j'ai appris que t'essayais de trouver une nana appelée... attends, je vérifie mes notes... Gabriela Gonsalvez ?

— Tu sais un truc sur elle ?

— Mieux : elle est là. Puisque tu la veux à tout prix, pourquoi tu viendrais pas la chercher, mec ?

Ils sont assis dans le pick-up de Cal.

— Laisse les supérieurs s'en charger, conseille Twyla.

— On a vu ce que ça donnait, réplique-t-il.

— Mais qu'est-ce que tu veux faire, bon sang ?

— Ramener la gamine à sa mère.

— Je m'en doutais. Si tu l'emmènes, ce sera un kidnapping, un crime fédéral. Ils t'enverront derrière les barreaux jusqu'à la fin de tes jours.

— Possible.

— Ou alors, Jaime Rivera te descendra.

— Possible aussi.

— Vas-y, continue à me la jouer cow-boy stoïque. C'est de la folie, Cal. Tu veux te lancer dans un truc complètement dingue.

— Parce que ça l'est pas, ce qu'on fait en ce moment ? Arracher des gosses à leur mère ? Les emprisonner dans des cages ?

— Oh si, totalement. Mais tu résoudras rien en foutant ta vie en l'air.

— Ça résoudra rien non plus de foutre en l'air celle de la petite.

— Ils sont des milliers comme elle, Cal. Tu peux pas tous les sauver.

— Je peux en sauver au moins une.

— Peut-être.

— « Peut-être », c'est suffisant pour moi. Écoute, je veux pas t'impliquer là-dedans. On peut pas te reprocher ce que tu sais pas.

— Je te laisserai pas faire ça.

— Tu vas me balancer ?

Elle tourne la tête vers la vitre pour fuir ses yeux.

— Non.

— Je m'en doutais. C'est pas ton genre.

— Je t'en prie, laisse tomber. Sinon, je te reverrai jamais, et c'est pas ce que je veux.

— Les gens comme nous, on n'a jamais ce qu'on veut dans la vie.

— T'as pas tort.

Twyla ouvre la portière et descend. La claque derrière elle.

Cal la regarde se diriger vers sa voiture puis se glisser au volant et démarrer.

En rentrant chez elle, Twyla estime qu'elle n'a pas besoin de la bouteille au-dessus de l'évier. Ce qu'elle a déjà bu devrait suffire à éloigner la crise.

Mais non.

Cal reste devant le bar encore un moment, puis rentre chez lui en pensant à Luz Gonsalvez, à Gabriela Gonsalvez et à Twyla.

Fait brusquement demi-tour pour aller chez elle.

S'attarde sur le parking et envisage de changer d'avis. Il n'y a rien de plus difficile, parfois, que d'ouvrir une portière, pourtant il s'y résout. Gravit l'escalier extérieur jusqu'au premier et, devant la porte, tente de trouver le courage de sonner. Cinq minutes s'écoulent ainsi, et à cinq reprises durant ces cinq minutes il tourne les talons.

Incapable de déterminer si elle voulait qu'il vienne ou pas.

Enfin, il appuie sur la sonnette.

Et entend :

— Allez-vous-en !

— Twyla, c'est Cal !

Trente secondes qui semblent durer une éternité. Puis la porte s'entrouvre et il voit son visage. Aussi blanc que des phares arrivant en sens inverse. Ses joues sont sillonnées de larmes. Elle tremble, les yeux écarquillés par... la peur ?

Non, pas la peur.

La terreur.

— Va-t'en, Cal. S'il te plaît.

— Ça va pas ?

— S'il te plaît.

— Je peux entrer ?

Les traits de Twyla se convulsent en une expression qu'il ne lui a jamais vue. Elle se met à hurler :

— Va-t'en, Cal ! S'il te plaît ! Je t'ai dit de t'en aller ! Laisse-moi !

Il devrait s'imposer.

S'imposer, la prendre dans ses bras et la protéger de ce qui lui fait du mal. Se placer entre elle et sa terreur.

C'est ce qu'il devrait faire.

Mais il ne le fait pas.

Il va s'en aller, puisqu'elle lui a dit de partir.

Elle lui claque la porte au nez. Dans son souvenir, la dernière fois qu'une porte avait claqué comme ça, c'était quand sa mère était sortie de leur maison alors qu'il avait huit ans – et la porte ne s'était jamais rouverte, du moins sur elle.

Alors il s'éloigne.

Twyla titube jusqu'à la salle de bains et s'effondre par terre.

Tout, en elle, aurait voulu qu'il la serre contre lui. Se disait que la sensation de sa peau sur la sienne pourrait peut-être l'ancrer dans le moment présent, l'extraire du cercueil embrasé dans lequel elle vit. Il aurait pu rester allongé auprès d'elle tout au long de cette nuit interminable jusqu'à ce que le soleil se lève sur un autre jour bancal. Peut-être qu'ensemble ils auraient pu claudiquer à travers ce territoire étrange, inconnu.

Mais elle l'a repoussé.

Forcé à partir.

Rejeté.

Parce qu'on est chacun enfermé dans une cage individuelle.

Personne ne peut entrer.

On ne peut que s'échapper.

La plupart du temps, on ne le fait pas.

Cal longe la clôture.

Nulle part elle n'a été sectionnée.

Son père avait coutume de dire que la plupart des gens sont prêts à faire ce qui est juste quand ça ne leur coûte pas grand-chose, mais que rares sont ceux qui le font quand ça leur coûte beaucoup.

« Et personne le fera s'il faut tout sacrifier, ajoutait-il.

— Toi, si, affirmait Cal.

— Va pas croire ça. »

Mais Cal y croyait. Il était jeune, en ce temps-là. Il ne l'est plus, et pourtant, au fond de lui, il y croit encore.

Il rend visite à Riley, lui donne à manger et lui caresse les naseaux.

— T'as toujours été un sacré bon cheval, tu sais ?

Riley penche la tête, l'air de dire, Oui, je le savais.

Cal, qui a caché le pistolet derrière son dos, recule et le lève.

Le cheval le regarde – Qu'est-ce que tu fabriques ?

Cal range l'arme dans son étui.

Quand il rentre dans la maison, le dîner est déjà sur la table, et il s'assoit pour manger. Steak, pommes de terre rôties, haricots verts.

— T'as pas pu, hein ? lance Bobbi.

— Non.

— J'appellerai le véto.

— Attends encore un jour ou deux, d'accord ?

— Pourquoi ?

— Parce que. T'as eu des nouvelles de Jared, ces derniers temps ?

— Il est retourné en désintox.

— Y en a pour combien ?

— Plus que ce que j'ai.

— Vends encore quelques acres, Bobbi.

— J'ai pas le choix, de toute façon. Ils construiront des espèces de baraques à la con dessus et appelleront ça « Les Prairies Machin-Chose ».

— Et les proprios pourront jouer aux cow-boys, ajoute Cal, qui harponne une patate et la glisse dans sa bouche. Tu te souviens de ce disque que papa mettait tout le temps ?

— « Blood on the Saddle », répond Bobbi. Je la détestais, cette putain de chanson. Tu peux me dire pourquoi tu penses à ça ?

— J'en sais rien.

Il se lève.

— Faut que j'y aille. Merci pour le dîner.

— T'es pressé ?

— Je suis de service, ce soir.Il lui dépose un baiser sur la tête.

— Je t'aime.

— Je t'aime aussi.

Cal sort, monte dans son pick-up et roule jusqu'à la grange. À l'intérieur, il tourne en vain la clé de contact du vieux Toyota de son père : la batterie est morte. Il va chercher les câbles de démarrage dans son propre pick-up, et le Toyota démarre au quart de tour.

Sacrées bagnoles japonaises.

Il sort le Toyota de la grange, puis rentre son Ford F-150 à la place.

Sur le trajet, il se répète, ce qui est juste est juste ce qui est juste est juste.

Faut appeler un chat un chat.

Et pas autrement.

Il est au volant quand Twyla l'appelle.

— Désolée pour hier soir, Cal.

— T'as pas besoin de t'excuser. Je sais bien que t'étais remontée contre moi et tout.

— Non, c'est pas ça. J'étais... Hé, Cal, hier, quand tu m'as dit ce que tu voulais faire, c'était l'alcool qui parlait, hein ?

— C'est ça. C'était la bière. Du coup, y a fallu que j'ouvre ma grande gueule, que je la ramène. Mais à la lumière du jour, une fois dégrisé... tu vois... j'ai réfléchi. Je ferais jamais un truc pareil.

— Tant mieux. On se voit plus tard ? T'es de nuit, aujourd'hui ?

— Oui.

— Bon, ben, à tout à l'heure.

— Twyla, ça va ?
— Oui, Cal, ça va. Je veux dire, mieux, maintenant.

Twyla se demande pourquoi Cal ne prend pas son service.
Elle l'appelle.
Pour tomber sur sa boîte vocale.
Elle ne laisse pas de message.

Luz dort à même le sol en béton. C'est tout juste si elle ouvre les yeux quand il la soulève.
— *Está bien, no voy a lastimarte*, chuchote-t-il.
Tout va bien, je ne vais pas te faire de mal.
De l'autre côté de la pièce, derrière le grillage, la plupart des détenus dorment. Mais pas Dolores, qui le regarde.
Il soutient son regard.
Elle hoche la tête.
Luz toujours serrée contre lui, Cal s'engage dans le couloir puis sort par une porte latérale. Il installe la fillette sur le siège passager du pick-up, boucle sa ceinture de sécurité, monte à son tour et démarre.

Twyla entame le décompte.
Un, deux, trois…
Toujours aucune nouvelle de Cal.
Où peut-il être ? Que s'est-il passé ?
Vingt-deux, vingt-trois…
Est-ce qu'il a décidé de démissionner, de tout envoyer balader, de faire une croix sur ce bordel ?
Quarante-quatre, quarante-cinq…
Soixante-six, soixante-sept…
Soixante-sept.
Pas soixante-huit.

Oh non, Cal. Oh non.

Elle se rue hors de la pièce.

Pas de Luz.

Oh merde. Oh non.

Elle croise le regard de Dolores.

— Où est-elle ?

Dolores hausse les épaules.

— *Ida.*

Partie.

Twyla, saisie de vertige, doit s'adosser au mur.

Puis elle se laisse tomber par terre.

Quelques secondes plus tard, elle se relève et donne l'alerte.

Cal s'arrête dans un relais routier le long de la 10.

Appelle Jaime Rivera.

— Où et quand, Jaime ?

— Faut que je te le dise là, *maintenant* ?

— *Tout de suite,* ou t'entendras plus jamais parler de moi.

— OK.

Jaime réfléchit une minute.

— Tu te rappelles ce coin à la sortie de la ville où on allait tout le temps boire des bières ?

Cal se souvient de cette profonde ravine au sud-est d'El Porvenir – une étendue accidentée, isolée, couverte de broussailles et de chaparral, descendant jusqu'au désert.

— Quand ?

— Demain matin, à la première heure.

— J'y serai.

— J'ai hâte, mec.

Cal raccroche, puis s'adresse à Luz :

— *Ya vuelvo.*

Je reviens.

Il se dirige vers l'emplacement où stationnent les semi-remorques qui se dirigent vers l'ouest, en repère un avec des plaques californiennes, s'assure qu'il n'y a personne pour le voir et coince son téléphone derrière le pare-chocs.

Il remonte dans son pick-up et reprend la route en direction de l'est.

Il faut qu'il trouve une planque.

Twyla passe sur le gril.

Le boss l'a fait asseoir dans son bureau, où ils sont trois à la cuisiner : lui, la femme de l'ORR et un agent de l'ICE[1].

— Où est-il ? demande ce dernier.

— Je ne sais pas.

— Strickland et vous, vous êtes amis, n'est-ce pas ? lance le boss.

— Pas vraiment.

— L'agent Peterson affirme que si.

— Je veux dire, Cal et moi, on bosse ensemble, explique Twyla. On s'est toujours bien entendus et…

— Est-ce qu'il vous avait parlé de son projet d'enlever la gosse ? interroge l'agent de l'ICE.

Twyla met un point d'honneur à ne pas détourner les yeux. En pensant, Tu crois que tu peux m'impressionner après ce que j'ai vu en Irak ?

— Non.

— Vous êtes sûre ?

— J'aurais pas oublié un truc pareil.

— Ça s'est produit alors que vous étiez de garde, souligne le boss.

1. Immigration and Customs Enforcement, service de police douanière et de contrôle des frontières qui dépend de la Sécurité intérieure.

— J'en suis consciente, monsieur.

— Vous êtes responsable.

— Oui, monsieur.

— Il faudra sans doute envisager des mesures disciplinaires, déclare-t-il. Dans l'intervalle, vous êtes suspendue. Restez chez vous jusqu'à ce que je vous contacte. Et pas un mot sur ce qui vient de se passer.

— Bien, monsieur.

— Et surtout, n'allez pas raconter ça aux médias, nom d'un chien ! ajoute l'agent de l'ICE.

En sortant du bureau, Twyla se dirige vers les vestiaires. Voit Peterson prendre quelque chose dans son casier, l'attrape par le devant de sa chemise et le plaque contre le mur.

— Si je t'entends encore une fois prononcer mon nom, Roger, *je… te… baise… la gueule.*

— OK…

Elle le relâche et s'éloigne.

Bon Dieu, Cal, mais qu'est-ce que t'as fait ?

— C'est un désastre, lâche l'agent de l'ICE. Si jamais ça fuite…

Ils ont déjà les médias sur le dos à cause de la politique de séparation des enfants, et aussi des conditions insalubres dans lesquelles ils sont détenus. D'abord on est incapables de localiser les parents, pense-t-il, et maintenant on a une gamine disparue ? Et c'est un flic qui l'a enlevée ?

Bordel de merde.

— Comment ça pourrait ne pas fuiter ? réplique le boss. Pour le retrouver, il va falloir mettre sur le coup l'ICE, la police des frontières, la police locale, la police de l'État et la Sécurité intérieure. Qui sait, il est peut-être arrivé au Nouveau-Mexique à cette heure. S'il a traversé la frontière, ça deviendra l'affaire du FBI…

— Il s'agit d'un kidnapping, le coupe l'agent de l'ICE. C'est déjà l'affaire du FBI.

— Et qui va diriger l'enquête ? interroge le boss.

— Nous, répond l'agent de l'ICE.

— Allez donc le dire au FBI. Dans tous les cas, on sera obligés de prévenir Washington.

— Ils vont péter un câble.

— Vous préférez en entendre parler d'abord dans les médias ? Parce qu'il y aura des fuites, c'est certain.

— Pierre, papier, ciseaux, qui passe le coup de fil ? lance l'agent de l'ICE.

— Navrée de devoir vous interrompre, intervient la femme de l'ORR, mais est-ce que quelqu'un a pensé à l'enfant ?

Cal sort de l'autoroute à Fabens, Texas, et s'arrête dans un drive McDonald's.

Commande un sandwich saucisse-œufs, du café, un Happy Meal et du lait. Puis roule jusqu'à North Fabens, où il se gare devant un motel.

— *Espera aquí*, ordonne-t-il à Luz.

Une fois de plus, la fillette se borne à le dévisager. Il sait qu'elle restera dans le pick-up, parce qu'elle semble toujours faire docilement ce qu'on lui demande.

Il se rend à la réception.

— Vous avez une chambre pour une nuit ?

— Combien de personnes ? s'enquiert l'employée d'un certain âge.

— Juste moi.

— Je n'ai qu'une chambre de prête. Avec des lits jumeaux.

— C'est parfait.

— Quatre-vingt-neuf dollars.

Il paie en cash.

Elle pousse un papier vers lui.

— Ici, vous mettez votre nom, ici vos initiales sous le tarif. Là, ça dit que vous n'êtes pas fumeur. Numéro d'immatriculation, marque du véhicule, et vous signez en bas.

Il invente un numéro d'immatriculation et signe. Ce n'est pas dans ses habitudes de mentir, mais il fait maintenant dans la malhonnêteté.

— Merci, monsieur Woodley.

Il remarque l'autocollant MAKE AMERICA GREAT AGAIN[1] derrière le bureau.

J'essaie, pense-t-il.

Il porte Luz jusqu'à la chambre et la dépose sur l'un des lits.

Lui tend son Happy Meal et le lait.

— *¿ Tienes que comer.*

Il faut que tu manges.

C'est une chambre de motel standard, comme il y en a des milliers. Murs verts, couvre-lits imprimés, rideaux rayés, un de ces climatiseurs bruyants sous la fenêtre, engagé dans un combat perdu d'avance contre la chaleur.

Cal allume la télé.

Trouve des dessins animés.

— *Te gustan…*

Le terme espagnol pour « dessins animés » ne lui vient pas.

— *Te gustan* les dessins animés, *¿ verdad ?*

— Bob l'éponge.

Ce sont les premiers mots qu'il l'entend prononcer.

1. Littéralement, « Rendez sa grandeur à l'Amérique ». Slogan de campagne souvent utilisé par les hommes politiques depuis Ronald Reagan.

— Ah oui, OK, Bob l'éponge.

Quel que soit ce truc.

— *Ahora comes, bien.*

Mange maintenant.

Les yeux rivés sur l'écran, Luz saisit le petit hamburger et mord dedans.

Cal ouvre le gobelet en carton rempli de lait. Il ne sait rien des enfants, sinon qu'il en a été un autrefois, il y a bien longtemps, et qu'à cette époque il buvait du lait.

— *Esta también, ¿ sí ?*

Ça aussi, d'accord ?

Elle en boit une gorgée.

— *Buena niña,* la complimente-t-il avec un sourire.

Bonne petite.

Elle ne lui rend pas son sourire mais, sans quitter le téléviseur des yeux, avale tour à tour une gorgée de lait et une bouchée de hamburger.

Cal passe dans la salle de bains et fait couler de l'eau chaude dans la baignoire. Quand il retourne dans la chambre, le hamburger a disparu.

— *Banera,* dit-il.

Bain.

— *Ven, ahora. Los* dessins animés *seguirán aquí.*

Viens, maintenant, les dessins animés seront toujours là

Luz se lève et le suit. Il lui tend une savonnette.

— *Sabes que hacer, ¿ verdad ?*

Tu sais quoi faire, n'est-ce pas ?

Elle hésite.

— *No te preocupes,* la rassure Cal. *No te voy a mirar.*

Ne t'inquiète pas, je ne te regarderai pas.

Il lui tourne le dos.

— *¿ Ves ?*

Tu vois ?

Quelques secondes plus tard, il perçoit le bruissement des vêtements de la fillette qui tombent par terre. Puis il l'entend entrer dans l'eau et demande :

— *¿ Hace suficiente calor ?*

C'est assez chaud ?

— *Sí.*

— *¿ Demasiado caliente ?*

Pas trop chaud ?

— *No.*

— *Hay una de esas pequeñas botellas de...* hum... shampooing, poursuit-il.

— *Champú.*

— *Sí. Champú.*

Luz se lave les cheveux.

Cal tend la main derrière lui afin d'ouvrir le robinet pour qu'elle puisse les rincer, et elle place sa tête sous le jet.

Au bout d'un moment, il tend de nouveau la main, pour lui présenter cette fois une serviette. Elle sort de la baignoire, se sèche et s'enveloppe dans le tissu-éponge. Quand ils retournent dans la chambre, Cal indique le téléviseur d'un geste.

— Je reviens dans cinq minutes.

Elle ne semble pas s'en soucier.

Elle a la télé.

Il prend les habits de l'enfant, se rend à la réception et demande à la gérante s'il y a une buanderie dans l'établissement. C'est le cas, alors il fait de la monnaie pour acheter de la lessive et faire fonctionner les machines.

Les vêtements de Luz – un vieux sweat-shirt rouge, un T-shirt jaune, un jean, une paire de chaussettes blanches – sont crasseux et puent. Il les fourre dans la machine, verse la poudre et insère des *quarters* dans la fente.

La machine démarre dans un bourdonnement. Estimant qu'il a vingt minutes devant lui, il retourne dans la chambre.

Luz s'est endormie sur son lit.

Il prend le dessus-de-lit sur le sien et l'en recouvre.

Puis il attrape la télécommande. Change de chaîne pour mettre Fox News.

Et tombe nez à nez avec une photo de lui sur l'écran.

La bureaucrate de la Sécurité intérieure a repris l'affaire à McAllen.

Elle a transmis un avis de recherche à tous les services – police des frontières, ICE, police locale et de l'État – et appelé le bureau du FBI à El Paso. Elle alerte ensuite les médias et requiert leur coopération – « Diffusez le sujet et des annonces d'intérêt public, s'il vous plaît, un agent de la police des frontières souffrant peut-être de troubles mentaux a kidnappé une fillette de six ans nommée Luz Gonsalvez. »

Un appel à témoins est lancé.

Si vous avez vu cet homme ou cette petite fille, veuillez contacter ce numéro immédiatement.

Celui en 800 d'une *hotline*.

Le chef de la police des frontières, Peterson et l'agent de l'ICE vont à Fort Hancock et trouvent le ranch des Strickland.

Ou, du moins, ce qu'il en reste.

En voyant les voitures s'arrêter dans la cour, Bobbi sort de la cuisine.

Affolée à l'idée qu'il ait pu arriver quelque chose à Cal. Qu'il ait reçu une balle, un truc comme ça. Elle écoutait NPR, et ils n'en ont pas parlé.

L'agent de l'ICE prend les choses en main.

— Roberta Strickland ?

— Cal va bien ?

— Vous l'avez vu ?

— Dites-moi s'il va bien, insiste Bobbi.

— Oui, pour autant qu'on le sache. Vous permettez qu'on jette un coup d'œil chez vous ?

— Pourquoi ?

Il explique ce que Cal a fait.

— Tu l'as vu, Bobbi ? intervient Peterson.

— Vous vous connaissez ? s'étonne l'agent de l'ICE.

— On était ensemble au lycée, précise Bobbi. Ça doit bien remonter à cent ans. Cal est venu hier soir.

— À quelle heure ?

— Je ne sais pas. Pour le dîner.

— Et vous ne l'avez pas revu depuis ? reprend l'agent de l'ICE.

— Non.

— Alors, vous permettez qu'on jette un coup d'œil ?

— Vous gênez pas.

Ils commencent par la maison.

Ne découvrent ni Cal ni aucune trace de lui.

— Ton frère a vraiment merdé, Bobbi, lui dit Peterson.

— T'as trouvé quelqu'un pour te branler, Roger ? rétorque-t-elle. Ou est-ce que tu t'astiques toujours tout seul ?

Ils se rendent dans la grange.

Bobbi leur emboîte le pas, et ils s'arrêtent tous les quatre devant le pick-up de Cal.

— C'est le sien, déclare Peterson.

— Sans déconner, réplique l'agent de l'ICE en regardant les plaques. C'est le seul véhicule du ranch ?

— Non, il y a le mien, répond Bobbi en indiquant sa vieille Chevy.

L'agent ressort et baisse les yeux.

— Il y a d'autres traces de pneus qui partent de la grange. Et ce ne sont pas celles de ce F-150.

Bobbi hausse les épaules.

— Mademoiselle Strickland…

— Benson, l'interrompt-elle. J'ai été mariée quinze minutes. Ça n'a pas marché.

— Madame Benson, rectifie l'agent. Votre frère a enlevé une enfant. Si vous nous dissimulez des informations pertinentes, vous risquez d'être accusée d'assistance à un fugitif fédéral et d'entrave à la justice. Ça pourrait aller chercher dans les vingt ans. Alors, je ne vous le demanderai qu'une fois : quel véhicule votre frère a-t-il sorti de cette grange ?

— Comment on dit, déjà ? riposte Bobbi. Ah oui – allez vous faire foutre.

L'agent hésite à lui passer les menottes quand son téléphone sonne : le signal du portable de Strickland a été localisé. Il est quelque part entre Las Cruces et Lordsburg, au Nouveau-Mexique, et il roule vers l'ouest sur la 10 à cent trente kilomètres/heure.

— On reviendra, promet l'agent.

— Je préparerai le café, ironise Bobbi.

L'agent de l'ICE et le chef de la police des frontières s'en vont, mais ils déposent Peterson à l'entrée de la route pour surveiller les lieux.

Ila Bennett, la gérante du motel, regarde Fox News.

Pratiquement 24/24, 7/7.

L'homme accusé d'avoir enlevé l'enfant a pris une chambre ce matin.

Et il a lavé des vêtements de petite fille.

Elle sait qu'elle devrait appeler le numéro mais, d'un autre côté, elle n'a pas envie de s'en mêler.

Elle note tout de même le numéro, et réfléchit.

Les autorités installent un barrage sur la 10 à l'ouest de Lordsburg et arrêtent tous les véhicules.

Puis une demande de renseignements auprès du service des cartes grises dans le comté d'El Paso révèle qu'un certain Dale Strickland a enregistré à son nom un pick-up Toyota rouge, numéro d'immatriculation 032KLL.

Sauf qu'aucun Toyota rouge équipé de ces plaques n'apparaît sur la 10, alors que le signal du téléphone continue de biper.

Des hélicoptères survolent l'autoroute et les routes alentour.

Rien.

— Ce fumier a mis le téléphone dans un autre véhicule, dit la bureaucrate de la Sécurité intérieure.

Et si Strickland en a choisi un qui se dirigeait vers l'ouest, ça signifie qu'il est parti vers l'est.

Elle envoie les hélicoptères à l'est de Clint.

Twyla, dans son appartement, est rivée à CNN.

Toutes les quinze minutes, un flash spécial est consacré à Cal, en général pour annoncer qu'il n'y a rien de nouveau.

Ce sont surtout de vieux trucs qu'ils montrent.

Une photo de lui publiée dans l'annuaire du lycée.

Une autre où il est en tenue de foot.

Ils ont mis la main sur son dossier militaire, disent qu'il a servi en Afghanistan et qu'il a été démobilisé avec les honneurs. Un panel d'« experts » en écran partagé donne des informations générales sur la politique de séparation familiale, la crise à la frontière, les conditions de vie dans les centres de rétention. L'un d'eux émet l'hypothèse que Calvin Strickland souffrirait du SSPT, sans préciser s'il fait référence à son expérience en Afghanistan ou à Clint.

Aucun ne parle de Luz Gonsalvez.

Ils ne la nomment même pas.
Elle n'est que la « jeune disparue ».

Personne n'appelle pour signaler que Strickland a été aperçu quelque part.

— Il va falloir qu'on augmente la pression, dit la bureaucrate de la Sécurité intérieure.

Elle a le numéro de Fox News en mémoire dans son téléphone et l'affiche.

Le présentateur s'adresse à la caméra :

— Rebondissement troublant dans l'enlèvement qui a eu lieu à Clint. Des sources autorisées ont fait part à Fox News de leurs craintes au sujet de Calvin Strickland, le garde-frontière sans scrupules qui a kidnappé une petite fille de six ans : il pourrait s'agir d'un pédophile et l'enfant serait en grand danger. Les autorités demandent à toute personne qui aurait des informations d'appeler au plus vite…

Twyla zappe d'une chaîne d'information à l'autre, puis ouvre son ordinateur portable.

Une histoire est en train d'émerger dans l'opinion publique et les réseaux sociaux, selon laquelle Calvin John Strickland serait un potentiel agresseur d'enfant souffrant peut-être d'un déséquilibre mental après son engagement en Afghanistan.

Sur Twitter, Facebook et Snapchat, les appels se multiplient pour que les milices passent la région au peigne fin. Certains disent qu'il faudrait abattre Strickland à vue, d'autres que ce serait une mort encore trop douce pour lui.

Cal voit les journaux télévisés lui aussi.

Luz dort profondément dans son lit quand il découvre de nouveau son visage affiché à l'écran et entend le mot « pédophile ».

Il fouille dans ses poches et récupère une carte de visite.

Sort de la chambre, s'approche du téléphone public du motel et compose le numéro.

Dan Schurmann décroche.

— Allô ?

— Monsieur Schurmann ? C'est Cal Strickland. J'ai pas beaucoup de temps.

Il lui déballe toute l'histoire.

Explique que l'ORR a perdu contact avec la mère de l'enfant (« C'est Gonsalvez, en fait, avec un *s* et un *v* »), que lui-même l'a retrouvée, que la fillette allait être confiée aux services d'adoption et qu'il l'a enlevée pour la ramener à sa maman.

— Où ? demande Schurmann. Quand ?

— Je crois que j'en ai déjà trop dit.

— Vous pouvez me faire confiance.

— Je peux faire confiance à personne, réplique Cal, qui raccroche.

Schurmann rédige son papier et appelle son rédacteur en chef.

La question est de savoir s'il faut le publier tout de suite ou le faire paraître dans l'édition papier du matin.

— On devrait le sortir maintenant, insiste Schurmann. Dans l'intérêt de Strickland. Les gens ici veulent sa tête.

L'article est diffusé sur Internet.

Tous les smartphones dans la région d'El Paso reçoivent une alerte Amber. Elle précise la marque du Toyota, sa couleur et son numéro d'immatriculation.

Ila voit le flash d'information.

Qui fait pencher la balance.

En ce moment même, ce tordu est enfermé avec la petite dans une de ses chambres, et Dieu seul sait ce qu'il peut faire subir à la pauvre chérie.

Elle appelle le numéro en 800.

Les brutes sont sorties en nombre.

D'El Paso à Socorro, de Lubens à Clint et à Fort Hancock, et jusqu'à Laredo et McAllen, les pick-up sillonnent les routes, des drapeaux américains flottant sur les plateaux. Les gars cherchent Calvin John Strickland, le ravisseur, le pédophile, l'agresseur d'enfant.

À la frontière, le long du Rio Grande, des groupes de miliciens roulent dans leurs 4x4, leurs jeeps et sur leurs quads, équipés de radios, de lunettes de visée nocturne, de fusils d'assaut et de tous leurs joujoux, prêts à empêcher un fugitif de faire ce qu'ils sont si nombreux à tenter : traverser le fleuve.

Ils cherchent tous un pick-up japonais conduit par une ordure.

Cal écarte le rideau et jette un coup d'œil dehors.

Ils savent pour le pick-up, pense-t-il. Je suis à plus de trente kilomètres de l'endroit où je dois aller pour traverser la frontière et ils surveilleront les routes dans toutes les directions.

Il entend les rotors des hélicoptères.

Là-haut, avec des projecteurs pour localiser le véhicule.

Je suis piégé.

Il voit la gérante du motel sortir de la réception et regarder dans sa direction. Elle se détourne rapidement et rentre quand elle l'aperçoit.

Elle m'a identifié, songe-t-il.

Luz, qui s'est assise, le dévisage.

— Il faut qu'on parte, dit-il.

Pour aller où, ça, c'est une autre question.

Il installe la fillette dans le pick-up et boucle sa ceinture de sécurité.

— *¿ Adónde vamos ?* demande-t-elle.

Où on va ?

— *Para ver a tu mami,* répond Cal.

Voir ta maman.

Cal connaît une vieille piste de terre battue qui part de Fabens Road et rejoint la 10.

S'il peut l'atteindre avant que ses poursuivants arrivent par l'autoroute, il a encore une chance. Il fonce sur Fabens, s'attendant à tout instant à voir apparaître des gyros dans l'autre sens. Les hélicoptères se sont déplacés, ils volent plus au sud. Cal roule vers le nord, repère la piste et bifurque.

En voyant des voitures de police débouler sur la 10, il éteint ses phares et s'arrête sous le pont. Puis il se fie à la pleine lune pour le guider sous l'autoroute, jusque dans l'étendue de végétation clairsemée. Il va dans le sens opposé à celui où il a besoin d'aller, mais il sait, pour avoir travaillé dans ces ranchs autrefois, que la piste croisera une route secondaire qui le conduira vers Fort Hancock au sud-est.

Une flopée de véhicules de police – shérifs, police des frontières, ICE – s'engouffre sur le parking du motel.

Ila est devant la réception.

— Il est parti ! s'écrie-t-elle. Vous arrivez trop tard !

Telle une grenade à main, l'article du *Times* fait exploser la version officielle.

Comme tout bon journaliste, Schurmann a enregistré la conversation téléphonique, si bien que les déclarations de Cal sont citées non seulement en version imprimée, mais aussi en extraits audio avec un bon vieil accent nasillard de gars du cru.

« J'suis pas un pédophile. »

« La gosse est bien plus en sécurité avec moi qu'à Clint. »

« Ils allaient se débarrasser d'elle, bon Dieu, comme un vulgaire gant égaré et trouvé au Walmart. »

« Le syndrome de stress post-traumatique ? Je gardais la réserve de matériel à Bagram, moi. J'ai pas de syndrome de stress post-traumatique, ni pré-traumatique, ni présent-traumatique. »

« Vous voulez savoir qui souffre de stress ? Ces gamins qu'on garde enfermés, qui ont été enlevés à leurs parents. »

« Sûr que c'est des cages, bordel. Faut appeler un chat un chat, et pas autrement. »

« Je suis pas non plus un de ces gauchistes qui ont toujours la larme à l'œil. Merde, j'ai voté pour lui. Mais c'est sûr que j'ai pas voté pour ça. »

Et le plus beau :

« On peut rester fidèle aux valeurs du drapeau et… avoir quand même des sentiments. »

Toute l'histoire d'Esteban, de Gabriela et de Luz Gonsalvez – dont le fait que la mère devenue veuve attend son enfant au Mexique – est maintenant connue et, quand Cal termine par : « Je crois que j'en ai déjà trop dit », la plupart des gens ne sont pas d'accord, et la plupart ne doutent plus du bien-fondé de ses intentions.

À présent, une grande partie de l'opinion publique le soutient.

C'est, comme ils disent dans les médias, « clivant ».

Encore faut-il être du bon côté.

Quinze kilomètres plus loin, sur la route secondaire, il se fait intercepter.

Cal roulait tout doucement sur la chaussée cahoteuse, sans autre lumière que celle de la lune. Ce n'était pas le moment de verser dans un fossé et d'endommager un pneu, la suspension ou un truc comme ça.

Il était seul avec le mesquite, la sauge et les vrais coyotes, dont un spécimen avait traversé devant lui et s'était arrêté pour le regarder d'un air surpris, genre, Mais qu'est-ce que tu fous là ?

Tout était silencieux.

Jusqu'à ce que Luz prenne la parole :

— *Donde esta mi mami ?*

Cal lui indique un point droit devant eux.

— Par là, plus loin.

Un bref silence, puis :

— *Mi papi esta muerto.*

— Je sais. Je suis désolé.

— *Los hombres malos lo mataron.*

Les méchants hommes l'ont tué.

— *Hay hombres malos aquí ?* demande-t-elle.

Cal réfléchit un instant avant de répondre.

— *Sí*, il y a des *hombres malos* ici. *Pero... no dejare que te... lastimen.*

Je ne les laisserai pas te faire du mal.

— OK.

Quelques minutes plus tard, le projecteur l'éclaire, l'aveuglant presque, mais il parvient à distinguer un pick-up garé en travers de la chaussée, qui lui bloque le passage. Un homme se tient derrière la portière ouverte et pointe un fusil sur lui.

— Cal Strickland ! crie-t-il. Pensez même pas à sortir votre flingue ! Descendez du véhicule et gardez les mains bien en vue.

Cal ne cherche pas à saisir la carabine paternelle, ni son arme de service, le HK P2000 dans l'étui sur sa hanche.

Il ne veut tuer personne.

— Attention de pas viser n'importe où ! crie-t-il en retour. J'ai une gosse avec moi !

— Je sais ! Descendez du pick-up.

Cal regarde Luz.

— Tout va s'arranger.

Mais il se demande bien comment.

Il se coule hors du véhicule et tend les mains devant lui. L'inconnu s'écarte de la portière, son fusil toujours braqué sur Cal. C'est un homme d'un certain âge, petit et trapu, coiffé d'un Resistol gris.

— Vous êtes sur mes terres, accuse-t-il.

— J'ai pas vraiment eu le choix, monsieur Carlisle.

— Vous êtes bien Cal Strickland ?

— Oui, monsieur.

— Vous avez pas bossé pour moi ?

— Si, un petit moment. Y a longtemps.

— Vous étiez un travailleur sérieux, si je me souviens bien. Mais comme cow-boy, vous faisiez pas le poids.

— C'est pour ça que j'ai abandonné.

— Vous êtes célèbre, fils. Semblerait que tout le pays s'intéresse à vous. Y a une récompense de vingt mille dollars sur votre tête.

— C'est la première fois de ma vie que je vaux autant.

— D'abord, j'ai entendu dire que vous aviez maltraité cette petite fille. Après, que vous la rameniez à sa maman. Alors, qu'est-ce que je dois croire ?

— Je la ramène.

— Au Mexique ?

— Si je peux arriver jusque-là.

Carlisle réfléchit, puis déclare :

— Ben, pas dans ce pick-up, en tout cas. Tous les braves gars de ce côté-ci de la Red River cherchent votre véhicule. Feriez mieux de grimper dans le mien.

— Pardon ?

— J'en ai rien à cirer, de leur foutu fric, affirme Carlisle. Je vais vous emmener au bout de cette route. Ça vous va ?

Cal retourne chercher Luz et sa carabine.

La fillette, terrifiée, s'est aplatie contre le siège.

— *Es un mal hombre ?*

— Non, c'est un homme très *gentil.* Viens.

Il la porte jusqu'au pick-up de Carlisle.

— Hello, jeune fille, dit ce dernier.

— Hello.

Ils redescendent des hauteurs.

Les balles frappent le métal.

Les flammes crépitent, puis rugissent.

Roulée en boule sur le carrelage de la salle de bains, Twyla se bouche les oreilles, mais le son provient de l'intérieur de sa tête et ne s'atténue pas.

Au contraire, il ne fait qu'enfler.

Au point qu'elle ne peut pas s'entendre pleurer.

— La petite a faim ? interroge Carlisle. J'ai des sandwichs derrière le siège. Au rosbif, je crois.

— *¿ Tienes hambre ?* lance Cal.

Luz hoche la tête.

Il tend la main derrière lui, trouve un sac de papier brun, en sort un sandwich enveloppé de papier paraffiné et le lui tend.

— J'ai un peu faim aussi, avoue-t-il.

— Servez-vous.

— Vous êtes sûr ?

— Me reposez pas la question.

Le sandwich, rosbif-moutarde-jalapeños, est rudement bon. Quelques minutes plus tard, Cal reprend la parole :

— Monsieur Carlisle ? Je peux vous demander pourquoi vous faites ça ?

Il sait que Carlisle est un républicain pur et dur qui pense probablement que le mot « démocrate » est un code pour « bolchevique ».

Un silence, puis Carlisle répond :

— En fait, j'ai bien plus de jours derrière moi que devant. Qu'est-ce que je vais raconter à mon Seigneur et Sauveur ? Vous avez lu la Bible, fils ?

— Pas trop.

— « Je vous le dis en vérité, toutes les fois que vous avez fait ces choses à l'un de ces plus petits de mes frères, c'est à moi que vous les avez faites. » Matthieu, 25 : 40.

Ils voient soudain des phares dans une vallée un peu plus loin, à peut-être huit cents mètres de distance.

— Merde, lâche Carlisle.

— C'est qui ?

— Je sais pas trop. Je pencherais pour une de ces milices. Je crois que vous et la gosse devriez passer à l'arrière.

Cal et Luz descendent, puis s'allongent sur le plateau du pick-up.

Carlisle ramène une couverture sur eux.

C'est étroit là-dessous.

Étouffant.

Cal a l'impression de ne plus pouvoir respirer.

Luz lui pose son index sur les lèvres et chuchote :

— *Callate.*

Silence.

Cal a le sentiment qu'elle a déjà vécu ce genre de situation. Il presse la carabine contre son torse et cherche la détente. Il ignore s'il lui faudra s'en servir ou même s'il pourra le faire mais, au moins, l'arme est prête.

Dix minutes plus tard, il sent le pick-up s'arrêter et entend Carlisle demander :

— Qu'est-ce que vous fichez dehors en pleine nuit ?

— On cherche ce salopard de Strickland.

— Ben, je viens de par là, et j'ai vu personne.

— J'ai bien peur qu'on soit obligés de fouiller votre véhicule, m'sieur Carlisle.

— Y a pas de raison d'avoir peur, fils. Mais je vous interdis de fouiller mon pick-up. La dernière fois que j'ai vérifié, on était toujours aux États-Unis d'Amérique, et sûr qu'ici c'est toujours le Texas, alors il est pas question que vous m'arrêtiez pour me fouiller sur mes propres terres. Où vous avez pas le droit d'être, soit dit en passant.

— Je vais devoir insister, m'sieur Carlisle.

— Fils, j'ai pas d'ordres à recevoir d'un homme, et à ce que je sache vous êtes pas Lui, là-haut. Maintenant, j'ai des trucs à faire, alors vous allez ôter de mon chemin votre petite jeep de gosse avant que j'oublie que je suis un chrétien de la Nouvelle Naissance et que je vous la joue Ancien Testament.

Cinq longues secondes.

Puis :

— D'accord, m'sieur Carlisle, vous êtes sans doute la dernière personne qui cacherait un agresseur d'enfant. Désolé de vous avoir dérangé.

Cal entend un moteur vrombir, des véhicules s'éloigner, et il sent le pick-up redémarrer.

Pour s'arrêter quelques minutes plus tard.

La couverture s'envole et Carlisle lance :

— Je pense que vous risquez plus rien, maintenant.

— On a eu chaud, dit Cal.

— Pas vraiment, réplique Carlisle. En général, ces miliciens, c'est que des forts en gueule.

Au bout de deux ou trois kilomètres, il reprend la parole :

— Vous savez qu'ils vont envoyer des gars surveiller votre baraque ?

— Je sais, oui.

— Vous avez un plan ?

— Pour être honnête, monsieur Carlisle, j'improvise au fur et à mesure.

— C'est bien l'impression que ça donne.

Carlisle stoppe de nouveau le pick-up.

Cal aperçoit la 10 à environ deux cents mètres.

— Je devrais pas aller plus loin, déclare Carlisle. La police doit faire le guet, au cas où un véhicule s'approcherait.

Cal et Luz descendent.

— Je sais pas comment vous remercier, dit Cal, la main tendue.

Carlisle la serre.

— Ramenez la petite à sa mère.

Cal le regarde faire demi-tour et s'éloigner, puis baisse les yeux vers Luz.

— Je connais pas l'équivalent espagnol de « monte sur mon dos », alors grimpe.

La fillette saute sur son dos et ils se mettent en route.

Cal, à plat ventre au sommet d'une colline basse, observe le ranch.

Les lumières sont allumées, Bobbi est encore debout.

Elle doit se ronger les sangs, pense-t-il.

Un véhicule de la police des frontières est garé devant, plafonnier allumé. Il semblerait que ce soit Peterson à l'intérieur, mais il ne pourrait pas en jurer.

Même si son pick-up est toujours dans la grange, il lui est impossible de le prendre pour aller au Mexique. Les autorités auront mis des barrages partout et surveilleront les croisements. Mais pas question non plus de faire à pied tout le trajet jusqu'au lieu du rendez-vous. Ils n'ont pas le temps, sans compter que Luz ne tiendrait pas le coup sur ce relief accidenté.

Il redescend en rampant pour atteindre l'endroit où il l'a laissée.

La prend par la main, longe le bas de la colline sur quelques centaines de mètres, jusqu'à ce qu'il ne soit plus visible de la maison, puis emprunte un raccourci et s'engage sur la route qui mène au vieux corral.

Riley s'avance vers lui.

— Allez, mon grand, au boulot.

Il selle le cheval, installe Luz sur son dos puis se hisse derrière elle et saisit les rênes.

— Euh… *¿ Un caballo antes ?*

C'est la seule chose qui lui soit venue à l'esprit : Tu es déjà montée sur un cheval ?

Elle secoue la tête, se retourne et lui sourit – le premier signe de joie enfantine qu'il voit chez elle.

— *¿ Cuál es su nombre ?* demande-t-elle.

— Il s'appelle Riley.

— *Voy a llamarlo « Rojo ».*

— Ça ne devrait pas le déranger. OK, Riley Rojo, on y va.

Cal talonne le cheval pour le faire sortir au pas du corral.

Cinq minutes plus tard, parvenu devant les barbelés, il défait ce qu'il a rafistolé quelques jours plus tôt et franchit l'ouverture.

Twyla se relève.

Consulte sa montre.

3 h 15 du matin.

Elle retourne dans le salon, regarde sur son ordinateur s'il y a des nouvelles de Cal et constate à son grand soulagement qu'ils ne l'ont pas rattrapé.

Pas encore.

Ils ont failli l'avoir à Lubens, mais il a « échappé à la capture ».

Elle se demande où il est, comment il va, comment va Luz.

Elle entre dans la cuisine et sort la bouteille du placard. Boit directement au goulot, parce que, qu'est-ce que ça peut foutre ? Après tout, elle va avoir besoin de quelques bonnes rasades d'alcool pour pouvoir faire ce qu'elle a en tête.

Elle prend la bouteille, s'assoit sur le canapé et saisit son arme de service posée sur la table basse.

La sort de son étui et la place sur ses genoux.

Le soleil ne se lèvera pas avant trois heures.

C'est trop long.

Cal connaît bien ces terres.

Le cheval aussi.

C'est une chevauchée facile, sur une piste de terre battue le long de terrains agricoles – des champs labourés presque jusqu'au fleuve, près duquel s'étend une bande de végétation à l'endroit où s'achève la palissade de la frontière.

Ensuite, c'est le fleuve lui-même.

Et le Mexique.

Ils n'en sont plus très loin, il reste peut-être un kilomètre et demi.

Sauf qu'il comprend soudain qu'ils n'y arriveront pas.

Trois SUV de la police des frontières, éclairés par la lune, louvoient dans le paysage à environ cinq cents mètres sur sa droite.

Des projecteurs balaient les champs.

Et se braquent sur lui.

Les véhicules s'arrêtent, Cal entend des voix masculines, puis ils redémarrent dans sa direction.

À toute vitesse.

Il se penche vers l'encolure de Riley.

— Tu crois que tu peux encore donner un peu, mon vieux ?

Le cheval redresse la tête, genre, Qu'est-ce que tu racontes ? Tu crois que, toi, tu peux donner encore un peu ?

— *Espere !* lance Cal à Luz.

Accroche-toi.

Elle attrape la crinière de Riley.

Cal secoue les rênes et ils partent au galop.

Il se dirige vers une ravine qui mène au fleuve.

Les voitures, plus rapides que le cheval, gagnent du terrain, vrombissant juste derrière lui. Cal sait que personne ne tirera, par peur de toucher la fillette, mais il garde la tête baissée. Un bras passé autour de Luz, une main refermée sur les rênes, il donne un petit coup de botte à Riley pour l'inciter à accélérer.

Le cheval réagit aussitôt et bondit.

Ça ne suffit pas.

Une jeep de la police des frontières se range à côté de lui, puis le double et tourne devant lui pour le bloquer.

En habitué du cutting, Riley n'a pas besoin d'une pression des rênes pour savoir ce qu'il doit faire. Il pile net, puis vire sur la droite, agissant de mémoire tel l'excellent cheval de travail qu'il était, contourne la jeep et continue à galoper comme s'il savait que c'est la dernière fois, sa dernière course en liberté dans les grands espaces, avant de s'engouffrer dans la ravine.

La jeep s'y engage à sa suite. Cal tourne la tête pour voir les SUV approcher à leur tour. Le sol sablonneux les ralentira un peu, mais ne les arrêtera pas. Sa seule chance consiste à prendre assez d'avance pour s'enfoncer dans la végétation et les distancer suffisamment longtemps pour pouvoir atteindre le fleuve. Il connaît un ancien sentier de contrebandiers qui les y conduira.

Soudain, un flot de lumière venu d'en haut l'inonde, et Cal entend les rotors d'un hélicoptère qui vole à basse altitude.

— Allez, Riley ! Donne-moi plus, crie-t-il.

Conscient qu'il est en train de le tuer.

Mais aussi que la plupart des chevaux ont plus de courage que la plupart des humains, et que celui-là en a à revendre. De fait, il va chercher encore un peu de puissance qu'il n'a pas, ils gagnent du terrain, et Cal aperçoit l'épaisse végétation une centaine de mètres plus loin. Il faut qu'ils y arrivent pour semer l'hélicoptère.

Ils y sont presque quand un quad surgi de nulle part déboule sur leur gauche et bifurque devant eux.

Le conducteur lève son fusil et vise la tête de Cal.

Celui-ci serre Luz plus fort.

Riley saute.

Passe quelques centimètres à peine au-dessus du véhicule et de son occupant, mais passe quand même.

Puis ils sont sous le couvert des arbres.

Riley ralentit à peine tandis qu'ils louvoient entre les broussailles sur le chemin qui mène à l'eau.

Le paysage se dégage à nouveau, plat, dépourvu d'arbres sur quelques mètres, et ils parviennent devant le mur.

Une palissade métallique de quatre mètres cinquante de haut, érigée sur un socle en béton.

Ils la longent.

Cal se retourne. Ses poursuivants se rapprochent.

— Fonce, mon vieux !

Il peut presque entendre cogner le cœur de Riley et il voit des filets d'écume couler de sa bouche.

— Vas-y !

Le mur s'arrête.

Cal cravache Riley avec les rênes, le fait tourner à droite, et ils franchissent la limite.

Pour se retrouver dans un arroyo qui débouche sur le fleuve.

Argenté sous le clair de lune.

Riley descend la berge jusqu'à l'eau.

Elle n'est pas si profonde en été, le courant n'est pas trop fort et Cal n'a que les chevilles immergées tandis que le cheval nage.

Puis ils sont dans un autre pays.

À moitié ivre, Twyla se demande s'il vaut mieux glisser le canon dans sa bouche ou l'appuyer sous son menton.

Ou sur sa tempe ?

Elle ne veut pas se rater, finir à l'état de légume hérissé d'aiguilles et de tubes, et elle ne veut pas non plus avoir mal.

Elle veut juste en finir.

La bureaucrate de la Sécurité intérieure est furieuse, elle écume littéralement.

— Il est au Mexique ? ! s'écrie-t-elle. Vous en êtes sûr ?

— Mes hommes l'ont vu traverser le fleuve, répond le chef de la police des frontières.

— Sur un putain de canasson ?

— Oui.

— Et la gamine est avec lui. Vous avez une idée de la façon dont les médias vont présenter ça ? Un cow-boy solitaire, héroïque, défie les effectifs du gouvernement fédéral et rend une enfant à sa mère ? Vous savez de quoi on aura l'air ?

— De grosses merdes.

— On pourra déjà s'estimer heureux si on passe pour des grosses merdes.

Elle saisit son téléphone et appelle Washington.

Des décisions sont prises.

Changez la version officielle.

Contactez les autorités mexicaines, incitez-les à mettre le paquet pour retrouver la mère, placez Strickland en garde à vue, et réunissez la famille. Comme nous en avions toujours eu l'intention, et comme nous étions bien partis pour le faire quand Strickland s'en est mêlé et a mis la fillette en danger.

Une demi-heure plus tard, la bureaucrate affronte les caméras.

— Nous faisons tout notre possible pour réunir les familles, déclare-t-elle. Vous comprendrez, j'en suis sûre, qu'il s'agit d'un processus complexe. Mais notre politique a toujours été de rendre les enfants à leurs parents, et nous nous y employons avec les Gonsalvez.

— Luz ou Gabriela Gonsalvez sont-elles sous la garde des autorités mexicaines ? demande Schurmann.

— On ne prend pas de questions à ce stade.

— Cal Strickland a-t-il été appréhendé par ces mêmes autorités mexicaines ? insiste-t-il.

— On ne prend pas les questions à ce stade.

— S'il est arrêté, sera-t-il extradé vers les États-Unis ? poursuit Schurmann. Auquel cas, quelles seront les charges à son encontre ?

— On ne prend pas les questions à ce stade.

— Allez-vous accuser Cal Strickland d'avoir appliqué la politique qui, d'après vous, a toujours été en place ?

— On ne prend pas les questions à ce stade.

Elle ne prend pas les questions, mais elle connaît la réponse : elle accumulera sur la tête de Strickland tous les chefs d'accusation auxquels elle peut penser, plus quelques autres qui ne lui sont pas encore venus à l'esprit. Quand les médias se désintéresseront du sujet, elle enverra ce fils de pute en prison pour le restant de ses jours.

Et même pour plus longtemps, si elle trouve un moyen d'y parvenir.

Cal chevauche à travers l'étroite bande de champs du côté mexicain de la frontière.

C'est le matin à présent, le soleil se lève tout juste, jaune pâle.

Quelques *campesinos* regardent le cow-boy avec la petite fille devant lui, mais aucun ne l'arrête ni ne lui pose de questions.

Ils ont appris à ne pas poser de questions dans ce pays.

Cal sent les jambes de Riley faiblir sous lui. Il aimerait mettre pied à terre et se contenter de marcher à ses côtés – le cheval est épuisé, à bout de forces –, mais il doit absolument quitter cette étendue trop exposée et descendre jusqu'à l'arroyo avant que la police mexicaine le repère.

— *¿ Estás bien ?* demande-t-il à Luz.

— *Sí.*

— *Veremas a tu madre pronto.*

On va bientôt voir ta mère.

La fillette se borne à hocher la tête.

Je comprends, je suis pas sûr d'y croire moi-même, se dit Cal.

Ils traversent les champs et parviennent au sommet d'une déclivité. En bas, le désert s'étend à perte de vue.

Du sable et de la roche.

Cal trouve l'entrée de l'arroyo et Riley avance avec précaution dans la pente traîtresse, parsemée de cailloux sur lesquels il pourrait se fracturer un os.

Plus que trois kilomètres jusqu'au lieu du rendez-vous.

Il n'en reste qu'un quand Cal sent Riley trembler.

Un bras passé autour de Luz, il saute à terre.

Les antérieurs de Riley ploient.

Il s'agenouille, puis roule sur le flanc. Ses yeux sont exorbités, son ventre se soulève et s'abaisse au rythme de son souffle laborieux.

— *Rojo !* s'écrie Luz.

Cal l'emmène un peu à l'écart et l'oblige à tourner le dos au cheval.

— *No mires.*

Ne regarde pas.

Cal revient sur ses pas et s'accroupit à côté de la tête de Riley. Lui flatte l'encolure et les naseaux.

— T'as toujours été un sacré bon cheval. Tu m'as jamais laissé tomber.

Il se redresse, prend son arme dans son étui et tire deux fois.

Les jambes du cheval se raidissent.

Avant de s'immobiliser.

Cal déboucle sa ceinture-holster, l'abandonne par terre puis glisse le pistolet à l'arrière de son pantalon, sous sa chemise. Se détourne et saisit la main de la fillette en larmes.

Ils s'enfoncent dans l'arroyo.

Quatre Ford Explorer sont garées dans une dépression peu profonde à l'entrée du canyon.

Cal voit Jaime et sept de ses hommes postés près des véhicules, en train de fumer des cigarettes et de boire de l'eau en bouteille. Ils sont armés d'AK et de pistolets-mitrailleurs.

Il fait de plus en plus chaud, le soleil est bien réveillé et déjà au boulot.

Cal saisit la carabine de son père, qu'il portait en bandoulière, et la pointe sur Jaime, dont il s'approche.

Toutes les armes sont braquées sur lui mais, d'un geste, Jaime intime l'ordre à ses hommes de ne pas tirer.

— Tu t'en es sorti, mec, dit-il. J'étais pas loin de plus y croire.

— Où est la femme ? lance Cal en visant la poitrine de Jaime.

Du pouce, celui-ci indique l'un des SUV.

— Là-bas. La question est : pourquoi je devrais te la donner ? Je veux dire, le marché que j'allais te proposer, c'était de prendre la gonzesse, de rentrer chez toi et de bosser pour moi. Mais t'as tout fait foirer en amenant la *niña* ici. Maintenant, tu peux plus retourner de l'autre côté et, même si tu pouvais, tu me servirais à rien. Je suis sûr que j'obtiendrai un bon prix pour un couple mère-fille à Juárez.

— Fais pas ça.

— Pourquoi je me gênerais, bordel ?

— Parce que je te tuerai.

— Presse la détente et mes gars te hacheront menu style *pozole*.

— Mais tu seras plus là pour le voir.

— Ensuite, ils flingueront la femme et la gosse. Après avoir pris leur pied avec elles.

Cal baisse la carabine.

Jaime a raison : le tuer ne l'avancerait strictement à rien.

— Pour une fois dans ta vie, fais quelque chose de bien, Jaime. Combien de fric tu peux dépenser ? Combien de *burritos* tu peux bouffer ? Combien de bagnoles tu peux conduire ? Et pense à l'histoire qu'on racontera sur toi : « Le coyote mexicain réussit là où le gouvernement américain refuse d'agir. » Ça deviendra viral. On écrira des chansons sur toi.

— Je dois bien admettre que c'est tentant. Mais te buter, ça l'est aussi.

— Alors fais les deux, réplique Cal.

Dans cette vie, il le sait, on négocie ce qu'on peut. Ce n'est pas toujours ce qu'on veut – merde, ce n'est pratiquement jamais le cas – mais, comme disait son père : « Si ça passe, ça passe, sinon ça casse. »

Là, ça passe, estime-t-il.

Jaime hoche la tête en direction d'une des voitures. Son sous-fifre ouvre la portière arrière et libère Gabriela.

Elle s'élance vers Luz et la prend dans ses bras.

— Touchant, lâche Jaime. Je suis tout bouleversé. OK, mec, t'as gagné. Je les déposerai dans un refuge, les bonnes sœurs me fileront leur bénédiction. Mais l'autre partie de notre accord, ça tient toujours, *¿ comprende ?*

— *Comprendo.*

Jaime aboie des ordres. L'un de ses hommes déleste Cal de la carabine. Il ne pense pas à chercher un pistolet.

Gabriela Gonsalvez s'approche de lui. Sa fille est son portrait tout craché.

— Merci, dit-elle.

— Tout ça n'aurait jamais dû arriver, déclare-t-il. Désolé.

Luz lui passe ses bras autour de la taille, appuie le visage contre son ventre et le serre de toutes ses forces.

— *Está bien,* lui chuchote Cal, qui se penche pour la serrer à son tour contre lui. Tout va bien.

Ils restent ainsi quelques secondes, puis l'un des sbires de Jaime escorte la mère et la fille vers la voiture.

— Emmenez-les, ordonne Jaime. La gosse a pas besoin de voir ça.

Cal regarde la voiture partir.

Il a fait ce qu'il était venu faire.

Jamie ouvre le coffre de l'Explorer proche et sort d'une glacière deux bouteilles de Modelo.

— T'en veux une, mec ? En souvenir du bon vieux temps ?

— Sûr.

Cal prend la bière fraîche, savoure la sensation dans sa gorge.

— Le lycée, ça semble rudement loin, observe Jaime.

— *C'est* loin.

— Elles sont passées où, toutes ces années, hein ?

— J'en sais rien.

Cal avale de nouveau une longue gorgée, finissant presque la bouteille.

— Qu'est-ce qu'on a foutu ? demande Jaime.

— J'en sais rien non plus.

— T'as peur, mec ?

— Oui, avoue Cal.

Il est même terrifié, à deux doigts de se pisser dessus.

— Bien, dit Jaime, qui saisit le pistolet à sa ceinture. C'est encore mieux comme ça. Termine ta mousse et commence à marcher.

Cal vide la bouteille. La laisse tomber par terre.

Et s'éloigne.

Incapable d'empêcher ses jambes de trembler.

Elles lui font l'effet de vieux piquets de clôture secoués par un vent du nord. D'abord, ce sont les piquets qui s'effondrent, ensuite les barbelés.

Bordel, Jaime, mais pourquoi tu tires pas ?

Soudain, il entend :

— Je peux pas, mec ! J'ai pas ce qu'y faut. Continue à avancer ! Profite bien de la taule, OK ! ?

Cal entend ensuite des portières s'ouvrir et se refermer.

Des moteurs démarrer.

Il marche toujours.

Le pistolet sous le menton, Twyla voit l'information sur son écran d'ordinateur. Une séquence où un costard-cravate déclare que Cal est parvenu à franchir la frontière avec la fillette.

Bien joué, Cal, pense-t-elle.

Sacrément bien joué.

Tu t'en es sorti.

Elle baisse son arme.

Attrape son téléphone pour commencer à chercher une aide.

Impossible de continuer à vivre dans cette prison intérieure.

Cal remonte vers l'arroyo.

En titubant. Le soleil lui pilonne le crâne, et l'ascension lui fait mal aux jambes. Il a soif. La bière était bonne mais, à présent, c'est de l'eau qu'il lui faudrait et il n'en a pas.

Arrivé à l'endroit où gît Riley, il s'assoit à côté de lui. Chasse de la main les mouches agglutinées sur les yeux du cheval.

À bout de forces, il contemple le paysage désert. En contrebas, il aperçoit la caravane de voitures qui emmène Luz et sa mère. Derrière lui, en haut de la pente, il y a des champs irrigués verdoyants, puis le fleuve, puis le mur, puis son pays. La seule chose qui m'attend de l'autre côté, songe-t-il, c'est encore du grillage.

Ils me mettront dans une cage et je ne parcourrai plus jamais ces terres.

Son père disait toujours que la plupart des gens sont prêts à faire ce qui est juste quand ça ne coûte pas grand-chose et que personne n'est prêt à le faire s'il faut tout sacrifier.

Mais parfois, c'est vrai, il faut tout sacrifier.

Cal prend son pistolet, appuie le canon sous son menton et presse la détente.

Sa tête part en arrière et retombe sur l'encolure du cheval.

La première fois qu'il a vu l'enfant, elle était en cage.

La dernière fois qu'il l'a vue, elle était libre.

Remerciements

Je n'entretiens pas l'illusion que je suis un self-made-man ni que ce recueil, comme mes autres ouvrages, est le produit des seuls efforts d'une personne. Mes parents ont veillé à ce que j'aie toujours des livres, mes professeurs de l'école publique m'ont appris à les lire. Amis et proches m'offrent encouragements et soutien, mes confrères écrivains d'hier et d'aujourd'hui, une source d'inspiration. Les éditeurs ne ménagent pas leur peine pour faire parvenir mes œuvres aux bibliothèques, aux librairies et aux lecteurs. Mon agent s'assure que j'ai les moyens financiers qui me permettent d'écrire. Mon épouse partage gaiement les incertitudes d'une vie d'écrivain.

Nous autres auteurs aimons à penser que nous travaillons dans une glorieuse solitude. Mais, tous les matins, quand je m'attelle à la tâche, d'autres personnes ont fait en sorte que les lumières puissent s'allumer. Quand je prends le volant pour aller effectuer des recherches, c'est sur des routes financées par les contribuables et construites par des ouvriers. Lorsque je travaille chez moi en toute sécurité, c'est grâce aux militaires et à la police qui nous assurent cette tranquillité. Je leur suis reconnaissant à tous, et à tant d'autres.

Je tiens à remercier spécifiquement :

Shane Salerno, mon ami, confrère scribe, agent et complice dans le domaine de la littérature policière, qui a eu l'idée de faire un recueil de *novellas*. Je suis heureux qu'il y ait pensé et, comme toujours, je lui dois bien plus que ce que je peux lui rembourser.

Liate Stehlik, chez William Morrow, qui a accepté de le publier, un acte de confiance dont je lui suis humblement reconnaissant.

Jennifer Brehl, qui a été une relectrice merveilleuse et perspicace, et Maureen Sugden, qui m'a sauvé de nombreuses erreurs embarrassantes. Merci à vous deux pour votre travail acharné et créatif, et votre attention.

Toute ma gratitude à Brian Murray, Andy LeCount, Sharyn Rosenblum, Kaitlin Harri, Jennifer Hart, Julianna Wojcik, Brian Grogan, Chantal Restivo-Alessi, Ben Steinberg, Frank Albanese, Juliette Shapland et Nate Lanman.

Et à toutes les équipes des services de presse, du commercial et du marketing chez HarperCollins/William Morrow, sachez que je sais que, sans vous, je serais au chômage.

Ma reconnaissance la plus sincère à Deborah Randall et à toutes les personnes de The Story Factory.

Merci à mon avocat, Richard Heller, pour l'attention et le travail accompli.

Comme toujours, merci à Matt Snyder et à Joe Cohen chez CAA.

À toutes les personnes de Kids in Need of Defense, merci pour votre aide et pour tout ce que vous faites.

Une mention spéciale aux personnes suivantes, pour des raisons qu'elles comprendront : Teressa Palozzi, Drew Goodwin, Right-Click, Colton's Burgers, Drift Surf, Jim's Dock, Java Madness, TLC Coffee Roasters, David Nedwidek et Katy Allen, Miss Josephine Gernsheimer, Cameron Pierce Hughes, Tom Russell, Quecho, El Fuego et Andrew Walsh.

Merci à ma mère, Ottis Winslow, pour m'avoir laissé utiliser sa terrasse.

Enfin, merci à ma femme, Jean, pour tout : sa tolérance, son enthousiasme, son sens de l'aventure et son amour.

ILYM.

Composé et édité par HarperCollins France.

Achevé d'imprimer en septembre 2020.

CPI
FIRMIN-DIDOT

à Mesnil-sur-l'Estrée (Eure)

Dépôt légal : octobre 2020.

Pour limiter l'empreinte environnementale de ses livres, HarperCollins France s'engage à n'utiliser que du papier fabriqué à partir de bois provenant de forêts gérées durablement et de manière responsable.

Imprimé en France